김석범 대하소설

김환기·김학동 옮김

보고사
BOGOSA

차례

1997년 10월 『화산도』를 완결하면서 "『까마귀의 죽음』에서 비롯된 〈허무와 혁명—혁명에 의한 허무의 초극〉이라는 내 소설 테마의 집대성으로서의 『화산도』는 혁명의 패배라는 결말로 끝이 났다. (중략) 무엇보다 힘겨운 일은 '남'에서는 반정부분자, '북'에서는 반혁명분자로 취급되는 정치적 협격(협공—역자 주)이었다. 그 여파는 지금도 계속된다."(『아사히신문』)라고 언급한 적이 있다. 『화산도』는 1948년에 터진 〈4·3〉을 역사적 배경으로 삼고 있지만, 해방공간의 역사 현실과 더불어 살아가는 인간 군상을 그리고 있으며, 〈4·3〉에 표출되어 있는 "한국 현대사의 맹점, 맹점인 동시에 분단조국의 집중적인 모순"인 〈4·3〉의 진상 추궁이기도 하다.

역사의 암흑, 영구동토 속에 파묻혔던 〈4·3〉은 반세기를 지나서야 지상으로 부활했고, 이제 〈4·3〉은 많이 해방된 셈이다. 앞으로 〈4·3〉의 완전해방을 위해 해방공간의 역사 바로세우기와 불가분인 〈4·3〉이 한국 현대사에 자리매김을 위한 역사적 과업을 수행해야 한다.

그런데 1988년 출판된 제1부 한국어판 『화산도』는 내용상(당시 일본에 있는 저자와 출판사 측의 연락이 자유롭지 못했던 탓) 불충분한 것들이 적지 않다. 하나는 번역본이 원작과는 달리 일기체 형식으로 꾸며졌고, 작중의 중요한 대목들이 군데군데 생략되면서, 그 후에 완결된

5

『화산도』 제2부의 이야기가 이어지는 데 지장을 주게 된다.

대체로 작품 내용에 대한 비평도 정치적·교조적인 해석이 대부분이다. 한 예를 들면 작품 전체의 중심축이 되는 주인공 이방근을 '반혁명적인' 인물로 몰아치는 바람에 전체적인 작품 이해에 상당한 괴리를 가져왔는데, 이런 점은 원작자로서 아쉬운 점이었다. 더욱이 개중에는 『화산도』를 '일본식 사소설(私小說)'이라고 보는 지적도 있었는데, 이런 얼토당토않은 견해는 사정을 모르는 무지에서 오는 것이었다. 한마디로 말해, "재일조선인문학이 일본의 문학 주류이자 전통인 사소설의 영향을 받고, 그 품안에서 성장 공존해 온 것이라면, 유독 일본의 사소설과 거리를 두고 그 영향권 밖에서 문학세계를 구축해 온 것이 '김석범'의 문학이기 때문이다. 대체로 당시의 『화산도』 평은, 나로 하여금 한국문학계에 『화산도』에 대한 문학적 수용력이 없는 것이 아닌가 하는 의문을 품도록 한 게 사실이다. 최근에 이전과는 다른 시각에서 『화산도』를 논한 김재용 씨의 평이 나오게 됨으로써 그 이전까지의 정치·교조적인 편향이 상당히 시정되고 극복된 것으로 보인다."(나카무라 후쿠지, 『김석범 "화산도" 읽기』 발문)

그때로부터 이십 수년이 지났다. 이제 전모를 나타낸 『화산도』가 한국의 문학계에 어떻게 비춰질지······.

대체로 재일조선인문학은 일본문학의 품 안에서 자라났을 만큼 일본문학의 주류 전통인 사소설─순문학의 영향이 자못 크며 그 아류(亞流)이기도 하다. 그렇지 않으면 일본 문단에서 받아들이기가 매우 어렵다. '일본문학은 상위문학', '일본문학의 일부분인 재일조선인문학은 하위문학'이라는, 이러한 문학개념은 일본 전후 사회에서 오랫동안 당연시되고 상식이 되었다. 일제 지배의식의 잔재의 반영이다.

나는 '재일조선인문학은, 적어도 김석범 문학은 일본문학이 아니라 일본어문학, 디아스포라 문학'이라는 주장을 오래전부터 해왔고, 이를테면 김석범 문학은 일본문학계에서 이단의 문학이다. 그것은 한마디로 일본어로 쓰여졌다 해서 일본문학이 아니다. 문학은 언어만으로써 형성, 그 '국적'이 규정되는 것이 아니라는 사상이라는 점을 일관되게 주장해 왔다.

나는 『화산도』를 존재 그 자체로서 어딘가의 고장, 디아스포라로서 자리잡으면 좋겠다고 생각한다. 『화산도』를 포함한 김석범 문학은 망명문학의 성격을 띠는 것이며, 내가 조국의 '남'이나 '북'의 어느 한쪽 땅에서 살았으면 도저히 쓸 수 없었던 작품들이다. 원한의 땅, 조국상실, 망국의 유랑민, 디아스포라의 존재, 그 삶의 터인 일본이 아니었으면 『화산도』도 탄생하지 못했을 작품이다. 가혹한 역사의 아이러니!

아무튼 이제 우리말로 옮겨진 한국어판 『화산도』가 두 동강 난 분단 조국의 한쪽 땅에서 출간되었다. 나는 이것을 디아스포라 신세인 나에 대한 다시없는 소중한 선물로 받아들인다.

이 선물의 증정자는 『화산도』 번역자 그룹, 도서출판 보고사 김흥국 사장과 박현정 편집부장 그리고 일꾼 여러분이다. 특히 오랜 세월을 두고, 대학교수로서 연구를 하는 한편, 여러 모로 짐이 되는 이 방대한 작품을 번역 출판, 세상에 내보내는 힘든 작업에 전력을 바친 김환기 씨를 비롯한 관계자 여러분께 깊은 감사와 경의를 표하는 바이다.

2015년 9월
김석범

서장

　돌부리에 채이며 신작로를 달리는 낡은 버스의 앞유리창 너머로 바다를 향해 깎아지른 듯 서 있는 사라봉 언덕이 보이기 시작했다.

　오른쪽으로 보이는 해안부락에 거칠어진 하얀 포말의 어두운 바다가 넘실대며 밀려들고 있었다. 왼쪽 길가에는 검은 화산암 조각으로 쌓아 올린 돌담이 버스와 앞을 다투듯 이어졌고, 그 너머로는 푸른 보리밭이 펼쳐져 있었다.

　머나먼 몽골 일대에서 불어온 계절풍은 한반도 남단 제주해협을 건너 섬의 절벽과 산들에 부딪친다. 바람은 하얀 등대가 서 있는 해발 백 수십 미터의 사라봉 절벽에 힘껏 부딪혀 소용돌이치다가 바다를 가르며 차오른 뒤 사라봉 위로 빠져나간다. 그리고 밭과 언덕, 광야를 지난 바람은 섬 중앙에 솟아 있는 한라산으로 향한다.

　사라봉을 덮은 어린 소나무 숲은 바람 방향으로 휘어진 부자연스러운 자세로 가지들이 뒤엉켜 파도처럼 요동친다. 정상 부근에는 까마귀 몇 마리가 바람에 춤을 추듯 날고 있다. 화산재 섞인 모래 먼지는 바람을 타고 산기슭의 잔디 사이로 드러난 검은 용암 표면을 회색으로 뒤덮으며 구름처럼 솟구쳐 날아간다.

　사라봉은 한라산을 주봉으로 이 섬의 도처에 솟아 있는 4백여 개의 기생화산 중 하나였다. 이 지역에선 '오름'이라 부르는 이들 기생화산 정상에서 바다를 내려다보면 파도 사이로 어른거리는 작은 배도 분간해 낼 수 있다. 기생화산 사이에는 반드시 해안부락이 형성되어 있고, 이들 오름에서는 먼 옛날부터 이따금 봉화가 올랐다. 이 섬을 최후의 거점으로 삼아 몽골 침략군과 이들에 굴복한 고려 관군을 맞아 싸웠던 삼별초군의 옛이야기도 그렇지만, 오름마다 설치된 봉화대에서 왜구를 발견했다는 연기나 봉화가 오르면, 칠흑 같은 야밤에도 마을 사람들은 직접 만든 무기를 들고 집을 뛰쳐나왔다고 한다.

버스는 얼마 후 사라봉 기슭과 가까운 건천(乾川)의 하얀 콘크리트 다리로 접어들었다. 절벽 같은 강둑 사이의 바닥은 돌투성이의 암반이었고 여기저기에 형성된 맑은 연못 같은 웅덩이는 바람에 물보라를 일으키고 있었다.

최근 며칠 동안 바람이 잦아들고 따뜻해서 올해는 봄이 일찍 올 것 같다고 사람들은 말했다. 부락 집들의 돌담 아래에는 이미 금잔화가 피기 시작하였고, 길가에는 봄기운이 돌고 있었다. 그러나 변덕스럽게도 따뜻한 날씨는 며칠 가지 못했다. 또다시 세찬 계절풍과 함께 추위가 몰려온 것이다. 집요한 바람은 벌써 며칠 째 결코 멈추지 않을 듯한 기세로 불어 대고 있었다. 바다를 건너온 바람은 한라산에 부딪혀 눈을 내린다. 돌 밑으로 불어 들어 돌을 뒤집고 모래를 날린다는 '주석비사(走石飛沙)'의 바람이 휘몰아치면, 으레 하늘은 두껍고 음산한 구름으로 뒤덮인다. 바다는 안개를 품어 해면에 닿을 듯한 하늘을 향해 하얀 이빨을 드러낸 채 몸부림치며 포효했다. 그렇게 험한 날씨가 계속되던 어느 날, 바람이 잦아든 틈을 타 사라봉 절벽 아래 어두운 바다에 수백 마리의 돌고래가 떼 지어 모여들었다. 공중제비를 돌며 바다에 뛰어들었다가 다시 솟구쳐 오르고, 뾰족한 등지느러미를 세운 채 장난치는 검은 돌고래의 무리는 마치 음산하게 움직이는 섬처럼 보였다. 마침내 바람이 멈추고 거짓말처럼 파도가 잔잔해지면 바닷물은 참으로 아름답게, 헤엄치는 물고기 떼의 색깔과 모양을 알아볼 수 있을 정도로 맑고 투명해졌다.

바람은 다시 불었고 아득히 먼 산에는 또 눈이 내렸다. 하늘을 메운 구름들이 산 중턱까지 가린 한라산의 광대한 산록이 새하얗게 변했다.

신작로를 따라 이어진 검은 돌담은 거의 끊어지지 않고 이어졌다. 밭 너머 저 멀리에는 완만한 경사를 이루며 펼쳐진 드넓은 들판이 눈 덮인 한라산의 웅대한 산록에 안겨 있었다.

깨진 버스 유리창 틈으로 불어 들어 온 모래 먼지는 승객의 목을 껄끄럽게 하여 내뱉는 가래를 새까맣게 만들었다. 운전석 뒤에 앉은 남승지는 게의 눈알처럼 불룩 튀어나온 백미러를 보고 있었다. 마흔 남짓한 운전수가 연방 헛기침을 하면서 핸들을 잡고 있던 더러운 면장갑을 낀 한 손을 들어 유리창에 서린 김을 닦아내자, 곁에 서 있던 젊은 차장은 걸레를 건네주었다. 운전수는 말없이 걸레를 받아 들고 재차 유리창을 닦기 시작했다. 버스는 성내(城內)로 향하고 있었다. 낡아빠진 작업복 차림의 남승지는 밀짚모자에 천으로 된 작업화를 신고 있었다. 색 바랜 밀짚모자에 뚫린 작은 구멍으로 헝클어진 머리카락이 보이고, 찢어진 틈새와 넓은 차양 아래로 풀린 실이 늘어져 있다.

운전석에서 눈을 뗀 그는 고개를 숙인 채 깊은 생각에 잠긴 듯한 모습을 하고 있었다. 아니, 밀짚모자에 가려 잘 보이지 않는 그 얼굴은 졸고 있는 것처럼 보이기도 했다. 한편 햇볕에 검게 그을린 돌출된 양쪽 턱을 앙다문 얼굴과 움푹 팬 볼에는 피로가 쌓여 있었다. 그러나 잠이 모자란 듯 약간 충혈된 촉촉한 눈은 흥분한 광채를 발하면서 신중히 움직이다 명상하듯 한순간에 차분해진다. 꽤 잘생긴 얼굴이었다. 짙은 눈썹, 또렷한 콧방울이 인상적인 코, 혈색이 좋지 않고 피부가 약간 거칠긴 했지만 소년처럼 도톰한 입술은 보기 좋았다.

그의 앞에는 보리 서 말이 든 가마니가 놓여 있었다. 그 위에는 옆자리에 앉은 농부의 비슷한 크기의 짐이 운전석 뒤 칸막이에 기대어져 있었다. 바로 옆에는 지게가 눕혀 있었다. 지게는 버스가 흔들릴 때마다 쓰러지고 기대길 반복하여 결국 다른 짐에 다리를 받치고 비스듬히 눕혀 놓았다. 버스는 이런 짐들로 가득했다. 하지만 서 있는 사람은 거의 없었다. 각자의 짐 위에 앉거나 엉덩이만 걸친 채 담배를 피우며 잡담을 나누고 있었다. 앙상한 노인이 느긋하게 뽑아든 1미터 가까운 담뱃대 끝에 살담배를 채운 뒤 엄지손가락으로 여러 번 눌렀다. 그리고 성냥 한 개비라도 아끼려는 듯 담배를 피우고 있는 사람의 얼굴에 담뱃대를 들이대고 말없이 불을 붙인다. 사람들은 노인에게 경의를 표한다. 자신들의 뺨이나 어깨에 닿고도 남을 긴 담뱃대의 움직임을 방해하지 않으려고 주위 사람들은 어깨를 움츠려 공간을 만들어 주었다. 바닥의 다른 한쪽에는 여자들이 앉아 있었다. 남자들과 마찬가지로 짐 위에 걸터앉아 치마로 앞을 가린 그녀들은 농담이 시작되자 남자들에게 결코 지지 않았다. 여자들은 깔깔깔 웃어 대며 잠자는 여인네 방에 숨어들었다가 실패한 마을 남정네 이야기를 하고 있었다. 서른도 안 돼 과부가 되어 수년 동안 수절하고 있는 여인네 집에 마을의 난봉꾼이 몰래 숨어들었다가 뜻을 이루려고 했다. 그런데 숨어서 기다리던 친척 남자들에게 잡혀 몰매를 맞고 쫓겨났다는 것이다. 너무 치근대는 바람에 과부로서도 계책을 세울 수밖에 없었던 것인데, 얼간이 같은 사내는 여자의 잔꾀를 눈치 채지 못하고 당했다는 것이다. 대수롭지 않은 이야기였지만 남자들도 잠자코 있지 않았다.

아니야, 그건 모르는 일이야. 숫처녀가 당했다면야 알아볼 수도 있겠지만. 이불 속에서 일어난 일은 현장을 확인하지 않은 다음에야 아무도 알 수 없는 일이지. 이미 전부터 통하고 있었는지도 모르니깐 말야. 음……, 어떤 집에 처녀 아이가 있었지. 그런데 어느 날 지 어미한테 이렇게 말했다네. "엄니 요전까지만 해도 오줌을 누면 쪼로록 하는 소리가 들리더니, 요즘엔 기세 좋게 쏴아 하는 소리가 들려요." 이 말을 들은 어멈은 놀라서 눈을 동그랗게 떴다는데, 이 어멈도 예전에 딸과 같은 경험이 있었거든. 그래서 어멈은 "아이고 애야, 너 사내하고 잤지?" 하고 물었다는군. 그러자 그 딸은 "아이고 엄니!"라면서 아주 태연하게 손뼉을 딱 치고는 "엄니는 어떻게 그리 잘 알아요?"라고 했다는구먼. 그러니까 잠자코 있었으면 들통 나지 않았을 것을, 이른 봄에 철없이 울어 대다 사람들에게 자신의 위치를 알려 주는 꿩이나 다를 바 없지 않은가. 남자들도 비열하게 낄낄거리며 물러서지 않았다.

　낡은 버스는 몹시 흔들렸다. 승객들은 짐 위로 넘어지기 일쑤였지만 넘어지면서도 큰 소리로 웃는 걸 잊지 않는다. 그중에서도 여자들의 웃음소리는 한결 높다. "아이고, 이게 무슨 일이야. 여길 좀 봐요!" 뒷자리에서 대바구니 속의 닭이 날개를 퍼덕이며 비명을 지르듯 울어 대고 있었다. 같은 바구니의 빨간 볏을 단 수탉이 재빠르게 암탉 위에 올라타 날개를 퍼덕이고 있는 것이었다. 한 아낙이 얼굴을 붉힌 채 피식 웃고는 바구니를 세차게 흔들었다. 놀란 닭이 바구니 안을 날아올랐다. "헤헤헤 아주머니, 내버려 둬요. 입장을 바꿔 생각해 보시구려……. 이놈은 우리가 하는 말을 다 알아들었단 말예요." 남자가 웃으며 말했다.

　버스는 낡은 목탄차였지만 무개트럭이 버스 대용으로 쓰이고 있던 이 무렵에는 천장과 벽 덕분에 비바람을 피할 수 있는 것만으로도 특별한 교통수단이었다. 길이 험한 탓에 남승지 앞에 있던 두 개의 짐이 술에 취한 듯 좌우로 흔들리더니 한순간 크게 기울어지면서 남승지의 무릎을 강타하고는 바닥으로 떨어졌다. 남승지와 옆자리의 농부가 일어나 짐을 제자리에 올려놓는다. 두 사람은 짐을 되돌려 놓으며 무슨 말인지 주고받는다. 지금까지 몇 번인가 그렇게 말을 건넸다. 말을 건네며 웃는다. 이윽고 쉰 살 남짓한 땅딸막한 체구의 농부는 자리에 앉아 담배를 말면서 얘기를 꺼냈다. 그는 조금 전까지만 해도 여자들의 이야기에 귀를 기울이고 있었다. 밀짚모자 모양으로 만든 대나무 패랭이 차양이 남승지의 모자에 닿자 술 냄새가 물씬 풍겨 왔다. 그는 뻣뻣한 다박수염에 무뚝뚝하고 야무진 얼굴을 하고 있었지만 웃으면 크고 충혈된 눈이 상냥하다. 남승지는 버스가 흔들리는 바람에 무릎 위로 흘러내린 담뱃잎을 주섬주섬 주워 담배를 마는 농부의 흙물이 밴 거친 손을 바라봤다. 녹이 슨 작은 버클 같은 손톱을 지닌 손이었다.

"나는 저런 얘기에는 도통 흥미가 없다오." 문득 뭔가를 생각해 낸 듯한 농부는 쓴웃음을 지었다. 그리고는 얼굴을 바싹 들이대면서 말을 시작했다. 거긴 아직 젊구먼. 젊다는 건 좋은 것이지. 으음, 이제 곧 내 아들놈이, 그게 둘째아들인데 말이요……, 실은 둘째가 아니라 셋째라오. 둘째아들은 어려서 죽어 버렸거든. 그러니까 사실 셋째아들의 결혼식이 있다오. 아직 예물교환도 하지 않았으니까 실은 좀 이른 얘기지만 말이오……. 그래도 색시는 이미 정해놨다우. 아들 녀석도 스무 살을 넘기나 싶더니 어느새 스물넷이 되어 버렸지만, 꽤 괜찮은 녀석이라오. 으음, 그런데 그 녀석이 결혼하기 싫다고 고집을 부리고 있단 말이오, 내참! 하지만 그렇게 내버려 두지는 않을 거요. 그 시집올 색시가 말이요, 우리 아들 녀석보다 훨씬 잘났지 뭡니까. 인물도 좋은데다 효녀로 소문났어요. 하지만 사람이 아무리 잘났다 해도 세상이 이래서는 달리 해 볼 도리가 없지. 난 열여섯에 결혼해서 첫날 밤에 네 살 많은 신부가 내 옷을 벗겨주었는데, 신부 얼굴도 그날 밤에 처음 봤다오. 그것도 등불 아래서 말이요, 핫하하하. 그래도 할 일은 제대로 했는지 이듬해에는 당당하게 고추 달린 놈이 태어났다오. 그 녀석은 진작 각시를 얻어 자식까지 낳았는데, 손자는 지금 코흘리개 개구쟁이 국민학생이라우. 그러고 보니, 손자 녀석이 학교에 들어간 게 해방 전이었지, 아마. 해방 전, 그러니까 우리나라가 독립하기 딱 1년 전, 일본이 아직 지는 전쟁에 목숨을 걸고 있을 때 말이오. 아직도 기억이 생생한데, 그때는 학교란 학교엔 모두 일본 군대가 와서 진을 치고 차지하는 바람에 공부 같은 건 생각할 수도 없었다오. 뻔한 일 아니겠소? ……아ー, 저기 사라봉이 보이는군. 난 저 사라봉 고개를 넘을 때면 늘 생각이 난다오. 난 그때, 벌써 4, 5년 전 일이지만, 먼 길을 남녀노소 할 것 없이 마을 사람들 모두와 함께 사라봉까지 강제로 끌려왔었지. 찐 감자를 넣은 도시락 바구니와 호미를 들고 말이오. 사라봉의 잔디는 좋기로 유명했는데, 그 잔디를 사방 한 자 크기로 떠내는 일이었지. 물론 돈도 못 받고 호된 착취만 당했지. 누가 착취를 했냐고? 그야 물론 일본군이지 누구겠소. 지금은 미국 군대가 와 있지만, 그땐 왜놈 군대가 이 좁은 섬에 10만이나 있었다는 얘기요. 많기는 했어도 우린 얼마나 많았는지 정확한 숫자는 몰랐지만, 하여간 그놈들이 우리를 혹사시킨 거라오. 사라봉만 해도 하루에 수백 명의 사람들이 말이요, 음력 5, 6월이면 한창 바쁠 때인데, 제집 밭일이나 꼴 베기는 제쳐 두고 개미떼처럼 사라봉 기슭에 모여서는 하얀 뿌리가 잔뜩 붙은 잔디를 네모나게 떠냈다오. 뿌리가 수염처럼 잔뜩 붙어 있지 않으면 왜놈 감독에게 혼쭐이 났지. 한창 더운 초복 때는 나이 든 노인네들이랑 어린 아이들이 몇 명씩이나 쓰러졌다오.

사라봉 잔디밭은 그 위에 누우면 풀냄새가 물씬 풍기는 참으로 기막히게 푸른 잔디였는데, 일본놈들 때문에 무슨 짐승 껍질을 벗겨낸 것처럼 시커멓게 변해 버려서 차마 눈뜨고 볼 수가 없었다오. 산불로 검게 탄 형상이 되고 말았지. 여자들이 먼저 울기 시작했는데, 나도 껍질을 벗겨낸 사라봉의 추한 모습을 보았을 때는 눈물이 절로 나더군. 정말로 눈물이 나왔지. 왜놈들은 이 전쟁에서 언제 패할까, 언제쯤 전쟁이 끝나 이놈들이 섬을 떠날까, 허리를 굽혀 잔디를 떠내면서도 우린 소곤소곤 귓속말을 하곤 했지……. 궐련에 바른 침이 말라 담배가 풀리기 시작했다. 농부는 다시 입술에 갖다 대고 침을 바른 뒤 불을 붙인다. ……헌데 다음에는 떠낸 잔디를 쌓을 차례지. 잔디를 날라다가 신작로 길가에 기왓장처럼 하나하나 쌓아 올려 가는데 마치 만리장성 쌓는 것 같았다오. 그걸 다시 소달구지가 오는 대로 실어 냈는데, 잔디는 흙이 잔뜩 붙어 있어서 무겁기가 기왓장에 비할 바가 못 되었지. 그 잔디를 싣고 길게 줄지은 소달구지는 힘겹게 헐떡거리며 고개를 넘어 성내로 향했다오. 우리는 소 엉덩이를 후려치곤 했다오, 가엽게도 말이지……. 그러지 않으면 일본군들이 곤봉으로 소를 후려갈기니까 말이오. 아리랑 아리랑 아라리요라고들 하는데, 이것이 바로 아리랑고개가 아니고 뭐겠어. 이 고개를 넘는 건 조선 땅 어디에나 있는 아리랑고개를 넘는 것이나 매한가지라오. 달구지 행렬은 선발대가 성내에 도달했는데도 사라봉으로부터 계속 이어지고 있을 정도로 길었는데, 이번에는 성내를 빠져나가 비행장을 만들던 연병장으로 향하는 거야. 지금은 그곳에 미군이 주둔하고 있지만 당시는 일본군이 있었지. 그놈들은 비행장을 확장하려고 불평할 틈도 주지 않고 때려 부순 집과 밭 자리를 고른 뒤, 그곳에 잔디를 촘촘히 깔고 싶었던 게야. 그래서 비행기장까지 실어 날랐다오. 잔디 깔기는 또 어찌나 힘이 들던지. 그 일은 비행장 주변 부락 사람들을 강제로 끌어다 시켰겠지만, 놈들의 비행기를 띄우려고 우리는 이 맨손으로 수만, 수십만 개의 방석을 빼곡히 깔듯 잔디를 깔아 그 위를 달리게 해 준 셈이지. 일할 때는 언제나 왜놈 병사가 착검한 총을 들고 감독을 했는데, 그게 노력봉사라고 해서 일종의 노동력 공출이었다고나 할까……. 그뿐이 아니라오. 공출에 또 공출. 곡식은 말할 것도 없지만, 감자공출은 또 어떻고. 감자를 얇게 깎아서 말린 걸로 알코올을 만들었다오. 그걸 일등이다 이등이다 등급을 매겼는데, 성내까지 하루 종일 걸려서 운반해 가도 검사원 비위를 거슬렀다가는 바로 삼등품으로 떨어져 버리는 거지. 조상 대대로 사용해 온 놋쇠 제사도구도 공출당했지. 그래도 누가 있는 대로 다 내놓겠어. 하지만 소 두 마리 있는 건 속일 수 없어서 한 마리를 공출당했는데 불쌍하게도 왜병들의 육식거리가 되고 말았지. 사라봉을 보고 있자니 옛날 생각이 나서 말이오. ……거기는 자식이 있소? ……엥? 아직 혼자라고? 믿기 어렵군. 그렇게 보이지 않는걸. 흐음. 그럼 노총각이로구만. 요즘 세상은, 이번엔 미국이 들어와서 더 살기가 어려워졌지만, 사람은 오래 살고 볼 일이라고 나는 생각한다오. 사람 목숨이 어떻게 될지 알 수 없는 세상이 되어 버렸으니 더욱 오래 살아남아야지. 대대손손 길게 살아남으려면 우선 각시를 얻어야 하고, 각시를 맞아들여서 씨를 심어야지, 밭에 씨를 뿌리듯 말이오. 지금보다 나은 세상을 보려면 우리들의 씨가 끊이지 않게 해야 한다오. 아들 녀석 결혼을 서두르는 내 맘속에는 이런 생각도 있는데, 자식 결혼은 부모가 책임져야 하는 것 아니겠소. 그 녀석은 이 애비 마음을 모른다오. 거긴 그런 부모 마음을 알까 싶네 그려. 하긴 그놈은 지금도 이 애비를 원망하고 있다오. 그 마음을 난 알지……. 우린 죽어서는 안 돼요. 절대로 죽어선 안 되지. 거기도 얼른 각시를 얻어서…… 씨 뿌린 다음 일은 각시한테 맡겨 두면 되고, 그게 사람 사는 보람이 아니겠소. 어머님은 계신가? 흐음, 그렇다면 어머님도 걱정이 크시겠구면.

농부는 자기 이름과 사는 동네를 상대에게 말할 것이다. 또 그곳에 살고 있는 일가친척들에 관련된 일과 마을에 떠도는 여러 소문을 이야기할지도 모른다. 그리고 다음에는 상대의 이름을 묻고 어느 동네에 사는지도 물을 것이다. 만일 자신이 알고 있거나, 자신과 같은 마을 혹은 이웃 마을에 살고 있다면 이야기는 활기를 띠게 될 것이다. 그런 다음 상대방의 일가친척들에 관한 일들을 화제로 삼을 것이 틀림없다. 이게 바로 이 섬의 관습이자 예의였다. 이름은 물론 지금 살고 있는 마을조차 밝히길 꺼리는 옆자리의 청년은 아랑곳하지 않고 농부는 이 섬의 생활습관에 충실할 것이다.

나는 지금 아들 녀석 집으로 가는 길이라오. 둘째아들이 성내에 살고 있어서 말이오. 이 녀석은 농사가 싫다고 집을 뛰쳐나갔지만 제법 똑똑한 놈인데, 과묵해서 말은 별로 없지만 무슨 생각을 하고 있는지 모를 정도로 속이 깊은 게 장점이라오. 그 아들을 만나러 보리를 짊어지고 오랜만에 성내로 나오는 거요. ……으음, 거기도 내 아들처럼 별로 말이 없는 사람이로군. 그런데 어디서 왔소? 아니, K리라고? 으음, 거긴 살기 좋은 곳이지. 물도 좋지만 백사장 또한 이루 말할 수 없이 희고 깨끗하지. 게다가 그 앞바다에서는 정어리가 많이 잡힌다오. 정어리 떼가 바다를 은색으로 부풀리며 올라올 때 말이요, 그것도 기름기가 오른 팔팔한 놈들이 말이지. 그리고 이 정어리 떼를 따라서 돌고래가 마치 사람처럼 휘파람을 불면서 무리지어 몰려오는데, 갈매기도 떼를 지어 울어 대고, 아주 시끄럽게 말이지…….

농부는 자신의 성도 상대방의 성도, 그리고 동네 이야기도 입 밖에 내지 않았다. 농부는 이 섬의 생활습관 중 일부를 잊었는지도 모른다. 아니, 그때 갑자기 바구니 속의 수탉이 새벽을 알리는 울음으로 사람들을 놀라게 했는데, 그 때문인지도 모른다. 운전수까지 뒤를 돌아보았지만 앞쪽에서 트럭이 달려오는 바람에 다시 고개를 돌렸다. 핫하하ー, 한밤중에 저렇게 울어 대면 사랑하는 임은 깜짝 놀라 도망쳐 버리고 말겠군. 이 바보 같은 닭아, 시장에 가거들랑 절대로 그렇게 울지 말거라. 아낙들이 사 가지 않을 테니까. 사람들이 크게 웃었다. 농부도 생뚱맞은 수탉의 울음소리가 나는 쪽으로 고개를 돌리고 웃었는데, 그 때문에 잊어버렸는지도 모른다.

설사 그렇다 치더라도 이상한 일이다. 물론 농부 쪽에서 일방적으로 말을 걸어오긴 했지만, 이만큼이나 얘기를 나누었는데도 서로 자기소개도 없이 도중에 흐지부지된 건 무슨 까닭일까. 이제는 그런 습관이 사라지기 시작했는지도 모른다. 요즘 섬의 젊은이들이 가명을 사용하거나 자신이 태어난 마을에 정주하지 않게 된 사실을 농부는 이미 알고 있는지도 모른다. 아니, 굳이 말하자면 이 농부도 어떤 인물인지 알 수 없는 게 요즘 세상이다. 어쨌든 남승지로서는 그런 번거로운 일은 피하고 싶었다. K리에 산다고 한 것은 거짓말이었다.

제1장

1

버스 내부는 사람들의 훈김과 야릇한 냄새로 가득했다. 농부들의 때 묻고 남루한 옷에서 발산되는 햇볕에 그을린 구릿빛 피부의 냄새. 간장에 절인 마늘이 목구멍을 자극하는 냄새가, 오늘 아침 같은 반찬으로 고구마만 먹고 나온 남승지의 콧속으로 스며든다. 자신은 모르고 있겠지만, 그의 입에서도 같은 냄새가 나고 있었다. 누가 뀌었는지 방귀냄새도 났다. 잡곡, 건어물, 엔진이 타는 듯한 냄새, 날아드는 흙먼지, 담배 연기, 그리고 바구니에 똥을 싼 닭 냄새까지 거들면서 차 안에 잡다하게 뒤섞인 냄새는 사람들의 대화를 한층 유쾌하게 만들고 있었다.

……기둥과 벽의 틈새에서 피어오르는 마른 흙냄새. 온돌방의 깨진 거울 속에서 본 번쩍번쩍 빛나던 피곤하고 충혈된 눈, 일본이란 말이지, 일본……. 도대체 왜 일본이란 말인가, 밤새 고향 바다의 거친 파도 소리를 들으면서도, 왜 일본이란 말인가……. 남승지는 먼지를 뒤집어쓴 둥근 백미러 속의 단조로운, 그러나 진행방향과는 휙휙 역주행하는 듯한 기묘한 느낌의 풍경 속에서, 온돌방의 거울 속에 비친 자신의 얼굴을 떠올리고 있었다. 눈을 감으면, 수면이 부족한 눈꺼풀 속 어두운 공간에 선명히 떠오른다. 천장이 낮고 햇볕이 잘 들지 않는 탓도 있었지만, 역시 자신의 얼굴에서는 아직도 어둠의 핵이 사라지지 않고 있다는 것을 경직된 눈동자를 통해 확인할 수 있었다. 어둠의 핵이란 무엇일까? 거울 속에서 웃는 자신의 모습은 양볼 근육을 치켜들면서도 두 눈만은 조소하듯 웃지 않는다. 마치 다른 사람을 응시하는 것처럼……. 아니, 다른 사람이 항상 이런 눈을 보고 있다면 어떠

할까. 흐응, 이상한 놈이로군, 왜 넌 나를 그런 눈으로 쳐다보는 거야, 왜 놀리냐구? 금년 1월 대대적인 검속(국민학생까지 체포되어 면사무소와 학교 교실이 유치장 대신 사용되었다)이 있은 뒤 얼마 지나지 않아 당국의 회유정책으로 석방된 사람들 가운데는 섬을 탈출하여 일본으로 밀항한 사람이 많았다. 거의 매일처럼 누가 일본으로 건너갔다는 풍문이 들려왔다. 중학교 교사일 때의 동료이자 일찍이 교원노조에도 관여했던 윤상길 역시 이미 3, 4일 전에 섬을 떠났다는 것이었다.

어젯밤은 거의 날이 샐 때까지 마을의 무기제조 오두막에서 밤을 새웠다. 무기라고 해 봐야 고작 마을 사람들과 민위대(民衛隊) 청년들이 모여 만든 죽창 정도였고, 마을 누군가의 뒤뜰을 빌려 만들고 있었다. 그곳에 윤상길의 친척이자 오두막 주인이 와서 소식을 전했다. 윤상길은 비록 검속 때 체포되지는 않았지만 앞으로 닥칠 위험에 대비하여 그의 부모가 억지로 섬을 떠나게 했던 것이다. 만약 섬에 남아 있다가 부모보다 먼저 죽으면 어떻게 할 작정이냐, 절대로 그런 불효 자식이 돼선 안 된다. 그럴 경우엔 이 어미를 먼저 죽이라면서 노모는 부친과 함께 병석에 누울 정도로 간곡히 자식을 설득하여 일본으로 보냈다는 것이다. 윤상길은 효도를 하기 위해 섬을 떠났다는 건가. 그는 당원은 아니었지만 왠지 허무했다. 매일 들려오는 이런 소문들이 그를 왠지 허무하게 만들었다. 그들 대부분은 해방 후 자신과 마찬가지로 일본에서 조국으로 돌아온 사람들이었다. 제기랄, 왜 하필 일본이냐구? 남승지는 일본 오사카(大阪)에 있는 어머니와 여동생이 얼핏 자신을 들여다본다는 것을 의식하면서 중얼거렸다. 그리고 난 왜 여기에 있지? 그는 되묻는다. 당원이라서……? 당원이 뭐지? 그는 아주 작은 소리로 중얼거렸다. 순간, 버스 유리창에 물보라 같은 흙먼지를 끼얹으며 트럭이 스쳐 지나갔다. 트럭은 굉음과 함께 유리창과 사람들의 몸을 흔들어 놓았다. 남승지는 반사적으로 고개를 돌려 창밖을 보았다. 흙먼지가 구름처럼 피어올랐다. 그는 짐칸의 덮개를 보고 그것이 경찰트럭이라는 것을 한눈에 알았다. 그러나 멀어져 가는 덮개 안을 확인할 여유는 없었다. 트럭이 일으키는 먼지바람으로 유리창이 순간 뿌옇게 흐려졌지만 빈 트럭처럼 보였다.

버스는 언덕을 깎아 낸 완만한 비탈길을 달렸다. 전방으로 성내의 낮은 시가지가 보이기 시작한다. 기와지붕들 사이에 띄엄띄엄 있는 초가지붕이 유독 눈에 띄었다. 성내 입구 주변에는 강풍에 날아가지 않도록 굵은 밧줄로 바둑판처럼 동여맨 초가지붕들이 땅에 달라붙은 갑충 모양으로 밀집해 있었다. 신작로 오른쪽 관목이 드문드문 서 있는 절개도로 끝머리까지 갓 돋아나기 시작한 부드러운 잔디가 사라봉 기슭을 뒤덮고 있었다. 반대편은 여전히 길과 밭 사이로 용암 조각을 쌓아 올린 돌담이었다. 바람이 일자 절개도로의 붉게 마른 흙이 화약 연기처럼 피어올라 날아갔다.

경사진 절개도로를 내려오자 길은 넓어지고 인가가 눈에 띄기 시작했다. 왕래하는 사람들 중에 여자들이 많은 것은 장이 열렸기 때문일 것이다.

방금 전에 지나친 트럭의 덮개 속이 비어 있다고 생각한 것은 착각일지도 몰랐다. 흙먼지가 그 속에 앉아 있는 경찰들의 모습을 순간적으로 가린 것은 아니었을까. 그렇다면 그들은 대체 어디로 가는 걸까. 설마 트럭 한 대의 병력으로 습격하지는 않을 것이다. 평탄한 길로 접어들자 버스는 마침내 속력을 늦추었다. 오른쪽 평평한 언덕 끝에 붉은 벽돌로 지은 기상대 건물이 보였다. 첨탑 같은 건물 꼭대기에는 풍속계가 프로펠러처럼 돌아가고 있었다. 외침 소리가 차 안에까지 들려오는 아이들을 경적으로 쫓아내며 버스는 노천시장 근처

동문교(東門橋)를 건넜다. 아이들이 욕을 해대면서 다리까지 뒤따라왔다. 버스는 마침내 종점인 성내로 들어온 것이다(성내라고는 해도 성벽은 거의 남아 있지 않고, 관습처럼 그렇게 부를 뿐이다).

성내 거리 모습이 먼지를 뒤집어쓴 앞 유리창을 통해 펼쳐졌다. 버스의 차체 아래로 성내의 도로가 뻗어 있음을 의식하자 남승지의 가슴은 갑자기 두근거리기 시작했다. 그것은 하차에 대비한 긴장이라기보다 버스를 휘감는 일종의 압박감에 대한 저항 같은 것이었다.

지붕이며 엔진 덮개, 유리창까지 온통 먼지를 뒤집어쓴 버스는 낮게 늘어선 집들 사이를 천천히 나아갔다. 길 가던 사람들이 차를 피해 한쪽으로 비켜섰다. 이윽고 오른쪽으로 늘어선 집들이 길모퉁이의 이발소에서 끊기자 갑자기 넓은 광장이 펼쳐졌다. 하지만 신작로는 왼쪽으로 늘어선 집들을 따라 서쪽을 향해 일직선으로 뻗어 있었다. 오른쪽 길모퉁이에 있는 이발소 근처에 신작로와 직각으로 교차되는 길이 나 있었고, 왼쪽으로 나 있는 완만한 오르막길이 남문길이었다. 오른쪽으로 난 길은 광장을 지나 바다로 통했다. 그 길과 신작로 사이에 방금 건너온 하천 쪽으로 통하는 C길이 있다. 모퉁이에 자리한 삼각형 모양의 이발소는 신작로와 광장, 그리고 상점이 밀집해 있는 C길과 면해 있어서 눈에 잘 띄었다. 시장에 가려면 버스를 내려 신작로를 거슬러 올라가는 것이 지름길이지만, C길을 통해서도 갈 수 있었다. 광장 뒤편 소나무 숲을 배경으로 공자사당 풍의 붉은 단청이 벗겨져 거무스름해진 관덕정(觀德亭) 건물이 부드럽게 휘어진 커다란 추녀를 흐린 하늘에 펼친 채 서 있었다. 신작로 오른쪽에 펼쳐진 광장의 모습이 남승지의 시야에 한눈에 들어왔다. 관덕정을 사이에 두고 신작로와 평행한 길이 또 하나 뻗어 있었다. 그 길과 광장에 인접하여 여러 관청과 경찰서가 늘어서 있었는데, 모두 1, 2층짜리 건물들로, 수백 년의 역사를 지닌 관덕정 건물이 아직껏 주변을 압도하며 당당하게 서 있었다.

남승지는 세 시가 지났음을 알리고 있는, 글자판이 누렇게 변한 손목시계를 다시 한 번 힐끗 들여다보았다. 세 시⋯⋯. 그는 버스정류장 근처를 살폈다. 정류장이라 해도 달리 표지판이 서 있는 것도 아니었다. 왼쪽 전방에 보이는 함석지붕의 차고와 매표소 앞이 정류장이었다. 섬을 한 바퀴 돌고 성내를 동서로 가로지르는 신작로를 따라 달리는 버스의 시발점인 그 주변은(버스는 이 섬의 유일한 교통수단이었다) 상당히 혼잡했다. 이미 버스 대용으로 쓰이는 무개트럭이 서 있었고, 사람들의 시선이 이쪽 버스로 몰리는 것을 느꼈다.

남승지는 북적대는 인파로부터 조금 떨어진 곳에 짙은 갈색 점퍼 차림에 같은 색깔 사냥모자를 쓴 사내 둘을 발견했다. 두 사내는 주머니에 손을 찔러 넣고 어깨를 치켜든 채 마치 굶주린 매와 같은 모습으로 걷고 있었다. 버스를 기다리고 있는 사람들과는 행색이 사뭇 달랐으며, 두 사람이 나란히 서 있을 때면 키 차이가 컸던 탓일까 더욱 사람들의 눈길을 끌었다. 으음, '서북(西北)' 놈들이군. 걸음걸이와 풍채에서 어딘지 모르게 깡패 냄새가 배어 있었다. 게다가 엿장수처럼 촌스러운 모습을 하고 있었다. 이른바 이승만(李承晩) 왕통파(王統派)의 망나니 같은 존재였다. 이들 말고도 사람들 틈에 끼여 이야기를 나누며 서 있는 서북으로 보이는 감색 사냥모자를 발견하였으나 어느쪽도 총을 가지고 있지는 않았다. 짙은 갈색 점퍼를 입은 두 사내가 서행하는 버스 쪽으로 몸을 돌렸다. 무기도 없이 허름한 옷을 입은 그들은 졸개들이었다. 행세깨나 하는 '서북'패들은 경찰도 군인도 아닌 주제에 낮에도 당당히 M1소총을 메고 다녔다. 두 사내는 급히 대여섯 걸음을 달려와 멈추더니 다가오는 버스를 훑듯이 살펴보았다.

그러나 키 큰 쪽이 손가락까지 타들어 간 담배를 튕겨내자 두 사내는 사람들 사이로 슬그머니 사라져 버렸다.

　자, 어디 좀 보자……, 음 드디어 성내에 도착했군, 성내에……. 저건 뭐지? 엿장수 같은 녀석이 있네……. 어험, 자아 조심하세요, 아가씨들은 혼자 가면 안돼요. 우리하고 함께 가야지, 함께……라는 또 다른 목소리가 들린다. 짐을 짊어지며 내릴 준비로 시끌벅적하다 보니, 지금까지의 태평스러운 공기는 흔적도 없이 사라져 버렸다. 목적지에 도착했기 때문만은 아니다. 그보다는 성내의 공기가 갑작스레 버스 안으로 침투해 들어온 탓이었다. 그들도 성내가 시골과는 다른 분위기라는 것을 알고 있었다. 남승지는 눈을 가느다랗게 뜨고(그는 가벼운 근시에 난시였으나 안경을 쓰지 않고 있었다) 사복경찰이 없는지 유심히 살펴보았다. 잠복 중인지 어떤지 알 수는 없으나, 형사 특유의 냄새를 풍기는 사람을 찾아내려고 했다. 이럴 때마다 남승지는 자주 긴장 속에 떠오르는 기억, 일제 때의 관부연락선, 시모노세키 항과 부산항, 이곳 성내의 항구, 서울과 목포역 등지에서 일본인인지 조선인인지 알 수 없는 사복경찰과 헌병을 두려워했던 일들을 떠올렸다. 이 나라가 일제 때와 마찬가지 상황으로 돌아가는 데는 독립하고 나서 겨우 1년 밖에 걸리지 않았다. 그러나 지금은 사복경찰이 지키고 서 있다 해도 두려워할 필요가 없었다. 장날에 보릿자루를 짊어지고 노천시장에 팔러 가는 시골청년에 지나지 않았기 때문이다.

　'서북'이란 원래 '서도(西道)'(북한의 황해도·평안남북도)와, '북관(北關)'(북한의 함경남북도) 지방, 즉 북한을 지칭하는 말이었으나, 지금 남한에서는 '서북청년회(西北青年會)'를 일컫는 말이다. 1945년 8월 15일 해방을 맞은 후, 38선을 넘어 남으로 내려온 그들은 과거 지배층에 속해 있던 사람들이거나 그들과 봉건적 신분 관계를 맺고 있던 일족들이었고 새로운 사회체제에 반대하는 자들로, 철저한 반공 테러 단체인 '서북청년회'를 조직하여 이승만의 가장 충실한 앞잡이가 되어 있었다. 그들은 서울을 거점으로 삼아 특히 반미·반이승만 세력이 강한 이 섬을 폭력과 테러의 장으로 변모시켰다. '서북'이라면 울던 아이도 눈을 크게 뜨고 숨을 죽일 정도였다.

버스가 멈추자 승객들은 짐을 계단에서 바닥으로 아무렇게나 던지거나, 차 안에서 짊어지고 버스에서 내렸다. 먼저 뛰어내려 문밖에서 있던 차장이 버스표를 회수했다. 차장 외에 누군가 의심스런 사람이 다가오는 기색은 없었다. 버스가 성내로 들어와 막상 내릴 때가 되자 남승지의 마음속에서 마치 거품처럼 부풀어 오르던 긴장감도 수증기처럼 사라져 버렸다. 바닥에서 들어 올린 대나무 바구니 안의 닭들은 나지막한 소리로 꼬꼬댁거렸다. 바람이 불어와 마른 닭똥과 함께 깃털이 날렸다. 남승지는 사람이 내릴 때마다 바닥이 흔들거리고 삐걱대는 버스 안에서 보리 서 말이 든 가마니를 지게에 짊어지고 닭들의 뒤를 따랐다. 많은 사람이 내리자 버스의 차체는 물에 뜬 배처럼 떠올랐고, 사람들은 제 갈 길을 향해 흩어졌다. 세 명의 여자가 농부들과 함께 서둘러 걸어갔다.

남승지는 아무 일 없이 내려선 작업화 밑 성내 지면의 감촉이 맨발로 밟는 것처럼 생생하게 느껴졌다. 그는 아들을 만나러 왔다는 농부와 헤어져 시장으로 향했다. 남승지는 다시 한 번 짐을 고쳐 메고 걷기 시작했다. 그는 이제 혼자였다. 대략 4, 50보쯤 걸었을 때였다. 알 수 없는 냉기가 등줄기에서 온몸으로 퍼지는가 싶더니, 좌우에서 사람이 다가와 "이보라우"라며 말을 걸었다. 뒤쪽에서 소리 없이 다가오는 바람에 알아차리지 못했던 것이다.

"이보라우, 담배 있소?"

평안도 사투리의 새된 목소리와 함께 키 큰 사내의 얼굴이 오른쪽에서 다가왔다. 그리고는 남승지의 얼굴을 찬찬히 들여다보았다. 대답을 원하는 건지, 얼굴을 보겠다는 건지 목적을 알 수가 없다. 좀 전에 버스 창문으로 보았던 사냥모자를 쓴 두 사내였다.

남승지는 상대방의 시선을 피했다. 그리고는 다시 한 번 짐을 고쳐 메려는 듯이 허리를 굽혔다 일으키면서 순순히 고개를 끄덕여 보였다. 너무 갑작스러운 일이라 시간이 필요했다. 단 몇 초라는 짧은 동작이었지만 앞으로 일어날지도 모를 사태에 대비하기 위한 각오를 다졌다. 침착하고 태연하자, 절대로 시비에 말려들지 말자, 그는 긴장으로 오그라든 목구멍을 통해 깊은 숨을 조용히 내쉬면서 상의 호주머니에서 담배를 꺼내 주었다. 그리고 문득 엉거주춤 벌리고 선 그들의 발을 보았다. 낡은 미군용 모직바지 아래로 남승지의 것과 똑같은 닳아빠진 작업화가 튀어나와 있었다. 초라하기 그지없었다. 공격적이지 않은 발을 보고 남승지는 그들이 정말로 담배를 원하고 있다는 것을 알았다. 그러나 마침 담배를 갖고 있지 않다며 거절했어도 그들은 순순히 물러나지 않을 것이다. 어떻게든 트집을 잡을 것이다. 꼬리 내린 개처럼 도망칠 필요도 없지만 그들과 싸움은 피해야 한다. 담배 문제가 아니었다.

주위에 사람이 몰려들기 시작했다. 한 사람씩 모여드는 게 아니라 이미 무리를 지어 몇 명이 서 있었고, 그 수가 하나 둘씩 늘어나고 있었다. '서북'도 절대로 혼자 다니지는 않았지만, 여기 사람들은 그들 앞에서 무슨 일이 생겼다 하면 모르는 사람끼리도 반드시 몇인가 모여들어 집단을 이뤘다.

"이보라우, 당신 짐은 뭐요?"

왼쪽에 있던 작은 키에다 들창코이며 입술이 두껍고 네모진 얼굴을 한 사내가 물었다.

"어디 가오? 시장 가오?"

오른쪽의 세면대처럼 큰 얼굴에 어울리지 않는 새된 소리로 다그쳐 물었다. 방금 전에 상대에게 넘겨준 담배에서 피어오른 연기가 남승지의 얼굴을 스쳤다. 정말로 그를 의심하고 있는 심사인지, 담배를 피우는 김에 그를 놀려 보겠다는 것인지 알 수 없었다. 여느 때 같으면 "어딜 가냐구? 그러는 당신들은 뭐야?" 하고 따져 물었을 것이다. 아니, 남승지의 머릿속에는 이미 "당신들 도대체 뭐야?"라는 말이 튀어나와 있었다. 그리고 "도대체 누구냐고? 넌 '서북'도 모르나?"라는 도발적인 말들이 순간적으로 교차하고 있었다.

남승지는 짊어진 짐으로 허리를 굽힌 채 동문시장에 보리를 팔러 가는 길이라고 대답했다. 그러자 키 작은 들창코가 말없이 바지 주머니에서 등산용 나이프를 꺼내 찰칵하는 소리를 냈다. 칼날이 남승지의 눈앞에 튀어나와 번쩍 빛났다. 사내는 칼로 아무렇게나 가마니 옆구리를 쿡 찔렀다가 도려내듯 칼날을 빼냈다. 찢어진 구멍으로 보리알이 주르륵 흘러나와 땅에 떨어졌다. 남승지는 가마니 속에서 뜨거운 불꽃이 튀고, 칼끝이 등으로부터 심장 한구석에 푹 박히는 통증을 느꼈다.

주위에 빙 둘러 모여들기 시작한 사람들은 서북패의 행동에 야유라도 보낼 듯한 기세였다. 아니, 그들의 눈에는 하얀 분노가 서려 있었지만, 아무도 입을 열지 않았다. 그냥 그 광경을 지켜보고 있었다.

"그렇군, 보리가 틀림없구만."

"그렇구만."

서로 얼굴을 마주본 그들은 누구에게 하는 말인지 알 수 없는 말을 남겼다. 그리고 사람들이 더 모여들기 전에 서둘러 그곳을 떠났다.

사람들은 남승지 편에 가세할 작정이었겠지만, 그는 '서북'패들과의 실랑이를 피했다. 때 마침 밀짚모자가 바람에 날려 턱 끈이 팽팽해졌다. 마치 바람이 강제로 그의 목을 돌려 사람들에게 얼굴을 보여 주려는 듯했다. 남승지는 한 손으로 밀짚모자 꼭지를 꾹 누른 채 걸어갔다. 땅에 흘러 떨어진 보리알은 짐을 내리고 주워 담을 정도는 아니었다. 그 자리에서 지게를 내린다면 구경꾼들에게 자신을 더욱 드러낼 뿐이었다. 남승지는 그곳을 떠나 잠시 걷다가 땅바닥에 퉤 침을 뱉었다. 제기랄! 그러나 그 정도의 일로 신경을 쓸 필요는 없었다. 그는 속으로 웃기까지 했다. 2, 3분 걷다가 이미 문이 닫힌 은행 옆의 전봇대까지 와서야 지게를 내렸다. 그리고는 뚫린 구멍이 위를 향하도록 가마니를 힘껏 들어 올렸다가 다시 바닥에 내려놓았다. 그 바람에 얼굴로 피가 몰리고 심장 박동이 격해졌다. 그런데 어떻게 된 일인지 가마니를 들어 올리는 순간, 가슴이 욱신거리면서 빨라진 맥박과 함께 분노가 솟구쳐 오르는 것을 느꼈다. 제기랄! 왜 하필 나에게 눈독을 들였을까. 남승지는 뚫어진 구멍을 막으려는 듯 가마니를 쓰다듬다가 손가락에 잡힌 보리알을 손바닥에 올린 뒤 입에 털어 넣었다. 그리고는 다시 짐을 짊어지고 일어나 유즙 같은 맛이 나는 보리알을 씹으며 아무 일도 없었다는 듯이 걸어갔다. 바람이 차가웠다. 턱과 귓불에 얇은 얼음이 달라붙은 느낌이었다. 사람들의 입은 증기 같은 하얀 입김을 끊임없이 내뿜고 있었다.

과연 읍내는 사람 통행이 많았다. 자전거가 달리고 짐수레도 다녔다. 그러나 사람들은 한결같이 무표정한 얼굴이었다. 특별히 험악한 분위기는 아니었지만 어딘지 모르게 무관심에 가까운 냉담함이 서려 있었다. 어쩌면 무관심을 가장하는 데 익숙해져 버렸는지도 몰랐다. 어쨌든 딱딱한 성내의 분위기는 버스가 시골에서 싣고 온 유쾌한 웃음과는 사뭇 달랐다. 사람들은 그저 무표정하고 덤덤하게, 그러나 뭔가 뚜렷한 목적을 지니고 있는 것처럼 걷고 있었다. 어슬렁거리는 사람은 눈에 띄지 않았다. 눈앞에 가야 할 길이 있으니 목적지를 향해 간다는 식의 어떤 확신을 느끼게 했다. 하굣길의 국민학생들조차 뭔가 나름의 확신을 가지고 집으로 향하는 듯했다. 실업자가 많았겠지만 관덕정 돌계단 같은 곳에 진을 치고 앉아 있는 부랑자들의 모습은 찾아보기 어려웠다. 할 일 없는 사람은 읍내에 나오지 않고 어딘가에 틀어박혀 매일 낮잠이나 자고 있는 것일까. 그러면서도 읍내의 분위기는 결코 조급하지 않고 조용한 가운데 여유가 있었다. 그것이 오히려 남승지를 불안하게 만드는 원인으로 작용하는 듯했다.

남승지는 밀짚모자 밑으로 조심스럽게 주위를 살폈다. 그는 아직까지 경찰에 체포된 적이 없는 알려지지 않은 얼굴이었지만, 성내에는 여러 차례 드나들었으므로 방심은 금물이었다. 다른 마을에서 지게를 지고 온 시골청년과 농부들이 제법 많았다. 남승지는 그들 틈에 섞여 태연히 걸어갔다. 눈에 띄는 것은 남루한 차림의 노파가 섞여 있는 아낙네들의 모습이었다. 아낙들은 대부분은 무언가 짐을 짊어진 상태였고 시장에 물건을 팔러 간다기보다 아는 사람들과 물물교환을 하러 가는 듯했다. 사람들은 광장에서 갈라지는 여러 길로 사라졌지만 대다수는 여전히 시장 쪽으로 천천히 움직이고 있었다. 이따금 지프나 경찰차가 빠른 속도로 흙먼지를 날리며 광장을 지날 때면 그 단조로운 움직임이 끊어지면서 어수선하게 흐트러진다. 경적에 놀라 마치 날개를 퍼덕이는 닭처럼 도망치는 노파들의 모습은 얼핏 우스꽝스럽게 보이기까지 했다. 그러나 차가 지나가고 나면 사람들은 원래의 모습으로 돌아왔다. 특별히 참담하거나 분노한 기색은 보이지 않았다. 다시 확신에 찬 발걸음으로 무표정하게 걸어갈 뿐이다.

관덕정 광장 부근은 이른바 성내의 중심지였다. 방금 전에 남승지가 지게를 내렸던 신작로 주변의 은행을 비롯한 상점건물과 함께 나란히 늘어선 버스 차고 건너편의 광장 주변에는 경찰서와 도청, 법원, 소방서, 우체국 등이 들어서 있었다. 그런 건물들 중에서도 경찰서 문에서 나오는 노파들의 모습은 커다란 한숨 소리가 들려올 만큼 몹시 풀죽어 보였다. 그것은 남승지가 보기에도 의심할 여지가 없었다. 아니, 성내 사람들은 경찰서에 출입하는 겁먹은 노파들의 모습을 얼핏 보기만 해도 그것이 무엇을 의미하는지 직감적으로 알아차렸다. 체포된 자식들을 위해 경찰서 문턱이 닳도록 찾아오는 것이었다. 이처럼 관덕정 광장에서는 명절이나 제사 때밖에 먹지 못하는 흰 쌀밥을 싸안고 먼 시골에서 하루 종일 걸어왔으면서도 음식만 건네주고 허무하게 돌아가는 노파들의 모습을 흔히 볼 수 있었다. 관덕정의 하얀 돌계단에 털썩 주저앉아 어찌할 바를 모른 채 한숨짓는 모습은 수시로 목격할 수 있는 일이다.

그런데 성내의 이 주변에는 수도가 들어와 있기 때문인지, 물허벅(항아리)을 담은 구덕(바구니)을 지고 가는 아낙네나 아이들의 모습은 그다지 보이지 않았다. 시골 마을에서는 길 가는 사람 중에 물 긷는 여자나 아이들의 모습을 흔히 볼 수 있었는데, 타지에서 온 사람들에게는 그것이 이 섬의 풍물처럼 보이기도 하였다. 남승지는 도회지에 나온 촌뜨기처럼 좀 당황해하는 자신을 발견했다. 아니, 그것은 문득 내가 왜 여기에 있지? 이런 느낌과 매우 흡사한 것이었다. 어쩌면 그런 감정이 번잡한 성내의 분위기와 맞물려 혼란을 야기하고 있는지도 몰랐다.

도청 건물 위에서 성조기가 기세 좋게 펄럭이고 있었다. 남승지는 성조기를 얼핏 보았을 뿐인데도 또렷하게 각인되었다. 왜 미국 국기가 저곳에 있지? 성조기가 그곳에 있다는 사실이 문득 남승지의 마음속에 떠오른 비현실적인 감각과 겹치면서 환영으로 바뀌려 했다. 눈앞의 사실이 감각 속에서 환영으로 바뀌어 간다. 그의 뇌리에는 좀 전에 각인된 광경 속의 성조기가 사라져 있었다. 다시 한 번 돌아보고 성조기가 정말로 있는지 확인할 필요가 있었다. 남승지는 돌아보지 않았지만, 그의 의식은 돌아보았다. 분명히 깃발이 있었다. 그것이 정말로 우리 국기가 아닌 미국 국기에 틀림없단 말인가? 깃발을 잘못 그린 한 폭의 풍경화를 본 듯한 위화감을 느꼈다. 식민지 지배에서 해방된 조국의 남단 제주도에까지 이국의 깃대가 우뚝 서 있는 광경은 한순간 그의 머릿속을 어지럽게 만들었다. 여기에 미국 국기가 있다고? 이건 착각이 아닐까? 이런 당혹감에 현실을 수긍하기 어려웠다. 실감하기 어려운 현실, 현실감이 동반되지 않는 현실. 현실을 부정하려는 의지가 만들어 내는 일종의 비현실감은 신선한 감각이었지만 오늘 처음 경험하는 것은 아니었다.

해방 후, 처음으로 고향 땅을 밟고 성조기를 보았을 때의 감각은 일본에서 느꼈던 것과는 다른 다소 기묘한 느낌이었다. 그것은 그가 패전국인 일본에서 신생독립국인 조국으로 돌아왔기 때문이었다. 그러나 이는 나름대로 납득할 수 있는 여지가 있었다. 미국은 '해방의 주역'이었고 그 화려한 성조기도 이른바 절차상의 편의를 위한 것이라고 생각했다. 일본에 나부끼는 성조기와는 그 의미가 전혀 다르다고……. 그렇게 단순하게 생각할 여지가 아직 남아 있었던 것이다. 그러나 조선총독부의 일장기 대신 내걸린 서울 미군정청의 성조기는 내려질 기미를 보이지 않았다. 서울에서 제주도로 돌아와 성조기를 보았을 때의 인상은 해방 직후에 느꼈던 것과는 이미 달라져 있었다. 저들은 장소를 착각하고 있는 것이 아닐까? 왜 저기에 성조기 깃대가 계속 서 있는 것일까? 저건 태극기가 아니고 성조기가 틀림없나? 아니, 성조기로 보이는 건 내 착각일 것이라는 식의 터무니없는 비현실적인 감각에 빠져드는 자신을 발견하곤 했다.

지금 오랜만에 그 감각이 되살아났다. 물론 도청 건물 위에 성조기가 있어도 이상할 것은 없었다. 기와지붕의 단층건물이지만 제주의 연합군 최고사령부는 도청의 일부를 사용하고 있기에 특별히 문제 삼을 일은 아니다. 과거에는 일장기가 36년간이나 '국기 게양대'에 걸려 있었다. 그 현실이 아직도 계속되고 있는 것에 불과하다. 본질적으로 뭐가 달라졌단 말인가. 우리말을 마음대로 쓸 수 있게 되었다는 건가? 우리말을……. 해방 후에도 변함없이 계속되고 있는 이 현실, 실감하기 어려운 현실을 차츰 실감하며 남승지의 가슴 속에는 붉은 고깃덩어리처럼 증오의 감정이 펼쳐진다. 그것은 분노였다. 슬로모션으로 돌려 보는 필름처럼 펼쳐지는 감정의 움직임이 성조기를 바라보는 그의 감각을 생생하게 만들었다. 그리고 그곳에서 피어오르는 분노의 감정이 '내가 왜 여기에 있는가'라는 불안정함과 함께 정서적인 감정을 억누르고 그가 이 섬을 떠나지 못하게 하는 힘으로 작용하고 있는 것이 분명했다.

갑자기 지지직 ─ 하는 소리가 들려왔다. 라디오 잡음이었다. 바로 오른쪽의 남문로와 교차되는 길모퉁이에 라디오 수리점이 있었다. 조그만 가게 앞에서 꼼꼼해 보이는 남자가 드라이버를 들고 진공관 사이로 코끝을 들이대고 있었다. 어찌 된 일인지 문득 남자의 구부린 등이 부풀어 오른 혹처럼 보였다. 다시 한 번 가게 안을 들여다보려 하자 스쳐 지나가던 두세 명의 행인이 그의 시선을 가로막았다.

남승지는 신작로를 따라 곧장 올라가 남문길 교차로를 건넜다. 그대로 계속 가면 버스가 지나온 동문길 쪽으로 뻗은 신작로가 나오지만, 남승지는 어떻게 할지 망설였다. 시장으로 곧장 갈 것인지, 아니면 우체국에 들렀다 가야 할지. 우체국에 들러 나중에 만나기로 한 유달현에게 미리 전화를 걸어 두는 편이 좋을지 어떨지 잠시 걸음을 멈추고 망설였다. 버스 안에서 계획대로라면 곧장 시장으로 가야만 했다.

그러나 버스에서 내리고 보니 경찰서 정문으로 경찰이 드나들기는 해도 그다지 뒤숭숭한 분위기는 아니었다. 우체국에서 잠시 시간을 보내도 큰 문제는 없을 것 같았다. 아무래도 좋다는 생각을 하자 오히려 결정하기 어려워졌다. 가능한 빨리 지금 도착했다는 연락을 해 두고 싶었다.

남승지는 신작로를 곧장 가지 않고 삼각형 모양의 모퉁이에 자리한 이발소 옆쪽의 C길로 들어섰다. 우체국에는 나중에 들르자. 연락은 빨리 하는 게 좋겠지만 역시 불편한 짐에서 해방되는 게 급선무였다.

약간 돌아가는 C길로 들어선 특별한 이유는 없었다. 자동차가 많이 다니는 큰 신작로를 피했을 뿐이었다. 남승지는 구부린 등을 내리누르는 짐 무게를 느끼면서 이런 모습으로 조국 땅 제주도의 성내 거리를 걷고 있는 자신의 모습에 미소를 머금었다. 문득 자신의 또 다른 시선이 머나먼 오사카에서 지켜보고 있는 듯한 느낌이 들었다. 그리고 뭔지 알 수 없는 타국의 거리를 걷고 있는 듯한 느낌이 머리를 스치고 지나갔다. 남승지는 고개를 가로저었다. 그리고 저고리 옷자락 끝에 성냥개비 크기로 말아 꿰매 넣은 신임장의 촉감을 손가락 끝으로 확인했다. 신임장, 신임장…….

남승지는 요즘 들어 '내가 왜 여기 있는 것일까'라는 일종의 부랑자와 같은 불안감에 시달리곤 하였다. 그것은 익숙지 않은 이곳 섬 생활에서 현실적인 위화감을 느낄 때 생기는 감정과는 조금 달랐다. 오히려 도시의 생활감각에서 완전히 벗어나지 못한 데서 생기는 불안감에 가까운 것이었다. 남승지는 육친을 특별히 그리워하지는 않았지만, 갑자기 일본과 서울에서 살았던 기억들로 그의 마음이 흔들리

곤 했다. 서울 생활의 어떤 기억들이 새삼스레 내 마음을 어지럽히는
가. 불을 땐 적이 없는 냉골 방에서 차가운 이불로 몸을 감싼 채 추위
와 배고픔에 시달리던 생활이 아니었던가. 결코 즐거울 리 없는 그
기억이 마치 그리움의 베일을 두른 것처럼 꿈틀거리며 되살아나는
이유는 무엇일까. 남승지는 인정하고 싶지 않았지만 그것은 이 섬에
서 도망치고 싶다는 욕망의 변형에 다름 아니었다. 그는 애써 이 사
실을 외면하려 했다.

지금 사람들은 한 번 돌아온 고향 땅을 다시 떠나고 있었다. 투쟁을
앞두고 사람들은 섬을 떠난다. '혁명'은 하고 싶은 놈이나 하라는 말인
가. 나도 어머니와 여동생을 오사카에 남겨 두고 혼자 돌아왔다. '돌
아왔다'는 말이 감각적으로 친숙해지기 어려운 고향 땅에 돌아온 것이
었다. 여기가 해방된 조국 땅이라는 그 이유만으로……. 윤상길도 갔
다. 그는 어쨌든 서울에서 하지 못한 공부를 일본에서 해낼 것이다.
도대체 투쟁이란 무엇일까. 섬을 떠나면 그뿐이었다. 갈 사람은 간다.
그것은 이른바 꿈이 산산이 깨져 버린 해방 후의 혼란한 조국을 앞에
두고 자신을 되돌아볼 때, 정도의 차이는 있겠지만 누구나 허무한 마
음을 갖지 않을 수 없기 때문일 것이다. 과거 식민지 시대와 다름없는
풍조가 생겨나고 있었다.

나는 왜 여기에 있는 것일까? 이것은 형이상학적인 질문이 아니다.
식민지배로부터 갓 독립한 조국이니까 돌아왔다는 단순한 대답 말고
는 없다. 이것이 대의명분이었다. 만일 그렇지 않다면 인간은 일본에
있건 어디에 있건 상관없을 것이다. 그리고 어디에 있든 이러한 형이
상학적인 의미를 내포한 질문은 나오게 마련이다.

남승지는 고개를 숙이고 걸었다. 짐을 얹은 지게를 짊어지면 저절
로 고개를 숙이게 되지만 그는 친구인 양준오와 마주칠까 봐 두려웠

다. 성조기를 본 순간, 아니 버스가 성내에 들어섰을 때부터 그는 군 정청에서 통역 일을 하고 있는 양준오를 의식하고 있었다. 양준오는 남승지의 선배 격인 친구로서 친한 벗으로 인정하는 사이였다. 통역 일을 그만두겠다는 그를 말린 건 남승지였다. 미군정 치하라는 냉엄 한 상황 속에서 입장이 다른 두 사람이 친구라는 사실은 서로에게 어 떤 형태로든 영향을 미치게 마련이다. 더구나 남승지는 단순히 친구 로서가 아니라 미군정청 통역으로서의 양준오를 조직의 선이 닿는 비 밀당원으로 만들어야 할 임무를 지고 있었다. 단적으로 말해 양준오 는 조직의 공작 대상이었다.

지금 만일 성내의 복잡한 거리에서 양준오가 남승지를 발견한다 해 도 상대의 입장을 잘 알고 있는 그가 말을 걸어올 리는 없었다. 그러 나 남승지가 양준오와의 만남을 두려워하는 것은 스쳐 지나가면서 그 의 얼굴을 슬쩍 보거나 눈길이 마주치기만 해도 가슴을 푹 찌르는 칼 날을 피할 수 없을 것 같았기 때문이다. 그러면서도 오랜만에 만나고 싶다는 생각이 들었다.

남승지가 만일 섬에서 도망치고 싶다는 생각을 조금이라도 갖고 있 다면 양준오를 통역 자리에 눌러앉힌 채 비밀당원으로 끌어들이는 공 작을 수행하기는 어려웠다. 그는 섬을 떠나겠다는 생각은 거의 하지 않고 있었다. 그러나 마음의 동요가 없었다면 거짓말일 것이다. 그는 흔들리고 있었다. 그런 마음의 동요를 의식하면서 양준오의 모습을 떠올리는 것은 견디기 어려웠다. 가슴이 몹시 답답해졌다. 남승지는 짐을 내팽개치고 그대로 곧장 내달리고 싶은 충동을 느꼈다.

그는 갑자기 무슨 생각을 떠올렸는데 걸음을 멈추고 지나가는 사람 들을 멍하니 바라보았다. 급히 내달린 사람처럼 순간적으로 심장박동 이 빨라지고 가슴을 쥐어짜는 통증이 엄습해 왔다. 갑자기 멈춰 선 그를 피하려는 듯 길 가던 한 여자가 허리를 살짝 비틀며 앞으로 지나 갔다. 양장을 한 젊은 여자였다. 약간 놀라 중얼거리는 듯한 표정이 옆얼굴로 비춰졌다. 화장품 냄새를 풍겼다. 오랜만에 맡아보는 도회 지 여자의 냄새였다. 그러자 뜬금없이 좀 전에 버스에서 들었던 농부 의 목소리가 땅에서 기어오르듯 되살아났다. ……사람은 오래 살아 야 한다고 난 생각해. 사람의 목숨이 어떻게 될지 알 수 없는 세상이 되어 버렸으니 더 오래 살아남아야지. 그러니까 색시를 얻어서 씨를 뿌려야 한다고……, 우리들의 씨가 끊기지 않도록 말이야…… 그게 사는 보람인 게지…….

후후후, 남승지는 혼자 웃었다. 그의 손은 습관적으로 담배를 찾아 저고리 주머니를 더듬고 있었다. 없었다. '서북' 놈들에게 빼앗긴 것이 생각났다. 담배를 피우고 싶었다. 그는 방금 전에 지나친 담뱃가게를 떠올렸다.

2

남승지는 도시와 비교할 바는 아니지만 제법 번화한 상점가를 지나 냇가로 나왔다. 그는 조금 전 일본의 오사카에 있는 또 다른 자신의 시선이 성내 거리를 걷고 있는 그의 모습을 지켜보고 있는 듯한 착각 에 빠졌었는데, 그것은 오랜만에 상점가를 걸었기 때문인지도 몰랐다. 길 양쪽의 가게는 물론이고 거기에 진열돼 있는 상품과는 아무런 관계 가 없는데도 남승지는 왠지 그들이 자신을 지켜보고 있는 듯한 느낌이 들었다. 그를 비춰내는 기묘한 시선이었다. 아니, 그것은 상점 유리창에 비친 또 다른 그의 모습이 자신을 바라보고 있었던 것에 불과했다.

냇가로 나오자 탁 트인 시야 저편에서 바다 냄새를 실은 바람이 불어왔다. 남승지는 고개를 들고 바람이 불어오는 바다 쪽으로 시선을 돌렸다. 땀이 밴 몸에 소름이 돋으며 상쾌한 기분이 전신으로 퍼졌다. 바위투성이의 냇바닥을 흐르는 맑은 물은 바람을 거스르며 칼날처럼 빛나는 파도를 일으키고 있었다. C길로 이어지는 다리 위에서는 해안가 방파제에서 부서지는 거친 바다의 물보라가 하얗게 빛나 보였다. 남승지는 밀짚모자를 눌러 쓴 채 다리를 건넜고 강을 끼고 오른쪽으로 돌아 바다와는 반대편으로 걸어갔다. 전방에 성내로 들어올 때 버스로 건넜던 동문교가 보였다. 낮은 다리난간에는 허름한 흰색 두루마기를 걸친 노인이 이쪽으로 등을 돌린 채 담뱃대를 물고 앉아 있었다. 머리에 쓴 허름한 검은색 중절모는 돌풍이 불면 금방이라도 날아갈 것 같았다. 그렇다고 특별히 신경을 쓰는 기색도 없었다. 모자는 노인의 몸의 일부이고 노인은 다리의 일부라는 느낌의 석고상을 연상시켰다.

다리 옆의 노천시장으로 들어서자 남승지는 웅성거리는 사람들 속으로 몸이 짐과 함께 가볍게 빨려 들어가는 기분을 느꼈다. 공터의 양쪽 담장과 돌담을 따라 노점을 차린 시장은 가운데로 통로가 나 있었고 꽤나 혼잡했다. 사람들의 숨결이 바로 얼굴에 닿을 정도였다.

자아, 망설이지 맙서. 자아 자아, 세계에서 제일 돈 많은 나라 미국 제품이우다. 바지, 셔츠, 장갑, 모포도 있수다, 외투에다 점퍼 모든 게 있수다. 서울도 종로에서나 볼 수 있는 물 건너온 최고품으로 가격도 아주 싸우다. 자아 사갑서, 망설이지 말고 사갑서. 싸우다, 싸우다. 눈이 제대로 달린 사람이라면 안 사고는 못 배기우다. 미군용 녹색 바지와 전투모에 방한용 외투 차림의 민첩해 보이는 젊은이가 반 평 남짓한 땅바닥에 텐트용 천을 깔고 쌓아 놓은 미군 방출물자 뒤에서 외치고 있었다. 말씨로 보아 이 지방 사람이라는 것을 금방 알 수 있었다. ……그 양과자도 싸우다. 꽃같이 예쁜 색깔을 좀 보십서. 고운 빛깔과 문양을 보면 울던 아이도 울음을 그칠 거우다. 드롭스 초코렛, 껌 뭐든지 다 있수다……. 이봐, 거기 꼬마는 집에 가, 물건에 손대지 말고. 얻어맞아서 그 까까머리가 묵사발 되기 전에 얼른 돌아가. 형님 잠깐만, 저놈한테서 눈을 떼서 맙서. 일찍이 중학생들이 앞장서서 벌였던 맹렬한 양과자 퇴출운동으로 모습을 감추었던 수입과자가 교태를 부리듯 상자 속에 담겨 있었다. 포장이 찢겨 은박지가 드러난 과자도 먼지를 뒤집어쓰고 있었다. 차가운 하늘 아래 젊은이는 재채기를 하며 외쳤다. 이건 특별가로 싸게 팔고 있수다, 포장은 좀 찢어졌지만 내용물은 똑같수다……, 아 잠깐만요, 그쪽보다는 이쪽 바지가 더 낫수다, 가격은 같수다……, 자아 망설일 거 없수다, 가져가십서……. 정말로 좋은 물건인지 어떤지 의문이다. 동업자인 듯한 한 남자가 비슷한 옷차림을 하고 있었다. 그는 아무 말도 하지 않았다.

　남승지는 깜짝 놀라 재빨리 지나쳤다. 직감적으로 '서북'일지도 모른다는 생각이 들었다. 어쩌면 아닐지도 모른다. 그렇다 해도 그렇게 놀랄 필요는 없었다. 단순한 조건반사였을지도 몰랐다.

　시큼하면서도 달짝지근한 막걸리 냄새가 풍겼다. 길가에서 조금 떨어진 곳에 상자 같은 것을 판매대로 삼아 술을 팔고 있었다. 몇 명의 남자가 등을 구부리고 목을 쑥 내민 채 판매대의 삼면을 둘러싸고 있었다. 뒤에서 슬쩍 밀면 앞으로 고꾸라질 것 같았다. 빈 지게 끈을 한쪽 어깨에 걸친 남자가 얽은 얼굴에 콧물을 묻힌 채 한 손으로 턱을 훑으며 주모가 따라 주는 막걸리 사발을 바라보고 있었다. 그리고는 마치 뜨거운 것이라도 식히려는 듯 후우 후우 입김을 불더니 울대뼈를 상하로 움직이며 단숨에 들이켰다. 카아— 하는 다소 과장된 소리를 내며 입맛을 다신다. 아주머니하고 이 술은 언제나 맛이 좋수다…… 헤헤헤. 남자는 손등으로 콧물을 닦더니 바지에 문질렀다. 그리고는 음탕하게 씩 웃으며 사발 든 팔을 여자에게 쑥 내밀었다. 그런 말해도 난 안 넘어가요……. 눈가에 검은 기미가 낀 젊은 주모의 웃음소리가 들렸다. 아주머니 그거 참말이지요! 판매대를 둘러싼 남자들이 웃었다. 얽은 얼굴도 입을 벌린 채 웃고 있었다. 웃음소리와 함께 술안주인 정어리와 청새치 자반의 자극적인 냄새가 가득했다. 남승지는 자기도 모르게 침을 꿀꺽 삼켰다. 뱃속이 뒤틀리면서 소리를 냈다.

남승지는 곡물상을 찾아 천천히 걸으며 자신의 흔들리던 마음이 점차 가라앉는 것을 느꼈다. 혼잡한 시장 분위기에 익숙해졌기 때문일 것이다. 드롭스를 파는 젊은이의 목소리는 좀 불안정했지만, 지금 눈앞에 있는 배 모양을 한 이 섬만의 아기 요람, 소쿠리, 바구니, 체, 빗자루 등의 대나무와 억새로 만든 제품들이 갑자기 그의 마음을 끌어당겼다. 그것은 모두 해녀나 농부들이 일하면서 틈틈이 아이들까지 동원해 가며 만들어 낸, 말하자면 이 섬의 특산물로 여자들이 먼 시골에서 운반해 온 가난한 여인들의 피땀 어린 노동의 산물이었다.

그런데 그 옆에 있는 작은 노파의 모습이 조금 독특해 보였다. 노파도 노파였지만 그 물건들이 너무 고색창연했는데, 바닥에 깐 돗자리 위의 길고 짧은 여러 가지 담뱃대와 고풍스런 참빗은 그렇다손 쳐도, 그 곁에 옛 모양 그대로인 망건 두세 종류를 몇 개씩이나 쌓아 놓고 있었다. 눈앞의 노파와 이웃 여자들이 눈이 시리도록 말총을 짜서 만들었을 그 망건은 조선시대의 유물로 요즘의 젊은 남자들에겐 관심이 없는 물건이었다.

볼이 움푹 파인 그 노파는 세운 무릎 위에 양손을 올린 채 졸린 듯한 표정으로 손님을 기다리고 있었다. 돌처럼 미동도 하지 않았다. 감은 눈 꼭지에는 눈곱이 잔뜩 끼어 있었다. 노파는 담배를 즐기기라도 하듯 무릎 위의 양손에 들린 기다란 담뱃대를 이도 없는 입에 물고 있었다. 아편을 즐기듯 천천히 담배 연기를 뿜어내고 있었다. 노파가 앉아 있는 그 모퉁이만이 과거의 시간 속에 정지된 채 살아남아 있는 듯했다. 다리난간에 앉아 있던 노인도 그렇고, 눈을 감은 채 땅바닥에 앉아 있는 노파도 그렇고, 책 속의 빈 페이지처럼 연속되는 일상의 시간을 뚝 끊어 놓고 있었다. 지켜보는 사람으로 하여금 왠지 자신의 주위에 구멍이 뻥 뚫린 듯한 불안감을 안겨 주었다. 야윈 노파는 마치 땅에서 솟아난 석상처럼 가만히 앉아 손님을 기다리고 있었다. 움직이는 것은 담뱃대 끝에서 피어오르는 연기뿐이었다.

이윽고 남승지는 순박해 보이는 중년 아낙과 딸인 듯한 처녀가 곡물을 팔고 있는 곳에 지게를 내리고 안도의 한숨을 쉬었다. 노파가 앉아 있던 모퉁이의 무언가가 연무에 감싸인 듯한 분위기에서 빠져나와 현실감을 되찾은 느낌이었다. 햇볕에 탄 얼굴로 일을 척척 해치우고 있는 모녀의 반듯한 이목구비에 놀라긴 했지만 그것이 오히려 현실감을 더해 주었다.

17, 8세쯤 되어 보이는 딸이 손님을 상대로 저울질을 하는 사이에 남승지는 그녀의 모친과 흥정을 끝냈다. 조와 보리가 주식인 이 섬에서는 지금이 곡식을 저장해 둔 곳간의 항아리가 바닥을 보이기 시작하는 '춘궁기'였다. 상대가 부르는 값을 적당히 타협하면 거래는 쉽게 끝났다. 그러나 여자는 잠시 망설였다. 팔다 남는다면 집으로 가져가야 했다. 가마니에 칼로 후빈 구멍을 발견한 여자는 의아하다는 듯이 무슨 구멍이냐고 물었다. 남승지는 누군가가 장난삼아 칼로 후볐다고 대답했다. 장난으로? ……. 여자는 더 이상 말을 하지 않았다. 그리고

는 재빨리 가마니에 손을 집어넣었다가 손바닥에 보리알을 올려놓은 뒤 다른 손 손가락으로 슬쩍 뒤섞어 본다.

남승지는 보시다시피 보리는 깨끗하니 걱정 말라고 했다. 거짓말이 아니었다. 상대방도 고개를 끄덕였다. "절구질을 잘 했구만요"라고 말하더니 그 점이 맘에 들었다는 듯이 별다른 흥정 없이 보리를 사 주었다.

실제로 보리는 어느 낟알이나 모두 반으로 쪼개져 있었고 탄력이 있었다. 상품가치는 이로써 결정되었다. 이 섬에서는 일단 절구에 찧은 보리알을 다시 작은 맷돌에 넣어 반으로 쪼개야 했다. 사실 이것도 원래는 척박한 땅의 가난한 사람들이 식량의 분량을 늘리기 위해 생각해 낸 지혜였다.

남승지는 문득 오사카에 있는 여동생 말순이 생각나서 다시 한 번 처녀 쪽을 돌아본 뒤 자리를 떴다. 순간적으로 가슴이 욱신거렸다. 남승지의 시선을 눈치 채지 못한 갸름한 얼굴의 그 처녀는 여동생 못지않게 아름다웠다. 여동생과 헤어진 지 어느덧 2년 남짓한 시간이 흘렀다. 이젠 말순이도 스무 살의 매력적인 처녀가 되어 있을 것이다. 남승지가 서울에서 제주도로 내려오자 말순이는 S촌에 사는 고모 댁으로 편지를 보내왔다. 최근에 보내온 편지에는 오빠의 근황이 궁금해서 가능하면 제주도에 가고 싶다고 쓰여 있었다. 그렇지만 그것은 현실을 모르는 분별없는 생각이었다. 어머니는 지금도 여전히 아들의 혼사를 걱정하고 계신 모양이었다. 직접 편지를 쓰지 못하니까 여동생에게 대신 쓰게 했다고 한다. ……지금도 어머니는 오빠가 외아들인 만큼 어떻게든 빨리 장가를 보내고 싶어 하세요. 무엇보다도 오빠는 우리 집안의 기둥이자 우리들의 희망인 걸요. 가능하면 오빠가 한 번 일본에 왔다가 다시 돌아가든지, 그렇지 않으면 어머니가 고향인 제주도에 가고 싶다고 말씀하세요. 게다가 오빠가 빨리 결혼하지 않으면 제가 시집 못 간 노처녀가 된다고 하시니 정말이지 견딜 재간이 없어요. 오빠와 저에 대한 어머니의 걱정은 잘 알고 있지만 전 아직 결혼할 생각이 없어요. 오빠가 찬성하지 않는 결혼을 제가 할 것 같아요? ……그보다는 일본에 한번 오셨으면 좋겠어요. 오빠가 도저히 올 수 없다면 어떻게든 어머니와 함께 제주도에 가고 싶어요……. 오랜 시간을 들여서 쓴 것으로 보이는 꽤 길고 소상한 편지였다. 제주도에 오고 싶다는 내용을 보내온 것은 처음이었다.

제주도에 온다고? 상황도 모르면서……. 웃음이 나왔다. 그렇다고 해도 결혼 또 결혼, 외아들, 종가의 대를 끊어서는 안 된다……. 버스 안에서 농부가 한 말도 그렇지만, 어머니 자신이 여자를 마치 씨 뿌리는 밭처럼 생각하고 있으니 어쩔 도리가 없었다. 아아, 우리들의……, 어머니와 여동생의 기둥이자 희망이라, 이런 내가! …….잠시 여동생 생각에 빠지고 말았지만 짐에서 벗어나 등을 반듯하게 편 그의 몸은 발에 날개라도 달린 듯 가벼웠다. 발이 공중에 뜨는 듯한 묘한 기분으로 잠시 발걸음을 옮기다 담배요―담배― 하는 작은 목소리에 문득 걸음을 멈췄다. 생선 냄새가 나는 쪽으로 가 보니 좌우 양쪽 대바구니에 전복과 소라, 갈치 등을 담은 여자가 멈춰 서 있는 남승지를 발견하고는 재빨리 담배가 있다고 말했다. 그는 바닥에 앉아 있는 여자에게 손으로 만 담배를 산 뒤 한 개비 피워 물고는 깊게 연기를 들이마셨다.

자, 이제 우체국으로 가서 유달현이 근무하는 중학교에 전화를 걸어야겠다고 생각하며 발걸음을 떼어 놓는 순간, 뒤에서 누군가가 남승지의 어깨를 툭툭 건드렸다. 깜짝 놀란 그는 물고 있던 담배를 떨어뜨렸다. 반사적으로 몸을 뒤로 젖히며 멈춰 섰지만, 다시 한 번 어깨를 두드리든가 불러 세울 때까지 계속 걸어가는 편이 낫겠다는 생각도 들었다. 아아, 뭔가 빈틈을 보이고 말았다. 서둘렀어야 했는데……, 급하게 움직여야 할 그가 마치 자신의 입장을 망각한 것처럼 잠시 엉뚱한 생각에 빠져 있었다.

남승지는 멈춰 서서 조용히 돌아보았다.

"저─, 남승지 아닌가?"

남승지? ……. 쑥 고개를 내민 상대방과 마주치는 순간, 그것이 서울 시절의 학우인 김동진임을 금방 알아보지 못했다. 보고 있으면서도 보이지 않는 것은 무슨 일인가? 분명히 보고 있으면서도 알아보지 못했던 것이다. 김동진의 얼굴 앞에서 일종의 착각을 일으키고 있었다. 이따금 남승지의 의식 속에 일어나는 현상이었지만, 조직에 몸담은 자로서 이처럼 둔한 반응을 보이는 착각은 위험했다. 남승지는 김동진과 마주친 놀라움도 그랬지만, 이처럼 비합법적인 활동을 하고 있는 와중에도 바깥세상과 단절된 자신만의 무의식 세계에 빠져 있는 스스로에게 놀라고 있었다. 참으로 괴이한 느낌이었다. 눈앞에 서 있는 사람은 틀림없이 김동진이었다. 매우 놀랐다는 조금은 과장된 표정에 얼굴 가득 반가운 웃음을 머금고 헌칠한 김동진이 장대처럼 서 있었다. 남승지는 상대가 눈치 채지 않게 한숨을 내쉬었지만 심장은 여전히 두근거리고 있었다.

"이렇게 변했으니 못 알아보는 것도 무리가 아니구먼, 처음에는 사람을 잘못 봤나 했지. 그래서 조금 뒤를 따라왔던 거야. 전에는 분명히 안경을 쓰고 있었는데 하면서 말이지……." 김동진이 악수를 청했다. "인사가 늦었군, 승지 동무. 정말 오래간만일세. 그동안 잘 지냈나?"

남승지는 어딘가에 숨어서 자기를 지켜보는 듯한 등 뒤의 눈길을 줄곧 느끼고 있었다. 그것이 김동진이었음을 현실로 확인하게 되었다. 김동진이라서 다행이었다. 그러나 미행으로 자신의 얼굴이나 행동상의 특징을 몰래 관찰당했다는 생각이 들어 불쾌한 감정이 피어올랐다. 어디서부터 미행당했는지는 몰랐지만 남승지의 머릿속에는 순간적으로 버스에서 내려 여기까지 걸어온 과정이 선명하게 떠올랐다. 미행하는 자의 심리, 그것은 인간의 마음 중에서도 가장 어두운 부분에 속한다. 아니, 그보다도 김동진이 거리낌 없는 목소리로 승지 동무, 하고 자기 이름을 불렀을 때, 마치 관자놀이의 신경 다발에 줄질을 당하는 느낌이 들었다.

비밀 활동을 하고 있는 자는 누구나 한두 개의 가명이 있었다. 남승지는 김명우라는 이름을 사용하고 있었다. 성을 김으로 한 것은 김씨가 이씨나 박씨와 함께 조선에서 가장 흔한 성씨였기 때문이다. 서울의 남산 꼭대기에서 돌을 던지면 김씨나 이씨나 박씨 중에서 누군가 한 사람이 맞는다고 할 정도로 많았다. 그는 잡은 손을 흔들면서 반사적으로 상대방의 눈을 쏘아보았다. 스스로도 얼굴 근육이 경직되는 것을 느낄 수 있었다. 그것은 무의식중에 나온 일종의 신호였다. 경고하듯 쏘아보는 눈과 긴장한 빛이 스쳐 지나가는 남승지의 얼굴을 본 김동진은 다소 당황한 표정을 지었다. 아니, 의아해하는 듯한 표정 가운데 반짝하고 날카롭게 빛나는 그 무엇을 남승지는 놓치지 않았다. 김동진은 알아차린 듯 바로 표정을 누그러뜨렸다. 뭔가의 의미를 깨닫고 그런 것인지 그냥 반사적인 행동이었는지는 알 수 없었다. 그러나 그 당혹감은 상대를 곤란에 빠뜨렸을지도 모른다는 선량한 반성에서 나온 것처럼 보였다.

남승지는 갑자기 나타난 친구를 진심으로 맞을 준비가 되어 있지 않았다. 김동진과 만난 것을 난처하게 여겼다. 상대방을 경계해서가 아니었다. 가능하면 아무와도 마주치지 않는 편이 좋기 때문이었다. 그는 김동진의 반가운 감정 표현보다도, 마음의 여유 없이 갑작스레 마주친 상황에 당황한 나머지 마땅한 대처법을 찾지 못하고 있었다. 그래서 거의 반사적으로 정말 오랜만이라며 상대방과 같은 말을 되풀이했다.

"보다시피 난 농사꾼일세. 줄곧 시골에 틀어박혀 있다네."

남승지는 입가에 미소를 띠면서 감정이 실린 말을 했다. 무슨 연유로 까칠까칠하게 혐오감을 불러일으키는 농사꾼이라는 단어를 강조하는 것인지 스스로도 영문을 몰랐지만 달리 할 말이 없었다.

"으응, 시골에 칩거하고 있다는 말이군. 그거 좋은데, 농사를 짓는다니 그 또한 자네답군 그래. 청경우독(晴耕雨讀)이라, 난세에는 조정에 나가지 않고 밭을 가는 현인인 셈이로군. 그럴 수만 있다면 얼마나 좋은 일인가. 난 자네가 부럽네. 자넨 도연명(陶淵明)일세. 음, 잠깐만 기다리게……, 낮잠 자는 현인 디오게네스라고나 할까? 아니야. 그건 아니지. 통 속에서 낮잠을 자는 선생은 저 산천단(山泉壇)이 있는 마을에 사는 목탁영감이니까. 그렇다면 그 노인은 우리의 디오게네스이고 자네는 일단 그 제자가 되겠군."

"적당히 해 두게나. 자넨 늘 그렇게 뭐든지 농담으로 돌린단 말야. 현인이니 제자니, 좀 아는 사람이 들으면 화내겠네." 남승지는 자신의 말이 농담이라는 것을 알리기 위해 웃었다. "농사짓는 것이 자네답다고 말하는 걸 보니 얼렁뚱땅 얼버무리며 넘어가려는 그 버릇은 여전하구만. ……자, 그만 가세."

"얼렁뚱땅? 얼버무린다……, 무슨 말을 그렇게 하나. 자넨 빈정대는 솜씨가 늘었나, 아니면 심성이 좀 삐뚤어진 겐가? 설마 진심으로 화를 내는 건 아니겠지. 난 정말 자네를 훌륭하다고 생각하네. 서울에 있을 때부터 그랬지만 말일세. 누구나 그렇게 간단히 농사를 지을 수 있는 게 아니지 않은가." 그는 멈춰 선 채 미소를 띠며 말했다. "음, 자네도 목탁영감을 알고 있겠지? 그 괴짜 영감……."

"말을 듣고 보니 생각나는군, 괴상한 영감이 있었지."

"요즘 세상에 목탁영감 같은 사람은 진짜 기인이지. 산천단에 한번 가 보고 싶구만……."

김동진은 중얼거리던 말을 끊었다.

"산천단에 간다고?" 남승지는 귀를 쫑긋 세우며 물었다. 가 보고 싶다……고 말한 것을 성급하게 간다는 뜻으로 받아들였다. "그런 곳에 뭐 하러 가나?"

그런 곳? 남승지는 문득 자신의 말이 마음에 걸렸다.

"간다고? 내가 산천단에 간다……? 아, 아니, 가는 게 아니고, 좀 가 보고 싶다고 생각했을 뿐이야. 목탁영감이 있는 곳이니까. 그뿐이야." 김동진은 살짝 고개를 저으며 말했다. "……이보게 거긴 좋은 곳이야. 새파란 바다가 하얀 물거품을 일으키고 진주목걸이 같은 파도가 단조로운 해안선을 감싼 채 출렁이는 게 보이지. 정말 그곳에는 인간 냄새가 나지 않는 바다와 육지의 원초적인 밀회가 있어. 해변에선 볼 수 없는 게 확실하게 보이지. 바다와 육지의 포옹 말야. 바다가 육지를 끊임없이 적시며 부드럽게 핥아 준다네. 위대한 자연이야. 그리고 산천단에서 바라보면 성내 시가지는 눌려 찌부러져 창자가 비어져 나온 성냥갑처럼 보인다네. 가끔은 높은 곳에서 아득히 먼 곳을 바라보는 것도 좋은 일이지. 운해를 볼 수 있는 한라산은 너무 높아. 유혹하는 듯한 해변의 물거품이 보이질 않거든. 거기에선 모든 게 정지된 것처럼 보여. 하지만 정지된 풍경도 좋아. 사진과는 달리 섬뜩한 느낌을 준다네. 시간의 영원함이랄까. 수평선 저편으로 바다와 하늘이 용합된 채 끝없이 펼쳐지는 정경은 무한함 그 자체라고 할 수 있지. 이젠 이 비좁고 어수선한 성내에 사는 것도 싫증이 났다네. 실은 사람 얼굴도 보기 싫을 정도야. 그렇다고 달리 방법이 있는 것도 아니지만 말야, ……핫하하."

묻지도 않은 말을 갑자기 꺼낸 김동진이었다.

"여전히 문학적이구만."

김동진의 입에서 갑자기 튀어나온 '산천단'이라는 말이 남승지를 자극했다. 산천단은 십여 가구가 살고 있는 한라산 기슭의 작은 산간 부락이었다. 그곳에는 초라한 절이 하나 있었는데 마을 이름은 거기서 유래된 것이었다. 남승지는 방금 애매하게 대답했지만 목탁영감에 대해 알고 있었고 또 관심도 있었다. 부락 근처에 있는 절벽의 동굴에 산다는 것만으로도 목탁영감은 분명 기인다운 인상을 주었다. 동굴은 절 옆에 있었다. 그 별명에서 알 수 있듯이 동굴에 살면서 목탁을 두드리곤 했기에 목탁영감으로 불리게 되었다. 남승지도 그 영감을 몇 번인가 만난 적이 있었다. 영감이 사는 동굴에 찾아간 적도 있었고, 산천단 부락을 지나다가 절벽 아래로 난 길에서 우연히 마주치기도 하였다. 언젠가는 똥장군을 짊어지고 가는 모습을 본 적도 있었다. 남승지는 요즘 한라산 중턱의 관음사에서 열리는 무장봉기를 위한 회합에 참석하고 있었는데 도중에 산천단 마을을 지나게 되었다. 이번에 산천단 마을을 지날 때는 영감을 찾아가 보리라고 남몰래 마음먹고 있던 참이었다.

김동진의 태도에는 타고난 선량함이 그대로 남아 있었다. 언제나 미소로써 상대를 위로하고 격려하려는 그의 마음을 느낄 수 있었다. 그를 떠올릴 때면 먼저 그 웃는 모습부터 생각이 날 정도였다. 작위적인 행동이 아닌 만큼 때로는 감동을 주기도 하였다. 바보가 아니라는 것은 말할 것도 없지만 그렇다고 친해지기 쉬운 인상을 주는 것도 아니었다. 사람들이 처음에는 쉽게 친해질 요량으로 그를 대하다가도 곧 그렇지 않다는 것을 깨닫게 된다. 문학청년이기도 하였지만 의외로 중

대한 이야기를 하면서도 일부러 얼굴을 찡그리는 심각한 표정을 짓지 않는 것이 좋았다. 낙천적이라고 한다면 타고난 낙천가인지도 모른다. 오히려 남승지 쪽이 심각한 표정을 짓는 경향이 짙다고 할 수 있었다.

김동진은 이야기를 나누면서 남승지의 차림새를 살폈다. 미행하면서 보았을 터인데 새삼 관찰하듯 살펴보았다. 밀짚모자에 작업복은 그렇다 쳐도, 빈 지게를 지고 시장 안을 돌아다니는 남승지의 모습은 약간 엉뚱하게 보였을 것임에 틀림없다. 남승지는 스스로 그런 생각을 해 보았다. 그러나 상대의 호의적인 미소 안에 감추어진 의아한 표정이 무슨 말을 하려 했을 때, 남승지는 기선을 제압하려는 듯 말을 꺼냈다.

"자넨 또 무엇 때문에 시장 주변에 나왔나?"

혼잡함 속에서 남의 이목을 끌 만한 질문이 나오지 않도록 해야만 했다. 남승지는 그저 상대의 입막음을 위해 물었다. 그 순간, 자신이 터무니없는 바보라고 느껴졌다. 그는 지금 나를 미행하고 있었다고 하지 않았던가!

"일이 좀 있네."

"일? ……."

"그렇다네." 두 사람은 걷기 시작했다. "……다름이 아니라 취재를 좀 나왔다네. 내가 훌륭한 정치가라면 민심시찰이라도 나온 셈이겠지만 하하하, 나는 지옥에 간다 해도 정치가는 되고 싶지 않네."

김동진은 작년 봄에 서울에서 돌아오자마자 신문사에 들어갔는데, 아직도 이 섬의 유일한 지방지인 『한라신문』의 기자로 일하고 있었다. 『한라신문』은 일요일에 휴간하는 일간지로서 타블로이드판 2페이지, 때로는 4페이지를 발간하는 작은 신문이었다. 게다가 통신시설이 없기 때문에 뉴스는 거의 실리지 않았다. 따라서 지방의 기사 이외에는 중앙지의 내용을 전재하는 경우가 많았다.

"아아, 그랬구만, 그리고 취재 도중에 나를 발견했다는 말이로군. 그래도 미행당하는 것은 기분 좋은 일이 아니네."

"미안하네, 나쁜 생각으로 그런 것은 아니고……. 자네가 C길에 있는 다리를 건널 무렵, 나는 마침 부두 쪽에서 냇가를 따라 걸어오고 있었다네. 그런데 다리 한가운데에 서서 바다 쪽을 바라보고 있는 자네 모습을 발견하고는 무척 놀랐다네. 설마 자네가 지게를 지고 그곳에 서 있을 줄 누가 알았겠나. 하지만 어디서 본 듯한 인상, 얼굴, 그리고 그 사람이 풍기는 분위기 같은 게 말이야. 인간에게는 그런 게 있더구만. 이제사 그걸 알았다네. 그래서 혹시나 하고 따라온 걸세."

"C길이라고? ……"

"그래 C길로 통하는 다리 위에 말일세. 그런데 무슨 일이라도 있는가?"

"아니, 아무것도 아니야."

남승지는 한순간 C길로 들어선 것을 후회했다. 얼굴이나 혹은 그 사람에게만 있는 분위기, 인상 같은 게 있단 말인데……. 그걸 확인하려고 냇가에서부터 시장 안까지 뒤따라왔다는 것이다. 남승지는 걸어가는 자신의 뒷모습을 떠올리고는 가볍게 몸을 떨었다. 김동진이라 다행이었다.

"요즘 같은 세상에 재미있는 직업이 있을 리도 없겠지만 신문사도 역시 마찬가질세. 남들은 직장 잃고 실업자가 되는 판에 난 그래도 나은 편이란 걸 부정할 순 없겠지. 내가 시장에 볼일이 있다는 건 부두 집하장을 취재하거나 다른 시장과의 비교, 경제인의 담화 같은 것인데, ……이게 제법 효과가 있다네. 시골 경제인들이 나오고 싶어 안달이라서 말이야. 신문이 공짜로 자신을 선전하는 편리한 도구라 여기는 거지. 예를 들자면, 앞으로 있을 선거에 입후보하려는 사람들이 특히 열심인데, 무턱대고 정치적 발언에만 매달린다네. 물론 나는 그 사람들의 힘이 되어 주고 있는 게 사실이지만, 기사를 쓸 땐 그런 것들을 골라내려 노력하고 있다네. 정치적 발언을 좋아하는 게 우리 민족의 특징이라고나 할까. 뭐랄까, 술을 한잔 마셔도 안주 대신 정치 얘길 하잖아. 필요 이상으로 정치를 들먹여서 정치 중독증상을 일으키고 있거든. 발정 난 개처럼 말이지. 그들이 선거를 의식하며 하는 말들이란……. 듣자니 일본에 살고 있는 조선인들도 정치를 좋아한다더군. 그쪽은 아직 자유가 있어서 말이지, 제사나 장례식, 혹은 결혼식과 같이 술이 나오는 자리에서는 으레 대담한 정치 얘기가 나오는 모양이야. 이보게, 정말로 우리 민족이 그렇게 정치를 좋아한다고 생각하나? 일본에 관한 일은 자네가 잘 알지 않나?"

"알고 있다고 해 봤자, 난 해방이 되자마자 건너왔지 않는가. 해방 전 일제 때에는 그런 정치적 발언은 할 수도 없었고……. 그리고 좋아하는 것과는 별개인 것 같네. 좋아서 정치 얘길 하는 것도 아닐 테니 말일세."

남승지는 흥미를 잃고 낮은 목소리로 말했다.

"그렇겠지. 나도 그렇게 생각하네. 제대로 된 정치에 굶주리다 보니 그렇게 된 거라고 말이지. 그래도 입만 열었다 하면 정치 얘기가 나오는 통에 이젠 진절머리가 나……. 얘기가 잠깐 빗나갔네만, 난 그 외에도 문화 관계 기사도 쓰고 있다네. 시골의 작은 신문사라서 무슨 일이든 해야 하는데, 기자들끼리 일을 분담해서 한다네. 지방에 묻혀 있는 민간전승 문화나 무가(巫歌) 같은 걸 소개하는 일도 꽤 재미있다네. 무가는 무녀들이 굿을 할 때 부르는 노래인데, 일하는 틈틈이 수집하고 있다네. 생각보다 어렵지도 않고, 기자증만 보이면 요즘처럼 어수선한 시절에도 어디든 마음대로 갈 수 있어서 좋다네. 그런데 참, 뭐라고 할까……." 김동진은 잠깐 생각에 잠긴 듯한 표정으로 말했다.

"요즘, 너나 할 것 없이 일본에 가는 것 같더군."

"……"

"경찰서에서 석방돼 나왔다 싶으면 곧 소식이 끊기고, 좀 지나면 아무개가 일본으로 건너갔다는 소문이 들려오는 형편일세."

김동진은 허전하고 쓸쓸한 미소를 지었다. 남승지는 문득 김동진 자신도 일본에 가고 싶은 게 아닐까 하고 생각했다. 왜 이렇게까지 '일본'이라는 단어가 자주 튀어나오는 것일까. 너나 할 것 없이 일본에 가는 것 같더군……, 이라는 말이 남승지의 가슴에 비수처럼 박혔다.

"일본엔 왜 가는 거지?"

일본이라는 단어가 남승지는 목에 걸렸다. 윤상길이 섬을 떠났다는 소식도 바로 어젯밤에 듣지 않았던가.

"왜 가냐고? 그야 뭐 또다시 고향을 포기하고 떠난다는 것 아니겠나. 고향을 버리는 거지, 일종의 도망이랄까. 대부분이 일본에서 돌아온 사람들이니까……. 아, 승지 동무, 기분 나쁘게 생각지 말게. 모두가 다 그렇다는 건 아닐세. 결국 고향을 버리고 갈 곳은 그곳밖에 없다는 것이겠지."

고향을 버리고 갈 곳은 그곳밖에 없다……. 아니, 뒤집어 말하면 고향을 버려도 갈 곳이 있다는 말이 될 것이다. 남승지는 김동진의 미소 속에서 일본에 가고 싶어 할지도 모르는 그의 속마음을 찾아보려 한 것이 부질없는 생각이었음을 깨달았다. 고향을 버린 자들에 대한 실망감 때문에 그런 허전하고 쓸쓸한 미소를 지었음에 틀림없었다. 그렇지만 대부분이 일본에서 돌아온 사람들이라는 지적은 사실이 그러한 만큼 괴로웠다.

"그렇게 말하니, 시골에 틀어박혀 있는 나 같은 사람도 부끄럽군."

"뭐가 부끄럽단 말인가, 자네답지 않게. 농사짓는 게 얼마나 좋은

가. 그런데 승지 동무, 볼일은 다 봤나? 오늘은 천천히 나와 함께 시간을 보내세. 정말 오랜만이니 말이야. ……그런데 자네는 아직도 S촌의 고모 댁에 있나?"

"아니, 사정이 있어 K촌의 친척 집으로 옮겼다네."

K촌은 버스 안에서도 나왔던 마을 이름이지만 물론 거짓말이었다. 성내에서 사라봉을 사이에 두고 이웃한 S촌에 그대로 산다고 말하면 그 거짓말은 더욱 탄로 나기 쉬울 터였다. 그가 S촌에 없다는 것을 상대는 이미 알고 있는지도 모른다. 그건 그렇다 쳐도 그는 왜 승지 동지라고 부르는 걸까. 남승지는 무심코 주위를 둘러보려다 그만두었다. 김동진은 방금 전에 혐오감 섞인 눈빛으로 보낸 그의 신호에 대해 의아한 표정을 지으면서도 납득한 듯한 반응을 보이지 않았던가. 아니, 그렇지 않을지도 모른다. 갑작스레 보낸 신호를 그가 이해했으리라는 것은 지레짐작에 불과했다. 자신의 이름을 부르지 말아 달라는 약속은 아직 두 사람 사이에 성립된 것이 아니었다. 그러나 그에게 자신의 이름을 부르지 말라고 부탁할 명분도 없었다. 하지만 그 뜻을 상대방에게 전하고 싶었다. 이 모순된 심정은 상대방의 반응 속에서 자기 뜻이 전달되었는지를 살피고, 상대방에게 그에 대한 확인을 강요하는 일종의 무책임한 회피의 자세에서 비롯된 것이었다. 아니 그것은 무책임하다기보다 결정적인 순간 이외에는 되도록 무난히 넘어가려고 하는 지하조직원의 습관이 작용했는지도 모른다. 그러므로 이미 남승지의 마음속에서는 상대방에게서 도망쳐야 한다는 의식이 작용하고 있었다.

"고맙네." 남승지가 발을 멈추며 말했다. "유감이지만 아직 볼일이 남아 있어서……, 난 이쯤에서 실례하도록 하겠네."

남승지는 어깨에 맨 왼쪽 지게 끈을 잡아당기듯 꽉 움켜쥔 채 오른손을 내밀며 상대의 얼굴을 똑바로 쳐다보았다. 김동진은 남승지의 손을 슬며시 밀어내며 악수를 피하고 얼굴을 마주 보았다. 김동진은 회색 중절모를 약간 뒤로 젖혀 쓰고 있었다. 갸름한 얼굴에 잘 어울린다고 남승지는 생각했다. 조금 멋을 부린 것처럼 보이기도 했다. 순간 그의 까만 눈동자가 의아하다는 듯 깜박거렸다. 서글서글한 눈이었다. 남승지는 시선을 피했다. 이 녀석의 눈은 밝아. 나와 다르게 얼굴과 함께 눈도 미소를 짓고 있어…….

"아니, 지금 뭐라고 했나? 다시 한 번 말해 보게……. 실례한다고? 여기 길 한가운데서 헤어지잔 말인가? 그런 경우가 어디 있나." 김동진은 턱도 없다는 듯이 말했다. "난 상관없다네. 취재는 대충 끝났고, 한두 시간은 낼 수 있으니까."

"아니, 그게 아냐. 정말 고맙긴 하지만 다른 급한 볼일이 있다네."

"급한 볼일? 그렇다면 억지로 잡을 순 없지. 하지만 여보게, 시간을 조금만 내 주게나. 간단히 식사라도 하세. 이대로 헤어지다니 그런 말도 안 되는 경우가 어디 있나. 그건 우의를 거스르는 일이네. 모처럼 성내까지 왔겠다, 게다가 못 만난 지 벌써 1년이나 되지 않았는가 말일세. 그리고 여러 가지 하고 싶은 이야기도 있다네. ……음, 최근에 문을 연 식당이 있는데 자장면이 아주 맛있다네. 서울에서 배운 솜씨라던데, 서울에서 자주 먹었지 않았던가. 자, 가세."

"유감이지만 형편이 좋질 않다네."

남승지의 반응은 냉담했다.

"자넨 여전하구만……."

두 사람은 걷기 시작했다. 거의 같은 보폭으로, 서로 보조를 맞추듯이 인파 속을 걸어갔다. 어깨와 어깨가 맞부딪칠 만큼 혼잡하지는 않았지만 손을 뻗으면 남에게 닿을 정도였다. 그리고 꽤 시끌벅적해서 집중하지 않으면 상대방의 말을 알아들을 수가 없었다. 말없이 걷고 있는 남승지는 가슴이 답답해짐을 느꼈다. 김동진은 집요했다. 작년 여름에 만났으니까 1년이 아니라 사실은 반년 만이었다. 김동진이 신문사에 들어간 직후였고 남승지는 연락책으로 성내에 들어와 있을 때였다. 당시에는 학교 교사였으므로 합법적인 신분으로 와 있었다. 그리고 관덕정 광장에서 우연히 김동진과 마주치게 되었다. 그러니까 반년 만인 셈이다…… 무슨 상관이랴만 남승지는 다음에 할 말을 찾다가 문득 그런 생각을 했다. 김동진이 외투 주머니에서 꺼낸 담배를 입에 물고 사람들을 피해 돌담 곁으로 갔다. 바람에 성냥불이 꺼졌기 때문이다. 바다에서 금방 건져 낸 듯한 해조류와 조개 냄새가 콧속까지 스며들었다. 여자들이 바구니를 앞에 놓고 줄지어 앉아 있었다.

김동진은 콧구멍으로 두 줄기 하얀 담배 연기를 내뿜으며 사람들을 피하려는 듯 검은 외투 깃을 세우고 구름 낀 하늘을 올려다보았다. 남승지로부터 일부러 시선을 돌린 옆얼굴이 딱딱하게 굳어 있었다. 박자를 맞추듯 그의 구두 끝이 지면을 울렸다.

"내가 잠시 눈치 없게 굴었던 모양이군." 김동진은 구두 끝으로 지면을 울리다 말고 불쑥 말했다. 그리고는 다시 인파 속으로 걸음을 옮겼다. "이런 말을 해도 좋을지 모르겠지만, 이제야 뭔가 감을 잡았네. 그 급한 볼일이란 게 자네 개인적인 볼일이 아닐 거라는 생각이 들었네. 물론 내가 알 필요도 없는 일이지만……."

이 녀석이 대체 무슨 말을 하는 거야! 남승지는 걸음을 멈추었다.

"말도 안 되는 소리를 하는군. 개인적인 볼일이 아니면 또 무슨 볼일이 있겠나. 왜 그런 생각을 하는 거지? 무슨 일인지, 재미있군 그래." 남승지는 낭패한 기색을 감추며 일부러 왼편의 김동진 쪽으로 고개를 돌리며 웃었다. 볼이 굳어진 웃음이었다. 눈이 뜻하지 않은 긴장감으로 빛을 발했다. "남의 부탁을 받고 온 것도 아니고, 잘못 생각한 거야. 시골에 틀어박혀 사는 농사꾼이 해야 할 일 중의 하나라고나 할까, 현금도 필요하고 말야. 신문기자인 자네로서는 좀 이해하기 힘들지도 모르겠군."

"……그냥, 왠지 그런 기분이 들었을 뿐일세. 요즘 사회가 좀 그렇지 않은가. 나쁜 뜻으로 한 말은 아니니 신경 쓰지 말게. ……언제 돌아가나?" 여기까지 말한 김동진은 남승지 쪽을 향했다.

"오늘 돌아가나?"

"오늘 아니면 내일 돌아갈 생각이네."

왠지 그런 기분이 들었다니……, 그건 또 무슨 소린가, 하고 따져 묻는 것이 자연스러울 것 같기도 했다. 하지만 남승지는 상대의 질문에만 간단히 대답했다. 너무 자연스러우면 부자연스러워진다. 부자연스러운 것 같지만 전혀 신경 쓰지 않는 것처럼 보이는 것이 오히려 자연스러웠다.

"내일? 오늘 밤은 어디서 묵지? 잘 곳은 있나?"

"고맙네. 남문길에 친척이 있어서 거기서 묵을 예정일세."

그래, 오늘이 아니고 내일이야, 내일 돌아간다. 남승지는 끈질기게 추궁당하는 기분이 들었다. 그래도 상대에게 불쾌감을 느끼지 않은 것은 그 선의를 알고 있었고 선의 그 자체에 강요하는 듯한, 속된 냄새가 없는 어떤 상쾌함이 있었기 때문이었다. 그래, 자네 말대로야. 내 개인적인 볼일이 아니라네……. 남승지는 상대가 자신의 입장을 알아차릴까 봐 두려워하면서도 한편으로는 자신의 심정을 전하고 싶다는 유혹을 느꼈다. 아니, 그의 마음속에는 이미 가벼운 만족감이 흐르고 있었다. 상대가 '눈치 챘다'는 것이 자랑스럽기까지 했다. 바꾸어 말하면 꼬리만 살짝 드러냈을 뿐이었다. 그는 자신의 그러한 미묘한 감정의 움직임에 놀라며 스스로를 곁눈질로 지켜보고 있었다.

그러나 그의 속마음은 동요하고 있었다. 당황해서 잠시 멈춰 섰을 정도였다. 목전의 김동진을 따돌리고 만나려는 사람이 유달현이라는 것을 알면 매우 놀랄 것이라 생각하자 남승지의 기분은 복잡해졌다. 벌써 재작년의 일이지만 유달현과 김동진이 서울에 있었을 무렵, 동향 출신 학우회 모임에서 충돌한 이후 둘 사이는 좋지 않았다. 그 상대를 지금 만나러 간다고 하면 언짢아할 게 틀림없었다. 그러나 남승지는 지금 상대방에게 거짓말을 하고 있다는 사실보다도 우연히 일어난 일들에 대한 우스꽝스런 기분에 사로잡혀 있었다. 이봐 동진이, 지금 만일 유달현을 화제에 올린다면 난 자네와 함께 그를 욕할지도 몰라, 그런 유달현을 만나러 간다네. 자네가 싫어하는 유달현을 만나러 말이야……, 나도 별로 좋아하진 않지만 말일세. 묘하게 웃음까지 나오려고 했다. 잠깐이라면 함께하는 것도 괜찮다고 생각했다. 유달현에게는 도착했다는 전화 연락만 해 두면 될 것이다.

그때 문득 김동진이라면…… 하는 생각이 머리를 스치면서 남승지의 동요를 더욱 부채질했다. 조국의, 그리고 긴박해진 이 섬의 상황 속에서 우리는 서로 믿을 수 있는 동지를 한 사람이라도 더 확보하지 않으면 안 된다. 우리 청년들이 놓인 처지에 대해 서로 이야기를 나누고 싶다는 생각이 들었다. 정의파인 김동진은 일단 결심만 하면 틀림없이 투쟁에 참가할 텐데……. 우연히 마주친 지금, 제한된 시간 안에 모든 것을 다 얘기할 수는 없겠지만 그 계기만은 만들어 둘 수 있을 것이다. 그래, 잠깐만이라도 함께 시간을 가져 볼까.

그러나 남승지는 기껏 목구멍까지 올라온 말을 침과 함께 다시 삼켜 버렸다. 아니 그게 아니지. 이건 어디까지나 우연한 만남일 뿐 본래의 목적은 아니야. 가능한 한 예정에서 벗어난 행동은 삼가야 돼. 무엇보다도 아직 유달현을 만나지 못하고 있지 않는가. 게다가 언제 어디서 돌발 사태가 생길지도 알 수 없고. 완고하다고 생각해도 어쩔 수 없지. 이대로 헤어지는 편이 무난했다. 무난한 쪽을 선택하지 않으면 안 된다. 그건 비겁한 게 아니라 불가피한 일이다. 강몽구라면 이런 일로 고민하지 않았을 텐데……. 남승지는 그의 친척이자 제주도당 간부인 강몽구의 대담한 성격을 떠올리며 다시 한 번 동요를 느꼈다. 그리고 김동진에게 깨끗이 작별을 고했다. 김동진의 표정이 복잡하게 일그러졌다.

"그런가? 알았네." 김동진이 말했다. "작년에도 우연히 만났었지. 관덕정 광장에서……. 그때도 뭔가 바쁘다고 해서 바로 헤어져 버린 일이 생각나는군. 그러고 보니 자넨 그때까지도 중학교 교사였었지. 우연히 만났으니 금방 헤어지는 것도 당연하지……, 어쨌든 괜찮네, 내일이라도 돌아가거든 꼭 전화를 주게나. 물론 마음이 내키면 말일세."

김동진은 웃었다. 외투 안주머니에 손을 집어넣어 명함을 한 장 빼들었다.

"나로서도 유감일세. 헤어지는 마당에 빈정대지는 말아 주게. 섭섭하니 말일세."

"빈정대다니 무슨 말인가. 꼭 전화해 주게나, 내일은 하루 종일 신문사에 있다네. ……아 참, 이제야 안부를 묻네만, 일본에 있는 가족들은 건강하신가?"

"응? ……아아, 가족 말인가? 잘 있는 모양이야."

"그렇구만, 그거 다행이로군. ……여동생도 잘 있나?"

"응, 여동생도 잘 지내고 있는 모양이야."

"그거 잘됐군. ……그럼, 조심해서 가게."

"그래, 고맙네, 건강하게나."

서로 손을 내밀어 굳게 잡았다.

남승지는 어슬렁어슬렁 시장을 돌아보겠다는 김동진과 헤어져 시장 밖으로 나왔다. 이제 그와는 만날 수 없으리라는 생각이 들었다. 전화를 해서도 안 될 것이다. 전화를 받은 김동진은 틀림없이 '아아 남승지 동무인가'라면서 거리낌 없이 큰 소리로 말할 것이다. 가명을 모르니까 어쩔 수 없는 일이다. 하지만 그 장면을 상상만 해도 더 이상 전화는 불가능했다.

남승지는 냇가로 나왔다. 강 위를 차가운 바람이 훑고 지나갔다. 다리 위의 노인은 아직도 난간에 걸터앉아 있었다. 낡아빠진 중절모는 바람에 날라가지 않고 노인의 몸 일부처럼 똑바로 머리에 씌워져 있었다. 어지럽게 흔들리는 버드나무 가로수의 마른 가지에 새순이 돋아 있었다. 봄은 역시 가까이 와 있었다. 좀 전에 같은 냇가를 걸으면서도 느끼지 못했던 것이 이상했다.

남승지는 다시 C길로 들어섰다. 우체국에 가서 전화를 해야 한다. 형편이 닿는 대로 되도록 빨리 만나는 편이 좋기 때문이다. 그러기 위해서는 역시 김동진과 그대로 헤어진 것은 잘한 일이었다. 남승지의 오른손바닥은 미끌미끌 땀이 배어 김동진과 악수한 흔적이 아직도 남아 있는 듯한 느낌이 들었다. 그는 돌아가야겠다고 말했을 때 김동진의 얼굴에 배어나듯 퍼졌다가 사라진 쓸쓸한 표정을 떠올렸다. 서울에서 지냈던 학창 시절의 표정을 오랜만에 다시 보았다. 김동진은 마음이 괴로울 때면 소년처럼 상대의 시선을 피한 채 창밖 풍경이나 구름을 바라보는 버릇이 있었다. 그러다가 이내 기분을 돌이키고 원래의 웃는 얼굴로 돌아오곤 했다. 참 괜찮은 녀석이었다. 그런데 그 성실함은 여전했다. 나라면 어땠을까. 정말, 그렇게 헤어지는 마당에 끝까지 다정하게 대할 수 있었을지 의문이다. 무엇보다 그를 매정하게 대한 것이 마음에 걸린다. 아아, 이 모두가 내가 하는 일을 너무 의식한 나머지 생긴 일이다.

그는 이층건물인 『한라신문』 앞을 지나 관덕정이 보이는 광장 언저리로 나왔다. 남승지는 이런 차림에 지게를 지고 가는 자신을 알아본 김동진에게 새삼 감탄했다. 가령 다리 위에서 내 얼굴을 보았다 하더라도 대개는 그냥 지나치기 쉬운 법이다. 역시 그가 말한 대로 인상이라든가, 얼굴 혹은 그 사람이 풍기는 냄새나 분위기가 있는 모양이었다……. 남승지가 서울에서 경험한 바에 의하면, 형사가 사진만 보고 학생을 체포하려고 아무리 애를 써도 길거리에서 형사에게 잡히는 일은 거의 없었다. 말하자면 사진만으로는 실제의 얼굴에서 느껴지는 인상, 혹은 그 사람이 풍기는 분위기 같은 것을 제대로 포착할 수 없었다. 그러나 일단 얼굴을 아는 학생 중에서 배반자가 나와 형사의 안내역으로 나선 경우에는 아무리 변장을 해도 간단히 들통 나곤 하였다. 복잡한 인파 속에서도 일종의 감으로 당사자를 찾아낼 수 있게 되는 것이다. 그런 변절자는 개의 코를 가진 인간이나 마찬가지여서 적의 셰퍼드보다도 무서웠다.

왼쪽 모퉁이에 이발소가 보였다. 남승지는 헤어질 때 보았던 김동진의 미소에 감추어진 복잡한 표정을 떠올리며 관덕정 광장을 향해 걸어갔다.

3

음, 묘한 일이다, 그때 유달현에게 품었던 불쾌한 감정이 지금 되살아나는 것이 이상했다. 1년 반이나 지난 일로 지금은 잊고 있어야 할 불쾌한 감정이 기억과 함께 되살아나고 있다…….

초가을의 쌀쌀한 밤이었다. 동향 출신 학우회 모임이 끝난 뒤 김동진과 함께 종로 뒷골목 선술집에서 마신 소주가 몸속에서 불타오르던 기억이 난다. 도대체 왜 그날따라 모임에 나갔던 것일까. 김동진의 권유에 못 이겨 나갔던 것이 그런 결과로 이어졌다. 그리고 유달현에 대한 탐탁지 않은 인상이 뇌리에 새겨지는 밤이 되고 말았다. 아직 학생이던 김동진과 졸업생인 유달현이 대립하는 상황에서 내가 김동진의 편을 드는 모양새로 휩쓸리고 말았던 것이다……. 남승지는 C길을 걸어가면서 뜻하지 않게 잊고 지냈던 유달현에 대한 혐오감이 기억과 함께 되살아나는 것을 느꼈다. 뭔가 묘하게 처리하기 곤란한 감정이었다. 갑자기 되살아난 불쾌한 감정으로 유달현을 만나게 되리라고는 꿈에도 생각지 못했다. ……그 일은 해방 다음 해인 1946년, 그러니까 가을학기가 막 시작될 무렵이었다. 그렇지, 혁명시인인 유진오(兪鎭五), 반미 투쟁에 앞장섰으며 집회와 데모 때 죽은 동지들의 영전 앞에서 즉흥적인 시를 낭독하고 다니던 그가, 9월 1일 국제청년제 당일 서울운동장을 가득 메운 군중 앞에서 낭독한 시 '누구를 위한 벅차는 우리의 젊음이냐?'가 청년들의 영혼을 뒤흔들던 무렵이었다. ……대구에서 시작된 10월의 인민항쟁 직전이니까 역시 가을이었다.

그 무렵 남승지는 P전문학교 국문과 학생이었다. 8·15해방을 맞은 뒤 어머니와 여동생을 일본 오사카에 남겨 두고 중학 시절부터 신세를 진 고베(神戶)의 사촌 형 남승일에게도 작별을 고한 뒤 독립된 조국으로 단신 귀국했다. 그는 스스로 '조국에 돌아간다'는 표현을 썼지만 가족을 일본에 남겨 둔 재일조선인의 입장으로서는 딱 들어맞는 표현도 아니었다. 그러했기에 남승지는 더욱 자신을 '돌아가는' 입장에 놓으려 노력했다고 할 수 있다.

남승지는 처음에 국문과로 전과하기 전에는 경제과에 적을 두고 있었다. 사회발전의 경제적 법칙을 공부하고 싶었기 때문이다. 일본의 관헌에 의한 공산주의나 유물사관에 대한 금기가 사라져 있었고, 자신의 내면세계야 어찌 되었든, 역사 발전의 객관적 법칙은 자신과는 독립된 곳에 있다는 인식을 견지하고 싶었다. 그러나 얼마 되지 않아 그 객관적이라는 것 자체가 귀찮아지기 시작했다. 그것은 자신의 껍질 속에 틀어박혀 타인과의 접촉을 피하려는 자폐적인 경향과 겹쳐진 형태로 나타났다. 그 '객관적'이라는 것이 현실 사회와 마찬가지로 남승지의 마음을 구속하기 시작했다. 그는 극도의 주관적인 사고에 빠져 자신의 내면으로만 도망치려 드는 일종의 나르시시즘에 도취되어 있었다고 할 수 있다. 물론 그는 그러한 자신의 감상주의를 알고 있었기 때문에 마치 섬유와 같이 얽히기 쉬운 자신의 신경을 단련해 보려 애쓰고 있었다. 그러나 그것과 경제과에 적을 둔 채 재미없는 강의를 참고 들어야 하는 것 사이에는 어떠한 필연성도 발견되지 않았다. 확실히 현실로부터의 도피가 국문과를 선택하게 한 것은 사실이었다. 그러나 한편으로는 민족적인 것에 대한 욕구, 단적으로 말하자면 식민지 민족으로서 빼앗기고 잃었던 것을 자기 나름대로 되찾고 싶다는 강한 욕구, 민족의 역사와 공동체로 돌아가고 싶다는 욕구가 있었던 것만은 부정할 수 없었다.

국문과로 옮긴 그는 다른 학생들과는 다른 실질적인 흥분을 내면에 감추고 있었다. 그러한 계기가 된 것은 그가 국문과의 유일한 재일조선인이었다는 점이 크게 작용했다. 그는 '국문(國文)'이라는 말에 위화감과 함께 얼마나 신선한 감동을 느꼈는지 몰랐다. 지금까지는 '국문학'이라면 '일본 문학'을, '국사'라면 '일본 역사'를, '국어'라면 '일본어'

를 의미했다. '조선의 역사'가 조선인에게 '국사'가 되지 못하고, '조선의 문학'이 조선인에게 '국문학'이 되지 못했다. 일제 말기에는 조선어 자체가 말살되었으므로 조선 문학이라는 것이 있을 수도 없었다. '국어(일본어)'로 쓰인 '국책' 수행을 위한 '국민문학'이 있었을 뿐이었다. 그러던 것이 이젠 당당히 '국문'이나 '국문학'을 입에 올릴 수 있게 된 것이었다. 이 얼마나 민족적이고 인간적인 감정을 해방시켜 주는 일이며 긍지를 느끼게 하는 변화였던가. 그러나 '국문학'이라고 하면 여전히 일본 문학이나 일본의 고전을 의미하던 시절의 '국문'의 인상을 떨쳐 내기 어려웠다. 이러한 강박관념은 일종의 주술처럼 따라다녔다. '國文'이 아니라 '국문', '국문'…… 남승지는 '國文'과 같은 한자가 아니라 '국문'과 같이 의도적으로 한글을 쓰면서 과거의 이미지를 지우기 위해 노력했다. 그러면서도 그 말이 주는 신선한 위화감을 음미하고 즐기는 여유를 부렸다.

그러나 격동하는 남한의 정세는 조국에 돌아온 남승지를 그냥 내버려 두지 않았다. 마치 그가 현해탄을 건널 때 타고 온 작은 고깃배처럼 계속해서 그를 희롱했다. 해방 직후에는 사람들이 해방감에 도취되어 있었다. 그해 11월에 귀국한 남승지는 해방 후 맞은 가을걷이가 예년에 없던 대풍으로 해방의 기쁨과 함께 수확의 기쁨도 누렸다는 이야기를 사람들로부터 들었다. 게다가 지금까지의 강제공출이 없어지고 일본에 수출할 필요도 없었기 때문에 곡물이 한꺼번에 시장으로 쏟아져 나왔다고 한다. 곡물만이 아니었다. 8월 하순, 일본군이 대륙에서의 전쟁과 미국과의 전쟁에 대비하여 은닉해 두었던 물자를 소각하고 군수품 창고를 폭파하여 사람들을 격분시켰지만, 그래도 상당한 은닉 물자가 발견되었다. '가네보(鐘紡)' 등의 거대 방적회사 창고에서 직물이 방출되어 사람들은 일시적으로 범람하는 물자에 도취되었다.

패전 직후의 일본과는 대조적이었다. 서울에 없는 것은 '고양이의 뿔과 스님의 상투'뿐이라고 할 정도로 물자가 범람하는 기현상이 벌어졌다.

그러나 조국에 찾아온 '해방'이 실은 환상이었음을 깨닫기까지는 그리 오랜 시간이 걸리지 않았다. 돈 있는 자들이 물자를 매점매석하고, 이른바 모리배들이 쌀과 그밖에 식량을 일본으로 밀수출하는 바람에 극단적인 물자 부족 현상이 일어났다. 하룻밤 자고 눈을 떠 보니⋯⋯(남승지가 귀국한 것은 이미 사람들이 눈을 뜨기 시작할 무렵이었다) '해방자'인 줄 알았던 미국이 일본 제국의 강력한 후임자였던 것이다. 해방에 들떠 있던 조선인들을 향해서 조선총독부는 아베 노부유키(阿部信行) 총독의 명령에 복종할 것을 강요했는데, 이번에는 미국이 군정을 선포하고 이승만을 자국에서 불러들였다. 그리고 서서히 8월 15일 이후 숨어 지내던 일제 협력자들, 즉 민족주의자들과 좌익진영의 민족통일전선 단체인 '민전(民主主義民族戰線)' 등이 '민족반역자'로 규정한 친일파들의 부활을 시도했다. 그뿐만이 아니었다. 조선총독이었던 아베와 정무총감이었던 엔도 류사쿠(遠藤柳作)에게 미군정청이 고문으로 취임해 줄 것을 요청했다고 한다. 이는 결국 실현되지 못했지만, 남한 점령군 사령관인 하지(John Reed Hodge) 중장은 '내가 일본인의 통치기구를 이용하고 있는 것은 그것이 현재 가장 효과적인 운용 방법이기 때문'이라고 밝힌 바 있다. 조선총독부의 기구를 그대로 인수하는 형태로 군정이 이루어짐으로써, '민족반역자'들의 복권 무대가 우선적으로 제공되었던 것이다.

숨을 죽이고 있던 '친일파'와 손을 잡은 우익세력이 나타났고 활동을 시작했다. 게다가 북한에서 월남한 특별고등경찰(特高) 관계자와 총독부 고위관리를 지낸 민족반역자들이 여기에 합류했다. 모스크바 3국 외상회의(1945년 12월 말, 미국·영국·소련의 외상들이 모스크바에서 협의를 가진 뒤, 조선의 임시정부 수립을 위한 4개 항목을 결정했다)에 따라 이듬해 1월부터 서울에서 열린 미·소공동위원회가 5월에는 무기 연기되고, 미국을 등에 업은 우익세력과 좌익 및 민족진영의 충돌로 정세는 혼란을 거듭했다. 결국 반미 투쟁이 본격화되었다. 시민과 학생들이 데모를 벌였다. 남승지도 난생 처음 데모에 참가했다. 바깥세상과는 담을 쌓고 자신만의 세상에 틀어박힌 채로 데모에 참가했다. 데모에 참가하면 이상하게도 눈물이 나왔다. 조국에 돌아와 데모를 하게 되리라고는 꿈에도 생각지 못한 일이었다. 확실히 해방된 조국의 현실에 대한 쓰디쓴 실망감이 마침내 그의 시선을 밖으로 향하게 만들었다. 고용된 테러단이 횡행하고 정계 요인에 대한 암살 사건이 발생했다. 실업자와 반실업자가 범람하고 노동자들이 파업을 벌였다. 모리배들과 암거래를 일삼는 자본집단들이 활개를 쳤다. 거듭되는 물가 폭등으로 '풍년기근'이라는 유행어가 말해 주듯 한 달 만에 쌀값이 두 배 이상 올랐다. 3월에 한 말당 5백 원이던 쌀값이 6월에는 천 2, 3백 원에서 2천 원까지 올랐다. 권총과 곤봉을 들고 노동자와 학생들의 뒤를 쫓아다니던 경찰의 월급이 천 2백 원이었으니까 그들도 월급만으로는 쌀 한 말도 제대로 살 수 없는 형편이었다. 쌀의 공정가격이 38원이었고, 쌀 배급제도가 철폐된 데다가, '자유판매 장려' 정책의 시행으로 물가는 그야말로 광란이었다. 사람들은 나날의 끼니를 해결하기에 혈안이 되었고 미국에서 수입된 밀가루를 사다가 수제비국을 끓여 연명했다. 틀림없는 독립을 한 조국의 수도 서울 거리는 채 1년도 지나지 않아 실업자와 거지, 굶주린 자들로 들끓었다. 어느 시인이 읊은 대로 '병든 서울'이 되어 버렸다. 남승지는 하얀 모포처럼 부드러운 눈을 뒤집어쓴 채 얼어 죽은 사람을 본 적이 있었다. 그는 해방 후 처음으로 맞이했던 서울의 겨울을 넘기지 못했던 것이다. 돗자리를 덮어 쓴 수염 난 동사자도 있었는데 묘하게도 콧수염만이 하얗게 빛나고 있었다. 가까이 가 보니 수염에 흘러내린 콧물이 하얗게 얼어 있었다. 이것이 해방이라니, 해방……, 더 이상 해방 앞에서 감상을 느끼고 있을 수 없었다.

남승지는 일본에서 귀국한 고향 사람 집에서 국민학생과 중학생을 상대로 가정교사를 하였으나 그것만으로는 생활비가 턱없이 부족했다. 일본에 있는 어머니와 여동생이 인편으로 사냥모자나 셔츠 같은 환금이 가능한 물건과 일본 돈을 보내 주곤 하였으나, 물건만 주고 돈을 받지 못하는 경우도 있었다. 또 인편에 맡긴 일본 돈마저 떼이는 일도 있었다. 온돌에 불을 지필 장작이 없었다. 화로는 물론 숯불도 피우지 못한 채 마치 얼음동굴처럼 차가운 방에서 보냈던 겨울날, 음울한 채색 속에 갇혀 버린 서울. 아침에 일어나면 공동으로 사용하는 수도가 꽁꽁 얼어 물이 나오지 않았다. 전날 밤에 미리 받아둔 주전자 물도 돌처럼 단단히 얼어 버렸지만, 그 주전자에 불을 지펴 끓인 물로 얼어붙은 수도꼭지를 녹였다. 이렇게 해서 간신히 수돗물이 나오면 하루의 생활이 시작되었다. 영하 15도에서 20도까지 수온이 내려가고 한강물이 두껍게 얼어붙는 엄동설한에 불기 없이 지내기는 힘들었다. 아마 젊은 몸이라 견뎌 낼 수 있었을 것이다. 가난한 사람에게 서울의 겨울은 혹독했다. 결국 남승지도 굶주려 가죽만 남은 배가 등가죽에 달라붙도록 허리를 졸라맨 채 경찰에 쫓겨 숨어 지내는 서울 생활이었지만, 그래도 역시 서울은 내부에 희망을 간직한 독립국의 수도임에는 틀림없었다.

남승지도 마침내 영양실조에 걸렸다. 결국 이렇게……, 서울까지 와서 영양실조에 걸리다니, 영양실조에 약이 무슨 소용인가. 책을 팔아 마련한 돈을 주머니에 넣고 찾아간 피부과 병원에서 영양실조라는 묘한 병명을 선고받았을 때, 검고 둥근 안경테 너머로 보이는 젊은 의사의 얼굴을 말없이 노려보았다. 시선을 피한 의사가 무슨 일이냐는 듯 의아해하는 눈빛으로 다시 쳐다보았을 때 비로소 그는 제정신을 되찾았다. 영양실조의 원인이 그 병명을 선고한 사람에게 있는 것은 아니다. 그러나 이상하리만큼 평범한 병명을 선고받았을 때와는 분명히 다른, 이유를 알 수 없는 분노와도 같은, 아니 번뜩이는 살의에 가까운 감정을 죄 없는 의사에게 느낀 것이었다. 주사를 놓고 손등에 잡힌 물집에 바르는 약 대신 내복약을 주면서 영양을 섭취하지 않으면 낫지 않을 뿐 아니라 위험하다는 말을 당부하는 의사의 얼굴. 그 모습을 몹시 기묘한 선고라도 들은 기분으로, 문득 이 사내에게 압도당해서는 안 된다는 절박한 심정에서 재차 노려보았다. 그러나 차갑게 빛나는 의료 기구에 둘러싸인 의사의 흰색 가운이 무표정하게 반사되고 있을 뿐이었다. 하얀 진찰실이 무슨 백일몽의 베일에 둘러싸인 것처럼 보였다. 그리고 순간적으로 의사와 간호사 앞에서 자신이 어떤 강렬한 빛에 표백되면서 가볍게 멀어져 가는 듯한 착각에 빠졌다.

남승지는 며칠 전, 종로에 있는 단성사에서 프랑스 영화 '죄와 벌'을 보고 있었다. 일본어 자막이 그대로 나오는 낡은 영화였다. 단성사 앞 메마른 도로를 스치는 바람으로 인해 미세한 먼지가 날아올라 그렇지 않아도 연극 공연장처럼 초라하고 거무스레한 건물을 먼지투성이로 만들었다. 해방을 빼앗긴 채 혼돈스럽게 격동하는 붉은 먼지 속의 서울에서 불행이라는 이름의 먼지를 뒤집어쓴 듯한 영화를 보는 것은 으스스한 현실감을 안겨 주었다. 영화관은 혼잡하지 않았다. 남승지는 이른 저녁부터 최종회까지 반복해서 보았다. 도중에 저녁 대신 빵을 사 먹고 자신의 내부 깊숙이 가라앉은 기분으로 영화관을 나왔다. 사람들은 모두 무거운 표정이었다. 밖으로 나온 사람들이 뿔뿔이 흩어지는 가운데 아직도 유리 액자에 이마를 들이댄 채 심각한 얼굴로 스틸 사진을 들여다보는 이도 있었다. 사람들의 심각한 얼굴에 맞닥뜨린 남승지는 문득 자신의 얼굴을 보는 것 같아 부끄러워졌다. 이런, 사람들로부터 떨어져 혼자 걸어야겠군……. 그는 아직 자신의 내면에 틀어박힌 채 심각한 표정으로 인상을 쓰고 싶었다. 한 아가씨가 자못 진지하면서도 꿈꾸는 듯한 얼굴로 함께 온 청년과 이야기를 나누고 있었다. 영화에 대한 감상을 이야기하는 듯했다. 남승지는 종로로 나와 오른쪽 화신백화점 방향으로 이어진 보도를 걸었다. 사람들은 종로에서 좌우로 갈라졌다. 이 사람들은 도대체 어디로 가는 걸까……, 집으로 가는 것이 아니라 밤의 뒤편으로 걸어가는 것 같았다. 빛을 가득 실은 텅 빈 전차가 경적을 울리며 절구통 같은 몸체를 흔들며 달려갔다. 밝은 차창이 멀어지고 레일의 울림이 깊은 밤 속으로 빨려 들어갔다. 남승지는 전찻길을 건너 맞은편 보도를 걷기 시작했다. 상점은 문을 닫아 거리는 어두웠다. 여기라면 조금 심각한 얼굴을 해도 남들은 알아차리지 못할 것이다. 그는 심각해지고 싶었다. 우리 나이로 스물두 살이면 아직 그럴 나이인지도 몰랐다. 주연인 피에르 블랑샤르가 좋았다. 아니, 소설은 이미 읽었지만, 주연이 그대로 라스콜리니코프였고 라스콜리니코프가 한 사람 밖에 없듯이 주연 이외의 주인공은 상상할 수조차 없었다. 남승지는 인간이 인간을 죽이는 일, 아니 인간에게 기생충 같은 노파를 죽일 권리가 없다면, 과연 벌레를 죽일 권리는 인간에게 있는 것인가라는 생각을 하면서 걸었다. 실제로 그는 잠자리에서 내의를 벗어 이를 잡으면서도 과연 자신에게 이를 죽일 권리가 있는지를 진지하게 고민하곤 했다. 여윈 손등에 두꺼비 등처럼 돋아난 많은 물집이 가려워 양 손바닥으로 번갈아 문지르면서 단팥빵 두 개로 때운 배를 감싸 안고 걸었다. 서울역에서 가까운 남산 기슭의 숙소까지 걸어서 한 시간은 걸린다. 우주의 광활

함이……, 반짝이는 별 뒤로 펼쳐진 우주의 광활함이 깊고도 두려웠
다. 민족과 국가, 그리고 조국…… 그런 것들은 그의 의식 속에서 지
구본처럼 조그맣게 쪼그라들며 멀어졌다. 조국이 뭐란 말인가, 조국
이…… 왜 이런 일에 관심을 가지고 매달려야만 하는 것인가…….
무슨 펄럭이는 지도 위에 올라탄 것처럼 알 수 없는 구멍으로 발이
푹 빠져 버릴 듯한 기분이 들었다……. 요즘 들어 갑자기 몸에 기운
이 없어지는 것이 영양실조 때문이라는 생각은 하지 못한 채 긴장된 마
음으로 몸을 가누고 별을 올려다보며 걷다가 밤늦게 집으로 돌아왔다.

　손등의 물집이 괴기해서 보기에도 좋지 않았지만 무엇보다 가려워
서 견딜 수가 없었다. 자신도 모르게 양손으로 번갈아 손등을 긁는
바람에 물집이 터졌다. 물집이 터지면 납작해지지만 곪기만 할 뿐 가
려운 건 여전했다. 상처에 딱지가 앉으면 다시 물집이 생겼다. 손바닥
으로 전해져 오는 물집의 도톨도톨한 감촉이 마침내 온몸으로 퍼져
몸속까지 침투해 들어갈 것 같아 견딜 수가 없었다. 남승지는 할 수
없이 병원을 찾았다. 그리고 영양실조라고 해서 내복약을 받았다. 그
러자 왠지 영화 '죄와 벌'을 본 기억이 떠올랐던 것이다.

　남산 기슭에 있는 작은 병원을 나와 남대문 거리 근처에 늘어서 있
는 대중식당으로 들어갔다. 내장을 삶은 국물이 맛있었다. 이것이야
말로 나의 생명줄이었다. 맛있는데다가 영양가도 있으니 돈이 있다는
건 좋은 일이었다. 몸은 현실적이어서 국밥과 김치가 들어가자 곧 기
운을 차렸다. 그는 남대문 앞에서 전차를 타고 김동진과의 약속을 지
키기 위해 동향 출신 학우회 모임에 갔다. 모임 장소인 덕수궁 식물원
주변까지 걷기에는 무리가 있었다. 영화를 본 단성사까지의 거리보다
두 배는 될 것이다. 그리고 시간도 없었다. 남승지는 차창 밖 번화가
를 오가는 많은 사람들을 바라보면서 이렇게 거리를 걸으면 구두도

많이 닮을 것이라 생각했다. 그리고 문득 이렇게 바보 같은 상상을 하는 이유가 궁금했다. 학우회 모임에는 딱 한 번 참석한 적이 있었지만 그 장소가 잘 기억나지 않았다. 어쨌든 김동진이 그려 준 약도에 따라 종로 4가에서 전차를 갈아탔다.

학우회 기숙사는 산 중턱의 대지에 자리 잡고 있었다. 남승지는 비탈길을 올라갔다. 전에는 일본인 사택인가 숙소로 활용했던 양쪽이 돌출창으로 된 아파트풍의 건물 현관에 들어서자 전에 와 본 기억이 되살아났다. 낡아 빠진 가죽 구두와 군화, 운동화 등이 벗어 놓은 채로 어지럽게 흩어져 있었고 짙은 땀 냄새가 코를 찔렀다. 구석에 여성의 신발이 가지런히 놓여 있는 걸 보면 여학생들도 와 있는 듯했다. 그는 그 신발 속에 담겼을 자그맣고 부드러운 발에서 뻗어 올라간 늘씬한 다리를 상상했다. 한 켤레의 파란 신발이 인상적이었다. 2층으로 계단을 오르다 보니 막 식사를 끝냈는지 눅눅하고 따뜻한 음식냄새가 풍겨 왔다.

2층은 어두운 복도를 사이에 두고 양쪽으로 방이 두 개씩 있었다. 인기척이 나고 불빛이 새어 나오는 오른쪽 창호 문을 열자 두세 평씩 되는 방의 장지문을 터서 넓힌 공간에 2, 30명의 학생들이 비좁게 둘러앉아 있었다. 방구석의 책상과 나무 상자 위에는 방금 치운 듯한 잡다한 물건들이 잔뜩 쌓여 있었다. 한 방에 두세 명씩 살고 있으니까 참석자의 절반은 기숙사 학생들임에 틀림없었다. 남승지가 미닫이를 열자 미심쩍은 시선들이 늦게 온 그에게로 집중되었다. 남승지는 밝은 전등 빛과 눈부신 시선을 동시에 받으며 이들 중 누군가와 어디선가 한두 번은 만났을 것이라고 생각했지만 모두 처음 보는 얼굴들뿐이었다. 문득 방 안쪽에 집행부처럼 보이는 사람들 중에 낯익은 얼굴이 보였다. 그러나 그것은 순간적인 착각이었을 뿐 그는 바로 낮에 만났던 김동진이었다. 마치 지각하는 의식의 과정이 마디마디 분절된 것처럼 사고가 단절되는 바람에 김동진임을 알았을 때는 자신도 모르게 '어떻게 된 거지?'라는 말을 중얼거렸을 정도였다. 남승지를 기다리고 있던 김동진은 일단 일어섰다가 다시 앉은 뒤에도 몇 번이나 고개를 끄덕여 보였다. 그는 학교 점심시간에 일부러 약도까지 그려 주면서 꼭 참석해 달라고 부탁했던 것이었다. 남승지는 문을 열고 들어가 입구 옆 빈자리에 앉았다.

모임은 방금 시작된 모양이었다. 학생들은 모두 영양 상태가 좋아 보이지는 않았지만 열심히 공부하는 듯, 해방된 조국의 미래를 짊어지려는 기개 같은 것이 느껴졌다. 총무부의 보고가 끝난 뒤(보고에 따르면 최근 교외로 야유회를 다녀온 모양이었다. 여학생들과 함께 산에 오르면 즐겁겠지, 그런데 왜 이들은 이렇게 모이는 걸 좋아할까, 남승지는 멍하니 생각했다), 김동진이 학우회 기관지의 편집 상황을 보고했다. 그런데 어떤 경위가 있었는지는 모르지만 기관지의 내용에 관하여 이의가 제기되었다. 남승지는 그때 다른 생각에 잠겨 있었다. ……왜 나는 낮에 만났던 김동진의 얼굴을 보면서도 다른 사람이라고 생각했을까. 내 의식은 확실한 것 같은데 그래도 이래서야 잠이 덜 깼거나 술에 취했을 때와 마찬가지 아닌가……. 피부과 병원 진찰실의 표백된 불빛이 머릿속에서 반짝였다. 그 백일몽처럼 표백된 빛깔은 무엇일까……, 나는 영양실조야, 제기랄, 영양을 섭취하지 않으면 낫지 않아요, 위험한 영양실조입니다. 남승지는 모임의 진행 상황에 별로 주의를 기울이지는 않았지만 문득 김동진 자신이 문제가 되고 있음을 알았다.

남승지는 손수건으로 안경을 닦아 쓰고서 김동진 쪽을 바라보았다. 집행부의 맞은편 오른쪽에 앉은 얼굴이 작고 비쩍 마른 학생이 길게 자란 머리카락을 쓸어 올리며 말을 하고 있었다. 그것은 기관지『학광

(學光)』에 발표된 김동진의 「해변의 발자국 소리」라는 단편소설에 대한 상당히 신랄한 비판이었다. 김동진은 남승지와 같은 전문학교의 경제과 학생이었는데, 문학에 흥미를 느껴 소설을 쓰고 있었다. 인쇄물로 발표한 것은 이번이 세 번째라고 한다. 서울에는, 아니 이 나라에는 대학이라 해 봤자 이전의 '제국대학' 하나밖에 없었고, 각 단과대학이나 종합전문학교가 단독 또는 통합해서 대학으로 승격하는 단계에 있었는데, 김동진은 대학으로 승격되더라도 전과하지 않고 그냥 남겠다는 것이었다. 이른바 문학청년이면서도 문학과로 옮길 생각을 않고 소설을 계속 쓰고 있다는 게 남승지에게는 특이하게 보였다. 동시에 그가 꽤 현실적인 감각의 소유자라는 생각도 들었다. 김동진은 백 쪽이 채 못 되는 오사카 기관지를 펼쳐 놓고 담배를 피우며 가만히 귀를 기울이고 있었다.

　「해변의 발자국 소리」는 남승지도 읽었다. 줄거리는 이랬다. 저녁 무렵 기차로 해변의 작은 마을에 도착한 청년이 있었다. 그는 목적도 없이 이 마을에 도착했다. 선술집에서 술을 마시고 역 앞을 지나 해변을 향해 걸어가던 그는 어느 건물 그늘에 서 있는 여자의 모습을 발견한다. 그는 여자에게 다가갔다. 여자는 두세 걸음 골목 안으로 물러서서 청년을 기다린다. 여자는 말수가 적은 데다 목소리가 가늘었고 그나마 파도 소리에 섞여 잘 들리지 않았다. 청년은 여자를 샀다. 돈을 받은 젊고 초라한 여자는 순순히 청년을 따라 해변의 어두운 오두막으로 들어간다. 여자는 남자가 하는 대로 몸을 내맡긴 채 전혀 입을 열지 않는다. 여자는 움직이지 않는다. 요란한 파도 소리 사이로 어디선가 갓난아기의 가녀린 울음소리가 들려온다. 여자가 몸을 움직인다. 파도 소리가 더 요란해진다. 끊어질 듯 말듯 아기의 울음소리가 들리더니 점점 가까이 다가오는 듯하다. 여자의 몸이 움직인다. 일어서려는 것처럼 움직인다. 갑자기 살의를 느낀 청년은 여자의 목을 조르고 몸을 조이면서 하늘로 뛰어오르려 한다. 혼자가 아니라 여자를 안은 채 하늘로 뛰어올라 비상하려 한다. 이윽고 그는 큰 소리를 내며 땅에 떨어진 자신을 발견한다. 꿈이 아니었다. 아기 울음소리가 들린다. 여자의 몸은 움직이지 않는다. 그는 어두운 밀물의 해변을 달려 도망친다. 뒤에서 아기의 울음소리가 나고 무슨 말인지 목 쉰 노파의 절규가 들려온다……라는 내용이었다. 솔직히 말해 재미있는 줄거리라 생각했지만 빙빙 두르는 표현이 많아서 읽기가 힘들었다.

그런데 지금 남승지가 의외라고 생각한 것은 비판의 내용보다도 벌떡 일어선 장발 학생이 이런 모임의 발언에는 익숙한 듯한 인상을 풍기면서도 경직된 표정으로 꽤 흥분해 있다는 점이었다. 그 학생은 김동진 쪽을 가리키며 그 소설은 퇴폐적이고 부르주아 사상에 물들어 있다고 잘라 말했다. 지금 우리 앞에 놓인 정치사회적 현실과 조선 혁명의 현 단계에서 엄히 우리가 나아가야 할 방향과 노선을 생각할 때, 우리 기관지에 이런 종류의 문장이 실리는 것은 잘못이다. 엄숙한 자아비판을 필요로 한다. 혁명시인 유진오와 같은 작가의 작품을 본받아 글을 써야 하며 『학광』은 적극적으로 그런 글을 실어야 한다……는 매우 부정적인 비판이었다. 그는 사회과학 용어를 많이 사용했다. 그리고 반민주주의 노선과 민주주의 노선의 원칙적 대립이라든가, 민주주의적 민족문화 건설의 노선……이라든가, '노선'이라는 말을 즐겨 사용했다. 사실 '노선'은 거의 유행어처럼 사용되던 말로, 단순히 '혁명'이라고 하는 것보다 훨씬 구체적인 여운을 남겼다. 이는 실제로 비밀활동을 하고 있는 사람들이 그 말을 자주 입에 올렸다는 점도 작용했을 것이다. 게다가 거기에 '맨데이트(mandate, 신임장)'라는 꽤 지하활동적인 냄새를 풍기는 말이 섞여 나오면, 당은 그 존재와 함께 가장 매력적인 말을 만들어 내는 제조원이 되었다. 그것은 '영웅심'을 부추기고 혁명적 용기를 심어 주었다.

김동진을 비판하는데 왜 얼굴이 창백해질 정도로 경직되어야만 하는지, 남승지는 적개심에 불타는 장발 학생의 얼굴을 잠시 바라보았다. 아마도 새콤달콤한 살 냄새를 풍기는 여학생들의 존재가, 뭔가 자극적인, 그의 자기 과시욕을 부추기고 있는 모양새다. 그녀들은 소곤소곤 이야기를 나누고 있었다. 수고양이들의 싸움을 바라보고 있는 암고양이라고나 할까. 감색 제복을 입은 여학생이 둘이고 나머지 셋은 각각 다른 색깔의 양장 차림을 하고 있었다. 한가운데 둥근 얼굴에 입술이 버찌처럼 오동통한 여학생이 고개를 살짝 기울인 채 치켜뜬 눈으로 발언자를 번갈아 쳐다보고 있었다. 편하게 무릎을 구부려 앉은 그녀의 늘씬한 다리가 파란 스커트 아래로 비스듬히 비어져 나와 있었다. 현관의 파란색 구두를 신고 온 것이 그녀일까. 남승지는 이 여학생들과는 안면이 없었기에 마치 전차 안에서 마주 앉은 사람을 볼 때처럼 거리낌 없이 살펴보았다. 파란 옷에 둥근 얼굴은 어울리지 않는다……. 그녀는 스커트 끝을 당겨서 무릎 아래까지 감추려고 했다. 왜 똑바로 앉아 다리를 가리려고 하지 않는 것일까. 스커트로 감싼 두 허벅지 사이가 약간 우묵하게 들어가 얕은 골이 생겨 있었고, 그 골짜기의 윤곽은 하복부 언저리까지 뻗어 있었다. 그 하복부 언저리의 스커트 아래에 거의 햇빛을 볼 일 없을 풍성한 음모로 뒤덮인 신비스런 작은 동물이 가만히 움츠리고 있는 듯한 기분이 들었다.

김동진과 그의 비판자는 여학생들 쪽을, 아니 파란 스커트를 입은 그녀에게 자주 시선을 던졌다. 두 사람이 서로 상대의 시선을 의식하고 있는 것을 보면 그녀를 사이에 둔 경쟁 관계인지도 몰랐다. 남승지는 어이가 없다는 듯이 그녀의 얼굴을 바라보는 순간 그녀와 시선이 마주쳤다. 그녀는 자못 의식적으로 천천히 그로부터 시선을 돌렸다.

좁은 방 안에 꽤나 어색한 공기가 흘렀다. 성냥 켜는 소리가 나고 기침 소리가 들렸다. 투명하고 빨간 담뱃불에서 연기가 피어올랐다. 남승지는 이상한 생각이 들었다. 김동진을 비판하던 장발의 학생 옆에서 옅은 갈색 양복 차림의 졸업생인 듯한 남자가 담배를 피우며 방정맞게 무릎을 떨고 있었다. 어디서 본 것도 같은데 확실히 기억나지 않았다. 장발의 학생이 자리에 앉자 아마도 조직 책임자로 생각되는 양복 차림의 남자가 그에게 뭔가 지시를 내리는 모습이 뚜렷이 눈에 들어왔다. 그 분위기가 회의를 할 때 집행부끼리 서로 고개를 끄덕이는 모습과 흡사한 것으로 보아 직감적으로는 사적인 대화가 아님을 알았다. 이를 본 남승지는 위장이 뒤틀리는 듯한 불쾌감을 느꼈다. 갑자기 김동진을 감싸주고 싶어졌다. 원래 김동진과는 같은 학교 경제과에 다닌 것일 뿐 별로 친한 사이는 아니었다. 남승지는 순간적으로 김동진 편에 서고 말았다. 그때는 이미 김동진이 일어서서, 내 작품을 진지하게 읽어 주어 고맙긴 하지만 좀 더 깊이 읽어 주었으면 좋겠다. 퇴폐적인 부르주아 사상이라고 하는데 절대 그렇지 않다, 내 나름대로 인간의 내면으로부터의 해방을 묘사하려고 애쓴 작품이다, 라는 상당히 강경한 발언을 하였다. 양복 차림의 남자 곁에서 웃음소리가 들렸다.

"……호오, 김동진 동무, 필자는 누구나 그렇게 생각하는 법이지." 양복 차림의 남자가 조용히 말했다. "자네는 그 작품이 퇴폐적이 아니라고 하지만, 스스로는 모르는 걸세. 나도 읽어 보았지만 이론보다는 증거라고, 실제로 문장에 그것이 잘 나타나 있지 않은가. 인간의 해방이란 혁명적인 것과 같다고 할 수 있는데 어떻게 자네의 그 소설이 혁명적이란 말인가?"

"……저, 전 혁명적이라고 말한 적 없습니다." 김동진은 상대가 바뀐 탓인지 조금은 당황한 듯 더듬거리며 대답했다. "인간의 해방이라고 말했을 뿐입니다. 인간의 진정한 평등이나 사랑은 성이 결합되는 순간에 실현될 수 있습니다. 인간은 본래 이기주의자이고 그래서 사회에는 이기주의가 범람하는데 성에 의한 결합과 일치 속에서만 '나'를 초월하고 인간의 이기주의를 극복할 수 있다는 겁니다……."

"흐음, 성의 결합으로 사랑이 실현된다니……나 참, 속된 표현으로 '누이 좋고 매부 좋다'는 말이지……."

양복 입은 남자의 가느다란 눈과 얄팍한 입술이 일그러졌다. 그래도 희미한 웃음기는 잃지 않았다.

"아니, 그게 아닙니다." 김동진은 당황한 듯 말을 바꿨다. "성의 결합이 아닙니다. 저어…… 성에 의해서만 가능하다는 말입니다."

밝은 웃음이 터졌다. '누이 좋고 매부 좋고'라는 간통 따위에 쓰이는 꽤나 외설스러운 표현과 성에 의해서만 가능하다는 김동진의 엉뚱한 답변이 학생들의 상상력을 자극한 모양이었다.

"내가 무슨 도학자처럼 그 성이라는 것을 나쁘다고 말하는 건 아닐세. 사회주의는 성에 의해 인간을 차별하지 않으니까. 그러나 계급을 그대로 두고서는 인간의 평등도 사랑의 평등도 있을 수 없네. 자네는 우리가 지금 미국의 점령하에 있다는 사실을 잊은 건 아니겠지. 계급 투쟁과 반제국 투쟁이 우선일세. 자네의 관념론으로는 무리야. 좀 전에 박 동무가 말했듯이 유진오의 시 같은 작품이야말로 우리에게 필요한 문학일세."

"김 동무!" 박 동무라는 장발의 학생이 웃을 때가 아니라는 듯 근엄한 표정으로 입을 열었다. 틈을 주지 않고 재빨리 양복 입은 남자의 발언을 보충하며 나선 것으로 보아 선배가 자신의 말을 인용한 것에 대한 만족감의 표시일 것이다. "동무는 유(柳) 선생이 모처럼 하신 말씀의 의미를 모르진 않겠지. 자네가 쓴 소설의 내용이 좀 불결하다는 걸 모르겠나?"

"불결……? 불결하다니 그게 무슨 말인가?"

"청결하지 않다는 뜻일세. 쓴 사람이 모르겠다니……, 눈이 제대로 박혀 있고 귓구멍이 뚫려 있는 인간이라면 모를 리 없지 않나. 도대체 무얼 쓰고 싶었나. 마지막에 그런 행위를 하면서 여자를 목 졸라 죽인다는 건 비인간적이고 잔혹하기 짝이 없네. 그게 무슨 해방인가……. 여성을 멸시하는 관념론일 뿐이네." 박의 목소리가 떨렸다. 양복 입은 남자가 고개를 끄덕였다. "여성이 그렇게 살해된다는 점에 대해서 마침 여성 동무들이 참석해 있으니 의견을 들어 보는 게 어떨까?"

"헤헤, 그거 명안이네요. 여성 동무들도 좋아할 겁니다. 여성 측의 감상도 듣고 싶고, ……, 일전에 여성 동무들끼리 열심히 토론한 적도 있으니까요."

누군가 익살스런 목소리로 말했다.

"당신 또 시작이군요. 그런 농담밖에 할 줄 몰라요? 정말 한심한 사람이에요. 지금은 그런 얘기가 아니잖아요."

파란 옷을 입은 여학생이 바로 되받아쳤다.

"허−, 그럼 무슨 얘기라는 거요?"

분위기가 다소 누그러졌다. 이때 유 선생이라는 양복 입은 남자가 남승지 쪽을 힐끗 쳐다보았다. 뭔가 의식적인 시선이었다. 어찌 된 일인지 이때 남승지는 두 개의 시선이 소리를 내면서 부딪치는 듯한 기분을 느꼈다. 남승지는 상대방의 치켜뜬 매서운 시선에 이끌리듯 거의 반사적으로 일어섰다. 그리고는 김동진을 변호하기 위해 아무런 준비도 없는 발언을 시작했다. 동향인에 의한 학생조직이라고는 하지만 모르는 사람들 가운데에 서 있는 것이 마치 휘몰아치는 폭풍 앞으로 갑자기 나아가 버티고 선 듯한 기분이 들었다. 나는 왜 주제넘게 나선 걸까, 라는 낮고 깊은 내면의 소리를 들으며 말을 했다. 떨리는 목소리가 느껴졌다. 나는 보들레르의 시집을 한 손에 들고 혁명운동에 몸을 바치는 청년이 많다는 걸 알고 있다. 김동진도 그중 한 사람일 것이다. 나도 「해변의 발자국 소리」를 읽었지만, 어쨌든 지금 본인의 말을 들어 보니 그 의도를 이해할 수 있을 것 같다. 김동진 동무가 나아가는 길도 우리와 같을 것이다(아, 우리란 도대체 누구를 말하는 것인가, 나와 우리는 어떤 관계인가?). 왜냐하면 그것은 어쨌든, 우리들(아아, 또 우리들이다)이 놓인 현실이 그렇게 만들고 있기 때문이다. 중간의 길을 허용하지 않는 우리들(에잇, 도대체가!)에게 놓인 현실이 우리를 초조하게 하고 급진적으로 만든다. 우리는 스스로 선택하기보다는 오히려 선택당함으로써, 그리고…… 어쨌든, 선택할 수밖에 없지 않은가……. 유창하지 않은 우리말이었지만 남승지는 열심히 말했다. 그러나 논지가 명쾌하지 못했을 뿐만 아니라 본인의 의도와는 달리 평이한 말투가 되어 버렸다.

"김동진 동무로서도, 어쨌든……."

이런, 또 '어쨌든'이란 말버릇이 튀어나왔네. 김동진 동무로서도 '어쨌든'이라니 이건 또 무슨 말인가……? 난 도대체 무슨 말을 하고 싶은 거지?

"자, 잠깐만, 자네, 좀 기다려 보게." 양복 입은 남자가 오른손을 가볍게, 부채질인 양 상당히 의식적으로 흔들며 말했다. "처음부터 보들레르가 나오질 않나……, 선택한다는 둥 선택당한다는 둥 '철학적 표현'을 사용하는 것 같은데 무슨 소린지 모르겠군. 자넨 누군가? 학우회 회원인가?"

보들레르라……, 아아, 내 말투도 장발 학생 이상으로 비위가 상하잖아……. 학우회 회원? 남승지는 난생 처음 들어 보는 말이라도 되는 것처럼 정신이 번쩍 들었다. 생각지도 않은 일이었다. 그렇다면 나는 학우회 회원인가? 도둑 영화를 보다가 들킨 기분이 들었다. 분명히 한 번 참가해서 서류를 낸 적은 있지만 회비도 내지 않았다. 과연 내가 학우회 회원인지 아닌지 알 수 없었다. 당황스러웠다.

"그렇게 물으시면, 회원인지 아닌지……."

정말 어처구니없는 대답이었지만 어쩔 도리가 없었다.

"회원인지 아닌지…… 잘 모른다. 호오." 머리를 뒤로 빗어 넘긴 양복 입은 남자는 태연히 웃었다. 그럴 줄 알았다는 듯이 조롱 섞인 미소였다. "자네, 젊은 사람이 우리를 너무 우습게 보고 있잖아. 회원인지 아닌지 자신도 모르겠다는 말이 어디 있어. 자넨 우리 모임에 무슨 자격으로 참석했나? ……이건 큰 문제야."

"자격……?"

발언권을 빼앗기고 의지할 곳을 잃은 남승지는 혼자 우두커니 서서 사람들의 시선을 감내하고 있었다. 이거 일이 우습게 되어 버렸군……. 그는 말을 계속하거나 아니면 앉아야 할 타이밍을 놓쳐 버린 느낌이었다. 방 안의 긴장된 공기가 얼굴에 전해졌다. 서서히 뺨이 달아오르기 시작했다. 무슨 말이든 해야지……, 무슨 말이든.

"남승지 동무!" 그때 김동진이 벌떡 일어나더니 성난 목소리로 말했다. "도대체 자네는 지금 무슨 말을 하는 건가. 자네는 어엿한 학우회 회원이야. 회원명부에도 분명히 이름이 실려 있지 않은가."

남승지는 달아오른 뺨의 핏기가 식은땀과 함께 사라지는 것을 느꼈다. 김동진은 머리를 빗어 넘긴 양복 차림의 남자를 향해 자신이 연락해서 참석하도록 했다고 말했다.

"흐음, 김동진 군이 말이지." 머리를 빗어 넘긴 남자가 경멸하듯이 말했다. "총무부 쪽에는 확인해 봤나? 자네를 의심하는 것은 아니지만, 의심을 받아도 어쩔 수 없는 일이지. 우리는 혁명적 경계심을 필요로 하고 있어. 내가 문제가 있다는 것은 바로 그 점을 말하는데, 혁명정신이 고양되어 가는 시기에는 더욱 그런 경계심이 필요한 법이지. 발언은 집행부를 통해서만 할 수 있어. 먼저 자기소개부터 해 보게나. 전혀 모르는 사람이 갑자기 발언을 하고 나서 봤자 듣는 사람만 혼란스럽지 않겠나. 안 그런가? 자네는 일본에서 왔나?"

"일본에서⋯⋯, 일본에서 오다니⋯⋯?" 뜬금없는 질문이었다. 남승지는 무언가에 뒤통수를 얻어맞은 기분으로 앵무새처럼 되물었다. "일본에서 왔다는 말은 무슨 뜻으로 하는 말입니까?"

"일본에서 왔다고는 하지 않았네, 일본에서 온 게 아니냐고 물어본 건데, 말투에서 그런 인상을 받았을 뿐이네."

"나는 그냥 온 게 아니라 조국에 돌아온 것이고⋯⋯ 단어 선택에 신경을 써 주셨으면 합니다."

"⋯⋯그렇군. 하지만 어차피 마찬가지 아닌가. 자넨 의외로 말이나 태도에 모가 나 있는 청년이구만⋯⋯, 자네는, 자꾸 자네 자네 해서 미안하네만, 아직 자기소개를 하지 않아서 이름을 모르고 있다네⋯⋯. 나는 이 학우회 고문을 맡고 있는 유달현이라는 사람인데, 특히 동향 출신 학생들의 활동에 관심을 가지고 여러 가지로 지도하고 있지."

그는 잠시 말을 멈추고 가느다란 눈으로 주의 깊게 남승지를 살펴보기 시작했다. 한순간 히죽 웃는 듯한 표정을 지었지만 확실치는 않았다. 마치 물방울이 떨어졌을 때의 수면처럼 웃음의 물결이 곧 사라져 버렸기 때문이다.

유달현⋯⋯, 여러 가지로 학생들을 지도하고 있다고? 아하, 이 사람이 유달현이구나. 얼굴은 확실히 기억하지 못했지만 그 이름만은 김동진에게 들은 적이 있었다. 유달현이 학우회 보스라는 식으로 말했었다. 겉보기에는 마흔에 가까워 보이지만 실제 나이는 서른 안팎일지도 모른다. 음, 그래도 나보다는 열 살 정도 많은데……. 연장자라는 것만으로도 조건반사처럼 일어나는 한민족의 '장유유서' 의식. 나이가 많다는 것만으로 경의를 표해야 한다고 생각하는 의식. 첫 대면에 자네라고 부르는 것이 마음에 걸렸지만 이런 의식이 그것을 용납하게 한다. 남승지는 비로소 상대방에게서 어떤 위압감을 느꼈다. ……내가 쓰는 우리말은 일본에서 온 것을 금방 알아차릴 정도로 서툴단 말인가? 남승지는 자신이 쓰는 우리말이 다른 사람들처럼 유창하지 못하다는 것을 알고 있었다. 그는 말이 서툴다는 것만으로도 이자리에서의 논쟁은 자신에게 불리하다고 생각했다.

남승지는 상대방의 목소리가 매끄러우면서도 지극히 인상적이라는 점에 놀랐다. 중얼거리는 듯한 낮은 목소리에는 감정의 기복을 나타내는 억양도 없고 색채도 없었다. 귀를 기울이지 않으면 무슨 말을 하는지도 모를 정도였다. 이런 말투는 사람을 초조하게 만든다. 어쩌면 듣는 사람의 주의를 집중시키려는 영리한 계산이 작용하고 있을지도 모른다는 생각까지 들었다. 더구나 설교적인 말투는 생리적인 혐오감을 불러일으켰다. ……음, 나는 온 것이 아니야, 조국에 돌아온 거야, 돌아온 거라고……. 정말일까? 내가 지금 가족이 있는 오사카에 간다면 뭐라고 표현해야 할까. 오사카에 계신 어머니 곁으로 왔다, 다시 왔다, 아니면 돌아왔다, 뭐라고 해야 하지……. 남승지는 상대에게 반박할 말을 찾고 싶었지만 손처럼 내뻗은 그의 의식은 허공을 휘저을 뿐이었다. 그 대신 말로 표현하기 어려운 뭉클한 무언가가 가슴 속 깊은 데서 치고 올라왔다. 그 순간 뒷문을 박차고 뛰어나가 버리고 싶은 충동을 느꼈지만 자기소개를 하라는 상대방의 말에도 일리가 있어서인지 몸은 주술에 걸린 듯이 말을 듣지 않았다.

상대방의 말이 맞았다. 남승지는 자기소개를 했다. 유달현을 무시한 채 다른 사람들을 향하여 두세 번 머리를 가볍게 숙인 다음 자리에 앉았다. 피곤하다. 피곤하단 생각이 들었다. 그런데 갑자기 예기치 못한 박수 소리가 터져 그를 조금 당황하게 했다. 물론 모두 다 박수를 친 것은 아니었지만 여학생들도 하얀 물고기 같은 손으로 짝짝 박수를 치고 있었다. 옆자리에서도 박수 치고 있다는 것을 알았을 때, 그는 맥이 빠질 만큼 긴장하고 있던 자신을 발견했다.

유달현이 다시 사회자에게 발언을 요청하여 순서를 이어갔는데, 그 점잔 빼는 태도에는 가시가 돋쳐 있었다. 그가 느긋한 어조로 학우회는 단순한 친목을 위한 조직이 아니다……라는 말을 꺼냈을 때, 남승지는 이미 그가 무슨 말을 하려는지 알 수 있을 것 같았다. 이런 시시한 이야기나 들으려고 참석했단 말인가. 김동진에게 화가 났고, 그 순간 손등의 물집을 하나하나 터뜨리고 싶을 만큼 그 자리가 견디기 어려웠다. 갑자기 손등이 근질근질 가려워지는 것을 느꼈다. 어떻게든 밖으로 나가고 싶었다. 남승지는 마지못해 귀를 조금 열었다……우리 학우회를 단순한 친목 모임의 수준으로 끌어내리는 일이 있어서는 안 됩니다……라는, 졸음을 유도하는 듯한 낮으면서도 빈틈없는 목소리를 듣고 있었다. 그것은 이미 어디에서나 들을 수 있는 흔한 연설이었다. 조국의 독립운동에 있어서 학생의 혁명적 전통과 현 정세하에서의 학생의 역할, 구국 투쟁의 전개와 고향 제주도의 위치 등에 관해 열변을 토했다. 그리고 기관지는 서울에서 공부하는 여러분의 얼굴이니만큼 그것이 반동적인 인상을 주거나 그런 방향으로 흘러가는 오류를 막지 않으면 안 된다면서, 결국은 김동진에게 다짐하듯 말했다.

나중에 김동진은 기관지의 편집위원을 그만두었다는 말을 하면서,

솔직하게 그만두라 하면 될 일을 그런 식으로 나를 이용해서 캠페인을 벌였다는 사실을 공공연히 당에 알리고, 실적 쌓기에 급급한 것이 조직에 있는 녀석들의 생리라고 덧붙였다. 그의 말에 의하면, 당 조직의 담당부서로부터 기관지 내용과 관련하여 학우회의 세포조직이 신랄한 비판을 받았고, 따라서 김동진을 편집위원에서 배제시키기 위한 작전의 일환으로 그와 같은 캠페인을 벌였다는 것이다. 만약 김동진이 미리 그 사실을 알고 남승지를 모임에 참석시켰다면 그 나름의 계산이 있었다는 말이 된다. 그러나 남승지는 이 사실을 그다지 신경 쓰지 않았다. 어찌 되었건 김동진은 기관지 편집위원 자리에서 쫓겨나게 되었다.

모임이 끝나고 사람들이 일어나 왁자지껄 떠들고 있는 동안에 남승지는 허둥지둥 밖으로 나왔다. 주택가라서 주위는 어둡고 조용했다. 그는 등 뒤로 학생들의 웅성거리는 소리를 들으며 빠른 걸음으로 비탈길을 내려갔다. 어쩌다 한번 얼굴을 내밀었다가 이게 무슨 꼴이란 말인가. 마음이 내키지 않으면 부탁해도 가지 않는 것이 상책이었다. 아무래도 영양실조라는 말을 듣고 마음이 불안했는지도 모른다……. 남승지는 처음부터 유달현에게 호감이 가지 않았는데, 그것은 자신에 대한 지적이 마음에 들지 않기 때문만은 아니었다. 자신의 태도에 모가 나 있었던 것은 사실이었기 때문이다. 묘하게도 유달현의 말은 대부분 사실이었다. 그가 옳았다. 그럼에도 불구하고 그의 태도에는 어딘지 모르게 아니꼬운 구석이 있었다. 하는 말은 옳았지만, 그의 태도와 어울리지 않는 것은 무엇 때문일까. 더구나 그 표정 없는 냉정한 목소리에 묻어나는 지도자 의식이 불쾌했다.

아득한 느낌. 왠지 아득한 느낌이 밀려온다……. 뒤돌아보니 불빛이 보이는 2층 창문이 밤의 어둠 속에 떠올라 아득한 느낌을 준다. 격동하는 서울 거리의 거대한 숨소리, 여기가 해방된 조국의 땅이라는 관념만으로는 어떻게 해 볼 도리가 없는 현실의 생활 법칙, 돈……, 해방된 조국에 대한 환상 따위는 이제 남아 있지 않았다. 독립된 조국에 '돌아왔다'고는 하지만 까딱 잘못하면 굶어죽기 십상인 곳, 얼어 죽어도 어쩔 수 없는 곳……. 학우회 회원은 모두 이 땅에 생활기반을 두고 있는 사람들이었다. 일본에서 이 혼란한 서울로 돌아온 사람은 남승지가 아는 한 아무도 없었다. 왠지 아득하게 느껴졌다…….

하늘의 별은 맑게 반짝이고 있었으나 포장이 안 된 마른 흙길은 밤 기운과 함께 빠른 속도로 차가워지고 있었다. 그런데 구둣발 소리가 울리는 마른 흙길에서 여학생을 비롯한 사람들의 박수 소리가 짝짝짝 들려오는 바람에 귀를 기울이듯 그 자리에 멈춰 섰다. 그 소리는 남승지의 마음을 따뜻하게 감싸주었다. 그 박수는 나 같은 사람에 대한 환영의 표시였을 것이다. 박수가 나오리라고는 생각지도 못했지만, 만일 그때 박수가 나오지 않았다면 어찌 됐을까……. 생각만 해도 오싹했다. 길 양쪽 한옥집의 벽돌 담장 너머로 끝이 휘어진 기와지붕의 처마가 보였고 그 그림자는 집안에까지 침투한 양 어두웠다. 갑자기 그 깊은 어둠 속에서 짝짝짝 하고 박수 소리가 들려올 것만 같았다. 남승지는 희미한 가로등 길을 자신의 그림자와 함께 천천히 걸었다. 짝짝짝 하는 박수 소리가 선명하게 되살아났다. 누군가가 쫓아오는 듯한 기척을 느꼈다. 비탈길을 급히 내려오는 구둣발 소리가 들리더니 이윽고 남승지의 이름을 불렀다. 김동진이었다. 모임 장소에서 미닫이를 여는 순간에 느꼈던 묘한 착각과는 달리 이번에는 목소리만으로도 김동진이라는 것을 확실히 알 수 있었다. 무시하려고 했지만 반복해서 이름을 부르는 소리가 점점 가까워졌다. 남승지는 걸음을 멈췄다. 쫓아온 김동진이 자, 자네를, 찾고 있었네……, 라며 헐떡이고 있었다. 아아, 미안하네, 모처럼 와 주었는데, 그럴 작정은 아니었다네. 정말로 그럴 작정이 아니었어…….

흐음, 그때 김동진은 미련이 남은 듯 자꾸만 뒤를 돌아보며 걸었다. 왜 그랬나? 여성 동무를 자네에게 소개한 뒤 함께 나오려고 했었는데, 자네가 없어져서 깜짝 놀라 뛰쳐나왔다네……, 헤헤헤 내 팬인데, 이름은 조영하라고 한다네. S여전 영문과 학생이야……. 흐음, 여성 동무라면 그 파란 옷을 입은 아가씨 말인가……. 남승지는 까닭도 없이 즐거워져 갑자기 소리 내어 웃었다. 김동진은 뭐가 그리 우습냐며 함께 웃었다. 그리고는 한잔하자며 남승지를 억지로 잡아끌었다. 두 사람은 종로 뒷골목의 누추한 선술집으로 들어갔다. 참, 박이라는 장발 학생이 그렇게 신경질적으로 나온 것은 다 이유가 있다는 식으로 김동진이 말했었지……. 그 여학생 생각보다 귀엽지 않던가? 음, 글쎄……, 파란 옷에 둥근 얼굴은 왠지 어울리지 않는다고 남승지는 생각했다. 정말 귀엽다네, 그녀 곁에 있으면 살갗에서 향기가 난다네, 아주 달콤한 향기가. 장발의 박은 그녀에게 마음을 두고 있다네, 그런 그녀가 하필이면 내 「해변의 발자국 소리」를 그 녀석 앞에서 칭찬을 하는 바람에, 그 녀석이 열을 받게 된 게지……. 흐음, 그 자리에 있던 양복 입은 남자가 유달현이었다. 이렇게 해서 유달현을 처음 만나게 된 것인데…….

광장으로 나온 남승지는 낮고 평평한 우체국의 돌계단을 올라가 유리문 앞에 서자 유리창에 건물 내부와 바깥 풍경이 투명하게 서로 겹쳐져 비쳤다. 유리창에 비친 바깥 풍경을 유심히 살폈다. 여기는 경찰서도 관공서도 아닌 우체국일 뿐이다. 남승지는 문을 열고 안으로 들어갔다. 건물 안은 난방이 되어 있지는 않았지만 제법 훈훈했다. 찬바람이 몰아치는 밖에서 피난처에 들어온 것처럼 공기가 따뜻했다. 상당히 넓었다. 직원은 언뜻 보기에도 십여 명은 돼 보였다. 넓은 천장과 벽은 밝은 녹색을 칠한 판자로 덮여 있었는데, 조금 지저분했고 군데군데 페인트가 벗겨져 있었다. 칠팔 명의 남녀가 카운터 앞에 서 있었다. 귀가 어두운 듯한 노파가 짧고 힘없는 목을 길게 내밀면서 몇 번이나 같은 질문을 되풀이하고 있었다. 왼쪽 구석의 벽에 설치된 주황색 공중전화 박스가 바로 눈에 띄었다. 남승지는 곧장 비어 있는 공중전화 박스 쪽으로 걸어갔다. 어깨에서 내린 지게를 콘크리트 바닥에 세워 놓고 아무렇지도 않다는 듯이 카운터 양쪽의 동태를 살폈다. 2미터쯤 앞에서 한복 두루마기를 입은 젊은 여자가 카운터에 팔꿈치를 고인 채 열심히 손짓을 하면서 직원과 이야기를 나누고 있었다. 남승지는 통 모양의 수화기를 손에 든 채 전화박스의 송화기에 입을 대고 전화를 신청했다.

잠시 후 상대방이 나오자 그는 유달현 선생을…… 하고 부탁했다. 상대는 누구냐고 물었다. 김명우라고 대답했다. 잠시만 기다리라면서 유달현을 부르러 가는 기척이 수화기를 통해 느껴졌다. 남승지는 수화기를 귀에 댄 채 밀짚모자 아래로 출입구를 살폈다. 눈앞의 유리창 너머로 사람들이 오가는 광장이 보였다.

광장 맞은편에는 전에 버스를 내린 정류장 곁 차고와 제일은행, 그리고 식산은행의 초라한 건물이 늘어서 있었다. 문득 식산은행 1층과 2층 사이에 현수막이 걸려 있는 게 눈에 띄었다. 검정과 파랑색 페인트로 쓰인 '국제연합 조선위원단을 열렬히 환영한다'는 글귀가 바람에 펄럭이고 있었다. 작년(1947년)의 국제연합 제2회 총회에서 한반도 문제를 결의한 이후, 12월부터 내걸린 '환영' 표어의 하나였다.

국제연합 조선위원단 일행은 이미 1월에 서울로 와서 남한만의 단독선거 준비를 위한 '조사'를 실시하고 있었다. 현수막은 은행에만 걸린 것이 아니었다. 은행에 걸려 있을 정도면 관공서는 물론이고 우체국 벽에 그와 관련된 포스터가 붙어 있어도 이상할 게 없었다. 성내에는 권력자 측의 홍보전단이 많았다. 남승지가 방금 지나온 C길의 전신주나 인가의 담벼락에도 현수막과 같은 내용의 전단지가 붙어 있었다. 이른바 '국제연합 제2차 총회의 결정을 전폭적으로 찬성하며 지지한다!', '매국노 빨갱이는 소련으로 돌아가라!', '우리는 민족의 정기와 국가를 지킨다!' 등등의 선전 문구였다. 그리고 전단지에는 '서북청년회'와 그밖에 관련 기관의 명칭이 적혀 있었다. 그러나 광장에서 조금 안쪽으로 들어간 C길과 같은 경우에는 전단지가 난폭하게 뜯긴 흔적이 있었다. 아니면 먹물로 덧칠한 붓 자국이 선명히 남아 있거나, 이미 붙어 있는 포스터 위에 '서북'의 포스터를 덧붙여 놓은 경우도 있었다. 먹물로 덧칠되었거나 찢긴 전단지는 '국제연합 조선위원단은 돌아가라!'라든가, '망국의 단독선거 절대반대!'와 같은 반미 전단지로, 마치 시소게임처럼 전단지 전쟁이 벌어지고 있었다.

"……무슨 말씀이세요. 벌써 보름도 넘게 기다리고 있는데……, 미국에서 온다 해도 벌써 도착하고 남았을 거예요. 서울에서는 벌써 보름도 더 전에 틀림없이 소포를 보냈다고 하는데 말이에요."

"……그러니까요, 그러니까……, 그래도 이쪽에는 아직 도착하지 않았단 말이에요."

"우체국에서 책임을 지세요. 아직 도착하지 않았다니 무슨 그런 무책임한 말을……. 소포를 보낸 우리 언니가 우체국 영수증을 분명히 갖고 있단 말이에요. 그 속에는 남편과 내 옷감이 두 벌이나 들어 있다고요. 요즘 같은 세상에 여기서는 절대로 구할 수 없는 체크무늬 순모인데……, 일부러 종로에 있는 화신백화점까지 가서 사 보내 준 것이라니까요."

"그렇게 말씀하셔도 저로서는 어쩔 도리가 없어요……. 소포를 보낸 언니께 연락해서 알아보시는 게 어떨까요⋯⋯."

"저로서는 어쩔 수 없다니⋯⋯, 어떻게 그런 무책임한 말을 하세요. 댁한테 하는 말이 아니라 우체국한테 하는 말이에요. 우체국에서 알아서 조사해 주세요, 도대체가 책임감이라곤 눈곱만큼도 없다니까."

"그건 알고 있다니까요, 아까부터 계속 말씀드렸잖아요⋯⋯. 이걸 어떻게 하나⋯⋯, 저어, 이제 보름 기다렸으니까 아마 한 달 정도면 도착할 거예요. 전국적으로 파업이 일어나고 배가 운항을 중지하기도 해서 편지도 많이 늦어지고 있어요⋯⋯, 오지 않는 것은 올 때까지 기다릴 수밖에 없다니까요."

화려하면서도 꽤 드세 보이는 여성이었지만 중년의 직원에게는 먹혀들지 않는 모양이었다. 한 달만 지나면⋯⋯ 앞으로 보름만 있으면 도착한다는 것인데⋯⋯. 그러면 3월 중순, 태평스런 이야기다. 앞으로 한 달 뒤면 어떻게 되나⋯⋯ 3월 말, 음, 그때는 이쪽의 무장봉기가 시작되고 있을지도 모른다.

오른쪽 귀에 바싹 갖다 댄 수화기에서 인기척이 나더니 귀에 익은 낮고 침착한 목소리가 들려왔다. 유달현이었다. 그는 남승지가 오늘 성내에 오는 것을 알고서 학교에서 기다리던 참이었다. 남승지는 안도의 숨을 내쉬며 역시 김동진과 바로 헤어지길 잘했다고 생각했다. 인간이란 그런 상황에서는 무의식 속으로 흘러가기 쉽다, 마음이 느슨해져 버린다, 보다 강해지지 않으면⋯⋯, 유달현은 느긋한 목소리로 오랜만이군, 모두들 잘 있나⋯⋯, 라면서 남들의 주목을 따돌리기 위한 인사를 하더니, 곧장 자기 집으로 오라고 했다. 10분 정도면 나갈 수 있으니까 네 시 반이면 집에 도착한다는 것이었다. 손목시계를 보니 네 시 20분을 지나고 있었다. 시간이 맞질 않는다. 학교에서 그의 집까지는 자전거로 5분쯤 걸린다. 10분 뒤에 출발하여 네 시 반에 도착한다면 지금은 네 시 15분이다……. 그래야 맞는다. 중학교에서 유달현의 집까지는 걸어서도 15분이면 갈 수 있다. 이 시계가 이상하다. 남승지는 네 시 15분을 가리키고 있는 우체국의 전기시계에 맞추어 손목시계의 태엽 감는 꼭지를 조금 잡아당긴 뒤 바늘을 거꾸로 돌렸다. 아마 우체국 시계가 정확할 것이다. 남승지는 성내에 들어온 지 벌써 한 시간이 지났다는 것을 느꼈다.

4

네 시 15분……, 네 시 반까지 15분 남았다. 여기서부터는 천천히 걸어도 약속시간에 충분히 갈 수 있을 것이다. 그보다는 조금 늦게 도착하는 편이 낫다. 전화를 끝낸 남승지는 카운터에 기대어 담배를 한 대 피웠다. 눈앞이 밝아진 듯한 기분이 들며 눈꺼풀의 졸음기도 감쪽같이 사라졌다.

성내에 변장하고 들어온 이상 나름의 경계심은 있었다. 그리고 어쩌면 양준오와 마주칠지도 모른다는 생각은 하고 있었다. 그와도 조만간 만날 필요가 있었기 때문이다. 그러나 김동진을 만날 줄은 꿈에도 몰랐다. 아니, 그에 대해서는 생각조차 하지 못했다. 그런데 그쪽에서 친절하게 미행까지 하다니…….

물론 김동진을 만난 건 우연에 불과했다. 만났다고 해서 특별히 문제될 것은 없었다. 그러나 우연한 일로 지나칠 수 없는 이유는 설사 심리적인 것에 지나지 않는다 하더라도 이제부터 만나려는 유달현과 관련되어 있기 때문이다. 갑자기 되살아난 혐오감을 의식하면서 그를 만나는 것은 마음이 편치 않았다. 예기치 못했던 일인 만큼 더욱 그러했다.

남승지는 당시의 유달현에 대한 불쾌한 이미지가 혐오감을 불러일으키고 있음을 분명히 의식하고 있었다. 그 혐오감은 위벽 언저리를 지그시 압박하기 시작했다. 그는 기억이 불러일으키는 감정의 생명력이 의외로 강하다는 것을 새삼 깨달았다. 음, 이래서 인간은 복수를 생각하는 모양이다. 원한……, 이런 것 역시 기억이 불러일으킨 어두운 감정의 하나다. 아아, 부질없는 일이야……, 이제 와서 무슨 소용이 있다고 이런 바보 같은 일을 떠올린단 말인가. 남승지는 고개를 가로젓고 침을 두세 번 꿀꺽 삼켰다.

한동안 멍하니 서 있던 남승지는 담배를 콘크리트 바닥에 떨어뜨린 뒤 작업화 신은 발로 비벼 껐다. 그리고 우체국 직원과 다투기를 체념했는지, 아니면 타협이 이루어졌는지 모르지만, 두루마기 입은 젊은 여자가 현관문으로 휙 나가는 것을 계기로 남승지도 이끌리듯 밖으로 나왔다.

하얀 털목도리를 두른 여자는 감색 서지의 두루마기 자락 밑으로 요즘 유행하는 팥죽색 비로드 치마를 나부끼면서 하느작하느작 팔자걸음을 걸으며 C길로 들어섰다. 시골에서는 볼 수 없는 장바구니를 들고 있는 것으로 보아 성내 여인임을 알 수 있었다. 남승지는 우체국 앞의 광장을 가로질러 남문길로 들어선 뒤 완만한 언덕을 오르기 시작했다. 바람은 많이 약해져 있었다. 유달현의 집(실은 사촌 형의 집에서 기숙하고 있다)은 언덕길을 다 올라가서 오른쪽 골목으로 돌기만 하면 되었다. 왼쪽으로 돌면 유달현이 근무하는 중학교가 나온다.

잠시 후에 천주교 성당 앞을 지났다. 마른 담쟁이덩굴이 매달려 있는 벽돌담의 게시판에는 '국제연합 조선위원단 환영'이라는 빛바랜 포스터와 '인간의 죄에 대하여' '인내는 신의 인정을 받는 길' 등 붓으로 쓴 새로운 설교 안내 전단지가 붙어 있었다. 해방 후 신설된 부속 여학교 교문에서 네댓 명의 학생들이 재잘거리며 걸어 나왔다. 길가에 접한 교문을 통해 보이는 하얀 교정에서는 체육복 차림의 여학생들이 호스로 물을 뿌리거나 달리기를 하고 있었다. 완만한 언덕을 올라가면서 무심코 위를 바라보았다. 안경을 쓰지 않은 탓에 흐릿하긴 했지만, 막대기 같은 것으로 땅을 내리치고 있는 두 소년의 모습이 눈에 들어왔다. 주위의 공기를 가르듯 열심히 막대기를 휘두르며 무언가를 두들기고 있었다. 순간 그는 강아지나 작은 동물을 때리고 있다고 생각했다. 이런 개구쟁이 녀석들이!……, 가까이 다가가 자세히 보니 막대기로 보인 것은 팽이채였다. 아이들은 팽이치기를 하며 놀고 있었다. 막대기 끝에 헝겊을 잡아맨 채찍을 기합 소리와 함께 힘차게 휘두르며 팽이를 돌리고 있었다. 조금 짧은 탄환처럼 생긴 절구통 모양의 팽이는 채찍에 얻어맞을 때마다 몇 미터씩 날아가 필사적으로 돌았다. 소년은 팽이가 도로 한복판에 있는데도 거리낌 없이 쫓아가 급소를 노려 가며 팽이채를 계속 휘둘렀다. 공중에 펼쳐지는 소년들의 마술과 같은 손놀림. 개구쟁이들의 작은 입과 코에서 하얀 입김이 연기처럼 뿜어 나온다. 마치 작은 기관차 같다. 차가운 공기 속에서 팽이를 치는 채찍 소리가 살갗을 파고든다. 팽이는 비틀거리다가도 채찍에 얻어맞으면 부르릉 부르릉 몸서리를 치면서 마치 돌기를 멈춘 것처럼 똑바로 선 채 돌아간다. 아이들은 남승지를 힐끗 쳐다본 뒤 의기양양하게 채찍을 휘두른다. 팽이는 기뻐 날뛰듯 돌면서 채찍에 쫓겨 다닌다. 만든 지 얼마 안 된 아직 하얀 팽이는 중심을 잃고 쓰러져 버린다. 아이들의 입 주위는 먹은 엿 때문에 먼지가 까맣게 달라붙어 있었다. 아마도 언덕 위로 팽이를 올려 보내는 시합을 하는 모양이었다. 남승지는 팽이치기에도 여러 가지 놀이법이 있다는 사실에 감탄하면서도 바람을 가르며 으르렁대는 채찍 소리에 얼굴을 찡그렸다.

잔혹한 느낌이 들었다. 조련사의 채찍이 아니라 고문자의 채찍 소리와 비슷했다. 아니, 비슷하다고 생각하는 순간, 남승지의 눈은 이미 아이들의 채찍을 보는 것이 아니었다. 아이들의 채찍 너머로 1년 반 전의 서울을 떠올리고 있었다. 갑자기 가슴이 죄어들고 피부가 오그라드는 것처럼 소름이 끼쳤다. 추위 때문은 아니었다. 그는 서울의 유치장에서 물고문을 당한 적이 있었다. 죽도로 얻어맞은 상처가 아직도 등에 남아 있었다. 남승지는 채찍 소리로부터 도망치듯 그곳을 떠났다. 마치 번쩍번쩍 빛나는 유리 조각이라도 발라 놓은 채찍처럼 보였다. ……개구쟁이 녀석들 같으니라구!

재작년 8월 15일, 광주에서 열린 해방 1주년 기념식에 참가한 화순 탄광 노동자에 대한 미군의 탄압과 학살, 사망자 3백여 명. 9월, 노동자들의 항의 총파업. 그리고 10월 1일, 대구에서 굶주린 군중 1만여 명의 '쌀을 달라'는 시위에 대한 미군과 경찰의 무력 탄압(검거 6백여 명, 사망자 17명, 부상자 23명)이 소위 10월 인민항쟁을 촉발시켰다. 민중봉기는 대구, 전주, 광주형무소의 탈옥, 각 지방의 경찰서 습격으로 이어져 결국 남조선 전역으로 퍼져 나갔다. 이미 여름에 접어들면서 탄광과 자동차, 방적 공장에서 처우 개선을 요구하는 파업이 벌어졌고, 7월에는 국립서울대학교 법안 실시 반대 데모, 9월에는 부산 지구 철도노동자들의 파업을 계기로 전국의 모든 철도노동자가 동맹파업에 들어갔다. 그리고 투쟁은 노동자나 농민뿐만이 아니라 학생과 일반 시민까지 합세하여 230만 민중이 참가한 가운데 두 달 동안 계속되었다.

남승지는 학생자치회의 전단지 제작에 참가했다. 자기 내면의 틀에 갇혀 있던 그가 학생들과 함께 열린 장소에서 등사판을 긁거나 전단지를 인쇄하면서도 이렇다 할 모순을 느끼지 않았다. 아니, 일종의 흥분까지 느끼면서 전단지를 붙이러 돌아다녔다. 그러한 행동의 이면에는 재일조선인으로서 조국에 적응하려는 노력이 있었겠지만, 어쨌든 그는 고생을 마다하지 않았다. 학우들은 이전과 많이 달라진 그에게 놀라워하면서도 기꺼이 받아 주었다.

　11월 3일의 광주학생사건 기념일 전날 밤, 삐라를 붙이다 체포된 남승지는 12일째 되던 날 불기소처분으로 풀려났다. 동향 출신 학우회 모임에서 퇴폐적인 부르주아 사상에 물들어 있다고 비판받은 김동진이 체포된 것도 그 무렵이었다. 남승지는 아직 당원도 아니었고 또 당의 영향하에 있는 학생자치회의 지도부나 학통(학생단체통일협의회)의 일원도 아닌, 이른바 단순 추종세력이라는 이유로 기소를 면했다. 그럼에도 불구하고 취조받을 때에는 죽도로 얻어맞고 콧구멍으로 고추가룻물을 쏟아 붓는 고문을 당했다. 또 양손이 묶인 채 욕조에 얼굴을 쑤셔 박히기도 했다. 가슴이 터질 듯한 순간까지 발버둥 치며 물을 마시고 몸을 움직일 수도 없는 상태에서 절망적으로 날뛰다가 실신한다. 그런 일이 되풀이되었다. 실제로 사람이 욕조에서 익사하고 세면기에 빠져 죽는다는 말은 거짓이 아니었다. 모두 다 일본 특별고등경찰의 고문을 모방한 것이었지만, 그래도 남승지의 경우는 말단이라서 가볍게 끝난 편이었다. 고문을 당한 것도 남승지의 요령 없이 불통거리는 태도와 그의 입이 무겁다고 착각한 형사 때문이었다. 사실 처음에는 형사들이 착각했었다. 애당초 남승지는 털어놓을 만한 조직의 비밀을 알지 못했다.

　체포되고 2, 3일 지난 뒤에 수도경찰청 수사국장이라는 거물이 직접 그를 취조했다. 유연하고 대범한 것 같으면서도 통통한 양 볼에 이른바 부자들의 잔인함을 간직한 듯한 마흔 살가량의 수사국장은 거의 심문을 하지 않았다. 자네 같은 학생들은 하라는 공부는 하지 않고 무슨 대단한 애국자라도 되는 양 정치브로커들의 흉내를 내고 있나. 유치장은 재능 있는 학생들이 들어오는 데가 아냐. 파렴치범이나 오는 곳이지. 학교에도 가지 않고 데모나 폭동을 일으켜 사회의 안녕과 질서를 어지럽히고, 더 나아가 부모나 울리고 있다면 파렴치한이나 다를 바 없어. 너희들이(자네에서 너희들로 호칭이 바뀌었다. 그리고 개인에게 말하면서 '너희들'과 같이 거의 복수형으로 불렀다) 경찰을 괴롭히거나 유치장에서 공짜 밥을 먹는 것이 곧 국민의 혈세를 낭비하는 일과 직결된다는 사실을 알고 있나. 사회주의자들은 언제나 평화로운 곳에 풍파를 일으키고 싶어 하는데, 너는 도대체 사회주의에 대해 어떻게 생각하는지, 얼마나 알고 있는지 어디 말 좀 해 봐……. 수사국장은 심문이 아니라 언쟁을 벌이듯 말을 시작했다.

남승지는 자신의 생각을 말했다. 자신은 당원도 아니고 사회주의 사상도 초보적인 지식 밖에 없지만 기본적으로는 사회주의를 지지한다. 북한에서는 이미 토지개혁이 이루어졌다. 그리하여 지주계급이 없어지고 새로운 사회제도가 실현되어 신생 조선으로 탈바꿈했지만 남한은 그렇지 못하다. 해방이 한낮 꿈에 지나지 않게 된 현 단계에서는 사회주의 정책 실시만이 우리나라를 건설하고 구하는 길이라고 생각한다……라는 식으로 약간 흥분된 어조로 말했다.

"그만해! 이제 그만." 줄곧 아랫입술을 삐죽 내밀고 묵묵히 듣고만 있던 수사국장이 껄껄껄 웃기 시작했다. "너희들은 북한이 어떤 상황인지 직접 보기라도 했나? 너희들은 공산주의가 어떤 것인지 전혀 모르면서 애들처럼 멋대로 꿈만 꾸고 있어. 빨갱이 독재라는 것이 그 체제 속에 들어가 보지 않으면 알 수 없다는 걸 너희들은 몰라……, 와하하하, 너희들 북에서는 이런 얘기나마 할 수 있을 거라고 생각하나? 외양만 보고 꿈이나 꾸는 주제에, 음, 우리 남한에는 자유가 있지만 그것도 한계가 있다는 걸 잊지 마. 데모를 하고, 파업을 하고, 너무 우쭐대지 말란 말이야. 너희들은 우리가 미군정하에 있다는 사실을 잊은 건 아니겠지……."

갑자기 무슨 괴물처럼 수사국장의 얼굴이 분노로 부풀어 오르나 싶
더니, 큰소리로 호통을 쳤다.

"이리 와서 무릎 꿇어!"

국장은 회전의자를 빙 돌려 옆을 보고 앉았다. 남승지는 영문을 몰
라 상대의 얼굴을 쳐다보았다.

"무릎 꿇어!"

다시 강철 같은 고함소리가 울려 퍼졌다. 남승지는 영문을 알 수가
없었다. 무릎을 꿇어? 아아, 무릎을 꿇으라는 것이구나……, 그는 거
의 기계적으로 의자에서 일어나 국장 앞에 무릎을 꿇었다. 그리고는
아아, 여기가 경찰서라는 사실을 깜박 잊고 있었다는 생각을 했다.
알 수 없는 불안감이 먹구름처럼 피어올랐다.

"이 구두를 핥아!"

남승지의 코앞에 검게 빛나는 부츠가 불쑥 나타났다. 부츠는 잘 닦
여 있어서 실내화처럼 깨끗했다. 발목에 주름이 잡혀 혹처럼 튀어나
온 가죽 부츠는 뭔가 방심할 수 없는 검고 민첩한 동물이 도사리고
앉아 있는 것처럼 보였다. 이 구두를 핥으라니……. 내가 무얼 잘못했
다는 거지? 남승지는 입 속에서 중얼거렸다. 도사리고 있는 부츠가
언제 덤벼들어 턱을 걷어찰지 모른다.

남승지는 순간 눈앞이 빨갛게 불타오르는 것을 느꼈다. 구두를 핥
으라니? 이것은 엉덩이를 핥으라는 것과 마찬가지였다. 무릎을 꿇고
양손을 바닥에 짚으면 개와 같은 자세가 된다. 개라면 혀를 내밀어
주인의 구두를 핥을 것이다. 나는 개가 아니다! 분노가 솟구쳤다. 이
미 상대가 누구든 상관없이 자신의 내면 깊숙한 곳에 자리 잡은 존재
감 그 자체가 분노로 변하여 분출되는 느낌이었다. 상대가 제왕일지

라도 그 분노의 성질은 변하지 않았을 것이다. 칵 하고 침을 뱉어 주려고 했지만 갑자기 혀뿌리가 딱딱하게 굳어 버렸다. 목구멍 안쪽에서 떨리는 목소리가 올라왔다.

"이건 모욕입니다. 나는 개가 아닙니다. 이런 모욕적인 취조에는 응할 수 없습니다. 나는 묵비권을 행사하겠습니다."

자아, 걷어찰 테면 차봐라, 라는 각오로 말했다.

"뭐, 모욕? 누가 너더러 개라고 했어, 그리고 묵비권이라고……? 왓핫하하하앗, 왓하하아."

국장의 웃음과 함께 부츠의 코가 흔들렸다. 남승지는 무의식적으로 몸을 뒤로 젖혔다. 순간 검고 사나운 동물이 달려든 듯한 착각을 일으켰다. 그러자 국장은 또 웃었다. 웃음과 함께, 바보 같은 놈! 하고 고함을 치더니, 꽝 소리를 내며 부츠로 바닥을 울렸다. 그리고는 한동안 껄껄껄 웃어 댔다.

이때의 묵비권을 행사하겠다는 말이 필요 이상의 취조를 받게 만드는 구실로 작용하였다. 마치 그가 묵비권을 행사할 만한 조직의 비밀이라도 알고 있는 것처럼 받아들였던 것이다.

남승지는 석방되기 직전에 취조받던 자신을 돌아볼 때마다 계속 마음에 걸리는 일이 하나 있었다. 취조하는 형사에게 사회주의가 필요하다고 생각하지만 공산주의자들의 사고방식이나 태도에는 의문점이 있고, 그들의 방식에 전적으로 찬성하는 건 아니라는 취지로 말했다. '노동자를 하나의 도구로 삼아 앞장세우는 지적 위선자와 지적 빈곤자들, 돈으로 개념을 뇌 속에 채워 넣은 가짜 인텔리 혁명가들, 아아, 그 악취! ……' 등등, 자기 나름의 금언을 노트에 적어 두고 있었는데, 이러한 평소의 의식이 발언의 배경으로 작용했다고 할 수 있다. 설사 그렇다 해도 취조받을 때 그런 말을 할 필요까지는 없었다. 사회주의를 주장하면서 그에 대해 비판을 가하는 모순된 태도는 형사에 대한 아부와 굴욕의 표현으로 보아야 할 것이다. 실제로 비판적인 말을 했던 그의 마음 한구석에는 형사에게 영합하려는 마음의 움직임이 있었음을 부정하기 어렵다. 의식적이진 않았지만 비겁한 마음의 동요가 있었던 것은 사실이다. 그가 석방된 이후 학우들에게 이와 관련된 이야기를 쉽게 털어놓지 못했던 것이 그 증거일 것이다. 게다가 당시에는 간수 같은 사람들이 체포된 학생들에게 저자세로 선생님이라고 부르던 시절이었다.

그러므로 남승지는 내심 자신을 부끄럽게 여겼다. 입당을 생각하게 된 동기 역시 이때의 떳떳치 못한 기분이 작용하고 있었을 것이다. 물론 그것만은 아니었다. '객관적'인 것을 배척하고 자신의 틀 속에 갇혀 들면서도 바깥세상에 엄연히 존재하는 현상들을 그는 인정하고 있었다. 독립과 해방운동에서 공산주의자들이 중추적인 역할을 수행하고 있다는 것은 누구나가 인정하는 사실이었다. 공산주의야말로 역사의 선두에 서는 인류 해방의 사상이며, 인간의 양심이 집중적으로 표현된 사상이라고까지 생각하고 있었다. 공산당원──이것이 또한 혈기왕성한 청년들의 정의감을 충족시켜 주는 매력적인 것이었다. 마침내 세 정당(공산, 인민, 신민)이 합당하여 남조선노동당이 되었는데, 남승지는 합당 직후에 입당하여 가두(街頭 : 학교) 세포에 소속되었다. 그는 조직에 들어가는 게 자신의 폐쇄적인 경향을 타파하는 현실적인 계기가 될지도 모른다고 생각했다. 남과 사귀는 것이 고통스럽다 해도 상대가 무슨 위해를 가하지 않는 한, 그건 남승지 자신이 지닌 문제에 불과했다. 자신의 문제를 강조하는 것은 일종의 어리광으로서 사회의 제재를 받을 것이 뻔한 일이었다. 그러나 주위의 긴장된 상황이, 그리고 스스로 그 흐름에 몸을 맡김으로써 생겨난 새로운 상황이 그의 고통을 거칠게 깎아내렸다. 심각한 척 해 봤자 상황은 그런 것들을 한 조각의 감상으로 취급하고 부숴 버리려 했다.

자폐 증상이 나타난 후 남승지는 무슨 말을 할 때마다 입버릇처럼 '어쨌든……'이라는 말투를 쓰게 되었다. 그 자신은 거의 의식하지 못했지만, 문득 '어쨌든……'이라는 중얼거림의 흔적을 인식하는 경우도 있었다. 그로서는 수동적이나마 현실을 긍정하려는 의지의 표현으로 생겨난 말투였지만, 다른 사람들에게는 결단력이 부족하고 잠정적으로 유보의 조건을 시사하는 듯한, 혹은 뭔가에 불만을 지닌 듯한 인상을 주기 십상이었다. 그런 말투는 사람들에게 묘한 위화감을 주게 된다. 어쨌든…… 어쨌든……, 어쨌든이 뭐야. 자네가 하는 말은 무슨 뜻인지 통 모르겠군. 모든 것이 어쨌든이면, 결론도 어쨌든이란 말인가……. 그를 끌어들여 움직이는 현실은 '어쨌든……'이라는 말버릇을 때려 부수기 시작했다. 그에게는 긍정에 이르는 사고의 편린이 내포된 말투였지만, 남이 볼 때에는 일종의 관념의 공전 현상에 불과했다. 타인과 교제하는 '고통'이라는 것도 어차피 같은 현상에 불과했다. ……이유 없는 불면증(이것은 인생을 진지하게 고민하는 청년기의 영광이라고도 할 수 있지만). 자신은 보름이건 한 달이건 목욕도 하지 않는 수제에, 전차의 손잡이 같은 것을 잡은 뒤엔 그 손이 신경 쓰여 견디질 못하고 바로 손을 씻어야 하는 병적인 신경질. 하숙집 근처 네거리에 있는 우체통 앞을 지날 때면, 베레모처럼 생긴 우체통 머리를 쓰다듬는 버릇이 있었다. 대체로 먼지가 묻어 있어 손이 더러워지는데도 그때만은 전혀 신경이 쓰이지 않았다. 게다가 깜박 잊고 그냥 지나쳐 버렸을 때는 다시 돌아가서 우체통 머리를 쓰다듬은 뒤에야 가던 길을 갈 수가 있었다……. 이런 버릇도 현실이라는 톱니바퀴에 감겨들어 부숴 버려야 한다. ……그러나 남승지는 이따금 자기 육체의 일부가 부서져 나가는 듯한 불안감에 시달리면서도 잘 견뎌 냈다. 그것은 또한 조국의 현실과 재일조선인인 자신과의 거리를 메우기 위한 노력의 일환이었다고도 말할 수 있다.

　남승지는 남문길의 완만한 언덕을 끝까지 올라왔다. 그때 등 뒤에서 급하고 작은 발자국 소리가 나는가 싶더니 팽이채를 옆구리에 낀 두 소년이 남승지 옆을 달려 지나갔다. 좀 전에 만났던 소년들이었다. 남승지는 뒤를 돌아보았다. 경찰 두 사람이 돌아보는 남승지를 쳐다보면서 비탈길을 올라오고 있었다. 남승지는 가슴이 덜컥 내려앉아 얼른 고개를 돌렸다. 아니, 그럴 리가 없어! 그러나 그 시선은 나를 향하고 있었어…….

　이제 조금만 더 가면 유달현의 집으로 들어가는 골목 입구가 나온다. 저 개구쟁이들은 왜 도망을 치는 거지? ……하면서 통행인 사이로 보일락 말락 달려가는 소년들의 뒷모습을 바라보는 척했다. 이제 대여섯 걸음이면 오른쪽으로 돌아야 한다. 갑자기 골목길로 들어가 모습을 감추기라도 하면 쫓아올지도 모른다. 등에 경찰들의 시선이 꽂혀 있다는 것을 의식하면서 남승지는 골목을 그냥 지나쳤다. 그리고는 이내 후회했다. 대체 무슨 일이 있다고, 그대로 골목길에 들어섰어야 했다. 그런데 반사적으로 지나쳐 버렸다. 이상하게도 발이 성큼 제멋대로 앞으로 나가 버렸다. 음, 다음 골목을 돌아 적당히 되돌아와야지…….

　남승지는 길 비스듬히 맞은편에 담뱃가게를 발견했다. 노천시장에서 산 담배가 있었지만 상관하지 않고 길을 건넜다. 새로 산 담배 한 대에 불을 붙이면서 밀짚모자 밑의 왼쪽 눈구석으로 다가오는 두 개의 검은 그림자를 보았다. 경찰이 다가왔다. 그러나 어찌 된 일인지 경찰은 그의 등 뒤를 그냥 지나쳐 곧장 언덕길을 올랐다. 아아……, 손등을 이마에 대고 밀짚모자 챙을 조금 들어 올리자 갑자기 담배 맛이 없어져서 칵 하고 침을 뱉었다. 왜 이러는 거야, 성내에 들어온 지 벌써 한 시간 반……, 이젠 성내의 분위기에 익숙해질 때도 됐는데 아직도 이 꼴이라니……. 그는 허탈한 웃음을 지으며 재빨리 원래의 골목으로 발길을 돌렸다.

유달현의 집은 골목길을 조금 가다가 다시 왼쪽으로 구부러진 상당히 구불구불하고 좁은 길에 있었다. 돌담 너머로 마른 가지를 뻗은 채 바람에 흔들리고 있는 낯익은 감나무가 눈에 들어오자 그곳이 바로 유달현의 집이라는 걸 알았다. 농가풍의 이웃집 지붕 너머로 가지를 맞댄 상록수 몇 그루가 마치 숲인 양 잦아든 바람을 안고 흔들렸다. 사방이 고즈넉했다. 남승지는 인적 없는 검은 돌담 사이로 난 골목길을 걸어가면서 이상스레 유달현에 대한 불쾌한 감정이 갑자기 사라지는 것을 느꼈다. 우체국 전화로 그의 목소리를 들었을 때의 안도감이 되살아났다. 마음을 밖으로 열어 놓았을 때 느끼는 일종의 친근감마저 솟아났다. 그 전화의 생생한 목소리, 즉 전화의 주인공이야말로 중요하다. ……오랜만일세, 모두들 잘 있나……. 위장을 위한 그 사무적인 인사가 묘하게 마음을 편하게 해 준다. 남승지는 새로운 감정의 출현에 안도했다. 요즘 같은 시기에 당원으로서의 투쟁은 생각하지 않고 인간이 싫다느니 정치가 싫다는 말이나 하고 있는 김동진과 투쟁에 앞장서는 유달현 중에서 어느 쪽이 더 문제가 있단 말인가. 나는 왜 유달현에 대해서 이런저런 비판적인 생각을 하고 있었던 걸까. 아까 만난 김동진도 유달현의 이름은 입 밖에도 내지 않았다. 지금 이 순간 유달현에게 혐오감을 가질 아무런 근거도 없다, 아무것도 없었다……. 나는 무언가에 홀린 사람처럼 착각에 빠져 있었다. 과거와 현재는 다르다. 이런 시기에 나는 왜 김동진과 유달현을 비교하고, 마치 공상의 풍선이라도 불듯이 자꾸만 김동진 편을 들고자 했단 말인가. 남승지는 유달현의 집 앞에 서서 문패를 확인하고는 혼자 웃었다.

남승지는 노크를 하지 않고 대문 한쪽을 밀었다. 빗장을 지르지 않은 문이 낮게 삐걱거리며 안쪽으로 열렸다. 문이 멈출 때까지 삐걱거리는 소리는 멈추지 않았다. 귀에 거슬리는 소리였다. 문턱을 넘어가자 바로 오른쪽의 거친 흙벽에 자전거가 세워져 있었다. 음, 돌아왔군⋯⋯.

남승지는 문 안쪽에서 바깥을 돌아보며 잠시 서 있었다. 골목을 사이에 둔 맞은편 집의 검은 돌담 그늘에 애써 피어난 금잔화가 갑자기 몰아친 심술궂은 한파에 떨고 있었다. 겨울을 간신히 넘기고 작은 몸을 막 펼치는 순간에 찾아온 찬바람을 맞고 있는 꽃을 보는 것은 매우 가련하고 또한 기특하다는 생각이 들었다. 남승지는 그냥 문득 장난을 치고 싶어져서 꽃을 보고 씩 웃었다. 그리고는 갓난아기를 어르기라도 하듯 입술을 쭉 내밀고 윙크를 했다. 선명한 주황색 꽃이 바람에 흔들리며 웃었다. 이럴 땐 행여나 지나가던 사람과 시선이 마주쳐 말썽이 생기거나 창피를 당하기 십상이다.

등 뒤의 인기척에 놀란 남승지는 급히 몸을 돌렸다. 자전거를 세워둔 흙벽의 온돌방 미닫이가 열리는 소리였다. 낡은 구두를 재활용한 듯한 슬리퍼 끄는 소리가 나더니 유달현이 나타났다.

유달현은 방금 전에 만난 사람처럼 가볍게 고개를 끄덕여 보이고는 대문으로 다가가 문을 닫고 빗장을 걸었다.

"수고했네⋯⋯ 차림새 한번 거창하군, 매우 잘 어울려." 유달현은 남승지의 어깨를 가볍게 두드리고 나서 악수를 한 뒤 말했다. "자아, 지게를 내려놓고 방으로 올라가세. 먼저 올라가 있게나."

유달현은 안뜰을 가로질러 안채 쪽으로 걸어갔다.

방금 불을 넣은 듯한 2평 반 정도의 온돌방 장판의 네 귀퉁이에서 마른 흙냄새가 풍겨 왔다. 짚을 찌는 듯이 약간 숨이 막히는 자극적인 냄새가 남승지의 긴장을 풀어 주었다. 밀짚모자를 벗고 모자 자국으로 볼품없이 헝클어진 머리카락을 빗 대신 손가락으로 쓸어 넘겼다.

　책장과 책, 신문을 쌓아 올린 앉은뱅이책상, 그리고 약간의 세간밖에 없는 방 안은 조금 적막한 느낌을 주었다. 좌우의 벽 안쪽으로 열리는 안뜰을 바라보는 미닫이문을 통하여 저녁 햇살이 장판 위로 희미하게 반사되고 있었다. 미닫이문 옆으로 책상을 붙여 놓은 벽에 젊은 여자 사진의 작은 액자가 걸려 있었다. 선입견 탓인지는 모르겠지만 망자의 한결같은 그 미소조차 쓸쓸한 그림자가 어려 있는 듯 보이는 법이다. 해방 직후 급성폐렴으로 이른 나이에 죽었다는 아내의 사진이었다.

　방 안의 공기가 따뜻해지자 몸이 가렵고 지독한 양말의 구린내로 속이 메스꺼웠다. 입이 말라서 모래알을 씹는 것처럼 껄끄러웠다. 온몸을 감도는 피로감으로 졸음기가 앞이마 언저리를 어른거렸다. 냄새가 나든 말든 발을 쭉 뻗고 눕고만 싶었다.

　유달현이 하얗고 두꺼운 사발을 양손에 받쳐 들고 돌아왔다. 남승지가 원했던 마실 물이었다.

　두 사람은 꽃잎 모양의 커다란 철제 재떨이를 사이에 두고 마주 앉았다.

　"물을 그렇게 마시고 춥지 않나? 술이 덜 깼었나 보군. 후후후."

　사발의 물을 단숨에 들이키는 남승지를 보고 유달현이 말했다.

　"설마요……. 뱃속은 깨끗이 청소된 것 같아 기분이 좋은데요."

　땅거미가 안뜰에서 기어 올라와 방 안을 어슴푸레 채우기 시작했다. 방은 어둡고 따뜻해졌다. 웃옷을 벗어 와이셔츠 차림인 유달현이 담배에 불을 붙였다. 남승지는 웃옷의 왼쪽 옷섶 끝을 손가락으로 가

법게 문지르면서 눈을 가까이 댔다. 매듭진 실 끝을 찾았으나 어두워서 잘 보이지 않았다. 손가락으로 더듬고 손톱으로 긁다가 좁쌀에 닿는 듯한 감촉으로 매듭을 확인한 뒤 살며시 잡아당겼다. 그러자 하얀 실이 그대로 술술 풀어져 곱슬머리처럼 길게 늘어졌다. 새끼손가락 끝으로 후비자 구멍이 벌어졌다.

유달현은 담배 연기를 뿜어내면서 남승지의 동작을 보고 있었다. 남승지는 팬츠 고무줄이 통과할 만한 구멍에서 작게 말린 종이쪽지를 꺼내어 유달현에게 건네주었다. 유달현의 얼굴에 만족스러운 미소가 스쳤다. 그때 갑자기 전등 불빛이 주위를 밝혔고 상대의 미소가 더욱 크게 번져 갔다. 남승지는 놀란 듯이 천장의 전등을 쳐다보았다. 그리고는 음영이 또렷해진 밝은 방 안을 신기한 듯 둘러보며 웃었다. 배전 시간이 되었던 것이다.

"흐흥, 전등 빛에 놀라고 있군……, 전등 없는 시골에 오래 살다 보면 그렇게 되지."

"맞습니다, 이건 뭐 도회지로 나온 촌놈이에요. 정말 밝은데요."

"도회지로 나온 촌놈이라고? 흠, 촌이라…… 아니, 이 섬 자체가 촌이야, 바다 끝 외딴 섬이니까, 여긴 촌이야. 하지만 혁명은 바로 그 촌에서, 변두리에서 일어나니까 재미있지. 남한 전체가 일제히 봉기하는 거야. 그리고 혁명을 완수하는 거지. 그 돌파구를 이 섬이 만드는 거니까 그 의의는 아주 커. 노동자와 농민은 가난하면 가난할수록 혁명적이 된다는 것은 고전적인 명제야. 압박하면 할수록 저항은 강해지는데, 이건 모든 운동의 원리라고 할 수 있지……. 흐음, 어젯밤은 나도 바빠서 별로 자지 못했는데, 김명우 동무도 잠이 부족해 보이는군. 눈이 많이 충혈되었고 좀 게슴츠레하게 보여. 그리고 눈빛이 좋지 않아……. 하하하, 자, 오늘 밤은 푹 쉬라구……."

남승지를 망설임 없이 김명우 동무라고 부른 유달현은 밝은 전등 밑에서 손바닥만 한 신임장을 펼쳐 읽었다. 그리고는 두세 번 중얼거리듯 입술을 움직이다가 재떨이를 자기 앞으로 끌어당긴 뒤 신임장에 불을 붙였다. 반을 접은 부드러운 종이는 불꽃을 한 번 확 피워 올리더니 금방 재가 되었다.

　　남승지는 유달현의 말을 듣고 자신도 어젯밤은 죽창 제조 현장에서 밤을 새느라 거의 잠을 자지 못했다고 말하려다 그만두었다. 내 눈빛이 좋지 않다는데……. 설마 좀 전까지 내 맘속에 남아 있던 유달현에 대한 혐오감이 날카로운 눈빛으로 불쑥 나타난 건 아니겠지. 상대방을 대하는 자신의 눈매를 직접 볼 수는 없었지만 그래도 이상했다. 지금 내 마음은 전혀 그렇지 않았다……. 방금 전 골목에서 낯익은 감나무를 보았을 때 생겨난 유달현에 대한 이해와 친근감은 거짓이 아니었다. 혹은 지금 당사자와 무릎을 맞대고 있다는 일종의 긴장감이 단순한 회상적 감정에 불과한 혐오감을 일시적으로 몰아낸 것뿐인지도 모른다. 어쨌든 지금은 불쾌한 감정 따위는 없었다.

　　남승지는 유달현의 안내로 안채 옆의 우물에서 부엌의 열린 문으로 새어 나오는 불빛에 의지해 얼굴과 발을 씻었다. 물은 이미 데워져 있었다. 자상한 배려가 고마웠다. 산뜻한 기분으로 방에 돌아오자 곧이어 여주인과 중학생 딸이 저녁상을 가져왔다. 운반 도중에 안뜰에서 어두우니까 발밑을 조심하라는 여주인의 목소리가 들리는가 싶더니, 걱정 말라니까……라는 활기차지만 성가시다는 듯한 딸의 대꾸가 들렸다. ……여자들은 좀 더 천천히 조신하게 걸어야 해……. 아이고, 어머니 잔소리 좀 그만하세요. 전 이제 국민학생이 아니에요. 쉬잇, 그렇게 큰 소리를 내면 안 돼. 손님이 와 계신데 좀 조용히 해야지. 넌 왜 그리 소란스러운지 모르겠어……. 마치 언쟁을 즐기기라도 하듯 모녀는 대화를 주고받으며 방문 앞까지 왔다.

밥상을 차리면서 젊은 어머니는 소탈하게 수다를 떨었다. 원래 말하기를 좋아하는 모양이었다. 여자라서 그렇기도 하겠지만 시동생인 유달현처럼 거드름을 피우지 않고 싹싹해서 좋았다. 젊다고는 해도 서른 서넛은 돼 보이는, 유달현과 비슷한 연배였다. 남편은 관덕정 뒤편에 있는 제주읍사무소의 계장이었다.

"……이 바람 부는 것 좀 보세요. 빨래가 먼지투성이가 된다니까요. 지금은 좀 잦아들긴 했지만 정말이지 사람 잡을 바람이라니까요, 며칠씩 정기선도 못 들어오고……." 그런데 좀 전에 시장 갔다가 들은 얘긴데 말이에요, 아침 무렵에는 잠시 바람이 잠잠했잖아요, 그런데도, 그러니까 이것이 정말 사람 잡는 바람이라니까요. 잘 알고 있을 법한 사람이 어찌 된 일인지, 미쳤는지, 아니 진짜 미친 거예요, 틀림없이. 그 축항 근처에 사는 술주정뱅이 성 서방이…… 있잖아요, 서방님은 잘 모를 수도 있겠지만 우리 집에도 가끔 생선을 팔러 오는 노총각이 있어요. 서른을 넘긴 지 한참 지났어도 결혼도 못 했지요. 그 사람이 아침부터 배를 타고 고기잡이 나갔다가 파도에 휩쓸려 버렸다네요……, 방 안에는 소주병이 뒹굴고 있었다던데……, 어떻게 이런 일이 일어났는지 모르겠어요. 전날 밤에 선술집에서 술에 취해가지고 '서북' 놈들에게 얻어맞은 모양인데, 그 분함을 삭히려고 아침부터 술에 취해 바다에 나간 것 같다고들 하네요. 어차피 죽을 생각이 있었다면 '서북' 놈 하나쯤 죽이고 죽지 그랬냐고들 하더라구요……. 아이고, 애 앞에서 이런 말을 하다니."

어머니가 옆에 있는 딸을 돌아보았다.

"……아이가 아니래두요."

"넌 아직 어린애야. 다른 데 가서 이런 말 하면 안 된다. 입을 바늘로 꿰매 놔야 돼, 알았지. 응…… 하지만, 성 서방이 정말로 그 일 때문에 바다로 나갔는지 어떤지는 아무도 모르는 게고, 게다가 '서북' 놈을 하나라도 죽였다간 큰 난리가 날 거예요. 성 서방 하나로 끝나진 않을 테니 말이에요. 아이고, 무서워라……. 뭣보다도 그놈의 술, 술이 결국 사람을 죽인 거라구요. 늘 장가가고 싶다, 장가가고 싶다 노래를 했는데……, 가엾게도 시체도 못 찾았다네요. 조만간 어디 해변에라도 떠오르면 좋으련만……, 주정뱅이긴 했지만 맘씨 좋고 재미있는 사람이었는데. 서방님, 술은 이거밖에 없으니 그리 아시고……, 저어, 손님은 오늘 밤 편히 쉬세요. 처음 오는 집도 아니고. 내일은 바람이 좀 잦아들려나 모르겠네요."

어머니를 닮은 딸은 파란 스웨터로 감싼 부풀어 오르기 시작한 가슴을 활짝 펴고, 아니, 가슴이 저절로 밀어 올리는 것이겠지만, 목을 꼿꼿이 세운 채 동그란 눈을 깜박거리며 삼촌의 얼굴을 바라보고 있었다. 그러다가 남승지 쪽을 힐끗 훔쳐보곤 하였다. 삼촌과는 별로 닮지 않은 얼굴이었다. 안뜰을 건너올 때와는 달리 아무런 말도 하지 않았다. '손님'이 있기 때문일 것이다.

"……음, 술을 마시고 바다에 나가 죽다니, 형수님, 그건 정말 사치스런 죽음이군요, 자업자득이지요……. 지금이 어느 때입니까, 바보같이."

유달현은 흥미 없다는 듯이 말했다. 여주인은 말문이 막혔다.

"서방님, 어떻게 그런 말씀을……."

"형수님은 제 말뜻을 잘 모르시는 모양인데……. 아니, 됐습니다. 그런데 형님은 늦으시는군요……."

"서방님은 모르고 계세요? 내일 친구분의 남동생 결혼식이 있다고 하던데요, 읍사무소에서 그쪽으로 직접 갔을 거예요. 서방님도 아시는 분이잖아요."

"아, 결혼식 말씀이군요……. 압니다. 외과의사인 고원식 말이지요. 저도 내일 결혼식에 갈 겁니다."

유달현의 대답은 기계적이었다.

이윽고 젊은 어머니와 딸은 방을 나갔다.

바람에 미닫이문이 흔들리고 틈새바람이 느껴졌다. 지붕 위를 스쳐 가는 바람 소리가 들린다. 유달현은 일어서서 미닫이문 쪽으로 걸어가 양쪽으로 열려 있는 바깥 덧문을 닫았다. 그리고는 허리를 굽히고 문지방 앞의 장판을 손가락으로 문질러 보였다.

"어이구, 여기 좀 봐, 먼지가 엄청나군. 손가락이 새까맣게 되었어."

"대단하네요……, 저도 역시 많은 먼지를 날라 온 범인입니다."

"그렇기도 하군……." 유달현은 휴지로 손가락을 닦고 자리로 돌아와 앉으며 말했다.

"그런데 말이요, 김명우 동무, '서북'패들에게 읍내 여자가 강간당한 것과, 술에 취해서 바다로 나간 미치광이 중에 도대체 어느 쪽이 더 비참하고……, 음, 정치적으로 판단해서 어느 쪽이 사람들에게 미치는 충격이 크다고 생각하나?"

"까다로운 문제인데요……."

"까다로울 것 없네."

"비참하기로는 술에 취해서 빠져 죽은 쪽이 더하겠지만, 정치적으로 보면 강간당한 쪽이라는 것인가요……?"

'강간'이라는 말이 남승지의 내면에서는 끈적끈적한 액체의 막에 둘러싸여 천천히 움직였다.

"그렇지, 읍내 여자가 강간당할 때는 '서북'이라는 상대가 있기 때문이지. 그러나 술에 취해서 혼자 바다로 뛰어드는 놈에겐 상대가 없잖아. 도대체가, 그런 꼴로 죽는다는 건 우스꽝스러운 일이지. 상대가 없는, 다시 말해 적이 없는 그런 죽음은 혁명적 기운을 북돋우는 데 아무런 도움도 되지 않아. 좀 전에 형수님의 말을 통해서도 알 수 있듯이, 대중의 정치적 감각은 매우 높고 날카로운 데가 있어. 가령 '서북'패들에게 몰매를 맞았다고 쳐 보자고. 좀 전에도 같은 말이 나왔지만, 어차피 죽을 바엔 '서북' 놈 하나라도 죽이고 죽는 게 나아. 이건 잔혹한 말이 아닐세. 혁명에 대한 대중의 의지인 셈이지. 그리고 이것이 혁명의 힘으로 결집되는 것이고. 이렇게 대수롭지 않은 것 같은 대중의 의사표시는 요즘의 투항주의적인 풍조에 대한 비판 그 자체라고도 할 수 있겠지. 김 동무도 알고 있겠지만, 지금 이 섬의 인텔리라는 사람들 사이에는 확실히 두 개의 다른 흐름이 있다네. 하나는 한 치 앞만을 내다보며 살려는 인간들, 즉 나무만 보고 숲을 보지 못하는 인간들, 숲 저편에 있는 승리를 보지 못하는 인간들일세. 지금이 어떤 때라고……, 음, 요즘 일본으로 도망가는 놈들이 많은데, 그들도 그런 부류라고 할 수 있겠지……. 또 하나는 말할 것도 없이 우리의 혁명을 지지하면서 바짝 다가온 혁명의 승리를 향하여 나아가는 사람들이야. 혁명적 낙관주의라고 할 수 있겠는데, 이 말은 결코 우연의 산물이 아니고, 인민의 의지에 따른다는 말이지……. 음, 그 정도로 해 두고 한잔하세."

유달현은 갑자기 오른손을 뻗어 남승지의 어깨를 다독거렸다. 남승지는 가만히 고개를 끄덕였다. 두 사람은 테두리가 있는 네모난 독상을 하나씩 앞에 놓고 마주 앉아 있었다. 뜨거운 놋그릇 뚜껑을 여는 순간 뜨거운 김이 모락모락 피어오르는 하얀 쌀밥의 구수한 냄새가 풍겼다. 안경을 쓰고 있었다면 수증기로 금방 부옇게 흐려졌을 것이다. 시골에서는 설날이나 제사 때가 아니면 쌀밥을 구경하기 힘들었다. 생각지도 못한 특별 대접이었다. 두께가 2센티는 족히 돼 보이는 기름진

갈칫국이 입맛을 돋운다. 산나물과 입안 가득 군침이 도는 전복젓갈.

유달현은 주전자의 막걸리를 두 개의 사발에 따랐다. 찹쌀로 빚어낸 연한 갈색의 진득한 액체는 방 안을 향기로운 냄새로 가득 채웠다. 집에서 담근 술이었다. 두 사람은 잔을 들었다. ……서방님, 어떻게 그런 말씀을 하세요? 남승지는 문득 술에 취해 고기잡이를 나갔다는 남자의 이야기가 생각나 목구멍이 막혀 오는 것을 느꼈다. 왜 바다로 나갔을까. 정말로 고기를 잡으러 나갔을까. 그저 바다로 가기 위해 나갔던 것일까……. 유달현이 어깨를 다독였을 때 나는 왜 고개를 끄덕였을까. 한 인간이 죽었다는데……, 유달현처럼 단순하게 결론을 내려도 되는 것일까. 남승지는 목구멍을 억지로 열고 막걸리를 꿀꺽꿀꺽 들이마셨다.

유달현의 말대로 술에 취해 바다로 나간 남자를 불쌍히 여기고 있을 때가 아니었다. 그는 혁명에 대한 확신을 갖고 있다……, 그런데 나는 어떤가. 바로 조금 전에 성내 거리를 걸으면서 낯선 외국의 거리를 걷는 것처럼 느꼈던 나의 심상은 도대체 무엇을 의미하는가. 흔들리고 있는 것이다. 마음 한구석에 섬을 떠나고 싶다는 잠재의식이 숨어 있었다.

"……김 동무는 오늘 임무가 끝나면 산에도 가기로 되어 있나? ……바람이 그치지 않으면 산에는 눈보라가 칠 텐데."

"가게 될 겁니다. 다음 달 5일까지는 앞으로 일주일 정도 남았으니까, 그동안에 바람도 잠잠해지겠지요."

"누구하고 가지?"

"……조직의 간부와 함께 가게 될 것 같습니다."

"흐음, 조직의 간부라……, 그야 그럴 테지. 누군가, 강몽구인가? 그 사람은 제주도 조직의 부위원장이니까 말이야."

"아직 잘 모르겠습니다만, 아무튼 조직에서도 상급 간부 한 사람이 참석할 것으로 생각합니다."

"물론 당연히 조직에서도 참가를 해야겠지. 누가 갈지는 모르지만 대충 짐작이 가네……. 성내에선 나하고 다른 두 사람이 참가할 예정인데, 나도 오랜만에 간부 동지들을 좀 만나야겠어……."

술 탓인지 상대방의 말이 조금 거칠어졌다. 남승지는 눈앞이 멍하게 흐려지는 것을 느꼈다. 가벼운 취기가 돌기 시작했다. 그는 취기에 저항이라도 하려는 듯 주머니에서 방금 전에 산 담배를 한 대 꺼내 불을 붙였다. 눈을 감고 연기를 한 모금 빨아들이면서 이래서 유달현이 싫다는 생각을 했다. 짐작이 갔다면 일부러 물어볼 필요도 없는 일이다. 듣기에 따라서는 마치 자신이 조직의 간부를 지명하여 파견이라도 하는 듯한 말투다. 아무렇지도 않다는 듯이 불쑥 튀어나오는, 뭐랄까, 심술궂은 것 같기도 하고 비꼬는 것 같기도 한 말투. 남승지는 상대방의 말투가 무엇을 의미하는지 잘 알고 있었다. 때로는 알아들을 수 없을 정도의 낮은 목소리로 남을 위압하듯 말하는 어조. 그럴 때마다 구부리고 있던 유달현의 등줄기가 곧게 펴지는 것을 느끼게 된다. 열 살이나 나이가 많다는 연장자 의식도 작용했을 것이다. 그리고 연락책으로 찾아온 사람에 대한 성내 지구 책임자로서 필요 이상의 자세, 허세에 가까운 의식도 엿보인다. 무엇보다 당에서의 활동으로 볼 때 상대보다 경력이 많다는 의식이 유달현의 언동에서 느껴졌다(조직생활이라고 해 봤자 모두 해방 후에 시작되었으니까, 남승지보다 1년 정도 빠를 뿐이었다). 이런 느낌을 처음이 아니라 만날 때마다 느낀 까닭은 무엇일까. 그의 자상하고 친절한 배려에도 이러한 의식이 내재되어 있음은 분명해 보였다.

"어쨌든 김 동무는 성내에서 참가하는 동지들을 확인해 둘 필요가 있어. 나는 지금부터 좀 나가 보려 하는데, 오늘 밤 여기서 산에 들어

갈 동지들과 만나 보는 게 좋겠어. 난 식사만 마치면 곧 나가겠네. 깜박 잊고 있었는데 내일은 결혼식이 있어. 상대방의 사정에 따라서는 내일이 될지도 모르겠지만, 가능하다면 오늘 밤에 모이는 게 좋겠어. 만일 어렵다면 내일 오전 중에 만나는 것으로 하지."

그때 안뜰을 가로질러 종종걸음으로 다가오는 발소리가 들렸다. 아까 보았던 중학생 조카인 모양이다. 예상대로 방 밖에 멈춰 선 여학생이 "삼촌" 하고 불렀다.

"무슨 일이냐?"

"편지 왔어요……."

"편지?"

유달현은 귀찮다는 듯이 일어나서 미닫이문을 열고 다시 덧문도 열었다. 어둠을 사각으로 도려낸 전등 불빛 속에 아까보다 훨씬 눈이 커 보이는 소녀의 하얀 얼굴이 드러났다. 소녀는 한 장의 엽서를 유달현에게 건네면서, 다른 편지와 함께 왔는데 깜박 잊고 전해 드리지 못해서 죄송하다고 말하고는 남승지 쪽을 힐끗 쳐다보았다. 그리고는 허둥지둥 어둠 속으로 사라졌다. 묘하게 어른스러운 표정이었다.

우뚝 선 채 엽서를 읽고 있던 유달현은 불쑥 "이방근이라……" 하면서 혼잣말을 중얼거렸다.

"이방근 선생한테서 편지가……, 어거 참, 별일이군."

유달현은 엽서를 대충 훑어본 뒤 식탁으로 돌아와 앉더니 이번에는 군데군데 소리를 내어 읽었다.

"흐음, 이거 재미있는데……, 무슨 편지를 이렇게 썼을까. 이렇게 진부하기 짝이 없는 문구로 서툰 익살이라도 부려 볼 요량인가 본데, 나는 다 알지. ……귀체의 만강을 복망하오며, 나아가 배안(拜顔)의 영광을 누리고 싶사오니……, 사람을 놀리고 있는데, 뭘 어쩌자는 건지 모르겠군. 남승지 동무도 알고 있겠지, 그 이방근이라는 사람 말일세……, 남 동무도 몇 번 만나 본 사람이야. 아차, 지금 남 동무라고 불렀군. 하기야 남 동무인 건 사실이지. 아니, 내가 지금 무슨 말을 하고 있는지 모르겠군, 좀 취했나 보네, 자넨 김명우야. 틀림없는 김명우 동무라고."

"이방근……, 그 식산은행의 부잣집 아들 말입니까?"

남승지는 왠지 부잣집 아들이라는 자신의 말투가 마음에 걸렸다.

"그렇지, 부르주아의 건달 같은 아들 이방근 말이야. ……그 이방근 선생에게서 편지가 오다니……." 건달 같은 아들이라고 단정을 지으면서도 유달현의 목소리나 얼굴에 경멸의 표정은 없었다. 무언가 끈끈한 친밀감까지 배어 있는 듯했다. 놀리는 엽서를 받고 오히려 기뻐하고 있는지도 몰랐다. "그는……, 음, 바로 옆집에 사는 사람한테 쓴 편지를 먼 우체통에 집어넣으러 가는 사람도 있다지만, 이방근은 그런 일을 즐기고 있는 것이지. 자네도 알다시피 이방근은 북국민학교 뒤편에 살고 있으니까, 내 얼굴을 '배안'하고 싶으면 학교로 전화를 걸면 되지 않는가. 그럼에도 이렇게 거드름을 피우며 귀체의 만강을 복망하고…… 어쩌고 하는 식으로 나온다니까. 형편이 닿을 때 연락을 달라는군, 단지…… 그뿐인 아주 간단한 내용이야, 간단해. 하지만 그 '간단'한 내용이 문제야……."

유달현은 조금 흥분한 모양이었다. 말하면서도 계속 넥타이를 만지작거리고 있었다. 감색의 양복 색깔보다 옅은 물빛 넥타이였다. 아마 적당히 취한 탓도 있겠지만 드문 일이었다. 아니, 남승지는 이런 모습의 유달현을 처음 보았다. '진부하기 짝이 없는 틀에 박힌 문구'로 쓰인 한 장의 엽서로 인하여 지금 무언가의 변화가 그의 마음속에 일어나고 있었다.

"자아, 수저를 놓지 말고 식사를 계속하게나."

유달현은 엽서를 뒤집어 다시 한 번 훑어보고는 밑에 내려놓았다. 그리고는 미소를 머금은 입술에 술잔을 갖다 대고 튀어나온 목젖을 움직이며 단숨에 들이켰다. 이 남자는 독설을 내뱉으면서도 내심 엽서를 받아 기쁜 모양이었다. 남승지도 술잔을 기울였다. 가벼운 취기와 방석을 깔지 않은 온돌 장판의 열기가 온몸에 전해져 축축이 땀이 배었다.

본인은 거의 느끼지 못하겠지만 유달현의 표정은 변해 있었다. 남을 억압하는 듯한 분위기를 풍기며 점잔을 빼듯 혁명의 승리를 장담하던 모습은 어디론가 사라져 버렸다. 그리고 방 안에 누군가 다른 사람이라도 있는 것처럼 음식을 입에 넣은 채 허공을 바라보며 씩 하고 웃음 짓는 회심의 미소 사이로 비굴함이 뒤섞인 복잡한 표정이 흐르고 있었다. 그 표정은 추해 보였다. 순간 남승지는 느껴지는 게 있었다. 조금 전에 부르주아의 건달 같은 아들이라며 경멸하는 얼굴에서 일그러진 친밀감을 느낄 수 있었는데, 지금 이 순간의 복잡한 표정도 그것과 닮아 있었다. 남승지는 이때 유달현의 '견고함' 속에 무언가 부러지기 쉬운, 눈에 보이지 않는 아킬레스건이 있다는 것을 직감했다. 유달현이 이방근과 마주하면 절대로 지금과 같은 태도를 취할 수 없을 것이라 남승지는 생각했다.

조금 전에 남승지는 '이방근'이라는 이름이 나왔을 때 움찔했다. 자신이 그 이름을 직접 입에 담고 부잣집 아들 어쩌고 했을 때 움찔하는 자신을 느꼈다. 그리고 처음 이방근을 만났을 때도 지금과 같은 감정을 느꼈다. 이방근은 확실히 처음 만난 사람을 움찔하게 만드는 무언가를 가지고 있었다. 자산가의 아들이라는 그 '배경' 때문이 아니었다. 그것은 그의 용모가 주는 인상 때문이라고 할 수 있었다. 그렇다고 괴물처럼 추하게 생겼다는 뜻은 아니다. 추악하기는커녕 남자답고 매우 잘생긴 미남으로 부잣집 도련님이라는 허약한 느낌은 없었다. 오히려 약간 괴이한 용모를 지닌 편인데, 얼굴을 압도하듯 이마가 튀어나오고 그 위를 미풍에도 나부낄 것 같은 부드러운 머리카락이 덮고 있었다. 이마가 얼굴의 전체적인 균형을 깨뜨리고 있다고는 말할 수 없지만, 약간 부자연스러운 느낌을 주는 것은 사실이었다. 여자처럼 살결이 희고 입술이 밝게 붉으면서도(아니, 그 탓인지도 모르겠지만), 입 언저리가 어두운 느낌을 주는 것이 약간 음란한 기운을 감돌게 하고 있었다. 게다가 어린애처럼 맑은 눈매가 입과는 대조를 이루고 있어 전체적으로 어딘지 모르게 균형이 맞지 않는다는 인상을 주었다. 그리고 그 무표정하게 빛나는 검은 눈으로 바라보면 사람들은 이상하게도 움찔하는 것이다. 아니, 그것은 이쪽의 시선을 멍하니 받아들일 것 같던 어린애처럼 부드러운 시선이 갑자기 독을 뿜고 송곳니를 드러내기 때문인지도 모른다. 그리고 또 한 가지, 장신이고 몸도 다부진 편이었지만 고양이처럼 등이 굽은 것이 인상적이었다. 그의 등이 굽은 것은 이마가 크고 무거워서 그런 것이라며 농담을 할 정도로 눈에 띄었다(이방근이었기 때문에 더욱 눈에 띄었는지도 모른다). 그리고 그 자신도 기분이 좋을 때는 손바닥으로 자기의 이마를 탁탁 치면서, 이 속에 뭐가 들어 있는지 아나? 뇌란 말이야, 대뇌, 위대한 뇌라구…… 하지만 안심하게나. 이미 텅 비어 버린 뇌니까. 이 두개골은 텅 빈 창고에 불과하다면서 웃어 보이곤 했다. 나이는 유달현과 동갑인 서른셋이었다.

이방근에게는 여동생이 있었다. 서울의 동향 출신 학우회에서 보았던 파란 옷을 입은 조영하라는 학생의 친구였다. 그날은 참석하지 않았지만 나중에 김동진의 소개로 조영하와 함께 아는 사이가 되었다. 이름은 이유원이었다. 조영하와 같은 학교의 음악과 학생이었다. 오빠를 닮아 이마가 넓고(때로는 과시하듯 이마를 드러내기도 하고 때로는 앞머리로 살짝 가리곤 했다) 약간 차가운 인상을 주었지만, 오빠와는 달리 입 언저리가 깨끗하고 아름다운 얼굴이었다. 물론 허리도 굽지 않았다. 그녀와는 서울에 있을 무렵 몇 번 만났는데 묘하게도 남의 속마음을 멋대로 들여다볼 수 있을 것 같은 느낌을 주는 여자였다. 그녀에게서 이방근이라는 오빠가 있다는 말을 들은 적이 있었다. 그가 가진 무언 가가 여동생에게 상당히 큰 영향을 미치고 있다는 느낌을 받았다. 그 래서 남승지는 아직 만나 보지 못한 이방근에게 관심을 가지게 되었 던 것이다. 제주도에 온 뒤로는 김동진이 아니라 양준오의 소개로 이 방근을 알게 되어 몇 번 만났다. 이방근은 양준오와 상당히 친한 것 같았다. 양준오도 이방근을 좋게 평가하고 있었는데, 남승지는 일종 의 두려움과 비슷한 감정을 느끼면서도 한편으로는 그를 경멸하고 있 었다. 그러나 그 경멸감은 세속적인 견지에 불과한 것이었다고 하는 편이 옳을 것이다. 왜냐하면 그가 무위도식하며 제멋대로 살고 있다 는 현실에 대한 반발이었을지도 모르기 때문이었다. 그래도 남승지는 이방근에게 관심과 더불어 묘한 친근감을 지니고 있었다. 그것은 이 방근이 자신에게 상당한 관심을 가지고 있다는 것을 알고 있었기 때 문인지도 모르지만…….

그러한 이방근에게서 수령인인 유달현이 '간단'한 내용이 문제라는 엽서가 날아든 것이다. 물론 남승지는 그게 무엇인지 알 수 없었으나 무슨 일이 있다는 생각이 들었다. 무슨 일일까……? 그러나 그것은 그가 신경 쓸 일이 아니었다. 그렇다 하더라도 이방근은 왜 별다른 내용도 없는 그런 틀에 박힌 문구의 인사말을 써 보낸 것일까…….

미닫이문이 바람에 흔들리고 있었다. 유달현이 조카로부터 엽서를 받아 들었을 때 바깥쪽 덧문을 닫지 않았기 때문이다. 문득 남승지는 덧문을 닫으러 갈까 하다가 그만두었다. 유달현의 귀에는 미닫이문이 바람에 흔들리는 소리가 들리지 않는 모양이었다. 아까와는 달리 그 다지 신경이 쓰이지 않았다.

두 사람은 식사를 끝냈다. 방 안은 따뜻했고 남승지는 포만감을 느 꼈다. 가벼운 취기가 온몸에 퍼져 만사 귀찮다는 생각이 들었다. 기분 좋게 밀려오는 잠에 몸을 맡기고 싶었다.

5

유달현은 남승지를 남겨 두고 외출했다.

남승지는 따뜻한 온돌에 뒹굴며 마음껏 손발을 편 뒤 천장을 보고 누웠다. 뒤로 깍지 베개를 하고는 전등이 매달린 천장을 멍하니 바라보았다. 가만히 귀를 기울이면 머리가 아파질 만큼 조용했다. 머릿속에서는 깊은 숲 속의 매미 우는 소리가 들려왔다. 밖에서는 전선을 윙윙 울리며 바람이 지나갔다. 그래도 숲 속의 매미 우는 소리는 사라지지 않는다. 바람은 꽤 약해진 것 같았다. 요 며칠 동안 계절풍으로 바다가 검게 거칠었지만, 나무들은 바람에 몸을 떨면서도 봄이 왔음을 알리고 있었다. 길게 마른 버드나무 가지가 어느새 발그레 물들어 싹을 틔우더니 각각의 단단한 봉우리가 봄을 향하여 모든 에너지를 폭발시키려는 듯 몸을 움츠리고 있었다. 가느다란 가지에는 마치 혈관으로 피가 흐르는 것처럼 생기가 넘쳐 나고 있었는데, 그 모양이 나무껍질에 비쳐 보이는 것만 같았다. 나무들만 그런 것이 아니었다. 또 꽃만 그런 것도 아니었다. 남승지는 자신의 젊은 몸속에서 자연의 생기와 새로운 피가 돌기 시작하는 것을 느꼈다.

갑자기 무언가로 토라져 몸부림이라도 치는 듯 바람이 덧문을 두드리고 안뜰을 휩쓸었다. 덧문 안으로 밀고 들어온 바람이 미닫이문을 흔들었다. 문득 덧문 밖에는 조금 전에 본 소녀가 서 있는 듯한 기분이 들었다. 그는 일어나려다가 자신의 엉뚱한 생각을 깨닫고 그만두었다. 어둠 속에 하얀 얼굴이 떠오르고 봄 향기가 풍기기 시작한 듯한 윤기 있는 살결이 눈앞에 어른거렸다. 파란 스웨터를 밀어낸 가슴의 융기, 조금씩 밀고 올라오는 어딘지 모르게 당찬 가슴이었다. 그것은 가만히 움츠린 채 봄의 폭발을 준비하는 초목의 싹이었다. 순간 남승지는 소녀의 가슴이 보이기라도 하는 양 시선을 집중시켰다. 불현듯 숫처녀의 오줌 누는 소리와 그렇지 않은 경우의 소리가 다르다는, 얼굴을 붉히지 않을 수 없었던 버스 안에서의 음담이 생각났다. 실제로 그럴까……? 그의 머릿속에서는 무의식중에 이 집 딸과 젊은 모친을 연상시켜 졸졸졸, 쏴아쏴아 하는 각각의 의성어가 들리고 있었다. 정말로 그렇게 차이가 나는지 어떤지에 대한 생각은 꽤 자극적이고 음탕했다. 그것은 오줌 소리뿐만 아니라 성기를, 성기의 내부를, 그리고 오줌 소리의 차이를 불러온 행위를 연상시켰다. 갑자기 소녀의 성기와 모친의 성기가 겹쳐져서 눈앞에 떠올랐다. 그것이 조개처럼 입을 벌린다……. 남승지는 머리를 세차게 흔들며 벌떡 일어나 그 이미지를 떨쳐 버렸다. 이 무슨 불쾌한 상상이란 말인가, 방금 저녁식사를 대접해 준 사람들인데!

남승지는 담배를 한 대 피우고 나서 다시 자리에 누웠다. 눈을 감았다. 몸이 피곤한데도 하복부가 마치 허공을 향해 비약할 것처럼 딱딱하게 충혈되어 있었다. 그는 하복부의 그것을 달래듯 손으로 꽉 잡아누르면서 잠시 눈을 붙여야겠다고 생각했다. 몸이 졸음과 함께 녹아들 것처럼 장판은 따뜻하다. 잠이 요람처럼 포근한 구멍을 열고서 그를 기다리고 있었다. 눈꺼풀 속으로 천장의 전등 불빛이 스며들었다. 요람의 구멍이 서서히 움직이기 시작한다. 잠의 어두운 구멍이 이제는 두렵지 않다. 오늘의 잠은 어두운 구멍이 아니다. 부드럽게 흔들리는 요람의 구멍이다. 잠의 구멍으로 머리부터 들어간다. 머리부터 가혹한 빛의 세계로 나왔듯이, 다시 머리부터 어둠 속으로 침잠해 들어가는 자궁으로의 회귀를 되풀이한다. 아니, 우주의 벽은 자궁 막이다. 양수(羊水)로 가득 찬 우주의 어둠 속에서 떠도는 것이 바로 잠이다. 그것은 쾌적한 표류이지 결코 무서운 어둠이 아니다……. 눈꺼풀이 겹쳐진 채 떨어지지 않게 되자 이윽고 천장이 멀어지고 아득한 저편으로 망막한 수평선이 보였다. 아득한 저편에 일본이 있는지 조국 본토가 있는지 알 수 없는 그저 망망하고 넓은 바다가 펼쳐져 있었다. 그것은 우주를 하늘과 바다로 가르고 다시 바다와 하늘을 하나로 봉합하는 수평선으로 남승지의 몸은 그곳을 향하여 깃털처럼 비상하려 한다. 그런데 여러 여자들의 얼굴이 남승지를 둘러싸고 앞길을 막았다. 그 얼굴은 노천시장의 모녀였다가 우체국에서 보았던 최신 유행의 비로드 치마를 입은 여자로 변하기도 했으며, 서울에 있을 때 알게 된 조영하와 이유원이 나타났다가 이 집의 모녀로 바뀌기도 했다. 모두가 싸늘하게 웃으면서 원무를 추듯 남승지의 둘레를 빙글빙글 돌았다. 현기증으로 여자들의 얼굴이 헛갈리는 바람에 그가 원하는 사람을 찾을 수가 없었다. 아는 이를 찾아내려고 눈을 뜨고 몸을 움직이려 했지만 그때는 이미 무언가에 억눌린 것처럼 등이 딱딱한 장판에 달라붙어 움직일 수가 없었다.

얼마 지나지 않아 남승지가 괴롭게 눈을 뜬 것은 불길한 꿈 때문이었다. 그는 원무를 추듯 주위를 빙글빙글 도는 여자들 중에서 누군가를 찾고 있었는데, 그것이 여동생인 말순이었다는 것을 깨달았다. 어느새 주변의 여자들은 사라지고 알 수 없는 곳에서 여동생을 만나 아마도 그녀의 결혼에 관한 이야기를 나누고 있었는데, 알고 보니 함께 있는 사람은 말순이 아니라 이방근의 여동생이었다. 게다가 어느새 그녀를 껴안고 있었다. 그는 가위에 눌리면서 이유원을 두 손으로 밀어내고 있었다. 이미 키스를 하고 있던 그녀를 떼어 내려고 발버둥 치는 동안에 그를 무겁게 내리누르던 꿈이 그녀의 몸과 함께 떨어져 나갔다. 이상했다. 그가 꿈속에서 괴로워했던 이유는 분명히 이유원을 안고 있으면서도 그것이 여동생 말순이 아닌가 하는 착각 때문이었다. 낯설지 않은 이방근의 집 응접실 같은 곳에서 여동생을 껴안을 리가 없다. 분명히 여동생이 아니었다. 어찌 된 영문인지 아무도 없는 응접실 옆 세면실에서 남승지는 이유원을 끌어안고 있었다. 어쩌면 그녀 쪽에서 포옹을 시작했는지도 모른다. 문득 이방근의 그림자가 거울 속을 가로질러 갔음에도 두 사람을 모른 체하는 것 같았고, 이유원은 신경 쓰지 말라며 계속해서 뺨을 비벼댔다. 저길 봐, 거울 속에서 당신 오빠가 보고 있어. 이상하게도 이방근의 모습은 거울 속에만 있었다. 그녀는 입술로 그의 입을 막았고, 두 사람의 상반신은 알몸인 것 같았다. 남승지는 여동생의 모습과 겹쳐진 채 빨판처럼 떨어지지 않는 그녀를 밀어내려 발버둥 치다가 속박에서 풀려날 때처럼 의미를 알 수 없는 비명을 지르고 있었다.

뒷맛이 개운치 않은 꿈이었다. 남승지는 손등으로 입술을 닦으면서 손목시계를 보았다. 일곱 시……, 언제 잠들어 버렸는지 모르지만 기껏해야 10분 정도밖에 자지 않았을 것이다. 그는 잠에서 덜 깬 무거운 머리로 방금 꿈속에 나타난 것이 이유원이었나? …… 하는 생각을 했다. 이유원이 틀림없었다. 이방근도 있었다. 착각은 꿈속에서도 일어날 수 있는 법이다……, 남승지는 고개를 저으며 꿈속에 나타난 여동생을 부정했다. 어쨌든 꿈이란 변덕을 부리기 마련이라서 심각하게 고민할 필요는 없었다. 이유원과의 관계 역시 그렇게 꿈속에서 맺어질 만큼 친밀한 사이가 아니었기 때문이다.

남승지는 김동진의 소개로 그녀를 알게 된 뒤 조영하를 포함한 다른 친구들과 함께 몇 번인가 만났었다. 딱 한 번 종로에서 우연히 만나 그녀가 하자는 대로 둘이서 음악다방에 들어간 적이 있었다. 그녀는 그때까지 대체로 음악다방을 약속 장소로 정했다. 이유원은 여자전문학교의 음악과 학생이었는데 피아노곡과 협주곡 종류를 자주 신청했다. 남승지는 악기를 다룰 줄 몰랐지만 음악을 싫어하지는 않았으므로 그런 일에 저항감을 느끼지는 않았다. 빛과 소리는 서로 양립할 수 없는 것인지 음악다방은 대개 조명이 별로 밝지 않았다. 어두컴컴한 조명 아래서 어깨를 맞대고 있는 젊은 남녀의 모습들이 보였다. 그날은 곡을 신청할 만큼 오래 있지는 않았지만, 남승지는 그날도 그녀와 별로 말을 나누지 못한 채 헤어졌다. 별다른 이유 없이 그렇게 되었다. 어떻게든 말을 하는 편이 좋다고 생각하면서도 이상하게 잘 나오지 않았다. 결국 음악을 듣고 있는 시늉을 하게 된다. 그러다 돌아갈 시간이 되어서야 무슨 말이든 했으면 좋았을 것이라고 후회하는 마음으로 헤어짐을 재촉하듯 압박해 오는 시간에 쫓겨 그녀와 작별했다. 게다가 멋이라곤 전혀 모르는 사람들처럼 다방 앞에서 잠깐 손을 흔들고는 좌우로 갈라져 버렸다. 그녀가 돈을 내려는 것을 억지로 말리고 두 사람 분의 커피 값을 낸 것까지는 좋았지만, 그것으로 주머니가 바닥나 버렸다. 부자들은 가난한 사람들이 얼마나 호주머니 사정에 구애받으며 사는지 알 리가 없겠지만, 마침 커피 값이라도 가지고 있어서 다행이라는 생각을 했다.

이유원은 말괄량이도 아니고 집안에서만 곱게 자란 규중처녀도 아

니었다. 그 표정에는 오빠를 닮아서 그런지 턱을 의기양양하게 치켜
든 듯한 오만함이 엿보였다. 일반적으로 굳세고 억척스러운 것이 제
주도 여자의 특징이라 하는데, 어쩌면 그런 점에서 부잣집 딸과는 상
반된 성격의 일면이라 할 수 있을지도 몰랐다. 그녀의 그러한 성격이
때로는 상당히 무례한 말투로 나타나 남승지의 자존심을 건드리기도
했다. 예를 들면, 조영하와 셋이서 만나 잡담을 나누다가 이유원이
남승지에게 이런 말을 했다.

"……생각해 보면 인간은 누구나 고독한 거예요. 개인 이상으로는
분할될 수 없으니까요. 하지만 정말로 고독한 사람은 남승지 씨처럼
그다지 고독한 인상을 주지 않는 법이에요. 아니, 그게 아니에
요……. 그러니까 그게 아니고, 남승지 씨는 아직 젊잖아요. 무리도
아니죠. 더구나 가족이 일본에 있으니까요. 있잖아, 영하야, 그게 아
니고……. 우리 오빠도 꽤 고독한 정신의 소유자라고 생각하지만 그
런 인상을 풍기지는 않잖아요……."

남승지는 그때 아직 젊으니까 무리도 아니라는 그녀의 말을 잊을
수가 없었다. 가슴을 파고드는 그 말을 듣고 한 대 후려치고 싶은 생
각에 볼 근육이 딱딱하게 굳어지는 것을 느꼈다.

그녀는 접근하기 어려운 인상을 주는 남승지의 내면에, 실은 여성적
이라고도 할 수 있는 순진하고 섬세한 마음이 숨어 있음을 직감적으로
느낀 모양이었다. 즉 자신과 비슷한 나이의 이 고독한 남학생과의 사
이에 어떤 계기만 만들어 놓는다면 결코 자신을 피하지 않으리라 생각
하고 있었던 것이다. 그래서 때로는 조영하와 함께 그를 불러내기도
했다. 그리고 자신이 하숙하는 친척 집으로 모두를 안내하여 식사를
대접한 적도 있었다. 따라서 남승지에게는 그녀들과 교제할 길이 분명
히 열려 있었다. 그러나 그에게는 돈도 없었고 커피를 마시기 위해 쓸

데없이 돈을 낭비하고 싶지도 않았다. 그런 일이 많아지면 성가실 뿐 아니라 고통스러워진다. 도무지 다방이라는 곳에 흥미가 없었다. 때로 는 조용히 음악을 듣는 것도 좋았지만, 커피 값을 절약해서 소주라도 한잔 마시는 편이 나았다. 소주는 소주고 다방은 다방이라고 말할 수 는 없었다. 다방에 들어가도 화제는 그녀들이나 이따금 함께 따라오는 김동진이 만들어 냈다. 김동진은 남승지와는 달리 여학생들 앞에서 끊임없이 화제를 만들어 내는 재능이 있어서 상대를 따분하게 만들지 않았다. 게다가 사람이 좋으면서도 결코 경솔하지 않았다.

그에 비하면 남승지는 목각인형이나 마찬가지였다. 성가신 대화가 아니라면 그녀들의 화제에 맞추어 작고 낮은 소리로 말을 하는 경우도 있었다. 남승지가 견딜 수 없을 만큼 듣기 싫어했던 것은 만날 때 마다 왜 동향 출신 학우회나 야유회에 나오지 않느냐고 묻는 일이었다. 그것은 그를 같은 그룹에 끌어들여 함께 활동하고 싶다는 선의에서 나온 말이었지만 남승지에게는 어리석은 질문으로밖에 받아들여지지 않았다. 그러나 이유원은 그런 질문을 하면서도 세속적이지 않은 그의 성격을 좋게 평가하고 있는 것 같았다. 그러나 일본에서 돌아온 이 편굴한 청년은 여학생들 앞에서 지나치게 고집을 부렸고 때로는 24살에 권총으로 자살을 한 오스트리아의 철학자 오토 바이닝겔이 주장한 여성경멸론을 눈썹을 찡그리며 펼쳐 보이기도 했다. 그럴 때의 남승지는 거의 자기 생각에 도취해 있었다. 의식 깊은 곳에는 여성에 대한 동경을 지녔으면서도 어찌 된 셈인지 그것이 전혀 다른 형태로 나타나 버렸다. 마치 여성이 남성의 원수라도 되는 것처럼 이야기가 전개되기도 했다. 이처럼 가끔 그를 흥분시키거나 화나게 만들면 갑자기 많은 말을 쏟아 내기 때문에 여학생들은 이게 재미있어 일부러 그를 놀리다가 정말로 화나게 만들기도 했다. 그러나 웃어도 눈만은 여전히 다른 빛을 띠는 듯한 남승지의 완고함에 그녀들의 마음이 언제까지나 열려 있으리란 법은 없었다. 그녀들의 마음속에 일종의 관심과 함께 그의 태도에 대한 반발심에서 비롯된 거리감이 생길 수 밖에 없었을 것이다.

언젠가 조영하가 말한 적이 있었다(나중에 김동진도 올 거라고 했지만 결국 모습을 나타내지 않았다. 남승지를 불러내기 위한 거짓말이었는지도 모른다).

"……남승지 씨는 좀 독특한 사람이에요. 여자들한테 겉치렛말 한 마디 건네지 못하니까요. 유원이가 입고 있는 양복 잘 어울리죠……? 그리고 그 나비 무늬가 들어 있는 초록색 실크 스카프……. 아니면 남승지 씨는 무엇이든 의식적으로 묵살하는 타입인가요?"

이유원이 잠시 자리를 뜬 사이에 조영하는 상당히 의도적인 말투로 말했다. 어쩌면 자신의 옷차림에 신경을 써 달라는 암시인지도 몰랐다. 그녀들이 항상 이런 이야기를 하는 것은 아니었지만, 이런 말을 들을 때는 구역질이 날 만큼 혐오감을 느꼈다. 무언가가 그를 짜증나게 만들었다. 그는 사촌 형 덕분에 조선인들 중에서도 혜택받은 생활을 해 왔다. 그러나 제대로 학교에 다니지 못한 여동생을 생각하면 이런 여학생들의 행태를 참고 지켜보기 어려웠다.

"음, 어울린다고 생각하지만, 나는 그런 건 잘 모르고 또 상관도 없는 일입니다."

"그러니까 남승지 씨는 재미없다는 말을 듣는 거예요……. 하지만, 이 말은 거짓이에요……, 유원이는 승지 씨의 그런 면이 좋은가 봐요. ……틀림없이 그렇다고 생각해요."

"흠……."

그렇다고 해서 이유원이 그에게 호의를 품었다고는 할 수 없었다. 어떤 면에서는 남승지 같은 타입의 청년에게 관심이 없었다고는 할 수 없겠지만, 어차피 그는 여러 가지로 답답하고 지루한 청년이었다. 극단적으로 말하자면 어느 정도 거리를 둔 관심이었는지도 모른다.

서울에서는 그 정도의 관계로 끝났다. 그 후로는 그가 작년 봄에 학교를 중퇴하고 제주도로 내려온 뒤 그녀가 봄과 여름에 고향으로 돌아왔을 때 이방근과 함께 그녀의 집에서 만난 적이 있었다. 어쩌면 남승지에 대한 그녀의 관심은 오빠인 이방근이 그에게 적지 않은 관심을 갖고 있다는 것을 알고 나서 새롭게 생겨났다고 하는 편이 옳을 것이다. 어쩌면 그녀는 남승지의 내면에 숨겨져 있던 것을 새롭게 찾아냈는지도 모른다.

뒷맛이 개운치 않은 꿈이었지만 남승지는 이유원을 안고 그녀와 입맞춤을 한 것에 남모르는 기쁨을 느꼈다. 그의 머릿속에는 이유원의 이미지가 지금 막 헤어진 것처럼 남아 있었다. 남모르는 비밀을 마음속에 간직한 기분이었다. 비밀……, 마치 떡 줄 사람은 생각지도 않는데 김칫국부터 마시는 허세 같은 꿈이었다.

그녀는 어딘지 모르게 오만한 표정을 짓고 있었다. 하지만 일종의 반발심보다는 묘한 매력을 풍겼다. 두 살 아래인 그녀가 이따금 남승지에게 연상의 여인 같은 착각을 일으키도록 만드는 것은 그 오만함을 가리고도 남는, 타인에게 저항감을 주지 않는 조용한 아름다움 때문인지도 몰랐다. 오빠만큼은 아니었지만 그녀의 얼굴도 어딘지 모르게 언밸런스한 인상을 준다. 말하자면 전형적인 미인이라기보다는 자신만의 개성을 지닌 아름다움에 가까웠다. 그런 이유원을 꿈속에서 처음으로 안아 본 것이다. 꿈이라고 해서 결코 쉽사리 껴안을 수 있는 건 아니다. 주변에 아무도 없었는데도 거울 속에서는 이방근이 엿보고 있었다. 마치 몸통이 없이 머리만 있는 인간처럼……. 아니, 꿈에 나온 여자들도 모두 얼굴밖에 보이지 않았다. 이방근의 여동생만이 온전한 육체를 지니고 있었고 게다가 나도 이유원도 거의 알몸이었다. 나는 이방근의 여동생을 안았던 것이다. 그의 여동생을 분명히 안았다. 꿈이라 해도 그것은 틀림없는 기억으로서 내 맘속에 남아 있었다. 단순한 상상이 아니라 감각으로 남아 있었다. 그것은 감각의 기억이었다. 그는 꿈의 덧없음을 느끼고 싶지 않았다.

언젠가 이방근의 여동생을 품에 안는다…… 현실……. 바보같이, 넌 참으로 어리석은 몽유병자야! 남승지는 내뱉듯이 중얼거렸다. 그러나 그 순간 남승지는 영문을 알 수 없는 희열이 온몸에 전해지는 것을 느꼈다. 어떤 예측하기 어려운 두려움을 동반한 그 희열은 남승지의 몸을 떨게끔 만들었다. 발치의 덧문이 바람에 흔들리고 있었다. 차가운 틈새 바람이 따뜻한 방 안으로 스며들었다. 남승지는 그녀에 대하여 이제껏 품어 본 적이 없는 생각이 자신의 내면에 싹트고 있음을 느꼈다. 이유원을 만나고 싶었다. 작년에 만났을 때의 내가 서울 시절의 나와 다르듯이, 작년과 지금의 나는 다른 것이다. 나도 꽤 성장했으니까……. 한번 만나고 싶다…… 그것은 강렬한 욕구였다. 그녀는 이제 나 같은 놈에게는 관심이 없겠지만 왠지 만나고 싶었다. 다시 만난다면 지금까지와는 다른 방식으로 그녀를 대할 수 있을지도…….

가능하면 꿈속에서나마 다시 한번 만나고 싶었지만 꿈 없이 푹 잠들었던 모양이다. 한두 시간은 걸린다고 말했는데 예정보다 빨리 돌아온 것일까. 아니면 그렇게 오래 자 버린 걸까……. 남승지는 방에 사람이 들어오는 기척도 느끼지 못했다. 자꾸 몸을 흔드는 바람에 납처럼 방바닥에 들러붙은 몸을 일으켜 옆에서 웃고 있는 남자를 보았지만 그것이 현실 속의 인간으로 여겨지지는 않았다. 놀라서 몸을 뒤로 젖히는 데에도 약간의 시간이 필요했다. 그 남자의 자상한 웃음은 사람을 혼란시키는 요괴의 웃음처럼 보였고, 조금 전과는 또 다른 이해하기 어려운 꿈속에 내던져진 듯한 착각에 사로잡혔다. 눈앞에 우뚝 서 있는 것이 유달현이라는 것을 깨닫지 못했다면 아마도 이 기괴한 꿈은 한동안 더 계속되었을 것이다.

"왜 그리 멍하니 앉아 있나?"

유달현의 목소리였다. 왜 그리 멍하니 앉아 있나……? 남승지는 눈을 비벼 크게 뜨고 곁에 앉아 있는 남자의 얼굴을 바라보았다. 상대는 조금 겸연쩍은 미소를 머금은 채 가만히 남승지의 얼굴을 바라보고 있었다. 아아, 도대체 이게 어찌 된 일인가! 분명히 김동진이었다. 하지만 그럴 리 없었다…….

"놀랄 것 없네. 김동진 동무일세. 너무 깊이 잠들었던 모양이군."

유달현이 말했다.

"나야, 김동진일세."

마침내 김동진이 입을 열었다. 부드러운 이 음성은 틀림없이 김동진의 것이었다. 그는 아직도 멍해 있는 남승지의 손을 잡았다.

"이봐, 무슨 말이든 좀 해 보게."

"아, 그렇군, 김동진 동무……." 아직 잠이 덜 깨어 괴롭고 쉰 듯한 목소리였다.

"아아, 미안하네. 내가 아직도 잠이 덜 깬 모양이네……. 도대체 이게 어찌 된 일인가, 자네가 여기에 무슨 일인가?"

"무슨 일이냐니……." 김동진은 곤란한 표정으로 웃었.

"그야 자네가 와 있다고 하길래……."

남승지는 방 안을 빙 둘러보았다. 곁에서 유달현이 약간 엄격한 얼굴로 두 사람을 내려다보며 말했다.

"정신 차려. 우린 서로 동지야."

"동지……?"

김동진이 동지라……, 남승지는 유달현의 목소리에 이끌리듯 그를 올려다보는 순간 정신이 퍼뜩 들었다. 방금 '정신 차려'라고 말한 유달현의 가시 돋친 목소리가 그 눈에 살아 있었던 것이다. 목소리도 그렇고 남승지를 내려다보는 시선 역시 멍해 있는 그를 나무라고 있었다. 그것이 느슨해져 있던 남승지의 뇌세포를 자극했다. 방에 사람이 들어온 줄도 모르고, 그게 무슨 비밀조직원의 태도란 말인가.

"……내가 그만, 깜박 잠들어 버렸네."

남승지는 책상다리를 하고 앉아 자기 어깨 너머로 유달현을 보고 있는 김동진에게 말했다. 동지·김동진……, 키가 큰 김동진은 앉은 키도 컸다. 앉아 있다기보다는 뭔가 길고 커다란 것이 구부러진 듯한 모습이어서 묘하게도 현실감이 없었다.

"피곤했겠지. 커다란 짐을 짊어지고 긴장하고 있었으니 말이야." 김동진이 웃는 얼굴로 얼른 대답했다. 구부러진 기다란 몸집이 갑자기 둥그스름하게 움직이는 듯했다.

"많이 놀랐지? 그래서 멍하니 바라보고만 있었던 게야. 실은 나도 뜻밖이었으니까."

"그러게 말일세, 도대체가……."

자네, 이건 뜻밖이라든가, 깜짝 놀란 정도가 아니야. 이건 현실이 아니야. 우린 누군가에게 속고 있는 건 아닐까……. 가슴 밑바닥으로부터 서서히 솟아오르는 기쁨을 느끼려면 남승지에겐 시간이 필요했다. 커다란 짐을 짊어지고 긴장하고 있었기 때문이라……, 헤헷, 낮에 노천시장에서 있었던 일을 생각하자 느닷없이 웃음이 터질 것만 같았다.

세 사람은 커다란 철제 재떨이를 둘러싸고 앉았다.

"또 한 사람 노동자 동무가 올 거니까 그때까지 잠시 기다리기로 하지." 유달현은 앉자마자 두 사람의 이야기를 가로채듯 말했다. "그래서 한마디 해 두고 싶네. 김동진 동무는 그 노동자 동무와 안면이 있겠지만 서로 동지라는 건 모를 거야. 여기서 만나면 당연히 알게 되겠지만, 그걸 다른 사람에게 누설해서는 안 된다는 건 잘 알고 있겠지. 즉 원칙적으로는 같은 세포원이 아닌 동무들이 함께 회합을 가져서는 안 되고, 연락원과도 개별적으로만 만나도록 되어 있어. 물론 이런 것은 동무들도 진작 알고 있으리라 생각하네. 내일은 김명우 동무가 성내를 떠나게 되지만, 일주일 뒤에는 다시 얼굴을 맞대게 될 테고, 오늘 밤의 회합은 그런 사정을 감안해서 열리게 되었다는 것을 양해해 주기 바라네."

"제가 알고 있는 노동자 동무라니 누구 말입니까?"

"오면 알게 될 거야."

유달현은 앉은뱅이책상에 팔꿈치를 대고 담배 한 모금을 빨았다. 그리고는 "김명우 동무……" 하고 부르더니, 남승지로부터 시선을 떼어 방 안의 상태를 확인이라도 하듯 빙 둘러보았다. 남승지는 그것이 불쾌하게 느껴졌다. 그 불쾌감을 몰아내려는 듯 유달현은 두세 번 헛기침을 했다. 그리고 상당히 엄격한 어조로 남승지를 비판했다.

"동무는 혁명적 경계심이 부족한 것 같아. 김동진 동무가 방금 말했지만 동무가 피곤하다는 것은 나도 잘 알고 있네. 그렇다고 세상모르게 잠들어 버리는 건 문제야……, 심각한 문제라구. 나는 사사로운 감정을 억제하고 원칙적인 입장에서 말하고 있는데……. 나도 어젯밤엔 거의 자지 못해서 수면 부족일세. 그러나 자네가 자고 있는 동안 나는 다섯 동지를 방문해서 그 가운데 세 사람을 만나 상의를 하고 왔네. 그리고 김동진 동무와 함께 돌아오는데 남문길 입구 요릿집 앞에서 서너 명의 주정뱅이가 시비를 걸어오더군. 알고 보니 '서북' 놈들이었어. 놈들은 패거리를 이루지 않으면 돌아다니지도 못하는 주제에 몇 명만 모였다 하면 시비를 걸어오는 못된 짐승 같은 놈들이지. 한 녀석이, 아, 저건 어디선가 본 적 있는 시골의 신문기자 양반 아닌가, 어디 가냐면서 시비를 걸어왔지만 우린 잠자코 지나쳐 왔다네. 한두 놈이라면 흠씬 두들겨 패주었겠지만 그렇게도 못하고. 이 기분은 자네도 알겠지…… 당연히 말이야. 놈들은 더 이상 시비를 걸지 않았지만, 만일 인적이 없는 곳을 여자 혼자서 걷고 있었다면 결과는 뻔하지 않은가……, 뻔한 일이라고, 이게 성내야. 또 생각이 났는데, 한 녀석은 우리가 자신들보다 키가 큰 게 마음에 들지 않는다며 싸움을 걸어 왔을 정도야, 안 그런가? 동진 동무."

"……" 김동진은 웃었지만, 눈은 남승지를 바라보고 있었다. "마침 키 작은 놈들만 모여 있었던 것이 문제였어. 한심한 놈들이야."

유달현은 남승지를 바라보았다. 남승지는 그 시선을 피하면 안 된다고 생각했다. 그것은 뭔가를 기다리고 있는 눈이었다. 그게 무엇인지를 남승지는 직감적으로 깨달았다. 그는 상대를 살피듯 끈적거리는 시선을 보내오는 유달현의 실눈을 한동안 되받아 보다가 그의 비판을 순순히 받아들이겠다고 말했다. 그리고는 졌다……고 생각했지만, 그것은 자신의 잘못을 인정했기 때문이 아니었다. 상대방의 시선을 피했기 때문도 아니었다. 기다리고 있는 상대방의 눈에 자신이 응답했다고 생각했기 때문이었다. 어쨌든 변명할 여지는 없었다. 잘못을 인정해야만 한다. ……도대체가 이방근의 여동생을 안는 꿈을 꾸고 그녀와의 재회를 기대하고, 혁명까지는 아니더라도 좀 더 나은 꿈을 꾸었다면 좋았을 것이다. 게다가 쪼록쪼록 쏴아쏴아 하는 여자들의 오줌 소리, 마치 시냇물 소리처럼 또렷이 들려오던 그 소리.

……도대체 사람이 들어오는 줄도 모른다는 것은 말이 안 된다. 언제였던가, 서울에 있을 무렵의……, 그때는 여름이었다. 한 평 반 남짓한 남승지의 온돌방은 겨울에는 땔감이 없어서 냉장고처럼 차가운 대신, 여름에는 서늘한 게 기분 좋았다. 어느 날 밤, 좁은 뒤뜰로 난 창문을 열고 어린애 키만큼 되는 그 창턱에 바지를 걸쳐 둔 채 잠이 들었다. 한밤중이었다. 꿈속에서 살며시 다가오는 희미한 발자국 소리, 가만히 숨을 죽이고 다가오는 인기척이 무슨 강한 자극의 파동처럼 꿈을 흔들어 깨뜨렸다. 깜짝 놀라 눈을 떠 보니, 희미한 달빛에 비친 머리맡 창가에 검은 그림자가 서 있었고, 그 손이 바지를 막 집어 들고 있었다. 누구야! 라는 남승지의 외침에 그림자는 놀라 달아나기 시작했다. 벌떡 일어난 그는 맨발로 쫓아갔지만, 어둠 속으로 숨어든 상대를 찾을 수는 없었다. 되돌아온 그는 덥다는 이유로 우연히 남승지의 방에 와서 자고 있던 같은 하숙집 학생에게, 그런 놈을 쫓아갔다가 혹시 칼이라도 갖고 있으면 어쩔 셈이었냐고 야단을 맞았었다. 실제로 바지를 도둑맞은 것도 아니었으니 쫓아갈 것까지는 없었다. 그런데도 한밤중에 팬티만 걸친 채 맨발로 백 미터나 쫓아갔었다. 반사적으로 창문을 뛰어넘어 달려갔던 것이다. 생각해 보면, 문단속도 하지 않는 집에 도둑질하러 들어와 우연히 가난뱅이 학생의 바지를 발견한 순간, 깜짝 놀라 달아난 도둑도 불쌍하다고 말할 수밖에 없었다. 두 사람은 크게 웃음을 터뜨렸으나, 그것이 해방된 조국의 수도 서울에서 새벽 두 시에 일어난 조그만 사건이었다. 남승지는 약간의 돈이 들어 있던 바지를 지킬 수 있어서 안도의 한숨을 내쉬었지만, 안도하는 것 자체가 묘하게 마음에 걸려 견딜 수가 없었다. 정말운 나쁜 도둑이었다. 그렇다 해도 잠결에 바스락 하는 그야말로 낙엽이 떨어지는 정도의 희미한 소리, 소리 없이 살며시 다가오는 인기척

에 눈을 떴던 당시의 날카로운 신경과, 몇 번이나 흔들어 깨워도 잠이
덜 깨 멍하게 앉아 있는 지금의 상태는 참으로 많은 차이가 있었다.
이 순간에 그때의 일이 남승지의 머리를 스쳤다. 게다가 당시는 아직
조직에 들어가 있지도 않았다. ……도대체가, 어쩌면 그렇게 세상 모
르게 곯아떨어질 수가 있나. 하지만 끈질기군, 필요 이상으로 끈질
겨……, 사람을 궁지로 내몰듯 추궁하는군…….

"승지 동무, 자네 추운가?"

"아니, 괜찮습니다."

갑자기 몸속 깊은 곳에서 전율을 느꼈다. 오한이 아니었다. 비판당
한 것에 대한 무의식적인 반발 탓인지도 모른다. 유달현은 말을 하면
서 응, 응 하는 다짐받는 듯한 설교조의 말투를 썼는데, 이 버릇은
교사로서의 습관인 것 같아서(그는 학년주임도 맡고 있었다) 역겨웠다.

"자네, 몸을 떨고 있는데, 괜찮은가?"

"괜찮습니다."

남승지는 머리카락을 쓸어 올리며 대답을 한 뒤 침을 꿀꺽 삼켰다.
그 소리가 들렸다.

"성내에 온 이상, 내게 맡겨진 귀중한 몸이야. 감기라도 걸리면 곤
란해."라면서 갑자기 유달현이 부드러운 목소리로 말했다. 입가에는
미소를 띠고 있었다. "아마, 괜찮겠지, 막 잠에서 깬 탓일 수도 있으니
까. 그런데 김명우 동무는 뜻밖의 인물이 나타나서 상당히 놀란 모양
인데 무리도 아니지. 그러나 그렇지 않다는 사실을 알아 둘 필요가
있어. 물론 뜻밖의 일이긴 하겠지, 생각지도 않았던 사람을 우연히
만났으니 놀라는 것이 당연해. 그러나 바로 이 점인데, 그 의외성이
지금 우리가 처한 현실이라는 것을 인식할 필요가 있어. 바꿔 말하면,
동무들은 모르고 있더라도 동지로서 서로 연결되어 있다는 게지."

유달현은 후후후 하고 파충류가 땅을 기어가는 듯한 웃음소리를 내어 남승지를 놀라게 했다. 갑자기 부드러워진 그 태도의 변화가 볼만했다. 어떻게 그처럼 짧은 순간에 표정과 목소리까지 바꿀 수 있단 말인가. ……노련하구나, 노련해. 눈을 계속 깜박이며 웃고 있는 그 빈틈없는 얼굴은, 나라는 사람은 비판할 때는 하지만, 그렇다고 벽창호도 아니라는 말을 하고 있는 듯했다. 어쨌든 그것이 어색한 분위기를 누그러뜨려 준 것만은 사실이었다.

"음" 유달현의 웃음소리에 이끌리듯 김동진이 화제를 바꾸었다. "……김명우?"

"……"

"아니, 자네 이름 말이네. '밝을 명' 자인가 아니면 '목숨 명' 자인가?"

"'밝을 명' 자야. 그리고 '집 우' 자."

"……김명우, 좋은 이름이군. 성은 나하고 같아졌고……, 자네가 가명을 가진 전문 조직원이라니……. 처음 뵙겠소, 김명우 동무, 하하하."

"정말이지, 오늘 밤 일이 믿어지지 않을 정도야." 남승지가 말했다. 갑자기 방 안의 전등이 밝게 빛을 내며 자신만을 비추는 듯한 느낌이 들었다. 노천시장에서 김동진과 나누었던 대화가 생생히 되살아났다. "……미안하게 됐네. 자네가 그토록 진지하게 잡았는데도 뿌리쳐 버린 일 말일세."

"아니야……, 별일도 아닌데 뭘, 승지 동무, 음, 오늘은 그냥 남승지라 해야겠어……, 유달현 동지, 그는 내가 한사코 붙잡는 데도 뿌리치더군요. 응, 그게 자네의 훌륭한 점이야. 그게 원칙적인 태도라는 것이고. 나 같았으면 적당히 타협해서 시간을 보냈을지도 모르는데 말야……."

"원칙적이라고? 하아, 갑자기 무슨 소리야? 비아냥거릴 속셈인가?"

"비아냥……, 지금 비아냥거릴 때가 아니지요."

원칙적……, 김동진의 입에서 나온 이 말은 약간 의외였다. 마치 익숙지 않은 말을 듣는 것 같았다. 이것은 유달현이 좋아하는 말이 아닌가. 남승지는 갑자기 웃음이 터져 나오려 했다. 그렇지 않아도 김동진과 남승지는 아까부터 어이없는 일을 당했을 때의 일종의 바보 같은 표정을 아직 지우지 못한 채 큰 웃음을 참고 있던 터였다.

"뭐가 우습나……."

그러는 김동진도 웃음을 참으며 유달현을 힐끗 쳐다보았다.

"우습다고는 말하지 않았네. 하지만 자네, 오늘 일어난 일을 생각해 보면……, 우습지 않나? 안 그래?"

생각해 보면 우스운 일이었다. 이런 어린애 장난 같은 우연이 또 있을까. 마치 사기나 심술궂은 장난 같다. 노천시장에서 만났을 때의 그 불안과 긴장. 어딘가에서 발을 헛딛은 듯한 부자연스러움. 위험을 너무 의식한 나머지 생겨난 비장함과 영웅의식……, 도대체 이런 것들은 다 무엇이었던가. 내가 유달현과 만난다는 것을 김동진이 알게 되면 깜짝 놀랄 거라고 상상했었는데, 막상 뚜껑을 열고 보니 입장이 거꾸로 되어 있었던 것이다. ……일찍이 유달현에게 호되게 당하던 김동진에 대한 철없던 감정의 이입. 서울에서의 학우회 광경이 혐오감은 사라진 채 머리를 스쳤다. 혼잡한 시장에서 이마에 식은땀을 흘리며 걷던 자신의 표정과 마음의 동요가 우스꽝스럽게 여겨졌다. 이건 그야말로 연극, 연극이었다. 마치 근엄하고 철학적인 얼굴로 집을 나서자마자 바나나껍질을 밟고 나뒹구는 꼴이 아니고 무엇인가.

두 사람의 마주친 시선이 반짝하고 어린애 같은 비밀의 빛으로 상대방을 간질이는 순간, 크크크 하는 참았던 웃음소리가 남승지의 목구멍을 할퀴며 터져 나왔다. 마치 서로 속임수를 쓰고 있던 사람들끼리 상대방의 속셈을 동시에 간파하고 폭소를 터뜨리듯 두 사람은 갑자기 웃기 시작했다. 고개를 흔들며 소리 내어 웃었다. 아하하하앗…… 연극이다, 그것은 연극이었다. 도연명이고 디오게네스고 모두 사라져라, 그것은 연극이었다……. 우리는 여기서 이렇게 만날 줄 알고 있었다, 핫하하하앗, 유달현 동지, 죄송합니다…… 죄송합니다…….

유달현의 얼굴은 당혹스런 웃음으로 흐려졌다. 그는 담배를 비벼 끄고 일어나 헛기침을 하더니 방 안을 걷기 시작했다. 웃음소리가 멈췄다. 유달현은 뭔가 또 한마디 하려다가 문득 멈춰 서서 밖에 귀를 기울였다. 대문을 가볍게 두드리는 소리가 났다.

"조용히……" 유달현이 두 팔을 벌려 주위를 제지하듯이 말했다. "박 동무겠지만 조용히 있어 주게."

유달현이 방문을 열고 바람 부는 어두운 안뜰로 내려섰다. 두 사람은 덩달아 일어나 있다가 얼굴을 마주 보며 싱긋 웃었다. 그리고는 밖의 인기척에 귀를 기울였다. 무언가 사람 목소리가 들리는 듯싶더니 곧이어 대문 여는 소리가 났다. 상황을 확인한 김동진은 다시 한 번 정말 놀랐다는 듯이 과장된 표정을 지어 보이면서 남승지의 어깨를 어루만지기라도 하듯이 부드럽게 두드렸다.

"남승지 동무, 놀랐네, 잘됐어, 정말 잘됐어."

"응, 그러게 말일세, 나도 놀랐다네, 세상에 이런 일도 다 있구먼 그래."

"그에 대해서는 신경 쓰지 말게나, 자네도 알고 있겠지만 원래 그런 사람 아닌가. 그래도 조직활동은 열심이라네……. 게다가 자네는 아무리 깨워도 코만 골아 대고 있었으니 말이야."

"코를 골아, 내가? 아니, 그럴 리가……."

"왜 거짓말을 하겠나, 그러면 또 어떤가, 신경 쓸 것 없네, 괜찮아."

"유달현의 말이 옳아."

"그래, 틀린 말은 아니지. 분명히 틀린 말은 아냐. 원칙주의자니까, 하, 하, 하, 틀린 말은 아냐……."

두 사람은 서로 어깨를 두드리고 굳은 악수를 나누었다. 그런데 놀랍게도 별안간 김동진의 기다란 얼굴이 일그러지더니 이내 히, 히, 히, 하는 기묘한 소리를 내며 울기 시작한 것이다. 그는 다시 남승지의 어깨에 손을 올리고 그 위에 얼굴을 묻듯이 몸을 기대왔다.

"이봐, 무슨 일이야?"

"……"

방 밖의 인기척이 가까워지고 있었다. 김동진이 재빨리 머리를 들자, 곧바로 미닫이가 열리고 유달현과 함께 작업복 차림의 청년이 들어왔다.

순간 김동진은 사레들린 것처럼 계속해서 큰 기침을 했다. 굳은 표정의 청년도 김동진이 와 있다는 것에 놀란 듯 한순간 눈을 크게 뜨고 상대를 응시하였다.

"아아, 미안, 갑자기 목구멍에 뭐가 걸린 것 같아……, 눈물이 나와서……." 김동진은 계속해서 기침을 하면서 상냥하게 맞았다.

"추운데 고생했네, 이것 또한 우연이로군."

"……괜찮으세요?"

박 동무는 어색한 표정으로 손을 내밀어 악수를 청했다.

유달현은 남승지를 청년에게 소개했다. 두 사람은 악수를 나누었다. 네 사람은 자리에 앉았다. 박 동무 한 사람이 늘었을 뿐인데 방안 공기는 긴장되었다. 청년의 이름은 박산봉이고 남해자동차 화물부에서 일한다고 했다.

회합은 산에서 열리는 회의의 전달사항과 참가자의 확인이 목적이었기 때문에 바로 끝났다. 그러나 유달현은 한동안 '객관적 정세' 등에 관한 이야기를 늘어놓았다.

회합은 아홉 시 전에 끝났다. 박산봉이 일하고 있는 남해자동차는 이방근의 아버지가 경영하는 회사이고, 이방근도 한때 그 회사 중역 자리(거의 회사에 나오지 않아 책상 위에 먼지가 쌓여 있었을 테지만)에 앉아 있었다. 화물부라면 버스 쪽이 아니라 아마 트럭을 운전하고 있을 것 이다. 햇볕에 탄 까무잡잡하고 다부진 체격에 무뚝뚝한 얼굴, 깜박이 는 것을 잊은 듯 크게 뜬 눈은 이 청년이 의외로 겁쟁이든지 혹은 그 반대로 대담한 성격의 소유자일 것이라는 인상을 준다. 얼굴 전체적 으로는 결코 음울한 것 같지 않으면서도 어딘가 그늘이 있었다. 크게 뜬 것 치고는 무표정한 구석이 있는 그 눈 탓인지도 몰랐다. 그리고 무언가 편집에 사로잡힌 듯 표정이 굳어 있어서 문득 어두운 느낌을 주는 얼굴이기도 했다.

"저어, 박산봉 동무는 남해자동차의 트럭을 운전하고 있습니까?"

"예, 그렇습니다."

"중요한 일이로군요."

남승지는 무엇이 중요한 일인지 생각해 보지도 않고 무심코 그렇게 말해 버렸다.

"그렇게 생각합니까?" 크게 뜬 눈을 남승지 쪽으로 돌린 박산봉이 말했다. "전차도 기차도 없는 곳이니까 자동차가 중요하다고 나도 생 각합니다. 그중에서도 트럭이 제일이지요. 이 섬에서는 트럭 노동자 도 일할 보람이 있다고 생각합니다."

"박 동무는 노동자라기보다 농민적이군."

유달현이 말했다.

"그게 뭐 잘못됐습니까. 나는 원래 농민입니다. 제주도 사람은 모두 가 태어날 때부터 농민 출신 아닙니까. 그래서 옛날부터 일본에 가든가 본토로 가든가 돈 벌러 나가는 거지요……."

"흐응, 뭐가 잘못되었다는 건 아니야. ……우리 혁명조직은 노농동맹(勞農同盟)을 기초로 성립되어 있으니 말이지. 특히 식민지적 편파성이 있는 우리 남조선 같은 후진적 사회의 경제구조에서는 북한에서 이루어진 위대한 토지개혁 사업처럼 먼저 농민해방 사업을 달성시켜야만 돼. 그러기 위해서라도 미 제국주의자와 이승만 도당이 획책하는 남조선 단독선거의 음모를 분쇄하여 조국 통일혁명이라는 큰 위업을 서둘러 달성해야겠지……."

그러고 보니 기름 냄새가 나는 박산봉의 몸에서 농민의 체취가 느껴진다. 아니, 나이 든 농부의 술 냄새와 자신도 아침에 먹었던 마늘 장아찌 냄새가 되살아났다. 버스가 흔들리고 있었다. 크게 요동치면서 쌓아둔 짐이 무릎을 치고 쓰러지자 두 사람은 일어났다. 짐을 원래대로 다시 올려놓으면서 두 사람은 무언가 이야기를 주고받았다. 분명히 농사일이 싫어서 집을 뛰쳐나갔다는 아들의 결혼을 걱정하고 있었다. 윤곽이 뚜렷하고 무뚝뚝한 얼굴, 커다란 눈. 남승지가 고개를 돌리자 눈에 들어온 진주조개처럼 귓바퀴가 선명하고 커다란 농부의 귀……. 돌이 튀어나온 신작로에 차바퀴를 부딪치며 달리는 버스가 흔들렸다. 삐걱거리며 흔들리는 버스 속에서 농부의 목소리가 되살아났다. ……사람은 오래 살고 볼 일이라고 나는 생각한다오. 지금보다 나은 세상을 보려면 우리들의 씨가 끊이지 않게 해야 한다오……. 대대손손 길게 살아남으려면 우선 각시를 얻어야 하고, 각시를 맞아들여서 씨를 심어야지…… 그게 보람이라는 거요……, 우후후후훗, 그렇고말고, 우후후후 하면서 농부가 웃는다. 굵고 흙냄새 나는 웃음소리가 남승지의 머릿속을 가득 채웠다. 우후후후훗, 우후후후후…….

남승지가 성내에 머물고 있는 동안 바람은 멈췄다. 어제까지 며칠 동안 강풍이 몰아친 일이 꼭 거짓말만 같았다. 바람만 불지 않아도 추위는 한결 덜했다. 유달현은 평소보다 일찍 집을 나섰다. 벌써 학기 말이라 학년주임인 유달현은 바빴고 낮에는 결혼식에도 가 봐야 했다. 유달현은 식장에서 이방근을 만날지도 모른다면서 내심 기대하는 눈치였다. 그 엽서 한 장 때문에 결혼식에 가는 목적이 아무래도 이방 근을 만나기 위한 것으로 급변한 모양이었다.

남승지는 열한 시 반 버스를 타기로 하고 밖으로 나왔다. 집을 나와 어제 왔던 길을 되돌아가는 것뿐이었지만, 그의 기분은 어제와는 달 리 상당히 안정되어 있었다. 아니, 일종의 해방감마저 맛보고 있었다 고 해도 좋을 것이다. 빈 지게를 짊어진 발걸음이 가벼웠다.

골목으로부터 사람 통행이 많은 언덕길로 나왔을 때, 남승지는 주 위에 신경을 쓰지 않는 자신을 발견했다. 결코 유달현의 말처럼 경계 심이 부족해서 그런 것은 아니었다. 무언가 마음이 충족된 느낌이었 다. 그는 언덕을 내려가기 전에 멀리 산 쪽을 바라보았다. 한라산 위 에 거대하게 똬리를 튼 구름이 흐린 하늘을 떠받치듯 펼쳐져 있었다. 바람 없는 읍내의 풍경은 음산할 정도로 움직임 하나 없이 정지되어 있었다. 어제와는 달랐다. 뭔가가 달랐다. 어제 성내 거리를 걸으면서 자신이 무엇을 느꼈는지 그는 자문하고 있었다. 매우 낯선 외국의 거 리를 걷고 있는 듯한 느낌……. 그저께 밤부터(윤상길이 섬을 떠났다는 소식을 들은 탓도 있겠지만) 갑자기 꿈틀대기 시작한 잠재적인 탈출 욕망 에서 비롯된 잡념이 강풍과 함께 사라져 버렸다.

어두컴컴한 마을의 온돌방에서 본 거울 속의 어둡고 잠이 부족한 얼굴. 아침에 유달현의 방에서 들여다본 거울 속의 얼굴도 어제와 다 름없을 것으로 생각했는데, 뜻밖에도 달라져 있었다. 잠을 푹 잔 덕분일 것이다. 무엇보다도 피로가 풀렸다. 어제의 몽롱했던 머릿속이 가벼워지고, 혼자 씩 웃어 보인 거울 속의 미소에 힘이 있었다.

어제와 오늘, 하루 사이의 차이는 무엇일까……. 남승지는 언덕길을 내려가면서 김동진, 김동진 하고 중얼거렸다. 설마 그가 당원일 줄이야……. 노천시장에서 만났을 때의 일을 생각하면 금세 얼굴이 붉어지고 웃음이 터져 나올 것만 같았다. 그는 자신의 입장을 지나치게 의식한 채 김동진을 대했던 일을 생각하면서, 김동진이 그를 대하던 태도와 비교해 보지 않을 수 없었다. 무언가 그에게 자신의 마음속을 모두 털린 것 같아 견딜 수가 없었다. 음…… 정치가 싫어졌다는 둥, 인간이 싫어져 성내에 살고 싶지 않다는 둥……, 그건 다 뭐였지, 그 말의 뜻은……. 녀석이 일부러 딴청을 부린 건 아니겠지, 아니면 조직에 들어갔기 때문에 나온 본심이었나……. 알 수 없었다. 그 김동진이……, 어쨌든 만만찮은 녀석이다. 게다가 그는 느닷없이 울음을 터뜨려 사람을 놀라게 했다. 남승지는 가슴이 뜨거워졌다.

김동진의 예상치 못한 출현은 그에게 충격을 주었다. 어젯밤 이불 속에서 몇 번이고 그 생각을 했다. 지금은 우연이 아니고 당연히 만날 만해서 만났다는 생각이 들었다. 이 섬 사람들은 서로 친척이거나 인척, 혹은 지인, 그 지인의 지인 등등의 관계로 어떻게든 연결되어 있었다. 남승지에게는 그런 연줄이 보이지 않는 현실로서 어디선가 서로에게 작용하고 있는 것처럼 여겨졌다. 유달현의 입에서 나온 말이라 내키지는 않지만, '의외성은 우리들의 현실'이라고 한 그의 말이 마치 자신을 위하여 만들어진 듯한 기분마저 들었다.

김동진은 남승지의 동요에 강한 채찍질을 가한 것이나 다름없었다. 그 채찍에 실컷 얻어맞고 싶었다고 생각했다. 장쾌한 그 고통은 또한 힘이었다. 김동진만이 아니었다. 유달현에 대해서조차 다른 감정이

싹트기 시작한 듯한 기분이었다. 우리는 동지다……. 남승지는 웃었다. 유달현이 즐겨 쓰는 말로서 거슬리기는 했다. 허나 그것은 분명한 사실이 아닌가? 유달현은 동지가 틀림없다고 그는 생각했다.

남승지는 관덕정 앞에서 버스를 탔다. 하늘은 흐렸으나 바람 한 점 없는 것이 마치 숨을 죽이고 무언가 인간의 동태를 살피는 듯한 날씨였다. 하지만 남승지는 어제와는 달리 기분이 맑았다. 무슨 사랑이라도 하는 사람처럼 가슴이 부풀어 오르는 느낌이었다. 경찰관이 드나드는 경찰서 건물의 윤곽이 둥그스름해 보이고, 제복을 입고 어깨에 힘을 준 사내들을 웃는 얼굴로 바라볼 수 있었다. 버스의 창 너머로 보이는 도청 옥상 위의 성조기가 깃대에 축 늘어져 있었다. 참, 도청에서 느닷없이 양준오가 나타날지도 모른다. 남승지는 밀짚모자 차양 아래로 관덕정 광장을 바라보며 보고 싶은 사람이 오랜만에 나타나 주기를 기대하고 있었다.

버스의 출발이 늦어졌다. 승객을 좀 더 많이 태우려는 속셈인 것 같았다. 사람들도 미리 알고 있는 듯 천천히 버스에 올랐다. 사람들이 남승지 앞을 가로막고 서는 바람에 더 이상 창밖은 보이지 않았다. 열두 시가 지나서야 버스는 떠났다. 버스는 오른쪽으로 광장을 한 바퀴 돌더니 동문길 방향으로 덜컹거리며 달리기 시작했다. 개구쟁이 두셋이 버스 꽁무니를 쫓아왔다. 개구쟁이들은 장난삼아 따라온 게 아니었다. 갑자기 땅바닥에 웅크려 앉더니 버스가 떨어뜨리고 간 장작을 앞다투어 줍기 시작했다. 목탄버스 뒤쪽의 철봉 틀 안에 쌓아 놓은 장작이 무슨 일인지 땅바닥에 굴러떨어지고 있었던 것이다.

"이 형, 저 버스 좀 봐요."

"버스……? 음, 연료를 흘리면서 달리고 있다는 이야기인데…….

애들이 저래서야 쓰나."

"어른들이 시키는 것이겠지요."

"처음엔 그랬을지도 모르지만, 요즘은 애들이 어른보다 한발 앞서서 움직이더군. 남몰래 서 있는 버스에서 연료를 빼내는 녀석도 있다네. 그리고 보면 육지 쪽에서는 운전수가 철도 침목이나 말뚝을 훔쳐 쓰다가 잡히는 일도 있다더군. 단단해서 석탄처럼 화력이 좋고 불이 오래 가는 모양이야."

"버스가 여전히 불안한데요."

"낡아서 그렇지. 그래도 큰 문제없어, 괜찮을 거야……. 저길 좀 봐, 그냥 내버려 둬도 좋을 텐데 차고에서 버스회사 사람이 나왔군, 이거는 뭐 뻔한 얘기군."

버스 차고에서 한 남자가 뛰어나와 아이들을 쫓아갔다.

"……바람도 그쳤는데, 오늘은 묘하게 사람 주눅 들게 만드는 날씨 군요."

"그리고 보니…… 두통이 나는 게 날씨 탓인 모양이야, 이런 날씨는 오히려 사람의 신경을 자극한다니까."

넓은 이마를 주먹으로 탁탁 치면서 도청의 석문 앞에 서 있던 이방근은 광장 쪽으로 걷기 시작했다.

"아, 실밥이 붙어 있군요."

양준오가 감색 양복으로 정장한 이방근의 어깨를 손가락 끝으로 털어 준다.

광장을 가로지른 버스는 신작로에 들어선 뒤 보이지 않게 되었다. 두 사람은 담소를 나누며 관덕정 앞을 가로지른 뒤 오른쪽으로 돌아 방금 버스가 간 길과는 반대 방향인 서문길 쪽으로 걸어갔다.

제2장

1

바람이 그친 뒤로 날씨가, 아니 마치 자연의 움직임 그 자체가 정지해 버린 것 같았다. 시간은 이미 정오를 지났는데 이상하리만치 희뿌연 납빛 하늘이 두꺼운 콘크리트처럼 태양을 감싸고 있었다. 비를 내릴 기색도 없다. 모든 것이 멈춰 있었다. 고정된 무대를 배경으로 사람들만이 움직이고 있는 듯한 맹숭맹숭한 기분. 마치 비온 뒤의 거리 풍경처럼 인간의 윤곽이 두드러져 보이는 것이 오히려 부자연스럽다. 나뭇잎 하나 흔들리지 않는다. 음, 정말 묘한 날씨다…….

"기분 나쁜 날씨야. 머리가 지끈거리기 시작했어."

이방근은 다시 주먹으로 이마를 치면서 말했다. 하얀 얼굴에 감색 양복은 잘 어울렸지만, 몸이 큰 탓으로 굽은 등이 더욱 두드러져 보인다. 그러나 묘하게도 가슴을 펴고 턱을 치켜든 인간들, 관덕정 주변의 관청에서 일하는 사람들보다도 앞으로 구부정하게 굽은 등이 오히려 위압감을 주었다.

"그건 이 형답지 않은 말씀이군요. 제가 괜히 날씨 얘기를 꺼냈나 본데요……. 그래서 갑자기 두통이 시작된 거 아닌가요? 이 형은 쉽게 암시에 걸리나 보군요."

양준오는 가벼운 점퍼 차림이었다.

"암시라니…… 내가 말인가? 동무도 가끔 엉뚱한 소리를 하는군."
이방근은 의외라는 표정으로 웃으면서 말했다. "지금 내가 기분 나쁘다고 한 건 바람이 그치는 순간에 갑자기 이 섬 전체에서 소리가 사라져 버린 듯한 느낌을 말하는 거야. 분명히 트럭이나 버스는 달리고 있는데, 버드나무가지 하나 아니, 공간에 나뭇잎 하나가 못에 고정된 것처럼 움직이지 않잖아. 이런 날씨를 연극 같다고 표현하면 좋을지 모르겠지만, 그게 싫은 거야. 암시가 아니라 연상이라고 해야겠지…… . 어젯밤에 꿈을 꾸었는데, 그것이 생각났을 뿐이야. 핫, 하, 하, 난 꿈속에서 지옥에 갔다 왔다네."

"지옥……? 꿈속에서 지옥을 체험했다는 말입니까."

"말도 안 되는 얘기야. 꿈속에서 내가 죽었는데, 몸이 여러 토막으로 잘려 있었어. 죽어서 지옥에 떨어진 거지. 지옥은 아무것도 없이 텅 비어 있더군. 그저 이 육체가 토막토막 잘라져 여기저기 굴러다니고 있었던 게 지옥이었는지도 모르지. 마치 사막처럼, 아니, 하늘도 땅도 빛바랜 갈색이고, 어디를 보아도 상하좌우를 분간하기 어려운, 끝없는 원구 속에 있는 듯한, 말하자면 허공에 매달린 것처럼 붙잡을 것 하나 없는 곳이 지옥이었어. 그곳에는 형체도 없고…… , 따라서 경계가 되는 선도 없어, 음…… , 그리고 소리가 없었어. 있는 거라고는 어느새 원래대로 봉합된 내 육체뿐이었어. 묘한 꿈이었어. 아니, 실제로 지옥은 그런 건지도 몰라."

"흐흥, 지옥이 아무것도 없는 텅 빈 공간이라는 게 재미있군요…… . 도회지처럼 어수선하고 복잡하게 인간이 많거나 극채색이 아니어서 좋은 것 같습니다. 그건 물론 이 형의 지옥이겠지만…… . 피곤한 거 아닙니까. 그러고 보니 안색도 별로 좋지 않은 것 같은데요."

"아니, 괜찮아. 어때, 바람도 쐴 겸 축항 쪽에 가 보지 않겠나?"

"축항이라…… ."

"바다 말이야, 낯익은 바다라도 보고 오면 어떨까 해서."

"이 형은 결혼식에 가셔야 하잖아요."

"그래, 결혼식에 가야지. 하지만 아직은 시간이 있어. 어차피 정각에 시작하지는 않을 테니. 음, 양 동무는 결혼식에는 가지 않는다고 했지."

이방근은 상대방의 점퍼 차림을 힐끗 보고나서 새삼 깨달았다는 듯이 말했다.

"얼굴만 알고 지내는 정도니까요."

"그렇구만……. 음, 그렇지, 지금 점심시간이었지, 점심시간, 갈 곳은 바다가 아니라 식당이구만. 함께 식사라도 하러 가세."

"식사……? 결혼식에 갈 사람이 식당에 가면 남들이 웃습니다. 잔칫날엔 실컷 먹고 마시는 게 예의니까요."

"아침부터 아무것도 먹지 않았네. 예의는 현장에서 충분히 차려야지. 어쨌든 가자고, 따라오게." 이방근은 바다를 보러 가자고 한 것이 무슨 변덕이나 되는 것처럼 부두와는 반대 방향인 서문다리 쪽을 향해 걸어갔다. "어차피 동무는 점심을 먹어야 하잖아. ……그런데 내가 도청에 들른 것은, 지금 도지사와 만나고 돌아가는 길인데, 나를 좀 보자고 하더군. 양 동무의 일을 부탁받았네."

"내 일로……? 도지사가 이 형에게……."

"그래, 무슨 일인지는 알고 있을 텐데."

양준오는 말없이 고개를 끄덕였다.

"양 동무를 어떻게든 설득해 달라는 거야. 자네한테 반해서 하는 소리겠지만, 과장 대우로 도청에 맞아들이고 싶어 하더군."

이방근은 씩 웃었다.

"저 때문에 고생하셨군요. 그래서 이 형은 뭐라고 하셨습니까?"

"나는 마이동풍일세, 어쨌든 지사님의 의향을 자네에게 전하겠다고 말해 뒀지만 말이야. 언젠가 도청이 군정청에 올린 보고서에 좁은 제주도의 적은 토지라도 우리는 소중히 한다…… 운운하는 문구가 있었던 것을, 자네는 1인치의 땅이라도 소홀히 할 수 없다고 번역한 모양인데, 도지사는 그 문구에 큰 감동을 받은 모양이야……. 당시에는 눈물까지 흘렸다고 말하더군. '1인치의 땅'에는 고향에 대한 애정이 담겨 있고, 그것이 자신의 기분과 딱 들어맞았다는 거야. 그 나이 든 도지사에게는 그런 면이 있단 말이야······. 나이가 우리 아버지와 같으니까, 벌써 예순을 넘겼지. 어쨌든 제주도 출신의 도지사는 그 양반이 마지막일 거야. 무슨 의도로 그러는지는 모르겠지만, 이른바 인재 등용임에는 틀림없어. 그에게는 그 나름의 애국심이 있다는 거겠지."

"애국심. 음, 애국심이란 말이죠······."

양준오는 점퍼 주머니에서 담배를 한 대 꺼내 물고서 생각난 듯 상대방에게 담배를 권했다. 길 안쪽을 걷고 있던 이방근은 왼손을 천천히 흔들어 사양했다. 양준오는 엄지와 인지로 담배를 든 불안정한 모습으로 연기를 내품으며 말없이 걸어갔다. 관덕정 뒤편의 높은 소나무 숲이 울음을 그친 채 텅 빈 동굴이라도 감춰 둔 양 우뚝 서 있었다. 어두컴컴한 숲 속에서 아이들이 놀고 있는지 새된 외침 소리가 들려온다. 눈에 보이지 않는 꼭대기에서 나무를 쪼고 있는 새 소리가 요란하다.

소나무 숲을 지났다. 오른쪽으로 누런 페인트가 심하게 벗겨진 이층건물인 제주읍사무소가 보인다. 현관에서 한 무리의 사람들이 몰려나왔다. 그 앞을 지날 때 분명히 두어 사람이 이방근에게 인사를 하는 것 같았다. 그러나 이방근은 어찌 된 일인지 알고 있으면서도 거의 무시하다시피 그냥 지나쳤다.

이방근이 앞장서서 바로 눈앞에 있는 삼거리를 왼쪽으로 돌았다. 이 거리에는 성내에서 오로지 하나뿐인 영화관이 있었다. 두 사람은 영화관 옆에 있는 중화요리점 앞에서 문득 걸음을 멈췄다. 저쪽 영화관 앞을 특이한 형상의 사람 그림자가 달려가는 것을 보았기 때문이다. 몸을 뒤뚱뒤뚱 흔들며 달려가는 모습을 보고 절름발이라는 것을 알았지만, 영화관 앞에 세워진 선전간판 뒤로 재빨리 몸을 숨기는 꼴이 우스꽝스러웠다. 게다가 감춘다는 것이 몸의 절반이나 간판 옆으로 비어져 나오는 바람에 영리한 원숭이나 어린아이의 동작과 진배없었다. 그 정황으로 보아 분명 이쪽을 의식하고 있는 듯했다.

이방근은 곧 그가 부스럼영감이라는 것을 알았다. 집에서는 아버지의 후처인 선옥(仙玉)이 늙은 당나귀라고 불렀던 노인으로, 전에는 이방근의 하인으로 일했던 남자였다. 지금은 어떤 연유인지 선옥의 노여움을 사 집에서 쫓겨나고 말았지만, 이방근 앞에서는 아직도 주인을 대하는 개처럼 순종하였다.

"이 형, 저건 부스럼영감 아닙니까. 왜 숨는 걸까요. 으흠, 그렇다면 이 형을 무서워한다는 뜻이군요."

"저 영감이 날 무서워할 리가 없어. 내버려 둬. 어차피 곧 개처럼 따라올 거야……. 그러고 보니 한동안 못 만났군, 요즘은 버스 차고 쪽에도 별로 오지 않는 것 같던데."

식당에 들어간 두 사람은 20분 정도 지난 뒤에 나왔다. 서울과 같은 맛을 낸다고 간판을 내건 자장면을 먹고 나오자, 예상대로 노인은 가게 옆에 개처럼 가만히 웅크리고 앉아, 한 손에 긴 장죽을 든 채 담배를 피우고 있었다. 이방근을 기다리고 있는 게 틀림없었다. 그런데 그의 얼굴을 힐끔 올려다보더니 다시 다리를 끌며 영화관 쪽으로 달아나 버렸다.

이방근은 한동안 그 일그러진 뒷모습을 가만히 지켜보고 있다가, 갑자기 부스럼영감! 하고 외쳤다. 그러자 노인은 마치 보이지 않는 끈에 조종당하듯이 몸을 뒤뚱거리며 그 자리에 멈춰 섰다. 그리고는 그대로 쭈그려 앉았다. 행인들이 쳐다보았다. 이방근은 노인 쪽으로 걸어갔다. 구둣발 소리가 가까이 다가와 이방근이 멈춰 서자, 노인은 기다렸다는 듯이 웅크린 채 상체를 틀어 이쪽을 돌아보았다. 달아난 사람치고는 그 얼굴에 공포의 기색이 전혀 없었다. 아니, 마치 꾸지람 받은 개가 주인을 가만히 바라보듯, 슬픈 듯한, 호소하는 듯한, 게다가 그 밑바닥으로부터 생생하게 기쁨의 불꽃이 타오르는 듯한 눈길로 이방근을 올려다보았다. 아마도 개였다면 목을 비스듬히 늘인 채 조용히 꼬리를 흔들며 주인에게 몸을 비벼댔을 것이다. 노인은 그 추한 얼굴의 기묘하게 이슬진 눈에 한 점의 불꽃을 피워 올리며 옛 주인을 올려다보는 것이었다.

솔직히 노인의 얼굴은 마치 용암 덩어리와 같이 추해 보였다. 반백의 짧은 머리카락은 지푸라기와 마른 진흙 따위가 범벅이 된 채 머리에 찰싹 달라붙어 있었고, 좁은 이마에는 여러 줄의 깊은 주름이 패어 있었다. 솟아오른 코 밑으로 윤곽을 알 수 없는 크고 두꺼운 입술이 턱이 없는 입언저리에 튀어나와 있었다. 그에 비하면 귀는 찌부러진 것처럼 작았다. 축 처진 눈꺼풀 아래로 조그맣게 열린 흐릿한 눈만이 기쁨으로 반짝이고 있었다.

이방근은 예전에 이 울퉁불퉁하고 추한 얼굴을 마치 개나 말의 콧등이라도 쓰다듬듯이 여러 번 쓰다듬어 준 적이 있었다. 다시 그 손바닥의 감촉이 되살아남을 느꼈다. 그것은 울퉁불퉁한 느낌이 아니라 매끈매끈한 감촉이었다. 이방근은 멈춰 선 사람들의 시선은 아랑곳 않고 묵묵히 얼마간의 돈을 추위에 곱은 차가운 손에 쥐어 주었다. 노인은 아무렇지 않게 돈을 받았다. 그리고는 천천히 바지에서 색 바랜 보라색 돈주머니를 꺼내어 돈을 집어넣더니 갑자기 구경꾼들을 향해 이히히히 하고 튀어나온 이빨을 드러내며 웃어 보였다. 구경꾼들이 손가락질을 하면서 웃어 댔다. 어른 꽁무니에 바싹 달라붙어 있던 아이가 노인에게 돌멩이를 던지고 달아났다. 돌멩이는 맞지 않았다.

노인은 또 이히히히 하고 웃는다. 사람들이 자신을 보며 웃는다는 것을 알고 희색이 만면해진 노인은 천천히 장죽을 물고 일어나 그곳을 떠났다.

신작로까지 되돌아온 이방근은 밤에 다시 만나기로 하고 양준오와 헤어졌다. 잿빛 하늘이 콘크리트처럼 딱딱하다. 그것이 이마를 짓누른다. 두통이 나는 것은 그 탓이었다. 한바탕 비라도 내렸으면 좋겠다는 생각이 들었다.

그는 서문교 쪽으로 걸어가면서 좀 전에 자신에게 암시에 걸리기 쉬운 구석이 있다고 한 양준오의 말이 마음에 걸렸다. 실은 그때 좀 놀랐지만, 생각해 보면 그의 말 때문에 그런 것은 아니었다. 이방근은 자신이 암시에 걸리기 쉬운 사람이라고는 생각지 않았다. 암시적이라는 것은 바람처럼 떠도는 영혼을 말한다. 나는 신비스런 예언자도 공상가도 아니다. 그렇지만 암시라는 것은 묘한 것이었다. 이것은 암시라고 할 것도 못 되었지만 그는 최근에 남승지의 일이 자꾸만 마음에 걸렸다. 오랜만에 한번 만나고 싶다고는 생각하고 있었지만 자꾸만 꿈속에 나타나는 것이 신경 쓰였던 것이다. 게다가 어젯밤과 그저께 밤 꿈은 내용이 거의 같았다. 조금 전에 양준오에게 이야기한 꿈이 바로 그것이었다. 실은 일부러 이야기를 생략했지만, 거기에는 자신만이 아니라 남승지도 있었다. 일체의 소리가 사라진 그 세계에서(그것을 과연 세계라고 할 수 있을지 의문이다) 두 사람은 아무 말도 하지 않았다. 옅은 갈색의 상하와 사방의 경계가 없는, 공간이라는 감각이 의미를 갖지 못하는 아무것도 없는 곳. 남승지는 다만 그곳 꿈속에서 죽었다가 다시 꿈에 나타난 사람처럼 아무 말도 하지 않고 서 있을 뿐이었다. 거기에 있었다는 것만으로 서로 간에 무언가를 이해한 모양이었다. 꿈에서 깬 뒤 남승지가 살갗이 맞닿을 것처럼 가까운 곳, 성내에라도 있는 것처럼 느껴졌지만, 그것이야말로 꿈의 잔상에 지나지 않을 것이었다. 이방근이 오늘 밤 양준오와 만나기로 약속한 것은 물론 도지사에게서 부탁받은 일도 있었지만, 남승지에 관하여 이야기하고 싶은 기분이 들었기 때문이었다. 가능하면 남승지를 만나 봐야겠다고 생각했다. 아니, 가능하면이 아니라, 만나고 싶을 때는 어떻게든 만나야 한다. 양준오라면 연락 방법을 알고 있을 것이다. 어제 유달현에게 '배안의 영광을 입고 싶다……' 운운하는 엽서를 보낸 것도, 실은 넌지시 남승지에 관해 묻고 싶은 속셈이 있었기 때문이었다.

결혼식장은 서문교 옆을 바다 쪽으로 돌아들어 간 냇가에 불교 포교당, 즉 절의 분원이 있는 건물이었다. 대부분은 각자의 집 근처 좁은 골목길에서 사람들로 가득한 가운데 식을 올렸지만, 절에서 결혼식을 올린다고 해서 당사자들의 신앙과 관계가 있는 것은 아니었다.

시냇물이 흐르고 있었다. 바위투성이의 낮은 바닥을 차갑고 투명하게 흐르고 있었다. 문득 멈춰 서서 바라보고 있자니 물 흐르는 소리가 들려왔다. 흐르는 수면에 조물주의 거대한 손으로 콘크리트를 발라놓은 듯한 하늘이 빛나고 있었다. 시냇물은 흐르고 있었지만 냇가의 가느다란 버드나무 가지는 축 늘어진 채 여 보란 듯이 꿈쩍도 하지 않는 것이 신기했다. 가만히 바라보고 있자니 숨이 막혔다. 하류 쪽에서 떠들썩하게 방망이질하는 소리가 밝게 들려와 돌아보니, 냇가에서 여자들이 빨래를 하고 있었다. 바람이 그쳐 몰려나온 모양이다. 눈 녹은 물은 손이 끊어질 것처럼 차갑다. 이방근은 오른손을 크게 뻗어 버드나무 가지 사이에 밀어 넣고 흔들었다. 벌어진 손가락 사이로 가늘고 부드러운 가지가 미끄러져 들어왔다. 단단하고 탄력 있는 싹의 눈이 손가락 사이에 감기듯 걸렸다.

이방근은 절이 있는 건물 앞까지 왔다. 앞에서 걷고 있던 한복 차림의 여자들이 문 안으로 들어갔다.

"아, 자네, 오랜만일세."

문간에서 서너 명의 남자와 잡담을 나누고 있던 유달현이 불쑥 튀어 나왔다. 그가 오기를 기다리고 있었던 모양이다. 유달현은 짧게 타들어 간 담배꽁초를 땅바닥에 휙 내던지고는 친근한 듯 이방근에게 다가와 악수를 했다. 분명 다른 사람의 시선을 의식한 행동이었다.

"이렇게 만날 수 있어서 다행이네……."

유달현은 마치 안내라도 하듯 앞장서서 문 안으로 들어갔다. 이방근은 자신이 유달현을 만나고 싶다고 재미 삼아 엽서를 보낸 것이 생각났지만, 거기에 대해서는 언급하지 않았다. 상대가 먼저 말을 꺼내지 않으면 모른척해야겠다고 생각했다. 특별한 이유 없이 순간적으로 그런 생각이 들었다. 아마 상대방이 기대하고 있는 만큼 이쪽에서는 상대를 만날 만한 이유가 없었기 때문일 것이다. 그러나 자신이 먼저 만나자고 해 놓고 시치미를 뗄 수는 없었다. 그런데 상대방은 기다릴 새도 없이 그 엽서 잘 받았네…… 하고 말을 꺼냈던 것이다.

"전화도 괜찮은데, 일부러 정중하게 엽서를 보내 줘서 고맙네. 그러지 않아도 내 쪽에서 연락을 하려고 생각하던 참일세. 마침 잘된 일이야, 고마워……." 유달현은 의미 있는 듯한 표정으로 여운을 남기며 말을 끊었다.

그 엽서……라니 '그'는 또 뭐야. 그 엽서가, 일부러 정중하게…… 쓴 것이라는 뜻인데, 준비해 둔 냄새가 나는 말이었다. 유달현은 그 엽서를 자신의 노력에 대한 최초의 반응으로서, 그것도 꽤 긍정적으로 받아들이고 있는 듯했다. 그 엽서를 그런 식으로 받아들인다면 지나치게 단순한 반응이라고 할 수밖에 없었다. 아니, 그렇지가 않았다. 그것은 의식적으로 너의 엽서는 특별히 신경 쓸 일도 없는 하찮은 내용이었다는 것을 암시함과 동시에, 엽서 받은 사실을 역으로 이용하려는 의도로 보였다.

두 사람은 경내를 둘러싼 돌담 옆으로 큰 가지를 뻗은 소나무 그늘에 서 있었다. 먼저 유달현이 이보게, 자네, 내가 하려는 말이 무언지 알고 있겠지, 하면서 속삭이듯 이방근의 귓전에 입을 갖다 대었다. 땅을 기는 듯한 낮고 빈틈없는 목소리였다.

"좀 부탁할 일이 있어서 엽서를 보냈다네."

이방근은 머리 한쪽 구석으로 남승지의 그림자가 스치는 것을 느낌과 동시에, 아니, 이건 특별히 부탁할 일도 아니라고 생각하면서 말했다.

"부탁할 일……?" 유달현은 순간 허를 찔린 듯한 표정을 지으며 이방근을 바라보았다. "기브 앤 테이크 아닌가, 자네 부탁이라면 뭐든지 들어주겠네. 그런데 나한테 부탁이 있다니, 그게 정말인가? ……. 어떤 부탁이든 해 보게."

"대단한 건 아닐세. 그냥 문득 떠오른 건데."

"내가 할 수 있는 일이라면 힘든 일이라도 괜찮네. 그런데……, 문득 떠오른 일이라니, 간단히 말한다면……?"

"그런데 말일세, 자네 앞에서 한마디로 간단히 말해 버린다는 건 벌써 그것만으로 결정적인 가치평가가 내려지고 마는 것 아닌가."

"……결정적인 가치평가라고 했나? 헷헤, 알겠네. 자네가 하려는 말이 무엇인지 말이야, 즉 내가 교조주의자라고 말하는 것 아닌가. 나는 자네가 날 어떻게 생각하고 있는지 알고 있다네. 그런데 지금은 그런 건 문제가 안 되네. 만나서 차분히 이야기를 해 보자구. 난 자네와 좀 더 많은 얘길 나누고 싶네. 그게 무슨 뜻인지는 알고 있겠지. 그리고 그 '교조주의'에 대해서도 좀 더 깊게 토론을 해 보고 싶네

……. 흐흥, 나를 교조주의자라고 생각하는 건 우리 두 사람만의 개인적인 문제가 아닐세, 하나의 원칙 문제와도 결부되는 걸세……. 난 결혼식이 끝나면 일단 학교로 돌아가야 한다네, 학기말이라 일이 산더미처럼 쌓여 있어서 말이야. 학교 일뿐이라면 그래도 다행이겠는데……. 이럴 때는 자네 같은 사람이 부러워진다네, 내가 보기에 자네는 자유가 남아도는 사람처럼 보이니 말일세."

"남아도는 자유라……, 여전하구만. 그렇다고 해 두세. 자네가 날 그렇게 보는 것은 상관없지만, 그것이 자네 형편과 결부돼서는 곤란해. 자넨 내가 뭐든지 할 수 있는 무슨 특별한 존재나 되는 것처럼 생각하는 것 같은데, 난 그게 싫다네. 그리고 이런 자리에서 개인적인 얘길 하고 싶지 않네."

"……그야 물론 그렇지, 그리고 난 개인적인 얘길 하려는 게 아니네……. 다만 자네와 조금이라도 오래 얘기를 한다면 내 신분 증명에도 도움이 되고……. 조금만 더 얘길 나누세."

유달현은 주위를 힐끗 둘러봤다. 근처에 사람은 없었다.

"신분 증명에 도움이 된다……."

이방근은 울컥하여 상대를 노려보았다.

"아아, 진정하게, 자네를 화나게 하려는 건 아니니까……, 그런 내 기분을 이해할 수도 있을 텐데……. 자넨 알고 있질 않는가, 요즘 정세가 어떻게 돌아가는지. 버스 떠난 뒤에 손 흔들어 봤자 소용없네. 이런 상황에서 내가 왜 모든 걸 자신의 형편에 결부시키려 한다고 생각하나. 적어도 난 내 개인의……, 결코 그런 의미로 말하고 있는 게 아닐세. ……그리고 역시 자넨 특별한 인간임에 틀림없네. 자넨 무엇이든 할 수 있어……. 그런 조건은 물론이고, 무엇보다도 자네 자신이 그런 힘을 가진 인간이야. 뭐든 할 수 있는 힘이 있기 때문에 아무것도 못하는 경우도 있지만, 적어도 자넨 그렇지 않아. 자넨 무서움을 모르는 인간일세. ……어떤가, 오늘은 잠시 시간 좀 내주겠나? ……."

팔짱을 낀 채 나무에 등을 기대고 선 이방근은 대답을 하지 않았다. 절의 지붕 너머로 정지된 하늘을 쳐다볼 뿐이었다. 그것은 상대를 초조하게 만들었다. 유달현은 낮게 헛기침을 하면서 세 대째 담배를 피워 물었다. 그는 꽤 말을 많이 했다. 이방근의 냉담한 태도가 유달현을 수다스럽게 만들었다고 할 수 있었다. 그러나 그는 줄곧 주변을 의식하고 있었으며, 담배를 피우거나 손짓을 하는 등 허물없이 얘기하는 자세를 잃지 않았다.

그때 경내에 나와 있던 사람들이 슬슬 식장의 큰 방이 있는 건물 안으로 들어가기 시작했다. 손목시계를 보니 벌써 한 시가 가까웠다. 이방근이 앞장서 나무 그늘을 나오자 두 사람은 갓 돋아나기 시작한 잔디를 밟으며 걸어갔다.

"이보게, 그래서 말인데…… 저녁에는 형편이 어떤가. 언제든 내가 시간을 맞추겠네. 몇 시면 좋겠나. 음, 나는 다섯 시 이후면 되는데……, 자네 집으로 찾아가겠네."

"다음 기회에 만나세. 오늘은 선약이 있다네, 여기서 자넬 만나리라는 생각을 못해서……."

"음……." 유달현이 신음소리를 냈다. 문밖에서 일부러 이방근을 기다리고 있었던 그는 자존심이 조금 상한 모양이었다. 이마의 표정이 일그러졌다. 그러나 그는 차분한 목소리로 천천히 말을 이었다. "자네는 결코 일을 얼렁뚱땅 넘기는 사람이 아니라는 걸 난 잘 알고 있네. 너무 오랜만에 만나다 보니 내가 그만 지나치게 서두른 모양이네, 화내지는 말게. 직접 만나는 것은 정말 오래간만이니까. 그리고 우린 인내심을 길러야만 한다네. 제주도 민중은 인내심이 강하니까 말이야."

어느새 식장 건물 현관에 와 있었다. 유달현은 마치 그곳까지의 시간을 재고 있었던 것처럼 말을 뚝 끊었다.

이방근은 구두를 벗어 뚜껑이 없는 신발장에 넣었다. 유달현은 구두를 그 옆에 나란히 넣고 싶었던 모양이었지만, 그곳은 이미 꽉 차 있어 한 켤레밖에 들어가지 않았다.

"뭐가 이래, 응, 돌아갈 땐 주정뱅이가 구두를 바꿔 신었다고 한바탕 소란이 벌어지겠군." 유달현은 혼잣말처럼 중얼거렸지만, 그 말과 구두를 나란히 넣으려고 했던 것과는 아무런 연관성도 느껴지지 않았다.

식장은 국민학교 교실보다 조금 더 커 보였는데, 현관을 마주 보는 정면에 결혼식을 주재하는 주례의 탁자가 놓여 있었고, 그 좌우로 양가 친척들이 앉아 있었다. 오른쪽 신랑 측 자리에는 검은색 더블 양복을 입은 신랑의 형이 보였다. 그는 외과의사로 이방근의 형과 동료였다(이방근의 형은 일본에서 병원을 개업했다. 해방 전에 일본 여성과 결혼하여 지금도 그쪽 성을 따르고 있으니까, 동료라 해도 옛날 얘기였다). 사람들은 7, 80명에서 백 명 남짓 돼 보였는데, 신부가 입장할 길만 남겨 두고 삼면의 벽을 따라 두세 줄로 빙 둘러앉아 있었다. 두 사람은 현관을 들어서서 바로 오른쪽에 자리를 잡았지만, 아는 사람들이 오랜만이라는 인사와 함께 좀 더 안으로 들어오라고 방석까지 놓아주며 억지로 불러들였다. 시끌벅적하며 소란스러운 가운데 여자들의 화장품 냄새가 물씬 풍겨 왔다. 유달현도 선생이라고 부르는(분명히 그는 선생이었다) 사람들과 인사를 나누곤 했다. 그는 일일이 악수를 나누며 꽤 사교적이고 상냥하게 행동하고 있었지만, 이방근의 곁을 떠나려 하지는 않았다.

결혼식은 식장을 빌리고 하얀 신부의 길을 깔아 놓은 것으로 알 수 있듯이, 이른바 신랑이 말을, 신부가 가마를 타고 '혼행(婚行)'하는 구식은 아니었다. 사실 조선시대부터 내려온 혼례복을 입고 몽골 말의 등에 올라탄 채 신작로를 행진할 수 있는 시대도 아니었다. '구식'은 역시 아직도 서민들 사이에 뿌리깊이 남아 있는 유교 의식과 마찬가지로 허례허식에 속하는 것이었다. 이방근은 전통적인 내용을 살리면서도 기독교의 전래와 함께 생겨난 양식을 절충한 '신식' 쪽이 좋다고 생각했다. 요즘 읍내에서는 꽤 정착되고 있었고 그의 결혼식도 그러했다. 벌써 10년이나 지났군. 오늘의 신랑처럼 그도 아직 학생 시절이었다. 결혼생활은 실패하고 말았지만, 그것이 결혼식 때문은 아니었다.

연미복 차림의 주례가 엄숙하게 기다리고 있는 정면을 향하여 신랑 신부가 입장했다. 그때 이방근의 뒤에서 쿡쿡 하고 웃는 소리가 들렸다. 아이고, 저걸 좀 봐……, 아니 바보야, 신부 말고. 저길 봐, 웃기잖아 정말로. 저 들러리 녀석의 얼굴을 좀 봐, 마치 자기가 신랑인 것처럼 행세하잖아, 도대체가……. 신랑 친구인 듯한 청년들의 목소리가 들린다. 실제로 그랬다. 긴장한 탓인지 신랑보다도 들러리 선 청년의 얼굴에 핏기가 완전히 사라져 있었다. 자기 곁에 신랑이 있다는 것을 잊어버리기라도 한 듯 긴장된 표정으로 한 걸음 한 걸음 조심스럽고 엄숙하게 걷고 있었다. 들러리를 처음 해 보는 모양이었다.

홀로 연미복을 입은 주례의 평범한 훈시와 내빈 축사 등으로 결혼식은 끝나고 피로연이 벌어졌다. 사람들은 일단 자리에서 일어났다. 장소가 장소인 만큼 새로 식탁을 배열하고 음식을 차려야 했다. 장내가 소란해졌다. 이방근은 돌아가고 싶었지만 마음대로 할 수도 없었다. 신랑의 형인 고원식이 일부러 찾아와 집에서 다시 조촐한 음식을 차릴 테니 꼭 참석해서 동생의 결혼을 축하해 달라고 했기 때문이다.

이윽고 사람들은 빙 둘러 놓인 기다란 나무 식탁에 마주 앉아 식사를 하기 시작했다. 피가 엷게 배어 나온 핑크색 돼지고기의 두툼한 살점, 쇠고기 꼬치, 집에서 만든 순대 같은 육류 등 며칠 전부터 친척과 이웃의 손을 빌어 준비한 음식들을 여자들이 부지런히 날라다 식탁 위에 차려 놓았다. 보통 사람들에게는 별로 익숙지 않은 맥주도 나왔다. 이런 자리는 많이 먹고 마실수록 활기를 띠는 법이다. 한바탕 잔치가 진행되자 간단한 인사말과 함께 노래가 나왔다. 키가 큰 청년이 사람을 깔보는 듯한 태도로 남을 웃기다가 다양한 몸짓을 하며 민요를 부르기 시작하자, 사람들은 자신도 모르게 술잔을 내려놓고 그를 바라보았다. 노래가 끝나고 박수 속에서 청년이 자리에 앉자마자 앙코르가 터져 나왔다. 명창이 따로 없군, 한 곡 더 부탁해! 다시 앙코르를 외치는 소리가 들렸다. 이때 청년의 응수가 재미있어서 이방근도 다른 사람들과 함께 웃음을 터뜨렸다. 재청, 앙코르야! 예에, 한 곡조 더 부르라고요, 알고 있습니다요. 이렇게 노래를 잘하는 명창이 눈앞에 있는데 재청이 없을 수가 없지요……, 그러면 여러분의 열화 같은 요청에 응하여 다시 한 곡……. 신선한 맛은 덜했지만 이것은 일종의 재능이었다. 타고난 배우라고나 할까. 이방근은 줄곧 청년을 지켜보면서 일그러진 입가에 엷은 미소를 띠었다.

　배우 같은 청년이 장내를 열광시켰지만, 오직 혼자서 근엄한 표정을 유지하려 애쓰고 있는 사람은 연미복을 입은 최상화 판사였다. 빈대를 눌러놓은 듯한 넓적한 얼굴을 곧추세운 깃과 졸라맨 나비넥타이로 받쳐 놓은 것처럼 꼿꼿이 세운 채 점잔을 빼고 있는 모습은 마치 늙은 신랑이나 진배없었다. 그의 연미복에는 약간의 사연이 있었다.

　해방 직후, 미군의 상륙을 환영한다며 섬 안의 연미복을 전부 그러모은 적이 있었다. 제주도와는 별로 인연이 없는 물건이었지만 그래도 대여섯 벌이 성내에 모아졌다. 환영식에 참석할 유지는 수십 명이라 전부 연미복을 입을 수는 없었지만, 우선 유지의 대표라 할 수 있는 인민위원회 간부들에게 나누어 주기로 했다. 최 판사는 지금은 해산되었지만 당시의 인민위원회 부위원장이었기 때문에 당연히 연미복을 지급받았다. 그런데 평상복을 입자고 주장하는 사람들이 나타나 찬반양론으로 갈라지고 말았던 것이다. 더구나 위원장이 연미복을 강력히 반대하는 바람에 결국 전원이 평상복을 입고 환영식에 참석하게 되었다. 따라서 찬성파였던 최 판사의 마음이 편할 리가 없었다. 체면이 서질 않았던 것이다. 당일, 그는 연미복을 입은 채 위원장 집으로 찾아가 환영식이 시작되기 직전까지 설득했다. 결정은 번복되지 않았다. 이리하여 어찌 되었든 그는 환영식 당일 연미복을 입고 성내 거리를 걸어 다닌 유일한 인간이었다.

9월 28일, 드디어 미군이 몰려왔다. 제1진이 수송기로 성내 서쪽 근교에 있는 옛 일본군 비행장(지금은 미군용 비행장이자 캠프였다)에 상륙했다. 일부는 수송선으로 제주항에 상륙했지만, 최초의 상륙행진을 펼친 미군은 수십 명에 불과했다. 게다가 그들은 관덕정 광장에 정렬한 수십 명의 유지들을 거들떠보지도 않고 그냥 지나쳐 버렸다. 아니, 적의에 가득 찬 눈초리로 행진하는 그들의 태도는 마치 전쟁 중의 적국에 상륙한 군대나 다름없었다. 그 시간은 단 몇 분. 몇 명의 흑인병사가 손을 흔들어 답한 것이 인상적이었다. 유지들과 주민들은 어이가 없다는 듯 멍하게 있을 뿐이었다. 모두들 말이 없었다. 환영 아치도 그렇고 현수막도 그렇고, 만세! 하고 들었던 손 역시 어찌할 바를 몰랐다. 그런데 곧 사람들 사이에서 웃음이 터져 나왔다. 모두 배꼽을 잡고 크게 웃었다. 유지들 틈에 끼지 않고 관덕정 광장에 나와 있던 이방근은 지금도 그때의 광경을 떠올리면 순간적으로 끓는 물을 삼킨 듯한 기분이 되면서 웃음이 터져 나온다. 당일, 라우엘 대위가 일본군 제38군단 사령관인 가쓰키(香月) 중장의 항복조인을 수락하고, 미군정 실시와 일본군의 무장해제를 선언한 뒤, 미군 환영대회가 관덕정 광장에서 열렸지만 이방근은 참석하지 않았다.

　이처럼 연미복 소동은 어이없게 막을 내렸다. 최상화의 당초 주장처럼 연미복 차림으로 환영을 했더라면 조금이나마 시선을 끌었을지도 모르겠지만, 그 사실이 최 판사에게 미묘한 영향을 준 것만은 확실했다. 머지않아 좌익에 대한 미군의 탄압이 시작되자 그는 인민위원회 부위원장을 그만두고 위원회의 일에서 일체 손을 뗐다. 지금 입고 있는 연미복을 자신의 돈으로 마련한 것은 그 일이 있고 나서였다.

　최 판사도 커다란 입을 벌린 채 음식을 밀어 넣고 있었지만 근엄한 얼굴에는 여전히 웃음을 보이지는 않는다. 예복이란 그런 것이었다. 판사 옆에 앉아 있던 신랑 신부가 마지막으로 노래를 불러야 할 곤경에 빠졌다. 노래를 부르지 않으면 내일 밤 심한 꼴을 당할 것이라는 '협박'에 따른 것이었는데, 신랑은 그 협박을 진짜로 받아들이고 제발 내일 밤은 적당히 해 달라고 '협박자'인 친구들에게 사정하여 사람들을 웃겼다. 신혼부부에게 있어서 내일 밤은 가장 두려운 '시련'의 밤이 될 터였다. 신랑은 첫날밤을 치른 다음날 밤, 모여든 친구들에게 발이 묶인 채 천장에 매달려 발바닥을 몽둥이로 얻어맞아야 하는 '규정'이 있었기 때문이다. 친구들에 의한 재판이 열리는 셈이었다. 즉 어여쁜 신부를 빼앗아 간 죄를 시작으로, 사귈 때 신부와는 어떤 관계까지 갔는지, 결혼에 골인하게 된 배경, 첫날밤에 신부를 안은 횟수와 그 과정 등을 발바닥을 맞아 가며 고백하지 않으면 안 된다. 진이 빠질 때까지 시달린 신랑은 비명을 지르며 신부에게 도움을 청한다. 옆방에서 안절부절못하고 대기하던 신부가 성대한 음식을 차려 내어 신랑의 용서와 석방을 간청한다는 내용의 행사였다. 그런데 도가 지나쳐 신랑이 실신하거나 신부가 정말로 울음을 터뜨리는 일도 없지 않았다. 지금 신랑 신부도 그런 '협박'을 받고 결국 노래를 부르기 시작했다. 이방근은 잘하지는 못하지만 떨리는 목소리로 부르는 두 사람의 합창을 들으면서 발바닥으로 과거의 시간이 되살아남을 느꼈다. 이 '신랑 매달기' 행사는 진한 우정을 느낄 수는 있었지만, 발이 묶여 천장에 매달리는 것은 우스꽝스럽고 고통스러울 뿐 아니라 어쩐지 무서운 느낌도 들었다. 그러나 녹초가 된 이후의 해방감은 묘하게 상쾌했다. 이방근은 신랑인 자신이 매달리는 모습을 공포와 흥미가 섞인 눈으로 바라보던 과거의 아내를 생각했다. 그나마 잠깐 머리를 스쳐 지나간 생각으로, 어쩌다 길에서 지나친 사람처럼 남남이 되어 버린 여자에게 미안한 마음이 있을 뿐 애증의 감정은 없었다. 이방근은 학생 시절에 부모의 뜻에 따라 중매결혼을 했다. 도쿄(東京)에 살고 있는 형이 일본 여자와 결혼한 뒤 아내의 성을 따라 '일본인'이 되는 바람에 이방근이 '집안'을 위해 편의적인 결혼을 한 것이나 마찬가지였다. 진심으로 결혼을 원했던 것은 아니었다.

아내의 친정은 면장이라는 요직에 있는 지방 권세가였는데, 부친 이태수(李泰洙)의 의중에 따른 것이었다. 이방근은 결혼한 뒤 아내를 제주도에 남겨 둔 채(아내는 거의 친정에 돌아가 살았기 때문에 '소박데기' 같은 생활을 하고 있었다) 도쿄에서 학교를 다녔으며, 사상범으로 체포되어 서울형무소로 이감되었다. '일본인'이 된 장남의 경우와는 달리, 사상범이 된 사위의 존재는 일제 치하에서 면장을 하고 있는 '친일파' 장인에게는 결코 용납될 수 없었다.

아내는 흔들렸다. 이방근은 이혼하라는 친정의 압력(사상범이라는 것만이 아니라 신혼 가정에 대한 이방근의 무관심도 크게 작용했을 것이다)에 고민하고 있는 아내를 남편인 자신의 품안에 억지로 끌어들이지 않겠다는 태도를 취했다. 결정은 당신에게 맡긴다는 식의 냉담한 태도였다고 할 수 있다.

서울에서 교육을 받을 만큼 윤택한 환경에서 자라난 아내는 쾌활하고 귀여운 여자로, 신혼임에도 별거가 계속되어 무관심해진 탓도 있었지만, 매사에 애정표현을 바라는 성격이었던 만큼(이것은 이방근의 성격에 맞지 않았다) 결정적인 순간에 느낀 이방근의 무덤덤한 태도가 냉정한 처사로 느껴졌을 것이다. 그녀는 떠났다. 친정 몰래 제주도에서 서울의 형무소까지 매달 한 번씩 면회와 차입(差入)을 위해 왕래하던 아내였다.

이방근은 신랑 신부의 노래가 끝나고 박수가 터지는 막간을 이용해서 자리에서 일어났다. 유달현이 아, 나도 가야지…… 하면서 따라나서는 모습에 짜증이 났다. 그러나 그것은 그가 알 바는 아니었다. 만약 따라온다면 중간에 적당히 따돌리면 된다. 시간은 세 시였다. 어디로 갈까? 신랑 집 연회에 갈 생각은 없었다. 집에 돌아가 어두컴컴한 방에서 잠이나 자려고 생각했다. 콘크리트처럼 딱딱한 하늘 아래 있는 것이 마음에 내키지 않았다. 알코올이 들어가면 지끈거리는 머리가 조금은 나아질지도 모른다는 생각도 했지만, 한 방울도 마시지 않았다. 그러고 보니 유달현도 술을 마시지 않고 있었다. 그래도 주연은 이어져 떠들썩해지더니 이방근이 나올 때쯤에는 취해서 주정을 부리는 사람들도 있었다.

절 밖으로 나오자, 어디로 가느냐고 유달현이 물었다.

"집에 돌아가야지."

"집에? ……."

"그래……, 오늘은 집에 돌아가야겠네. 두통이 너무 심해서."

이방근은 어색하게 말했다.

"으음, 그러고 보니 안색이 좋지 않은 것 같군. 건강에 조심해야지."

두 사람은 한동안 말없이 냇가를 따라 서문교 쪽으로 걷고 있었는데, 유달현이 갑자기 "이방근 동무……." 하고 속삭이듯 불렀다.

"……남승지가 왔네."

"남승지?"

이방근은 깜짝 놀라 되물었다.

"그렇다네. 바쁜 사람이라 오늘 아침에 돌아갔지만……."

"으흥……."

이방근이 낮은 신음소리를 냈는데 콧방귀를 뀌는 것처럼 들리기도 했다. 그러나 그는 내심 뒤통수를 한 방 얻어맞은 기분으로 꿈속에서 본 남승지를 떠올렸다. 남승지는 언제 왔을까……?

"자네 자주 남승지를 화제에 올렸지 않나. 그에게 관심이 많은 모양이던데……. 어딘가 좀 색다른 청년인데, 자의식이 너무 강해서 문제야. 그런 타입은 조직에 잘 맞지 않아서 말이지, 즉 대중적이지 못하다는 거야. 그러나 그가 성실한 청년이란 것만은 틀림없어……. 자넨 일전에 그를 만나고 싶다고 했는데, 곧 만날 기회가 있을 걸세. 내가 기회를 만들어 보겠네."

"……남승지 말이군. 특별히 관심이라고 할 정도는 아니지만, 그는 무언가를 생각하고 있는 청년임에는 틀림없네."

"음, 그럴 테지. 자의식이 강하니 말일세……. 이건 내 생각이지만, 대체로 학교를 중퇴한다는 건 좋지 않아……. 인생이란 스스로의 책임으로 당면한 일들을 하나하나 매듭지으며 나아가야 하니까 말이야……. 아니…… 아아, 자네 경우와는 사정이 전혀 다르지. 자네는 일본 제국주의에 의해 퇴학당했으니 말이야. 아참, 그렇지, 깜박 잊을 뻔했는데, 부탁할 일이란 뭔가. 지금 여기서 말해도 괜찮네."

"……그렇지, 내가 좀 전에 부탁할 일이 있는 것처럼 말했었지. 그런데 지금 생각해 보니 부탁하지 않아도 될 것 같은 기분이 드는군."

"그건 또 갑자기, 왜 그러나? ……."

"……."

이방근은 대답을 하지 않았다. 조금 어색한 침묵을 의식하면서 두 사람은 걸어갔다. 이방근은 상대가 '부탁할 일'의 내용을 짐작한 것 같아 두려웠다. 여기서 부질없이 유달현에게 빚을 지고 싶지는 않았다. 게다가 이방근은 어느새 그의 '조직적'인 이야기의 분위기 속으로 말려들어 가는 자신을 느꼈다. 갑자기 무슨 속셈으로 남승지 이야기를 꺼냈는지는 알 수 없었지만, 예상 밖에 노골적인 태도로 나왔다. 다만 그만큼 상대를 신뢰하게 만드는 힘을 가지고 있었다. ……아니면, 엉겁결에 튀어나온 경솔한 말이었는지도 모른다. 그렇지는 않아 보였다. 속삭이듯이 낮고 빈틈없는 그 목소리를 보라…….

남승지는 언제 왔을까? 어젯밤 성내에 있었던 것은 틀림없다. 이상하다……. 그 무렵 나는 꿈을 꾸고 있었다. 이방근은 희미한 몸의 전율을 느꼈다. 그 묘한 꿈이 갑자기 현실성을 띠며 다가왔다. 이 형은 암시에 걸리기 쉬운 편인가 본데요……. 흐흥, 양준오 녀석! 음, 설마 양준오가 남승지를 만나고 있으면서 시치미를 떼고 있는 것은 아니겠지…….

이방근은 관덕정 앞에서 유달현과 2, 3일 안에 만나기로 약속하고 깨끗이 헤어졌다. 빨리 집으로 돌아가 눕고 싶었다.

2

어두운 방 안에서 이방근은 정장 차림 그대로 소파에 걸터앉아 있었다. 창가의 두꺼운 커튼 틈으로 새어 나온 빛이 이방근의 등 쪽에서 어깨 언저리를 희미하게 비추고 있었다. 방의 구석까지는 빛이 닿지 않았다. 자개장롱만이 어둠 속에서 요염한 빛을 발하고 있었다. 다른 세간으로는 책장과 책상, 소파와 탁자 세트 정도였지만, 4평 남짓한 서재는 그것만으로도 꽤 비좁았다. 그 가구들이 지금 방 한가운데에 놓인 소파를 제외하고는 모두 어둠에 잠겨 있었다. 그 속에서 이방근은 잠이 든 것처럼 꼼짝도 하지 않았다.

탁자 위의 둥근 유리 용기와 같은 재떨이에서는 방금 끈 담배 냄새가 풍기고 있었다. 맵싸하게 탄 담배 냄새만 없었다면 시간의 통로에서 벗어나 버린 듯한 착각에 빠지기 쉬운 방이었다. 이방근은 창문과 마주 보고 있는 미닫이문의 커튼 사이로 어렴풋이 스며드는 안뜰의 빛을 어두운 동공에 빨아들이듯 물끄러미 바라보고 있었다. 방 안의 탁상시계와 손목시계의 초침 소리가 거의 같은 크기로 번갈아 가며 들려왔다. 벽 쪽으로 희미하게 모습을 드러낸 것은 책장 위에 놓인 백자 항아리였다.

이윽고 온돌에 불을 지핀 듯 방이 따뜻해지기 시작했다. 어디에서 나왔는지 파리 한 마리가 이방근의 코끝을 스치고 날아갔다. 날개 소리가 사라지고 잠시 후 다시 날아왔다. 간신히 겨울을 난 듯 날개 소리는 약했지만 자꾸 반복되자 사람을 조바심 나게 만드는 힘을 지니고 있었다. 손으로 내쫓자 당황한 파리는 갑자기 날카로운 날개 소리를 내며 날아갔다가 다시 웅웅 하는 공격적인 소리를 내며 다가왔다.

그 소리는 상대를 비웃는 것처럼 들렸다. 이방근은 갑자기 화가 치미는 바람에 벌떡 일어나 파리를 잡으려다 그만두었다. 파리를 쫓아다니는 것도 어리석은 일이었다. 소리만 들릴 뿐 모습은 보이지 않았다. 그는 미닫이문을 좌우로 열고 파리를 내쫓았다. 그때 안뜰을 끼고 ㄷ자 형으로 된 건물의 맞은편 툇마루에 있는 계모 선옥과 얼굴을 마주쳤다. 외출했다 돌아온 모양이었다.

"왜 그래요, 먼지라도 털어 내는 사람처럼……, 무슨 일 있어요? 커튼이 쳐져 있어서 밖에 나가고 없는 줄 알았네." 안뜰을 사이에 두고 연지 바른 그녀의 입술이 움직였다. 마흔을 넘긴 선옥은 의붓자식인 이방근에게 존댓말도 아니고 그렇다고 반말도 아닌, 서울말에 가까운 중간 말투를 썼다. 미인이었지만 곁눈질을 자주하는 의식적인 눈초리가 마음에 걸렸다.

"결혼식이 빨리 끝났나 보네. 그건 그렇고, 왜 또 대낮부터 커튼을 치고 그래요, 어디 아파요? ……애야ㅡ!, 부엌아ㅡ, 서방님 방에 불넣었냐?"

계모는 이방근과 얘기할 때면 조금 수다스러워졌다. 이방근이 대꾸를 하든 말든, 아니 대답이 없을 줄 알면서도 혼자 떠드는 게 그녀의 버릇이었다. 지금도 이방근은 계모의 말에 '예'인지 뭔지 대답을 했지만, 아마도 상대방은 듣지 못했을 것이다. 그렇다고 이방근이 계모와 대립하고 있다든가 그가 계모에게 반감을 갖고 있는 것은 아니었다. 언제부터인지 이러한 형태의 대화가 정착되어 있었다. 실제로 한 지붕 밑에 살면서도 이방근은 아버지나 계모와 거의 대화를 나누지 않았다. 식사도 식모인 부엌이가 서재 옆 온돌방으로 날라다 주는 독상에서 혼자 먹었다. 이로써 집안의 인간관계(넓은 집에 식모까지 합해서 네 사람뿐이었지만)는 균형을 이루고 있었다. 이방근은 계모를 담담하게 대했는데, 그것이 남의 눈에는 기계적으로 보였을지 모르지만 계모에게 무슨 속셈이 있어서 그런 것은 아니었다. 오히려 그는 계모의 입장을 이해하려고 노력했다. 어쨌든 그가 집안일에 별로 관심을 두지 않는 것처럼 보이는 것은 사실이었다. 그것이 오히려 선옥으로 하여금 그를 두려워하게 만들고 있는지도 몰랐다. 무슨 생각을 하고 있는지 알 수 없었기 때문이다. 그녀의 수다스러운 말버릇도 속을 알 수 없는 이방근의 태도에 원인이 있는지도 몰랐다. 다만 한 가지 이방근에게 귀찮은 일이 있다면, 부친의 의향이 작용하고 있는 게 분명하겠지만, 계모가 자꾸만 재혼을 권한다는 점이었다. 결혼에 실패했다고 해서 재혼을 하지 않는 것은 자라 보고 놀란 가슴 솥뚜껑 보고 놀라는 격이고, 여자라면 몰라도 남자가 그래서는 안 된다고 했지만, 이방근은 재혼할 마음이 조금도 없었다. 그러나 아버지는 손자를 보고 싶어 했다. 장남은 일본 사람이 되어 버렸고, 이제 가문을 이어야 할 이방근은 아버지에게 좀처럼 이해하기 어려운 미덥지 못한 존재였다. 설령 이방근이 어떤 여자가 되었든 애를 갖게만 한다면 아버지는 그 여자를 아들의 본처로 맞아들이고 싶은 심정이었을 것이다. 그러나 대놓고 아들에게 장가를 들라고는 강권하지는 않았다. 선옥이 대신하여 끈질기게 결혼 이야기를 들고 나오면 이방근은 결국 얼굴을 붉히며 화를 냈다. 양팔을 벌려 탁자를 뒤엎을 듯 화를 내면서 계모를 서재에서 쫓아내는 것이다. 그리고 나중에 잘못을 빌었지만, 결혼 이야기는 일체 꺼내지 못하게 했다.

그는 이미 2, 3년 전부터 가부장적인 권위를 내세우며 결혼을 밀어붙이려는 아버지와 충돌할 때마다 재혼 의사가 없다는 점, 그리고 이 문제는 집안의 사정이나 아버지의 의사대로 결정할 일이 아니라는 것을 분명 표명하고 있었다. 집안 어른들까지 나섰지만 아무 소용이 없었다. 애당초 실패로 끝난 결혼을 강요한 것도 아버지였다.

누군가 부르는 소리에 놀라 이방근은 눈을 번쩍 떴다. 어느새 잠이들었던 모양이다. 벌써 밤이었다. 그러나 전등을 켜 보니 전기가 들어오는 오후 다섯 시를 지났을 뿐이었다.

부르는 소리는 방 밖에서 들리고 있었다. 눈을 비비며 문을 열어보니 식모인 부엌이가 한쪽 무릎을 세운 채 툇마루에 앉아 있었다. 계모와 같은 나이인 그녀는 손님의 방문을 알리고, 꼭 서방님을 뵙겠다고 해서……라고 덧붙였다. 곰처럼 말수가 적고 표정에 변화가 없는 여자였는데, 조금 곤혹스러워하는 표정이었다. 이방근은 손님을안내하도록 이른 뒤 문득 마음에 걸려 누구더냐고 되물었는데 마침양준오는 아닌 듯했다. 학교 선생님이라고만 대답했다. 찾아온 손님은 유달현인 모양이었다. 양준오 이외에는 아무도 들이지 말라고 일러둔 터였다. 일단 거절했지만, 조금 전에 서방님과 헤어졌으니 집에있을 것이고, 중요하고 급한 볼일이 있어서 다시 찾아왔으니 꼭 만나봐야겠다면서 돌아가질 않으니 어떡하면 좋겠느냐고 물었다. ……냄새가 났다. 무언가 마른 흙냄새와 같은 체취, 온돌방이 따뜻해지기시작할 때의 약간 숨 막히는 듯한 냄새, 아니 생선이 썩기 시작할 때와 같이 치마 속 깊숙한 곳에서 무언가 상한 듯한 냄새……. 알았어, 내가 나갈게, 라고 이방근이 말했다.

그가 저녁 빛에 물든 안뜰을 가로질러 대문 쪽으로 가 보니 쪽문앞에 유달현이 일그러진 웃음을 띤 채 묘하게 의기양양한 표정으로우뚝 서 있었다.

"……깜박 잊고 있었네만, 자네 어머님 제사가 언젠가 싶어서 말이야. 얼마 남지 않은 것 같은데…… 설마 어젯밤 끝나 버린 건 아니겠지. ……음, 그래서……, 분명히 요 며칠 사이에 제사가 있을 거라는 생각이 나서 말이지……."

"그랬구만, 어머니 제사는 아직 안 지났네."

"언제인가?"

"며칠 안 남았을 걸세. 내 어머니 제삿날까지 챙겨주니 고맙네만, 집안사람이 알고 있다네. 부엌이에게 다시 한 번 물어보도록 하겠네."

"집안사람……?"

"일부러 찾아왔는데 대답을 제대로 못해서……. 어쨌든 고맙네."

"……아직 지나지 않아서 무엇보다 다행이군, 이제 안심했네. 결혼식장에서는 그만 깜박 잊고 있던 일이 있다네." 그러더니 유달현은 이방근의 귓전에 대고 낮게 억누른 듯한 목소리로 말했다. "이방근 동무, 아무래도 자네한테 한마디 해 두고 싶은 말이 있어 왔다네. 자네 어머님의 제삿날을 확인하는 것도 볼일 중의 하나였지만, 뭐랄까, 2, 3일 지난 뒤 연락하면 때가 너무 늦어 버릴 것 같아서. 한 가지만 귀띔해 주고 싶은 게 있는데……. 우리들에게는 중대한 일이라서……, 방근 동무, 이렇게 서서 얘기하긴 좀 곤란한데……."

이때 유달현의 눈이 날카롭게 빛나고, 그 태도에는 강인하게 남을 압도하는 듯한 자신감이 엿보였다. 그럼에도 이방근으로 하여금 별다른 저항감 없이 한발 양보하여 그 강인함을 받아들이겠다는 기분이 들게 한 것이 묘했다. 엽서…… 엽서……. 그는 유달현을 방으로 안내하면서 정확히는 뭐라고 썼는지 잊어버렸지만, 배안의 영광을 입고 싶다……는 식으로 자신이 먼저 만나고 싶다고 써 보낸 일을 생각해 냈다. 게다가 조금 전에 헤어질 때 남승지가 성내에 와 있다는 유달현의 말에 그의 마음이 움직였다. 어쩌면 남승지에 관한 이야기일지도 몰랐다…….

"모처럼 찾아왔는데 비아냥거리는 것 같아 미안하네만, 실은 좀 전에도 말했듯이 오늘은 선약이 있네. 손님이 오기로 되어 있거든."

두 사람은 소파에 마주 앉았다.

"호오, 누가 오는가? ……"

"그건 몰라도 되네."

"아, 용서해 주게, 내가 생각해도 무례한 질문이었네. 엉겁결에 그만……. 내 입장이 되고 보면, 경찰과는 반대 입장에서 탐구심이 강해진다네. 절대로 악의가 있어서 그런 건 아닐세……. 그런 식으로 이해하고 용서해 주게나."

"……그럼, 말을 해 보게."

"그렇게 재촉하면 말을 꺼내기가 조금 어려워지는데……, 아무렴 어떤가." 유달현은 소파에 기댄 채 방 안을 둘러보는 시늉을 하였다. 그리고는 상반신을 구부려 탁자에 머리를 부딪칠 것 같은 자세로 자개 상자에서 담배 한 개비를 집어 들었다. "응, 양담배나 한 대 피워 볼까."

"좋을 대로 하게나."

한동안 잠을 잔 이방근의 눈은 맑았다. 그는 큰 몸을 소파에 기대고 부드러운 시선으로 상대방을 지켜보았다. 내심 긴장하고 있는 듯 유달현의 얼굴에 비지땀이 빛나고 있었다.

"손님은 몇 시에 오는가?"

"여섯 시에는 올 걸세."

"알았네." 유달현은 손목시계를 들여다보며 말했다. "그 전에 빨리 돌아가도록 하겠네. 그게 서로를 위해 좋을 테니까……."

그때 방 밖에서 부엌이의 목소리가 들렸다. 차를 끓여 왔던 것이다. 말린 감귤 껍질을 잘게 썰어서 끓인 차의 향기가 탁자 위로 퍼졌다. 이방근은 부를 때까지 이쪽 일에는 일체 신경 쓰지 말라고 이르고는 그녀를 내보냈다.

"이방근 동무, 난 자넬 동지로서 만나고 싶네……. 아니, 동지로 생각해 왔다네……."

"동지……? 핫, 하, 하! 갑자기 사람 놀라게 하지 말게." 이방근은 큰 웃음소리와 함께 벌린 두 팔을 소파 등받이에 걸친 채 몸을 뒤로 젖히면서 말했다. 시원스레 맑았던 눈에 독기를 품으며 상대방을 노려보았다. "무슨 말투가 그런가, 그런 말투는 삼가게. 나는 그런 연극 같은 표현을 좋아하질 않는다네……, 핫하아, 하."

유달현은 순간 턱을 당기며 우물거렸지만, 차가운 눈으로 이방근의 시선을 받아넘기며 천천히 말했다.

"웃지 말게나. 웃을 일이 아니라는 건 이제 곧 알게 되겠지만, 나는 농담이나 연극 같은 말을 하려고 일부러 찾아온 게 아닐세. ……나는 왜 자네 앞에만 서면 이렇게 아첨꾼이 되어 버리는지, …… 뭐랄까, 바꿔 말하자면 익살꾼처럼 되어 버리는지, 내가 생각해도 이해가 안 간다네. 그러나 나는 익살꾼도 아첨꾼도 아닐세. 내가 자네에게 조직상 문제를 끄집어내는 것 자체가 그렇지 않다. 그것은 절대로 기분에 따라 좌우될 문제가 아니니 말일세. 게다가 지금 여기서 가장 중요한 건 내가 자네를 믿고 있다는 점일세. 자네가 우리를 배반할 사람이 아니라는 걸 난 잘 알고 있네. 자네가 일제 때부터 애국자였다는 것도 말일세. 자네와 헤어지고 나서 생각했다네. 2, 3일 후에 연락해서 다시 만나자는 게 무슨 뜻인가 하고 말일세……. 그건 위선이라네. 이보게, 이방근 동무, 나는 생각했다네, 이제 와서 자넬 어려워하거나 두려워할 필요는 없다고 말일세, 아, 오해는 말게……. 내가 하고자 하는 말뜻이……, 무슨 말인지 알겠나? 헤헷, 자넨 짓궂게도 여전히 마음속으로 날 비웃고 있구만. 그렇게 일그러진 얼굴로 쳐다보진 말게나……, 이상하군, 자네 앞에서는 뭐든 말하고 싶어지니 말일세……, 마음이 절로 열린다네. 그럼 지금부터 말하겠네. 자네와 하고 싶은 얘긴 태산처럼 쌓여 있지만, 오늘은 한마디만 해 두겠네. 내 개인의 이익을 위해서 자넬 만나는 것도 아니고, 그것 때문에 지금 찾아온 것도 아닐세. 난 동지로서……, 방금 자넨 폭소를 터트렸네만, 이 말이 마음에 들지 않는다면 '우정' 때문에 자넬 찾아왔다고 단언해도 좋네. 그런 의미에서 내가 자넬 어려워해서는 안 되는데 말이야……, 이 문제를 난 학교에서 심각하게 생각했다네. ……필요에 따라서는 내가 익살꾼이든 아첨꾼이든 무엇이든 될 작정이네."

유달현은 일단 말을 끊고 담배 연기를 깊이 들이마셨다가 한숨을 내뱉듯 길게 토해 냈다. 그리고는 손수건을 꺼내어 넥타이를 맨 목덜미와 이마를 가볍게 닦아냈다. 그의 숨소리가 들렸다. 예기치 않은 무거운 침묵이 계속되었다. 유달현은 계속해서 담배를 피웠다. 이방근의 시선은 한동안 재떨이에 쌓인 담배꽁초를 향했으나 이윽고 무표정에 가까운 부드러운 얼굴로 이야기를 재촉하듯 유달현을 바라보았다.

"내 말투에 기분이 상한 건 아닌가?" 유달현이 방금 불을 붙인 담배를 재떨이에 눌러 끄면서 살피듯이 물었다.

"아닐세, 어서 말해 보게."

"그렇다면, 이야길 계속하겠네."

유달현은 다시 손목시계를 보고 나서 잠시 생각하듯 시선을 내리며 말했다. "다섯 시 35분……, 앞으로 10분 뒤에는 돌아가겠네만, 얘기를 계속하기 전에 자네를 믿고 있다는 걸 다시 한 번 말해 두고 싶네."

"남에게 신뢰를 받는 것도 괴롭지만, 그걸 강요당하는 건 더욱 괴롭다네. '자네를 믿는다'는 말투는 내게 정신적인 고문을 강요하는 말투라는 걸 자넨 모르겠나?"

"음, 그렇다면 미안하네……, 오해하진 말아 주게. 그럴 생각은 추호도 없으니까. 그래서 아까부터 내 말투가 거슬리지 않느냐고 물었던 걸세……."

"귀에 거슬리지 않느냐고 묻는 그 자체가 거슬린다네. 어쨌든 그건 그렇다 치세. 어서 자네가 하고 싶다는 말이나 계속하게. 시간이 없네."

"고맙네. 하지만 이건 개인적인 문제가 아니라……."

"이미 알고 있네. 그런데 자넨 일전의 그 건에 대한 대답을 요구하고 있는 것은 아니겠지. 미리 말해 두지만, 그 건이라면 응할 수 없네."

"걱정 말게……. 그건 낮에 결혼식에서 돌아오는 길에 자네가 말했듯이, 내가 일단 납득을 하면 그런 졸속주의는 취하지 않는다네. 그런데 개인적인 문제가 아니라는 건 이러한 이야길세……."

유달현은 말을 끊고 갑자기 벌떡 일어났다. 한순간에 심각한 표정을 짓더니 오른손으로 턱을 쥔 채 방 안을 돌아다니기 시작했다. 이방근의 등 뒤에까지 돌아오기도 하면서 1분 남짓 침묵이 계속되었다.

"우리는 무장봉기한다네."

유달현은 허공을 바라보면서 독백하듯 말했다. 낮고 힘찬 목소리였지만 흥분으로 떨리고 있었다. 무장봉기를 일으킨다네. 유달현은 반복해서 말했다.

무장봉기……. 분명히 무장봉기……, 무장봉기로 들렸다. 이방근은 되물으려 했지만 갑자기 입이 얼어붙었다.

"……무장봉기?"

"그래, 그렇다네, 우리는 무장봉길 하네."

유달현은 상당히 흥분하고 있는 듯 여전히 목소리가 떨렸다. 그는 뒷짐을 지고 의식적으로 방 안을 천천히 걸으며 이방근의 놀란 표정을 확인하려는 듯 상대로부터 시선을 떼지 않았다. 그 표정은 이제 자신과 자긍심으로 가득 차 있었고, 대담한 웃음을 머금은 비장한 눈빛으로 빛나고 있었다. 그는 분명 자기 말이 가져올 극적인 효과를 계산하고 있었음에 틀림없었다.

"……무장투쟁을 벌이겠다는 말인가?"

"그렇다네."

"무장봉기라고 하지만 난 무슨 말인지 잘 모르겠네, 이 섬 전체에서 일으킨단 말인가?"

이방근은 일부러 아무렇지도 않은 듯 말했다. 손이 저절로 탁자 위에 놓인 찻잔으로 향하는 것을 멈추었다. 지금 차를 마시면 찻잔을 든 손이 떨릴지도 모른다.

"물론이지……." 유달현은 소파에 앉으면서 말했다. 흥분한 탓인지 말투가 거칠어졌다. "자네니까 하는 말이지만, 우리는 이미 인민유격대를 조직했다네. 남조선 혁명의 첫 봉화를 우리 제주도 민중이 올리려 하고 있다네. 난 그걸 자네에게 알리고 싶어 온 걸세."

"……"

"새삼 언급할 필요도 없지만, 이 일은 절대로 비밀로 해 주게."

이방근은 미닫이문에 쳐진 옅은 갈색 커튼의 주름을 응시한 채 입을 꾹 다물고 아무 말도 하지 않았다.

"이방근 동무, 자네 내 말을 듣고 있나?"

"듣고 있네. 걱정이 된다면 비밀을 지키겠다는 약속을 하겠네."

"무슨 일이 있어도 비밀을 지켜 주게."

이방근은 갑자기 눈앞에 있는 유달현의 존재가 자신을 압박해 오는 것을 느꼈다. 그의 태도가 오만하게 보였다. 지금까지 이방근은 유달현이 조직의 일원이라는 것은 알면서도 한 개인으로서 그를 대해 왔다. 그런데 지금, 무장봉기라는 검은 구름 같은 말과 함께 유달현이 자신의 위로 날아오르듯 덮쳐 오는 것이었다. 유달현은 결코 혼자가 아니었다. 개인적인 존재도 아니었다. 조직이라는 눈에 보이지 않는 무슨 괴물 같은 것이 구름처럼 이방근을 감쌌다. 그 구름 속에서 남승지의 얼굴이 나타나 유달현과 겹쳐지면서 다가왔다. 이방근은 무심코 고개를 흔들었다. 그는 몸을 앞으로 밀어내듯 탁자에 손을 뻗어 담배를 집어 든 뒤 천천히 입에 물었다. 찰칵 하고 눈앞에서 라이터가 켜지더니 유달현의 손이 코앞으로 쭉 뻗어 왔다. 미군용 라이터의 불꽃에 미간이 뜨거워지는 것을 참으며 천천히 담배에 불을 붙였다. 이런 일로 찾아온 유달현에게 남승지의 소식을 기대하다니 참으로 어리석기 그지없었다. 남승지……, 그는 유달현과 같은 소속이었다. 이방근은 남승지와의 사이에 커다란 간극이 있다는 것을 비로소 깨달은 느낌이었다. 음, 무장봉기라……, 설마 헛소리는 아니겠지. 이 녀석은 나에게 무슨 큰 선물이라도 짊어지고 온 것으로 착각하고 있어. 그러나 이 박쥐 같은 자식아! 네가 하는 말 때문에 내 세계가 흔들리진 않아.

"그 일은 언제 시작하는가……? 이렇게 물어도 되는지 모르겠지만."

이방근은 자신의 목소리가 얼빠진 나무인형 같다고 생각하면서 말했다.

"아니, 물어봐도 괜찮네. 난 자넬 믿고 있으니까. ……한두 달 내 시작될 걸세." 유달현의 얇은 입술이 야무지고 탄력 있게 움직였다. 그는 분명히 자신이 위에 서 있다는 것을 의식하고 있었다. 그는 차를 홀짝거리며 마셨다. "우린 무엇보다 망국의 단독선거를 분쇄하지 않으면 안 되네. 이승만을 괴뢰 대통령으로 만들려는 미 제국주의의 음모를 분쇄해야 돼, 당연한 얘기 아닌가. 매국노가 아니라면 국민학생도 다 아는 일이지. 이방근 동무, 우리는 지금 애국이냐 매국이냐의 기로에 서 있다네. 이 섬에서 제국주의 침략세력과 그들의 앞잡이인 '서북' 놈들을 몰아내기 위해 우리는 무장봉기를 일으킨다네. 당 조직의 결정일세. ……음, 시간이 다 됐군, 이방근 동무, 난 이만 돌아가야겠네……. 누군지는 모르지만, 이럴 땐 여섯 시에 온다는 그 손님과 얼굴을 마주치지 않는 편이 좋을 테니까. 그럼 난 가겠네."

유달현이 먼저 일어서고 이방근이 그 뒤를 따랐다. 유달현은 이방근에게 다가와 왼손으로 키 큰 상대방의 어깨를 감싸 안듯이 악수를 청했다. 이방근은 기계적으로 손을 내밀었다. 유달현은 이방근의 손을 꽉 잡으며, 고맙네, 갑자기 찾아와서 미안했네만, 오늘은 정말 뜻깊은 날이었네, 함께 투쟁하세, 라고 약간 술 취한 사람처럼 말했다. 두 사람은 방을 나왔다. 밖은 어두웠다. 이방근은 집 밖으로는 나가지 않고 대문까지만 전송했다. 유달현의 발소리가 멀어져 갔다. 돌아갈 때 그는 찾아올 때와는 달라져 있었다. 불과 반 시간도 못 되는 사이에 마치 제복을 입은 사람처럼 점잖을 빼는 듯한 태도로 바뀌어 있었다.

마치 태풍이 지나간 듯한 유달현의 출현이었다. 어처구니없는 녀석, 어머니 제사 이야기를 하다가 무장봉기로 화제를 바꾸다니……. 하필이면 유달현 같은 자에게 그런 이야기를 들을 줄은 꿈에도 생각지 못했다. 이방근은 유달현을 경멸하고 있었다. 그런 인간에게 무장봉기 계획을 전해 들었다는 것이 매우 자존심을 상하게 했다.

이방근은 일제 말기에 사상범으로 체포된 뒤 서울형무소에서 미결수로 1년 남짓 복역한 적이 있었다. 그러던 중 폐결핵에 걸려 보석으로 풀려났는데, 그때 '불온사상' 운동에는 절대 가담하지 않겠다는 '전향'의 뜻을 표명하고 말았다. 해방 후에도 그는 그 사실을 자신의 커다

란 잘못으로 인식하여 주변의 간곡한 권유에도 불구하고 사회의 전면
에 나서는 일을 피해 왔다. 해방 직후에는 감옥에 갔었다는 경력이
권위 있는 '훈장'처럼 인정을 받았고, 그 훈장을 달고 있는 사람은 남
들의 존경을 받았다. 그러나 실제로는 전향하여 일본 제국주의의 협
력기관에서 적극적으로 일하던 자들이 해방 후에는 '재전향'하여 당에
입당하기도 했다. 이방근은 자신의 옥중 생활의 내용만이 아니라 그
런 경력 자체를 남에게 거의 말하지 않았는데, 그런 완고한 태도는
남들에게 반감을 불러일으켰고, '엄격'이라는 선을 넘어서는 애국전선
으로부터의 이탈로 받아들여졌다. 그러므로 그의 무질서한 생활을 사
람들이 알게 되었을 때, 이를 탈락자 모습으로 받아들이는 것도 무리
가 아니었다. 유달현은 이러한 이방근을 특별(비밀)당원으로 포섭하
기 위해 공작을 꾸미고 있었다.

　이방근은 시류에 편승한 삶을 살아가는 유달현을 경멸했다. 일본
지배체제가 그대로 유지되었다면 유달현은 아마 조선총독부 기관 내
에서도 충실하고 유능한 관리가 되었을 것이다. 그것을 상상하면 온
몸에 소름이 끼칠 때가 있다. 그런 그가 해방 후에는 애국전선 쪽에
붙어서 활동하고 있었는데, 이방근은 그 사실 자체를 부정하기보다는
오히려 평가하는 입장을 취하고 있었다. 그렇다고 경의를 표하며 그
를 대한 것도 아니었다. 해방 직후 좌익만능의 상황에서, 아무런 생각
도 없이 입으로만 '혁명'을 외치거나, '혁명' 앞에 '반(反)' 자를 붙이기
만 해도 상대방을 단죄함으로써 자신의 입장을 절대화하려는 의식구
조 자체를 이방근을 경멸했다. 그가 보기에는 유달현도 그런 인간 부
류의 한 사람이었다.

　이방근은 한동안 소파에 멍하니 앉아 있었는데, 무장봉기라는 말이
유달현의 입에서 나왔다는 것만으로 실없는 소리처럼 여겨졌다. 아

니, 소리 내어 웃기까지 했다. 그는 의식적으로 그렇게 생각하려 했다. 그러나 이 일은 유달현의 개인적인 문제가 아니었다. 통보자인 유달현과 관계없이 충격적인 사실임에 틀림없었다. 유달현 이 자식……, 하필이면 그런 놈한테 이런 이야기를 듣다니!

"남승지라……."

이방근은 무심코 중얼거리고 나서 그것이 남승지의 이름이라는 것을 깨닫고 깜짝 놀랐다. 그럴 리가 없다. 지금 유달현을 생각하고 있었기 때문에 그의 이름을 잘못 말했는가 싶었지만, 그렇지도 않은 것 같았다. 유달현과 함께, 아니 그를 밀어내듯 남승지가 이방근의 의식 전면에 떠올랐던 것이다.

"흐음, 남승지……."

이방근은 소파에 등을 기댄 채 투명한 유리 재떨이에 어지럽게 눌러 끈 담배꽁초를 물끄러미 바라보았다. 거의 대부분 유달현이 피운 담배꽁초였다. 흘러넘친 담뱃재가 탁자 위에 떨어져 있었다. 이것이 갑자기 나타났다 허겁지겁 사라져 간 유달현의 흔적이었다. 난잡하고 더러운 담배꽁초와 찻잔이 없었다면 유달현이 눈앞에 나타나 무언가를 거침없이 이야기하고, 마치 절규와도 같은 여운만을 남긴 채 사라져 버렸다는 사실이 믿기지 않았을 것이다. 무언가 피로를 느끼게 만드는 유달현의 방문이었다. 그렇다고 하더라도 농촌의 일부에서는 이미 경찰과 민중 사이에 작은 충돌이 일어나고 있었는데, 현재의 사태가 자기 주변에서부터 전체적인 무장투쟁으로 옮겨 가고 있다는 것을 전혀 모르고 있었던 것이다.

여섯 시가 지나자 양준오가 왔다. 소파에 앉은 그는 탁자 위를 보고 손님이 왔었다는 것을 알아차린 듯했다. 그는 담배를 한 대 피워 물고는 머지않아 재떨이에 재를 털었는데, 말없이 주머니에서 휴지를 꺼내 탁자 위를 닦기 시작했다.

"그냥 둬."

이방근은 기계적으로 말했다.

"내 재떨이도 더럽지만, 담배를 피우지 않는 사람이 보면 그게 몹시 불결해 보이는가 봐요. 이쪽은 전혀 느끼지 못하는데 말이죠. ……무슨 일인지, 이 꽁초들은 모두 뒤틀리고 짓눌러 꺾여 있군요."

그러고 보니 깨끗한 꽁초는 거의 없었다. 꽁초라고 할 수도 없었다. 말았던 종이가 찢어져 담배 부스러기가 잔뜩 흩어져 있었다. 유달현이 비벼대듯 눌러 끈 흔적이었다. 공격적으로 나오면서도 그 나름대로 초조해하고 있었던 게 분명했다.

"유달현 선생이 왔다 갔다네. 결혼식장에서 만났다 헤어졌는데, 한잠 자고 있을 때 찾아왔더군."

"유달현 씨가……, 하아……. 아직도 안색이 좋아 보이지 않는데요, 두통은 좀 나아졌습니까?"

"한잠 자고 났더니 머리는 좀 개운해진 것 같은데, 왠지 우울해. 날씨 탓인지, 생각이 정리되질 않아."

"그건 또 무슨……, 꼭 노인네 같은 말씀을 하시는군요. 이 형답지 않게 약한 소리를 다 하시네요."

"어째서 이게 약한 소리란 말인가?"

"이 형은 우울하다든가, 그런 어설픈 말투는 거의 쓰지 않거든요. 낮에는 날씨가 기분 나쁘다고 하질 않나, 오늘 이 형은 좀 감상적이라고나 할까요……. 좀 쉬는 게 어떻습니까, 피로가 덜 풀린 모양입니다. 혼자 있는 게 좋을지도 모르겠군요. 전 이만 가 보겠습니다."

"방금 온 손님께 그럴 수야 없지. 그리고 난 언제나 혼자라서 싫증이 날 정도야." 이방근은 문득 지금 막 들어온 양준오가 곁에 있어 주었으면 좋겠다고 생각했다. "그런데 왜 그게 감상적이란 말인가?"

"……순간적으로 그렇게 느꼈을 뿐입니다. 제가 잘못 생각했는지도 모르지만, 사실 이 형과 '감상적'이란 말은 어울리지 않는 느낌이 들어요. 이 형에게는 역시 가진 자의 비정함 같은 게 있습니다. 그러니까, 부잣집 도련님 같은 구석이 없다고도 할 수 없고……."

"매우 신랄하군……, 에−헷. 그 말은 어린애의 잔혹함과 통한다는 뜻이겠지."

"아니, 아닙니다. 그런 뜻이 아닙니다." 양준오는 너무 말라 갸름해진 얼굴을 쓴웃음으로 일그러뜨리며 손을 크게 내저었다. "그게 아닙니다……. 설명하긴 어렵지만, 그런 게 아니고, 이 형이야말로 '잔혹한' 해석을 하시네요."

"잔혹한 해석이라……. 우리 어쩌다 또 이런 얘길 하게 됐나, 화제를 바꾸세."

이방근은 자리에서 일어나 창가의 책상 위에 있던 양주병을 들고 와서는 탁자에 놓았다. 그러더니 소주가 낫겠군……이라고 중얼거리며 방을 나갔다.

이방근이 방에 돌아온 뒤 다소 시간이 지나자 부엌이가 커다란 호리병, 술잔과 컵, 그리고 두껍게 썬 돼지고기와 김치 접시 등을 담은 쟁반을 들고 들어왔다. ……냄새가 났다. 온돌방이 데워질 때 조금 숨이 막히는 듯한 냄새, 아니 날고기에서 나는 냄새, 이 냄새에 그는 가벼운 전율을 느꼈다. 이 여자의 냄새는 이 방 안에, 온돌방에, 그리고 내 몸에 배어 있는 것이 아닐까 하는 생각이 들었다. 어쩌면 다른 사람들은 모르는 자신만이 맡는 냄새일지도 모른다. 그녀는 묵묵히 탁자 위를 치우고 가져온 행주로 깨끗이 닦더니 말없이 나갔다. 그녀가 천천히 몸을 돌릴 때 절구통 같은 허리가 흔들리는 것처럼 보였다.

치마를 입어서 잘 드러나지 않았지만 듬직한 허리는 잘록한 편이었고, 시골 여자치고는 발목도 가는 편이었다. 화장을 하지 않아 꽤 나이 들어 보였지만, 햇볕에 탄 살결에는 아직도 윤기가 남아 있었다.

두 사람은 호리병에 담긴 소주를 서로의 잔에 따랐다. 이 지방 특산인 좁쌀 소주로 일명 도둑술이라고도 한다. 찰지면서도 깔끔한 맛이 일품이었다. 쫀득쫀득한 돼지고기에는(아이 손바닥만 한 돼지고기를 알맞게 익은 김치에 싸서 한 입에 털어 넣는다) 고구마 소주도 좋았지만 그래도 좁쌀 소주가 최고였다. 이방근은 젓가락을 들었다. 결혼식장에서는 수저를 들지 않았는데 지금은 이상하게 식욕이 돋았다.

잠시 시간이 흐른 뒤 양준오가 약간 취기가 도는 말투로 유달현과는 오래 사귀었는지 물었다. 이방근은 갑작스러운 질문에 가슴이 덜컥하면서 국민학교 동창이라고 대답했다.

"옛날부터 아는 사이라 해서 친하다고 할 순 없겠지. 그가 뭣 때문에 왔다고 생각하나. 우리 어머니 제삿날을 물으러 왔다더군."

"으음, 그건 또 지나치게 예절 바른 사람이군요……. 제삿날은 언제인데요?"

"며칠 안 남았어. 곧 알게 될 거야."

"애매하게 말하지 말고 확실히 알려 주세요."

"너무 놀리지 말게. 솔직히 말해서 나도 잘 몰라. 여동생이 곁에 있었다면 금방 알아맞혔을 텐데……. 그 앤 할아버지 할머니 제삿날까지 똑똑히 기억하고 있거든. 이런 일은 여자가 잘 아는 법이야. 유달현에게도 그렇게 말했더니 묘한 얼굴을 하더군."

"여동생은 오나요?"

"그 앤 효녀야……."

이방근은 자신도 모르게 갑자기 올라온 취기로 인해 말을 끊었다.

왼쪽 머리부터 찌르르 저리는 듯한 취기가 급격히 올라왔다. 퍼져 가는 취기에 몸을 맡기듯 잠시 눈을 감았다. 여동생, 유원…… 특이했다. 순식간에 남승지가 여동생의 얼굴과 겹쳐 보였다. 남승지…… 어젯밤의 기묘하게 텅 빈 지옥의 꿈. 모든 소리가 사라진 상하좌우를 알 수 없는 무한한 공간 속에 그가 있었다. 그때 그곳에 함께 있다는 사실만으로도 서로 무언가를 납득하고 있어야 했다. 그러나 그 꿈은 두 사람의 이해를 나타내는 게 아니라 무언의 적대적인 모습을 상징하고 있는 건 아닐까. 좀전 유달현의 출현이 이를 뒷받침한다. 꿈속에 되살아난 망자처럼 가만히 나를 지켜보고 있었다. 이방근은 문득 남승지를 성내에서 보았다는 사람이 있는 모양인데 자네와는 만나지 않았느냐고 물어보려다 그만두었다. 지금 막 이름을 들먹인 유달현과 연결될지도 모른다는 기분이 들었던 것이다.

양준오를 집에 부른 것은 자신이었고, 상대는 도지사가 부탁한 일로 찾아온 것이었지만, 이방근은 관리들의 재미없는 이야기를 지금 이 자리에서 점잖은 척 되풀이하고 싶지는 않았다. 다만 점차 취기가 돌면서, 남승지의 존재가 마음속에서 손발을 벌리고 꿈틀거리기 시작했다. 이방근의 안에 있는 남승지는 목구멍을 비집어 열고 입 밖으로 나오고 싶어 했다. 덥구만……. 이방근은 웃옷을 벗고 넥타이를 느슨하게 풀었다. 덥군, 뱃속이 뜨거워지기 시작했어……, 양 동무, 자아, 잔을 비우게, 으음, 오늘 밤은 이야기보다는 술이나 마시자구, 좀 있다가 여자 있는 술집에라도 가 볼까……. 급격한 취기는 어느 단계에 오르자 평온을 되찾았다. 술이 깨고 있는 게 아닌가 하는 착각이 일어났다. 눈꺼풀이 무거워지면서 감미로운 졸음이 밀려와 잠시 눈을 감았지만, 정말로 졸린 것은 아니었다. 알코올의 자극으로 맑아지기 시작한 머릿속의 깊고 넓은 곳에서 남승지의 존재가 다가오는가 싶더니 어느새 유달현 쪽을 향해 가기 시작했다. 여동생의 이미지가 남승지와 겹쳐지더니 그 위에 다시 유달현의 모습이 떠올라 이방근을 괴롭혔다. 남승지가 성내에 왔다는 사실조차도 유달현의 갑작스러운 출현에 의해 무슨 특별한 의미를 지닌 것처럼 생각되었다.

전복 같은 해산물과 산나물 등의 음식물이 들어오고 얼마간 지난 뒤 식사가 나왔다. 두 사람은 서 홉들이 호리병 두 개를 비우면서 배불리 먹었다. 어찌 된 셈인지 소주만 마시고 위스키는 손을 대지도 않은 채 남겼다. 두 사람 모두 술을 잘하는 편이었지만, 도수가 센 소주 서 홉이면 취했다. 목소리가 촉촉해진 것을 보니 분명히 취한 모양이다. 만취하지는 않았지만, 술기운은 상당히 깊은 곳에 닻을 내리고 있는 듯했다.

길에는 짙은 안개가 깔려 있었다. 여전히 바람이 없는 탓에 흐르지 않는 안개는 마치 바다 속이라도 걸어가는 듯한 느낌을 주었지만, 취기가 돈 발걸음이 경쾌했다. 움직임이 없는 안개 속에 조금 흐트러진 두 사람의 발자국 소리만이 귓전을 울렸다. 말소리나 발자국 소리가 없다면 누가 앞에서 다가오고 있는지 분간할 수 없었다. 자욱한 안개 냄새가 났다. 정액을 물에 희석시킨 듯한 냄새……. 묘한 착각이 일어났다. 안개는 땅을 가득 채운 엄청난 양의 정액이 기화한 것은 아닐까 하는 생각이 들었다. 머지않아 촉촉하게 얼굴이 젖었다.

"짙은 안개군요."

"으음……."

"발밑을 조심하세요……."

"염려 말게, 정말 묘한 날씨구만."

어깨를 나란히 하고 걷는 두 사람 사이에도 안개의 베일이 쳐졌다.

"내일은 날씨가 맑겠네요."

"……"

어둠 속에서 켜진 빨간 성냥 불빛에 이방근의 얼굴이 비쳐 보였다. 담배 연기가 하얗게 피어오른다.

"양 동무―"

이방근이 갑자기 메마르고 긴장된 목소리로 말했다.

"예……."

"남승지는 요즘 어떻게 지내나?"

"……" 양준오는 상대방의 얼굴을 바라보았다. 그리고 낮은 목소리로 말했다. "한동안 만나지 못했는데요."

"최근에는 성내에 오지 않나?"

"제가 알기로는 오지 않는 것 같은데요."

앞쪽에서 발자국 소리가 들리더니 두 남자가 스쳐 지나갔다. 마을의 청년들일 것이다. 북국민학교 앞에서 왼쪽으로 돌았다. 광장으로 나가면 바로 C길 입구였다.

"왜 그러세요, 갑자기?"

"하하아, 특별한 일은 아니야. 그냥 생각이 났을 뿐이야……, 만나보고 싶군. 이상하게 갑자기 만나고 싶어졌어."

"……"

"꼭 만나고 싶다네. 자네라면 방법이 있겠지……."

양준오는 갑자기 걸음을 멈추고 재채기를 두 번 했다. 안개 탓인지도 모른다.

"에이, 제기랄, 웬 놈의 재채기야." 양준오는 손수건을 꺼내어 입 주변을 닦으며 말했다. "……음, 너무 갑자기 말씀하셔서."

"하하아, 이것도 내 변덕인가, 자네한테는 달갑지 않은 변덕인 모양이군. 이유는 나중에 얘기하지. 지금은 내 말을 기억해 주기만 하면 돼."

"예, 그렇게 하겠습니다."

양준오는 손수건을 점퍼 주머니에 넣으며 말했다.

C길로 나왔다. 시간은 아직 여덟 시 전이라 거리는 밝았다. 안개 속을 지나가는 통행인이 마치 유령처럼 보였다.

두 사람은 C길가에 있는 '신세기'로 들어갔다. 문을 열자 우윳빛 안개가 연기처럼 흘러들었다. 여성의 새된 웃음소리가 왼쪽 카운터에서 들렸으나 이방근의 모습을 보자 여성들은 갑자기 조용해졌다. 아직 시간이 이른 탓인지 몇 개 있는 칸막이 테이블 중에 두 자리에만 손님 몇 명이 앉아 있을 뿐이었다. '신세기'는 최근에 문을 연 성내의 유일한, 아니 제주도에서 유일한 호화스러운 카바레였다. 도회지처럼 밴드는 없었지만 흔치 않은 전축으로 유행가를 틀고 있었다.

한 여성이 카운터에서 일어났다. 그리고는 등을 꼿꼿이 펴고 긴 보라색 비로드 치마를 팔랑거리며 이방근 쪽으로 다가오더니 "아이고 선생님, 어서 오세요……."라며 반갑게 맞았다. 약간 들창코에다 입술이 통통한 것이 남자깨나 따를 관상의 여성이었다. 그때 또 한 여성이 자리에서 일어났다.

뭐, 뭐이, 선생님이라구……, 잠자코 있어! 노타이 와이셔츠에 검은 양복을 입은 남자가 여자의 허리를 끌어안고 당기면서 소리쳤다. 남자들은 위스키를 마시고 있는 모양이었다. 꽤 취한 목소리였는데, 이방근은 순간적으로 놀라 그쪽을 바라보았다. '서북' 사투리였기 때문이다. 여자는 곧 돌아올 테니……라고 말하는 것 같았지만, 허리를 안고 가슴 쪽으로 쓰러뜨리며 놓아주지 않는다. 이런 짓은 싫어요…… 여자가 몸부림친다. 참 시끄럽구만……. 이방근과 양준오는 칸막이 안의 테이블을 사이에 두고 앉았다. 곧 가게 안쪽에서 여성 하나가 다가와 양준오 선생님, 안녕하세요, 오랜만이네요……라며 양팔을 벌린 과장된 몸짓으로 인사를 하고 난 후 그의 옆에 앉았다. 그러더니 금세 반갑다는 듯이 팔을 잡았다.

이방근은 출입구를 등지고 앉아 있었는데, 왼쪽 카운터의 말소리가 잘 들렸다. ……으음, 지금 들어온 것이 그 통역 아닌가, 으으이……, 내가 그놈에게 여자를 빼앗기고 가만있을 성 싶은가, 으으이……. 여자들과 카운터의 마담이 소리를 낮추며 달랜다. 뭐이 어째……? 또 한 선생은 지체 있는 집안의 자식이라고……, 그런 사장이고 선생이고 알 게 뭐야, 난 이 섬에 온 지 얼마 되지도 않았단 말이야. 내 말 잘 들어, 우리에게 덤비지 마, 서북청년회를 반대하는 놈들은 모두 빨갱이란 말이야. 우리는 이 섬을 공산주의로부터 지켜 주려고 왔어, 놈들은 조국을 소련에 팔아넘기려는 악마야. 으음, 저 두 사람은 그렇지 않은 모양이지만, 이 섬에는 빨갱이가 우글거리지 않느냐 말이야, 으으이…….

양준오의 시선이 줄곧 소리가 들려오는 테이블 쪽으로 비스듬히 향하고 있었다. 축항 근처의 제일여관 주인인 과부를 빨갱이로 잡아넣겠다고 협박하여 범한 뒤 결국 그 기둥서방이 된 '서북' 간부도 있었지만, 어쨌든 빨갱이를 소탕하는 것이 '서북'의 대의명분이었다. 여자들은 두 사내에게 맥주를 따르고 애교를 부리면서 비위를 맞춘다. 이방근의 옆에 앉은 여자는 그의 팔을 잡으려고 하지 않았다. 그가 싫어하는 것을 알고 있었기 때문이다. 그런 선생님이 더 좋아요, 곁에 있기만 해도 몸이 뜨거워져요, 라고 그녀가 말한 적이 있다. 어이, 순자, 이리 와! 그녀는 카운터에 있는 남자가 눈치 채지 못하게 얼굴을 찡그리며 쓴웃음을 지어 보였다. 대답을 하지 않았다. 이방근은 순자에게 카운터로 가라고 했지만, 걱정 마세요……라고 했다. 그리고 전 선생님이 좋은 걸요……. 이방근은 맥주 한 병만 마시고 나가야겠다고 생각했다. 잘못하면 그들이 시비를 걸어올 것 같은 예감이 들었다. 만취하지는 않았지만, 소주 서 홉의 취기가 몸속에서 심지처럼 굳어져 불을 붙이면 폭발할 정도로 뜨거워져 있었다.

칸막이 테이블에서 나온 두세 사람이 춤을 추기 시작했다. 음악이 민요로 바뀌어 있었다. 양팔을 넓게 벌리고 어깨를 부드럽게 으쓱이며 춤을 춘다. 여자들이 끼어들어 함께 춤을 추기 시작했다. 얼씨구, 좋다! 템포가 빨라진다. 여자들의 화려하게 펼쳐진 치맛자락이 춤을 춘다. 순자가 말했다. 저기요, 선생님, 저 남자와는 상대도 하지 마세요. 바로 2, 3일 전에도 요 앞 선술집에서 노인을 마구 폭행했어요. 화장품 냄새가 코를 찌른다. 어이, 순자! 테이블을 술잔 바닥으로 두들기는 소리가 났다. 어이, 순자, 이리 와! 절씨구나, 조오타! 레코드의 볼륨이 높아지고 명창이 부르는 민요 가락에 맞추어 춤판이 계속되었다. 사람들은 흥에 젖어 있었다. 얼씨구나 조오타! 왜 이리 시끄러워, 노래 좀 그만하란 말이야! 사람들은 마치 뜀박질을 하듯 빙글빙글 돌며 윤무를 추기 시작했다. 두 사람은 맥주잔을 계속해서 비웠다. 한 병만 마신다는 것이 술이 술을 부르는 판국이었다.

"어이, 사장님!" 드디어 그 남자가 이쪽을 향해 소리를 질렀다. "오늘 밤은 당신들이 우리 술값까지 내든가, 그 여자를 이쪽으로 보내든가 하시오……, 아니면 내 말이 맘에 들지 않는다는 것인가……."

점퍼 차림의 다른 남자도 취한 얼굴로 이쪽을 돌아보았다.

그 말이 끝나자마자 이방근이 순자의 허리에 오른손을 감고 보라는 듯이 자신의 가슴 쪽으로 끌어당겼다. 순자가 놀란 듯 작은 소리로 비명을 질렀지만 곧 아양을 떨면서 몸을 기대 왔다. 그때 저쪽 테이블에 있던 사내가 소리를 지르며 벌떡 일어났다. 그는 주위를 압도하듯 양팔을 벌리더니 갑자기 이방근 쪽으로 돌진해 왔다. 급박한 순간이었다. 이방근은 여자를 밀쳐 내고 칸막이를 튀어나와 상반신을 비스듬히 기울여 피하면서 이미 취해 비틀거리는 상대의 발을 걸어 힘껏 걷어찼다. 여자들이 비명을 질렀다. 테이블이 기울어지고 맥주병이 쓰러졌다. 같이 온 사내와 양준오가 서로 공격 자세를 취했지만, 이미 상대방은 기가 꺾인 듯했다. 이방근은 일어서려는 사내의 옆구리를 걷어찼다. 가죽 구두가 깊게 파고들자 사내가 신음소리를 냈다. 다시 한 번 걷어찼다. 위장에 피가 가득 고이고 입으로 피를 울컥 토해 낼 것 같은 구두 끝의 감촉이었다. 사내는 다시 고문이라도 받는 것처럼 신음소리를 냈다. 취기로 맑아진 머릿속에 살기가 감돌았다. 이방근은 다른 사내에게 몸을 돌렸다. 서북 지방 특유의 박치기를 경계하지 않으면 안 되겠지만, 학생 시절부터 운동으로 단련된 체력에는 상당한 자신이 있었다. 춤을 추던 사람들이 주위에 몰려들었다. 다들 입을 모아 죽여, 죽여 버려! 라며 소란을 피웠다. 종업원 두 사람이 그제서야 싸움을 말리려 들었다.

싸움은 맥없이 끝났다. 마담이 거절했지만, 이방근은 싸운 두 사내의 술값까지 함께 계산했다. 아이고, 선생님……, 순자는 이방근이 싫어하는 것도 잊은 채 그의 팔에 매달리듯 몸을 기대 왔다. 선생님도 참…… 하며 그녀는 애교를 부리듯 한숨을 지었다.

두 사람은 짙은 안개 속으로 나왔다.

3

　두 사람은 지프로 경찰에 연행되었다.

　'신세기'를 나와 바로 근처의 선술집에서 한잔 더 하고 있었는데, 소대 병력쯤 되어 보이는 경찰이 지프 세 대에 나눠 타고 달려왔다. 상해를 가한 현행범을 체포한다는 것이었지만, 마치 전투부대와 같은 과장된 출동이 '범인'들보다도 선술집 여자와 이웃, 그리고 지나던 사람들을 놀라게 했다. 선술집에 들어온 지 반 시간도 지나지 않아서였다.

　안개가 자욱한 가운데 C길에서 엎어지면 코 닿을 거리인 경찰서까지 지프를 타고 가는 어처구니없는 상황에 이방근은 소리 내어 웃었다. 그는 양준오와 경찰관 사이에 낀 채 맨 앞 지프의 뒷자리에 앉아 있었는데, 황당한 생각에 헛웃음만 나왔다. 그와 동시에 딱딱한 구둣발로 상대방의 옆구리를 힘껏 걷어찼을 때의 통렬한 감각이 되살아나자 이방근은 꼬고 앉은 오른쪽 다리를 흔들었다.

　"이게 무슨 난리람." 이방근은 웃으면서 말했다. "양 동무, 오늘 밤은 괜히 집으로 불러서 미안하네. 오늘은 아무래도 날씨가 수상하다 했더니, 술도 제대로 마시지 못하고 말았군. ……음, 그나저나 어마어마한 체포 작전을 벌인다는 게 이렇게 헛물을 켜고 말았으니, 경찰이야말로 가엾은 처지가 됐군 그래. 하아, 하, 하아."

　"……" 양준오는 한동안 잠자코 있다가 울컥하는 목소리로 말했다. "이 형, 농담이나 하면서 웃고 있을 때가 아닌 것 같은데요."

　취기가 느껴지는 양준오의 목소리에는 패기가 있었고, 여전히 분이 풀리지 않는 모양이었다. 조금 전의 선술집에서 그답지 않게 흥분하여 경찰에게 대드는 것을 이방근이 타일러 연행에 응했던 것이다.

그런데 경찰대는 '서북'에 대한 상해 사건이라고 해서 급히 달려와 보니, 현장에서 조금 떨어진 선술집에서 여유롭게 술을 마시고 있는 이들이 이방근과 양준오였다는 사실에 적잖이 놀란 모양이었다. 통보가 정확하지 않았던 게 틀림없었다. 오 경사(순사부장)가 지휘관다운 의연한 자세를 취하면서도 당황한 표정으로 이방근에게 인사를 했다. 경찰 대부분이 이방근과 양준오를 알고 있었다. 특히 양준오의 경우는 경찰서 건물과 군정청이 있는 도청 건물이 검찰청이나 법원 등과 같은 구내에 있기 때문에 어디선가 얼굴을 마주쳤다 해도 이상할 것이 없었다. 그러나 허리에 찬 경찰봉에 손을 바싹 붙이고 우르르 몰려들어 온 그들의 모습에는 살기가 가득했다. 각각의 표정보다도 집단적인 제복 그 자체가 살벌한 분위기를 자아내며 한순간에 사람을 주눅 들게 하는 힘으로 가게 안을 압도했다.

오고 가던 행인들이 선술집 앞에 모여들고 '신세기'의 손님과 여자들까지 몰려나왔는데, 그중에는 순자의 모습도 보였지만 '서북'의 두 남자는 없었다. 조금만 거리를 두어도 얼굴을 알아보기 어려운 안개 속에서 경찰들이 체포하겠다! 당신들도 공무집행방해죄로 연행하겠다고 고성을 지르며 구경꾼들을 쫓아내는 소리와, 도망칠 자세를 취하면서도 경찰을 비웃는 사람들의 외침이 뒤엉켜 몹시 소란스러웠다.

선술집 안에서 이방근을 어리둥절하게 만든 것은 늘씬한 키에 중절모를 쓴 김동진이 한 손에 메모지를 들고 들어오는 모습이 보였기 때문이었다. 그러나 특별히 이상할 것도 없었다. 『한라신문』은 C길가에 있었고, 잔업이나 야근 중이었을 신문기자인 그가 사건 현장으로 달려오는 것은 당연한 일이었다. 오히려 오지 않는 것이 이상했다. 그는 붙임성 있게 기자증을 내보인 뒤 경찰들 사이를 뚫고 가게 안으로 들어왔는데, 이방근을 보더니 중절모 아래의 선량한 웃음을 약간 비장한 표정으로 바꾸면서 인사를 했다. 그리고는 메모를 보면서 곁에 있는 경찰들과 무슨 말인지 나누는가 싶더니, 도발 행위를 한 것은 상대방이니 정당방위가 아닌가……, 무슨 소리야, 여기는 취재 장소가 아니야, 신문기자는 주제넘게 나서지마…… 하면서 서로간의 말다툼이 시작됐다. 마침 그때 양준오가 술 냄새를 풍기며 수갑이라니 그게 무슨 소리야, 어디 한번 수갑을 채워봐! 라면서 고함을 지르고 있었기 때문에, 이번에는 두 사람이 함께 경찰들과 옥신각신하기 시작했다. 이방근이 사이에 끼어들었다. 사냥감을 잡으려다 허탕을 친 경찰들 눈에 핏발이 서 있었다. 이방근은 두 사람을 달래고 경찰들을 가게에서 내보낸 다음 앞장서서 지프에 올라탔다. 지프에 탈 때 김동진은 자신도 곧 뒤따라가겠다며 안개 속으로 사라졌다. 지프가 떠날 때까지 참고 있던 순자가, 아이고오, 선생님…… 하면서 탄식하듯 한숨을 내쉬었다.

전조등으로 짙은 밤안개를 가르고 기세 좋게 경적을 울리며 달리던 세 대의 지프는 불과 3, 4분 만에 경찰서 문 앞에 도착했다(도청과 함께 사용하고 있어 경찰서 문이라기보다는 공동의 문이라고 하는 편이 옳다). 전조등 불빛 속에 열려진 문이 나타났다. 문으로 들어서면 정면에 있는 것이 도청 건물이고, 오른쪽으로 경찰서 건물과 담장이 나란히 있는데, 경찰서 현관은 문에서 4, 50미터쯤 되는 곳에 있었다. 선두의 지프가 경찰서 현관 앞에 멈춰 섰다. 태산명동(太山鳴動)에 서일필(鼠一匹)이라는 표현이 실감 나는 요란한 체포 극이었다. '범인'은 간단히 체포되었지만, 수고를 들이지 않은 대신 귀찮은 짐이 된 것도 사실이었다. 지프를 타고 오는 동안에도 '범인'들 쪽이 오히려 여유가 있었고, 함께 탄 오 경사나 다른 순경들은 무거운 침묵을 지키고 있었던 것이다.

경찰들은 일단 정렬했다가 해산했다. 그중에는 경찰봉을 휘두르며 간나 새끼라는 욕설을 내뱉으며 공격 충동을 억제하지 못하는 자들도 있었다. 그 사투리로 보아 '서북' 출신임이 확실했다. 그 곤봉으로 제주도민의 머리를 박살내는 것은 어렵지 않아 보였다. 출동한 경찰 중에서도 '서북' 출신과 제주 출신 사이에 태도의 차이가 있음을 이방근은 알 수 있었다. 경찰서의 커다란 기둥시계가 아홉 시를 치기 시작했다. 경찰에 연행된 이방근과 양준오는 무겁고 조용한 시계 소리를 들으며 경무계로 들어갔다. 현관을 들어서면 바로 왼쪽에 있는 경무계 장실의 옆방이었다.

그곳에서 두 사람에 대한 간단한 조서가 꾸며졌는데, 오 경사는 이방근을 향해 몹시 난처하다는 듯이 정말 죄송하지만 오늘 밤은 경찰서에서 주무셔야 되겠다고 말했다. 그것은 일종의 간청이기도 했다. 이방근은 흥, 하는 냉소만 흘렸을 뿐 아무 말 없이 그에 따랐다. 오 경사로서는 이방근을 자극하면서까지 유치장에 넣을 수는 없었지만, 그렇다고 조서만 꾸미고 두 사람을 석방할 수도 없었던 것이다. '서북'과의 관계를 생각할 때 경찰의 체면을 살려 하룻밤쯤 유치시키는 편이 책임을 회피하기 위해서도 좋을 터였다. 그렇다고 해서 폭력을 휘두르지도 않은 군정청 통역관까지 함께 유치시킬 수는 없었다. 이방근은 그런 정도의 낌새는 눈치 채고 있었고, 하루 이틀 밤 경찰서에 머물러도 상관없다고 생각했다. 다만 양준오가 화를 내면서 오 경사에게 덤벼드는 바람에 입장이 난처했다. 처음에는 한동안 취기 때문에 두 사람의 다툼을 즐기듯이 바라보고 있었지만, 그렇게 마냥 내버려 둘 수도 없었다. 양준오를 말리면서 그만 돌아가라고 권하자, 그렇다면 자신도 함께 유치장에 들어가야겠다고 버텼다. 그러자 이방근은 경찰들이 깜짝 놀랄 만큼 큰 소리로 웃으며, 그것이야말로 자네가 나한테 말한 '감상적'인 행동이야……라고 말하면서 억지로 양준오를 진정시켰던 것이다.

이방근은 의자에서 일어나면서, 만약 우리가 폭행당했다면 '서북'도 연행되었을까, 라고 한마디 던져 보았다. 그러자 오 경사는 작은 코의 불그스름한 얼굴을 의아한 표정으로 가득 채우며, 이 선생은 뜻밖의 말씀을 하시는군요, 우리 경찰은 법의 집행자에 지나지 않습니다. 법에 따라 그들을 연행해서 처벌해야지요, 당연히 연행하고말고요……, 아까부터 피해자는 '서북'이라고 단정적인 주장을 하고 있지만, 경찰로서는 아직 그렇게 단정하고 있지 않으니까……라고 말꼬리를 흐리더니 벌떡 의자에서 일어났다. 두 사람은 웃었다.

방을 나온 이방근은 김동진이 기다리고 있는 것을 보고 깜짝 놀랐다. 까맣게 잊고 있었던 것이다. 마치 짙은 안개 저편의 먼 곳에서 찾아온 사람을 보는 듯한 기분이 들었다. 이방근은 무슨 연유에서인지, 2, 3일 지나면 여동생이 온다네…… 하고 상대방과 별로 관계없는 말을 했다.

유치장은 본관과 복도로 이어진 별관에 있었다. ……더 이상 안으로는 들어갈 수 없다네, 실은 여기까지 따라올 필요도 없었어. 그런 눈으로 보지 말게나. 오랜만에 여기서 하룻밤 신세를 지고 싶은 생각이 드는군. 난 아마 이번이 세 번째일 거야, 아니, 네 번째였던가, 잘 모르겠군, 창피하지만 전부 술에 취해 탈선했기 때문이라네. 자아, 그럼 내일이라도 만나세……. 이방근은 복도 입구에서 양준오와 김동진을 돌려보냈다. 그는 유치장 복도를 걸어가면서 문득 또 아버지께서 낙담하시겠구나 하는 생각이 머리를 스쳤다. 한집에 살면서 최근 2, 3일, 아니 3, 4일인가……, 만나지도 못했다. 코끝에 흘러내린 안경 너머로 빤히 흘겨보듯 상대를 응시하는 듯한 아버지의 얼굴이 바로 근처에서 자신을 엿보고 있는 것 같았다. '서북'을 폭행했다는 소문은 금방 퍼질 것이다. 아버지의 귀에도 들어갈 것이다. 그것도 아마 권력 있는 소식통이 전해 줄 것이다. 아버지로서는 결코 유쾌한 소문이 아니었다. 아버지는 아들이 방탕한 짓을 하더라도 관헌에 거스르는 행동만은 하지 않기를 바라고 있었다.

감방 문이 열리고 안으로 들어가다 이방근은 머리를 부딪쳤다. 취해서 몸을 가누지 못한 것은 아니었다. 문득 간수들의 얼굴을 확인이라도 하듯이 돌아보다가 등을 굽히는 걸 잊었던 것이다.

쿵 하고 부딪친 이마의 화끈거리는 통증을 느끼면서 이방근은 웃었다. 그럼 조심 하십시오⋯⋯, 아픔 속에서 유치장 입구까지 바래다 준 오 경사의 목소리가 되살아났던 것이다. 조심하시라⋯⋯, 바보 같은 놈이! 웃으면서 좁은 감방 안으로 몸을 들이미는 순간, 열 명 남짓한 죄수들의 날카로운 시선을 느낀 이방근은 그 자리에 우뚝 멈춰 섰다. 등 뒤에서 문이 닫히고 열쇠꾸러미 소리와 함께 자물쇠가 채워졌지만 간수들이 물러가는 기척은 없었다. 이방근은 굳게 닫힌 문을 뒤로 한 채 잠시 그대로 서 있었다.

냄새가 났다. 취해 있는 코를 찌르는 냄새는 감방 구석에 있는 변기통에서 나고 있었다. 먼 기억을 되살려 주는 냄새였다. 한 평 반쯤 되는 좁고 긴 감방은 사람들로 가득 차 있어서 마땅히 앉을 곳이 없었다. 이방근은 어리석게도 여기에 어떤 인간들이 갇혀 있는지 사람들의 시선을 온몸으로 느끼기 전에는 전혀 생각지 못하고 있었음을 깨달았다.

"냄새는 좀 나겠지만 얼굴을 찡그릴 것까지는 없을 텐데. 동무는 술에 취했나?" 왼쪽 벽 아래에 앉아 있던 모직 셔츠의 중년 남자가 말했다. 작지만 다부진 몸매에 수염을 기르고 있었다.

"거기 앉게나."

사람들이 조금씩 자리를 좁혀 공간을 만들고, 이방근은 그곳에 커다란 몸을 묻듯이 앉았다. 자리가 불편해서 다시 한 번 고쳐 앉았다. 일제강점기부터 조선인을 감금해 온 낡은 마룻바닥은 울퉁불퉁했다.

"술 냄새가 나겠지만, 여러분, 이해해 주십시오."

"호오, 말하는 품을 보니 이런 곳이 처음은 아닌 모양이군……, 동무는 어디서 왔나?"

상대는 취해서 조금 불그레한 이방근의 하얀 얼굴과, 넥타이와 벨트를 압수당한 고급 양복을 두세 번 훑어보았다.

"어디서 왔냐고……?" 이방근은 바로 대답을 하지 못하고 웃음으로 얼버무렸다. "나는 성내에 살고 있는데, 취해서 사람을 때리는 바람에 현행범으로 체포됐어요……."

"오호, 성내에 살고 있군. 왜 사람을 때렸지? 말다툼인가?"

"맞습니다, 취해서 때린 것뿐이죠."

"으흠, 동무는 학식이 있는 사람처럼 보이는데, 이름이 뭐요?"

"이름……." 이방근은 침을 한 번 꿀꺽 삼키고 잠시 망설였지만, 의외로 순순히 대답이 나왔다. "……이방근."

"이·방근……? 음, 무슨 일을 하고 있소, ……이·방근……, 어디서 들어 본 듯한 이름인데……."

"그쪽은 예의를 모르는 사람이군요." 이방근은 엷은 웃음을 띠며 말했다. "검찰관보다 더하니……, 댁은 누굽니까?"

이방근은 후회했다. 묻지 말아야 할 것을 물었다.

"나 말인가? 나는 강몽구라는 사람인데……, 자네는 요즘 같은 세상에 의외로 태평한 사람이군. 성내에 살고 있다면 유치장에 들어와 있는 우리가 어떤 인간이란 것쯤은 알고 있을 텐데. ……그런 우리에게 이름을 묻다니, 참으로 태평한 인간일세. 여기서는 형무소처럼 이름 대신에 번호가 붙어 있지만, 내 이름은 경찰도 다 알고 있으니까 상관없겠지. 그나저나 자네가 경찰 끄나풀이 아니라는 것쯤은 한눈에 알 수 있어. 이 동무는 유산계급인가……, 음, 동무는 어디 본토 여행이라도 하고 있었던 모양이군……. 본래 어느 유치장이나 나중에 들어온 자가 자기소개를 할 텐데, 그렇고말고, 핫하하하……."

태평한 인간……이라는 말도 무리는 아니었다. 산간벽지에 살지 않는 한, 제주도 사람이 이번 1월의 검거선풍(檢擧旋風)을 모를 리가 없었기 때문이다. 제주도의 경찰서와 지서가 체포된 사람들로 넘쳐 나서, 한때는 행정기관인 면사무소와 학교가 수용소로 사용되기도 했다. 그로부터 한 달 반도 채 지나지 않았다. 따라서 지금 경찰서에 유치되어 있는 사람들 대부분이 사기범이나 도둑 따위가 아니라는 정도는 이방근도 당연히 알고 있어야 했다.

검거는 제주도 전역에 걸쳐 이루어졌으나, 가장 큰 규모의 공격을 받은 곳은 도당 조직 아지트가 있던 N리였다. 제주읍 동쪽에 인접한 조천면 관할하에 있던 촌락 N리에 대한 포위 공격이 어떠했는지 사람들의 입을 통해 이내 성내에도 알려졌는데, 한 마을에서 약 3백 명이 일시에 체포되었다. 당 조직의 간부만이 아니라 많은 마을 사람들이 검거되었던 것이다. 그 이유로는 누가 간부인지 알 수 없어서 모조리 검거했다고 보는 것이 타당할 것이다.

밀고자에 의하여 N리에 아지트가 있다는 것을 냄새 맡은 경찰은 제주도 전역에 걸쳐 동원한 2백 명 정도의 병력으로 한밤중에 마을을 완전 포위한 뒤 새벽녘에 일제 공격을 개시했다. 명백하게 허를 찔린 조직은 이를 미처 예상하지 못했던 것이다. 그중에는 술을 마시며 밤새 이야기를 나누다가 체포된 사람도 있었다. 누가 조직 간부인지 알 수 없었을 뿐만 아니라, 마을 전체가 '해방구'이기도 했기 때문에 여자와 어린애만 남기고 모조리 체포(의심스럽다고 생각되는 경우에는 여자나 어린애도 예외가 아니었다)하여 일단 중학교 교정으로 연행한 뒤, 성내의 경찰과 검찰청으로 몇 대의 트럭에 태워 날랐다. 성내의 동편에서 경찰 트럭 여러 대가 연이어 들어왔다는 소식은 이방근도 들어 알고 있었다. 그가 서재 소파에 꼼짝 않고 앉아 있자니, 당시에는 아직 집에서 하인 노릇을 하고 있던 부스럼영감이 밖에서 그 광경을 목격하고 재빨리 알려 주었던 것이다. 경찰서 구내는 매우 혼잡했고 그 주변에는 무장 경찰이 단단히 지키고 있는 모양이었다. 그러나 이방근은 그 광경을 보기 위해 일부러 나가지는 않았다.

그때 체포된 사람들이 남한만의 '3월 총선거'(나중에 5월 9일로, 다시 5월 10일로 연기되었다)를 앞두고 미 중앙군정청에서 하달한 정치범 석방훈령에 따라 차례로 석방되었지만, 아직도 꽤 많이 남아 있었다. 이 석방훈령은 남한만의 단독선거에 반대하는 2·7전국총파업(1948년 2월 7일) 이후의 투쟁에 대한 회유책인 동시에, '총선거 감시'를 위해 입국한 국제연합 조선위원회의 건의를 받아들이는 형식을 취한 고도의 정치적 판단에 따른 결과물이었다. 지금도 비좁은 감방에 열 명 정도가 수감되어 있지만, 처음에는 3, 40명이 창고에 물건을 채워 넣듯 들어와 있어서 앉을 자리도 없었다는 것과, 취조받을 때는 상당히 가혹한 고문이 계속되었다는 이야기를 이방근도 들은 적이 있었다. 그러나 지금 이 감방의 분위기는 강몽구라고 이름을 밝힌 간부급으로 보이는 남자의 모습이 그러하듯이 그다지 우울하지는 않았다. 이들은 거의 한 달 반가량이나 수감되어 있었다. 전체적으로 안색이 검푸른 것이 육체적으로는 상당히 힘들어 보이면서도(고문과 조밥 한 덩어리라는 식사 탓이었다) 그 표정이 밝은 것은 석방이 눈앞에 다가왔기 때문일

것이다. 강몽구도 자신의 석방이 오늘 내일 사이에 이루어질 것이라고
말했다.

이방근은 그 사실을 알고 내심 안도하는 자신의 감정에 적지 않은
낭패감을 느꼈다. 이방근 또한 유치장이 도둑이나 사기범으로 가득하
리라고는 전혀 생각지 않았다. 그러나 선술집에서 연행되어 감방에
들어올 때까지 그곳에 어떤 인간들이 수감되어 있는지 상상조차 하지
못했던 것은 도대체 무슨 연유일까. 더구나 조금 전에 양준오나 김동
진과 헤어지면서, 오랜만에 여기서 하룻밤 신세를 지고 싶다라든가,
자아, 내일이라도 또 만나세……라는 등 의기양양하게 말했던 일이
갑자기 부끄러운 생각과 함께 떠올랐다. 그것은 경찰들에 대한 일종
의 시위이자 나름대로 계산이 깔려 있었다. 그렇지 않다면 누가 자진
해서 유치장에 들어가겠는가. 그렇다 해도 유치장에 수감되어 있는
이들을 상상했다면 그렇게 가볍게 말하지는 못했을 것이다. 아마도
내일 아침이면 석방되리란 것을 알고서 유치장에 들어온 것뿐이었다.
처음부터 안전이 보장되어 있는 장난에 지나지 않았던 것이다. 과거
일제강점기의 유치장과 형무소 생활은 그렇다손 쳐도, 해방 후에 몇
번인가 유치장에 들어갔을 때의 생활은 이전과는 전혀 달랐다. ……
그러나 이방근은 생각했다. 유치장에 수감되어 있는 사람들을 생각했
다 해도 나는 같은 말을 했을 것이다. 그때 한 말은 내 자신에게 어떤
칼날을 들이대었을 뿐이었다. 나는 나다. 노동자와 농민, 그리고 가난
한 자에게 열등감을 느끼거나 의식하는 식의 속물적인 감상은 없애야
만 한다. 그건 때때로 연약한 정신의 불결한 표현에 불과한 경우도
많기 때문이다……. 그러나 적어도 지금은 이 사람들 또한 곧 석방될
것이므로 이방근이 유치장에서 먼저 나간다 하더라도 그의 마음이 그
다지 불편하지 않은 게 사실이었다.

이방근은 직업이 뭐냐는 강몽구의 질문을 받고도 대답하지 않았지만, 상대방도 그 이상은 꼬치꼬치 캐묻지 않았다. 다만 상대가, 자네도 며칠은 갇혀 있어야겠군, 이라고 했을 때, 내일이면 석방될 거라고 말하려다 그만두었다.

"하긴, 돈에 달렸지. 이 나라 경찰은 돈만 쓰면 내일이라도 나갈 수 있을 거야." 강몽구는 커다랗게 번뜩이는 눈으로 이방근을 응시하며 말했다. "우린 이제 곧 석방되겠지만, 모두 심한 고통을 겪은 데다 벌금까지 짊어지고 나가게 된다네……. 나는 3천 원은 있어야 돼, 핫하하, 난 이런 일엔 익숙해져 있지. 벌금이 아깝긴 하지만, 무턱대고 이곳에 처박혀 있을 수도 없으니 말야, 할 일이 있으니 어쩔 수 없지, 핫하하아……."

그때, 구석의 철창 아래에 놓여 있는 변기 쪽에서 이히, 이힛……하고 경련을 일으키듯 들려오는 여자의 목소리가 이방근을 놀라게 했다. 돌아보니 원숭이처럼 눈이 움푹 들어간 얼굴이 조그만 남자가 고개를 떨군 채 울기 시작했던 것이다.

잠시 침묵이 이어지다 누군가가, 에잇 또 시작이군, 하고 불쾌한 듯이 말했다. 어이, 오늘은 적당히 그만하자고……. 이히, 이히……선생님, 나도 함께 나가게 말 좀 해 주세요, 다 나가고……, 이히……, 나 혼자만 남는 건 싫어요, 모두 나가면 난 간수한테 시달리다 죽고 말 거예요, 혼자 남으면 미쳐 버릴 것 같아요……. 이 사람아, 울기만 하면 마누라가 데리러 오지 않을 거야……. 그렇지, 또 간수한테 실컷 두들겨 맞을 테고……. 우우ㅡ, 만일 간수가 괴롭히려 들면 난 혀를 깨물고 먼저 죽어 버릴 거니까, 거기 신사 양반, 이히이…… 나도 같이 바깥세상으로 데려가 주시구려, 마누라가 큰일이라오, 병으로 다 죽어 간다오, 아이도 마누라도 다 죽어 가고 있다오……. 갑자기 남자가 벌떡 일어나더니 마치 취한 사람처럼 비틀거리며 이방근 앞으로 헤치고 나왔다. 그리고는 그 앞에서 고개를 떨군 채 흐느껴 울면서 몸을 부들부들 떨기 시작했다. 아직 서른이 채 안 돼 보이는, 말라서 목이 가느다란 빈상의 남자였다.

"이 녀석 또 거짓말을 지껄이는군. 이봐, 거짓말은 더 이상 안 하는 게 좋아. 우리한테는 빨리 돌아가지 않으면 마누라가 도망친다며 훌쩍거렸잖아." 변기통 옆에서 광대뼈가 튀어나오고 눈이 매서운 남자가 말했다. "그 녀석은 우는 걸 즐기고 있어요……. 요즘은 매일같이 몇 번씩이나 그렇게 울어요, 꼭 갓난애처럼 말이오. 그냥 선생이 뺨이나 한 대 때려 주면 마치 딸꾹질을 멈추듯이 당장 그치게 될 거요. 상대하지 말고 그냥 내버려 둬요."

그 말을 듣자 빈상을 한 남자는 우우— 하고 더욱 소리 높여 울었다. 우우—, 우후웃—, 난 도둑질을 했어, 난 부끄러워서 고개를 들 수가 없어, 못된 도둑일 뿐이야. 나는 비뚤어지고 겁이 많은 비겁한 놈이야. 이봐요, 신사 양반, 날 좀 때려 주시오, 날 맘껏 때려 줘요! 내 대갈통이 묵사발이 날 만큼 때려서 박살을 내주시오……, 아이고……. 사내는 두 손으로 이방근의 손목을 잡고 떨군 자신의 머리 쪽으로 가져가 힘껏 때리는 시늉을 했다. 사람들은 말없이 바라보고 있었다. 익숙해진 모양이었다. 이방근은 한동안 남자가 하는 대로 내버려 둘 수밖에 없었다. 남자는 정말로 눈물을 흘리고 있었다. 고개를 들자 어둡고 공허한 눈이 슬프게 빛나고 있었다. 계속 울기만 한 탓인지 눈두덩이 부어 있었고 눈이 토끼 눈처럼 빨갰다. 순간, 사내는 이방근의 손을 뿌리치듯 내려놓은 뒤 비틀비틀 일어나 콘크리트 벽 쪽으로 다가가더니 갑자기 이마를 벽에 찧으며 비명을 질렀다.

옆 감방에서 벽을 두드리는 둔탁한 소리가 났다. 강몽구가 천천히 일어나 남자의 목덜미를 움켜쥐고 따귀를 때렸다.

"이제 그만 됐으니, 앉아."

그 목이 인형처럼 움직이던 남자는 그 자리에 허물어져 꺾이듯 주저앉았다. 그리고는 오열하듯이 한바탕 어깨를 들먹거리더니 거짓말처럼 울음을 그쳤다.

복도에서 간수의 발자국 소리가 들리더니 감시창에 크게 뜬 한쪽 눈이 나타났다.

강몽구가 말없이 감시창을 되받아 응시하였다. 간수는 묵묵히 감시창 덮개를 닫고 가 버렸다.

감방은 원래의 평온함을 되찾았다. 이게 어찌 된 일일까. 지금까지의 여자 같은 슬픈 울음소리와 벽을 손톱으로 긁는 듯한 비명이 믿어지지 않을 만큼 유치장 전체가 조용해졌다. 다른 방의 기침 소리와 가래 끓는 소리까지 생생하게 들려왔다. 아무도 지금 일어난 일에 대해 설명해 주지 않았고, 이방근도 굳이 물어보려 하지 않았다. 남자의 공허하고 겁먹은 눈, 정말로 그가 도둑질을 했을까……, 이방근은 강몽구가 이름이나 직업 등을 무례하게 물었던 일이나, 경찰의 끄나풀이 아니라는 것은 한눈에 알 수 있다……라는 말을 했던 이유를 겨우이해할 수 있을 것 같았다. 이 마르고 여자 같은 남자는 실제로 절도범이면서 또한 경찰의 끄나풀인지도 몰랐다.

이윽고 사람들은 몸을 새우처럼 구부리고 누워서 담요 몇 장을 함께 덮고 잠이 들었다. 그중에는 셔츠를 입은 채 뒤집어서 이를 잡는 사람도 있었다. 사람들의 몸이나 담요에도 꽤 많은 이와 기생충이 있을 것이다. 아마도 오늘 밤에는 내 몸으로도 기어들어 올 것이 틀림없다고 이방근은 생각했다.

그는 콘크리트 벽에 등을 기댄 채 가만히 앉아 있었다. 장소도 비좁

앉지만, 자려고 마음먹으면 이대로도 잘 수 있었다. 감방은 복도에 면한 정면이 두꺼운 판자벽으로 그 밑에 식사를 넣어 주는 틈이 나 있었고, 다른 삼면은 콘크리트 벽으로 되어 있었다. 천장은 좁지만 꽤 높아 보였다. 벽은 모두 사람의 등이 닿는 곳마다 기름때로 검게 빛나고 있었지만, 판자벽의 윤기가 더했다. 문득 오른쪽의 판자벽을 바라보니 어렴풋이 감방 안의 모습이 비치고 있었다. 거기에는 벽에 기댄 형상의 자신의 모습도 찾아볼 수 있었다. 코 고는 소리가 들렸다. 누군가가 잠에 빠진 모양이었다. 파리 두 마리가 희미한 백열등에 몇 번이나 부딪치며 감방 안을 시끄럽게 날아다니다가 이내 보이지 않았다. 천장에 매달린 것 같았다. 판자벽을 경계로 희미한 감방이 그 안쪽에 펼쳐져 있었다. 문득 배의 삼등 선실처럼 보였다. 수면에 닿을락 말락 하는 배 밑바닥에 가까운 선실이다. 현해탄의 검푸르게 넘실거리는 파도……, 관부연락선. 박려(博麗 : 일본의 하카타(博多)와 여수)연락선. 특별고등경찰을 태운 일본과의 연락선…….

　이방근은 잠에 빨려 들어가면서 눈꺼풀을 닫으려다가 번쩍 눈을 떴다. 백열전구 주위를 다시 파리가 날고 있었다. 취기로 무거워진 눈꺼풀 안쪽의 깊은 어둠 속으로 일찍이 독방에 홀로 앉아 벽에 비친 자신을 바라보던 모습이 되살아났던 것이다. 그는 다시 한 번 눈을 질끈 감고 기억으로 되살아나는 과거의 이미지를 지우려 했다.

　……이방근 동무, 난 자네를 동지로 생각하고 싶네, 아니 그렇게 생각해 왔다네. 핫하, 하, 자네 놀라지 말게. 아니, 놀랄 일도 아니라네. 이방근 동무, 우리는 무장봉기를 일으킨다네! 어떤가, 놀랐나, 헷헷……, 유달현의 차갑게 빛나는 가는 눈. 동지. 무장봉기. 닳아빠진 담요를 덮고 누워 있는 남자들. 이 유치장만 해도 입구 쪽에 나란히 붙어 있는 두 개의 여성용 철창 감방을 포함해서 여덟 개의 감방이

줄지어 있으니, 한 방에 열 명씩 있다 해도 80명은 족히 될 것이다. 대부분 약식재판에 넘겨진 뒤 벌금형으로 석방된다. 구내 통로를 사이에 두고 맞은편에 있는 검찰청 건물에도 유치되어 있을 것이다. 다른 경찰서나 지서에도……. 옆에서 코 고는 소리와 고른 숨소리가 들린다. 등을 기댄 벽 뒤에서도 코 고는 소리가 들려온다. 여기가 가장 안쪽의 6호 감방이고, 등 쪽으로 다른 감방들이 쭉 늘어서 있었다. 그 안에서 더러운 담요를 걷어치우고 부스스 남자들이 일어난다. 마르고 이리처럼 굶주린 남자가 무기를 손에 들고 일어선다. 강몽구 혹은 다른 감방에 있는 누군가의 가슴속에 무장봉기의 계획이 숨겨져 있는지도 모른다. 그들은 관헌이 모르는 그 계획을 숨긴 채 감옥을 나와 밖에 있는 사람들과 연결된다……. 무장봉기.

닫힌 눈꺼풀 안쪽에 독방에 갇힌 자기 모습이 아까보다 더욱 선명하게 떠올랐다. 폭이 넉 자 반, 길이가 여덟 자인 다다미 한 장 크기의 돗자리가 깔린 감방의 마룻바닥. 푸른 미결수복을 걸친 채 꼼짝 않고 앉아 벽에 비친 그림자를 응시하고 있는 남자. 구름이 흘러가는 파란 하늘이 보이는 감방 창문을 통하여 비명 소리가 들려온다. 사형수가 아이고오! 하며 울부짖는 소리. 감방 철창으로 슬쩍 내다보니, 수건으로 눈을 가린 강도 살인이나 방화 살인과 같은 '흉악범'이 양쪽의 간수에게 팔을 잡힌 채 어린애처럼 어머니ー 어머니ー! 하며 울부짖고 몸부림치면서 사형 집행장으로 끌려간다. 곧이어 사형 집행을 입회하기 위해 형무소장과 교회사(敎誨師)가 나온다. 안경을 쓴 형무소장은 독일 유학까지 했다는 행정관리였다. 그들은 늘 보는 단막극이라도 구경하러 온 듯한 가벼운 태도로 나온다. 이따금 그 두 일본인은 담소마저 나눌 때도 있다. 교회사인 승려, 그는 몇 번이나 같은 말을 오직 한 번 죽어가는 인간을 향해 되풀이하고 있을까. '신'이라는 이름으로 신을 모독하는 자, 신으로부터 가장 멀리 있는 인간. 그에 비하면 어머니를 애타게 부르며 암흑의 문으로 들어가는 '흉악범'이 얼마나 신에 가깝게 느껴졌는지 모른다. 그리고 사형 집행장에서 나오는 바로 그들에게, 담소나 가벼운 태도를 용납하지 않았던 조국 독립의 투사와 공산주의자들의 죽음……. 그 장면을 감방의 격자창 너머로 엿보면서 회색의 벽에 비친 자신의 그림자를 응시하던 남자……. 눈을 질끈 감고 떨쳐 버리려 애써도 자꾸만 그 이미지가 떠올라 견딜 수 없었다. 해방 이후에 방탕한 생활로 몇 번인가 유치장에 들어왔을 때에는 없었던 일이다. 이방근은 밀려오는 10년 가까이 지난 과거의 이미지와 잠든 숨소리가 교차하는 현실 사이에서 목이 졸리듯 숨이 막혀 후우– 하고 깊은 숨을 토해 냈다. ……슬슬 자리에 누워 봐, 첫날밤은 잠이 오지 않는 법이지만, 누우면 자게 돼 있어……. 이제까지 코를 골며 자고 있다고 생각했던 강몽구의 목소리였다.

밤중에 몇 번인가 잠이 깼다. 사람들은 서로의 체온으로 몸을 덥히며 자고 있었지만, 밤새도록 기대앉은 콘크리트 벽은 상당히 차가웠다. 잠이 깰 때마다 악취가 새삼스레 코를 찔렀다. 변기통 냄새만이 아니었다. 사람들의 딱지처럼 비듬으로 덮인 머리와 때가 낀 목덜미, 그리고 몸 전체에서 숨 막힐 만큼 묘한 쉰내가 진동했다. 이방근은 위장을 자극하는 악취 속에서 유달현을 떠올렸다. 짙은 악취를 몸에 휘감은 채 감방에서 지긋하게 참고 있는 남자들이 유달현의 동지라고는 믿기 어려웠다. 그러나 현실감이 없는 것 같으면서도 이 사내들이 유달현과 남승지의 동지인 것은 틀림없었다. 이방근은 지금 자신이 모르는 곳에서, 더구나 바로 주변에서 이 섬 전체를 휩쓸게 될지도 모르는 거대하고 예측하기 어려운 사태가 전개되고 있음을 느꼈다. 유달현이 자신에게 무장봉기를 알린 것은 어떤 확실한 태도를 촉구하는 하나의 협박에 불과하다는 생각이 들었다. 비열한 놈! 그러나 난 지금 내 곁에 누워 있는 남자들이 부스스 일어나 유달현과 함께 협박해 온다 해도 절대 응하지 않을 게다. 봉기는 일어날까. ……일어날 것이다, 그래도 난 그냥 가만히 지켜만 볼 뿐이다……. 그런데 난 왜 남승지라는 녀석이 만나고 싶었던 걸까, 그게 이상했다……. 이방근은 깊은 밤 감방에서 남승지를 만나려는 자신의 마음속에 무언가 미지의 위험을 예측하려는 듯 촉각이 움직이고 있는 것을 느꼈다.

이방근은 다음날 아침에 석방되었다. 전에도 만취해서 난동을 부렸을 때조차도 하루면 석방되었다. 하물며 어젯밤은 유치장에 들어갈 이유도 없었다. 이쪽에서 경찰의 체면을 세워 준 것이나 다름없었으므로 당연한 일이라고 할 수 있었다.

이방근은 며칠 갇혀 있을 거라던 강몽구의 예측이 빗나가 조금 의아해하는 감방 남자들을 뒤로하고 나왔다. 이 나라 경찰은 돈만 쓰면 내일이라도 나갈 수 있지……. 어젯밤 강몽구가 한 말이었다.

이방근은 감방 문에 자물쇠가 채워지자 우뚝 선 채 공허하고 절망적인 눈으로 바라보고 있던 그 울보 남자가 이히잇…… 하며 울기 시작하는 소리를 들었다. 아침부터 강몽구의 따귀 때리는 '업무'가 시작된다. 간수가 감시창으로 울고 있는 남자에게 호통을 쳤으나, 강몽구에게는 분명하게 경의를 표했다. 먹고 싶은 생각이 없어서 아침밥을 울보 남자에게 양보했는데, 그게 그를 더 자극했는지도 몰랐다. 식사라 해도 한 움큼의 조밥과 건더기가 거의 없는 소금국, 그리고 단무지 두세 쪽뿐이어서 도저히 먹을 만한 음식이 못 되었다. 이전의 형무소에서는 지방분을 빼낸 콩과 조를 섞은 밥을 주었는데, 여기의 식사는 일제강점기의 모습을 그대로 물려받은 것이라 해도 좋았다. 그러나 단무지라고 해도 요즘 같은 세상에는 구경하기 어려웠다. 유치장에서 주는 단무지는 무를 그냥 소금에 절인 것에 불과했다.

이방근은 머리가 무거웠다. 부드러운 취기의 얇은 막이 머릿속을 감싸고 있는 듯했다. 물건을 돌려받고 손목시계의 태엽을 감으면서 고개를 들어 보니 열 시였다. 유치장에는 오 경사가 와 있었다. 이 선생님, 불편하셨지요, 라며 밝은 얼굴에 과장된 몸짓으로 인사를 했다.

복도를 따라 본관으로 나오자, 통로 오른쪽에 있는 경무계장실 앞에 서 있던 양준오가 조금 불쾌한 얼굴로 다가와, 고생하셨습니다, 저 혼자만 편히 지내서 죄송합니다, 라고 말했다.

"어젯밤 그 일이 있고 나서 댁에 들러 아버님께 사정을 말씀드렸습니다."

"음……, 무슨 말씀 없으시던가? 요 며칠 아버지를 뵙지 못했거든."

"처음에는 골치 아픈 놈이라고 화를 내시다가 갑자기 크게 웃으시더군요." 양준오는 오 경사 쪽을 힐끗 보며 말했다. "내일까지 기다렸다가 서장한테 전화를 하겠다고 하셨습니다만."

"으응……, 고마운 말씀이야."

오 경사의 표정이 조금 어두워졌다. 양준오는 김동진도 와 있다고 하면서 보안계 쪽을 눈으로 가리켰다. 아까부터 계속된 양준오의 불쾌한 듯한 얼굴은 오 경사에 대한 것임에 틀림없다고 생각하면서 이방근은 보안계 쪽을 바라보았다.

책상을 나란히 놓아 통로를 구분해 놓은 왼쪽의 보안계에서는 아침부터 책상에서 일어나 돌아다니는 사람이 많았다. 제복만이 아니라 사복도 몇 명 보였다. 외부 사람인지도 모른다. 카운터처럼 나란히 놓인 책상 너머로 이방근을 보고 보안계에서 나온 김동진이 위로하는 듯한 미소를 띠며 인사를 했다.

"과연 안색이 그다지 좋지 않군요……."

"으응, 너무 허풍 떨지 말게……, 왜 왔냐고 말하고 싶지만, 어쨌든 바쁜데 일부러 와줘서 고맙네." 이방근은 좀 당황한 듯이 말했다. "나에겐 아직 용건이 남아 있는 모양이야. 미안하지만 둘 다 먼저 돌아가주지 않겠나?"

"방근 씨……, 어젯밤 일은 신문 기사로 안 나가니까, 잘 좀……."

"기사……? 아니 이봐, 무슨 기사 말인가. 이상한 말은 그만두게나. 이쪽이야말로 잘 부탁한다고 말하고 싶네." 이방근은 놀랐다는 듯이 웃으며 말했다. "……그건 그렇고, 동진 동무는 요즘 뭐 소설이라도 쓰고 있나?"

"아니에요, 헤헤에, 하고 웃어넘기고 싶네요. ……기사만 쓰고 있고, 현재 공부 중이라고나 할까요."

김동진은 부끄러운 듯이 웃으며 말꼬리를 흐렸다.

경무계장실 옆방이 서장실로, 보고 있자니 들어가려던 말단 경찰이 일단 문 앞에 멈춰 서서 복장을 점검하고 있었다. 이방근은 오 경사와 함께 경무계장실로 들어갔다. 창을 등진 채 책상 앞에 혼자 앉아 있던 계장 정세용이 일어나 이방근에게 의자를 권하고 난 뒤 오 경사를 내보냈다. 정세용은 이방근의 모친 쪽 먼 친척으로, 그보다 서너 살 많은 말하자면 형님뻘 되는 남자였다. 그러므로 이 지역의 풍속에 따라 당연히 반말을 썼다.

"내가 있었으면 경찰서에서 자는 일은 없었을 텐데……, 부하의 실수로 미안하게 됐군." 단정한 얼굴의 경무계장은 등을 곧게 편 자세로 담담하게 말했다. "그런데 아버님은 건강하신가?"

"예, ……형님은 요즘 저희 아버지와 안 만나세요?"

이방근은 상대로부터 눈을 떼지 않고 말했다. 새우등처럼 굽었지만 몸집이 큰 이방근의 자세가 책상 너머의 상대방을 위압하듯 보였다. 부하의 실수가 아닐 텐데요, 하고 말하려다 그만두었다. 귀찮았다. 이방근은 이 남자가 속으로는 그렇게 생각하고 있지 않다는 것을 알고 있었다.

"만나 뵙지 못했어. 조만간 인사차 들르겠다고 말씀 좀 전해 주게."

"알겠습니다."

"자, 담밸 피우고 싶으면 피워도 돼." 정세용은 아직 아무도 사용하지 않은 재떨이를 이방근 앞에 놓았다. 그는 담배도 술도 하지 않았다. 직접 내리는 커피 기구를 경찰서에 갖다 놓고 하루 종일 커피를 마셨다. 곧 커피가 들어올 것이다. "그런데 진단서가 나왔어." 편지지 한 장 크기의 종이를 손에 든 정세용이 말했다. "어젯밤 건으로 저쪽이 진단서를 첨부해 고소해 왔더군. 전치 일주일의 타박상해니까 대단한 것은 아니지만 그래도 귀찮아지겠지."

"병원은 어딥니까?"

"고외과인데, 진단서는 에누리 없는 진짜로 봐야겠지, 어제 날짜로 되어 있는 걸 보면 그 시간에 병원에 갔다는 얘기야."

"으음. 고외과라……, 헌데 법원에서 그 고소를 수리할까요?"

"물론 수리하지, 검찰에서 기소를 한다면 말이야."

"기소를 한다구요? ……"

노크 소리가 나더니 열네댓 살쯤 되어 보이는 급사가 공손히 인사를 하고 방으로 들어왔다. 커피 냄새가 나고, 책상 위로 옮겨진 뒤에는 그윽한 향기가 한순간 눈부신 느낌으로 얼굴을 감쌌다.

"……그건 알 수 없지." 정세용이 커피를 한 모금 마시고 나서 말했다. "많은 사람들 앞에서 서북청년회 회원에게 상해를 입혔다는 것은 보통 있는 일이 아니잖나. 그들은 하루의 구류쯤으로는 성미가 차지 않을 거야. 상대가 누군지도 다 알고 있어……. 그러나 고소라곤 해도 재판은 하지 않을 거야. 재판을 취하하려면 고소도 해야겠지만, 그러기 위해 진단서를 떼었다고도 생각할 수 있지. ……중간에서 누군가가 중재를 해야 할 거야."

"……그 말은 즉 돈이 필요하다는 건가요?"

"그렇지, 자네도 알다시피 이치를 따질 일이 아니야."

"음……, 생각은 해 보죠, 아침부터 경찰서에서 거래를 하는군요."

"거래가 아니야. ……돈이 곧 힘이지."

정세용은 변함없이 침착한 태도로 조곤조곤 말했다. 그것은 상대가 이방근이라서가 아니었다. 원래 감정을 밖으로 드러내지 않는 인간이었다. 그는 이방근처럼 살결이 하얗지는 않았지만, 갸름하고 언뜻 보기에 부드러운 얼굴을 한 미남자였는데, 단지 입술 색깔이 밝지 못하고 혈색도 좋지 않았다. 그리고 눈빛이 냉정하고 차가웠다. 그는 상사에 대해서도 일반인들에 대해서도 똑같이 냉정하게 대하고 권력을 의식하지 않는 듯한 느낌을 주었지만, 묘하게 권력의 무서움을 느끼게 만드는 남자였다. 정세용은 한마디로 말해, 세상에는 진리가 영원하다고 생각하는 인간이 있는데, 권력, 어떤 형태로든 권력 그 자체는 영원하다고 생각하는 인간이었다. 이방근은 그를 만날 때마다 어딘지 모르게 잔혹한 인간이라는 인상을 새삼스레 받곤 했는데, 그것은 그의 경력 탓인지도 몰랐다. 그는 이미 일제강점기에 본토의 목포경찰서에서 순사부장을 하고 있었다. 그렇게 출세한 것은 도쿄에서 고학하던 무렵 조선인 학우를 팔아넘긴 보상이라는 소문도 있었지만, 그 진위는 알 수 없었다. 그러나 그러한 과거가 일본이 패망하여 해방된 직후야 어찌 되었든, 그 후에 경찰에서의 그의 입장은 유리하게 작용했다고 할 수 있을 것이다.

정세용이 등지고 앉은 유리창 바깥에는 밝은 햇살이 가득했다. 안개가 걷힌 하늘은 깊고 파랬다. 오랜만에 맑은 날씨를 회복한 모양이었다. 이방근은 태양 아래서 꿈틀대는 바다를 상상했다. 그리고 문득 공허하고 어두운 눈을 가진 울보 남자를 생각했다.

"……돈이 힘이라는 건 나 같은 사람에겐 오히려 협박을 당하는 듯한 느낌을 주는 말인데요, 만약 그 힘을 쓰지 않고 제가 재판을 받는다면 어떻게 될까요?" 이방근은 씨익 웃으며 말했다.

"음, ……그런 방법도 있겠지. 하지만 번거로운 일이야, 요즘 세상에 그렇게 하려는 인간은 없어. 무엇보다도 자네 주변 사람들이 용납하지 않을 거야. 게다가 외부의 압력에 굴복하지 않을 변호사나 판사가 이 섬에 있을까. 말은 그럴듯하지만, 쓸데없는 낭비는 하지 않는 게 좋겠지. ……설마 무료한 김에 요즘 유행하는 반권력투쟁을 재판정에서 벌여 보겠다는 것도 아닐 테니 말야. 순수한 인도주의적인 심정과 개인적인 선의가 적색혁명의 투쟁과 결부되거나 이용당하는 건 그 위험성을 떠나 일종의 인간적 비극이라 할 수 있겠지……."

갑자기 이방근이 상대의 말을 가로막고 껄껄 웃었다.

"적당히 해 두세요. 이제 볼일은 다 끝났나요?"

"아니, 얘기가 아직 덜 끝났어, 그러나 난 자네가 그런 일에 정신을 빼앗길 만큼 단순한 인간이 아니라는 걸 알고 있지. ……음, 그렇지, 유치장에서는 좌익투사 무리들과 하룻밤을 같이 보낸 셈인데, 분명 6호 감방이었지, 같은 감방에 있던 강몽구라는 남자는 인물이야……."

"강몽구……?"

이방근은 그만 일어서려다가 강몽구라는 이름에 이끌려 다시 자리에 앉았다.

"그 남자는 이름을 두세 개 더 가지고 있는데, 경찰에서도 애를 먹고 있는 사람 중에 하나야. 체포해서 고문을 해도 입을 열지 않아, 감옥을 아무렇지도 않게 드나드는 인간이지. 지하조직의 간부라는 자가 몸을 숨기기 쉬운 시골길이나 산길로 다니지 않고 대낮에 당당히 신작로를 걸어 다니니 어이가 없어. 지서 순경이 그자를 발견하고도 체포하지 않았다는 얘기가 있을 정도야." 정세용은 잔을 완전히 기울여 커피를 마셨다. "……그런데, 이건 다른 얘기지만, O중학교 교사인 유달현 씨가 자네 동창이지 아마?"

"유달현? ……." 이방근은 당돌한 질문에 울컥하며 말했다. "국민학교 동창인데, 그게 어떻단 말인가요? 제가 무슨 심문이라도 받고 있는 듯한 기분이 드는데요, 전 지금 친척 형님으로 대하고 있는데 형님은 그걸 이용해서 경무계장으로서 절 심문하고 있는 것 같군요, 지금 이 자리는 도대체 뭐하는 자리인가요? 경무계장님께서는 제게 뭘 묻고 싶은 거지요? 흐흥, 내가 언제 이렇게 어수룩한 인간이 되어 버렸담. 아무래도 너무 오래 눌러앉아 있었던 모양입니다, 이쯤에서 실례하는 것이 좋겠군요."

이방근은 입가에 엷은 미소를 띠며 의자에서 일어났다.

"이거 미안해서 어떻게 하나……, 그럴 생각은 추호도 없었다네. 오해하진 말게. 문득 유달현 씨가 생각났을 뿐이야……, 그는 자네완 달리 해방 후에 좌익으로 돌아선 사람이야. 그래서 잠깐 물어본 것뿐이야, 다른 뜻은 없어……, 너무 오래 잡고 있어서 미안하군. 머지않아 한번 조용히 만나고 싶구만, 아버님께도 안부 전해 드리게."

정세용도 자리에서 일어나 문까지 이방근을 전송하면서 말했다.

양준오와 김동진이 기다리고 있었다. 세 사람은 경찰서 현관을 나왔다. 밖은 밝은 햇살로 가득했다.

4

세 사람은 문까지 걸어왔다. 오늘은 토요일이라서 그런지 폭이 3, 4미터 정도 되는 문으로 많은 사람들이 드나들었다. 미군 하사관이 가볍게 휘파람을 불면서 지프를 몰고 들어왔다. 이제 겨우 싹이 돋아나기 시작한 마른 나뭇가지를 허공으로 내뻗고 있는 통로 양쪽의 벚나무 가로수 밑을 지나가면서 이방근은 문득 올해도 벚꽃이 피는구나 하고 두서없는 생각을 하였다. 이 왕벚나무는 모두 일제강점기에 심은 것으로, 말하자면 식민지정책의 유물 같은 것이었다. 당시 제주도청(재작년인 1946년 여름에 전라남도에서 분리되어 '도(道)'로 되었다)의 우두머리는 도사(島司)라 하여 일본인 경찰서장이 겸임하고 있었는데, 경찰서와 도청 구내에다 벚나무를 심어 미관을 갖춘다는 참으로 일본인다운 사고방식이었다. 물론 꽃은 그 나름의 아름다움을 지닌 것으로서, 해방 후 한반도 전역에서 아마테라스 오미카미(天照大神) 따위를 모시던 신사(神社)를 때려 부순 것처럼, 이미 옹이가 울퉁불퉁하게 다 자란 벚나무를 잘라 없애는 어리석은 짓은 아무도 저지르지 않았다. 그러나 그 나무가 일본의 혼(大和魂)이라든가 일본의 무사도 등을 상징하는 일본 국화, 즉 총검의 동반자로서 이곳에 심어졌다는 사실을 생각하면 단순히 벚꽃이 아름답다는 것만으로는 석연치 않은 무언가가 남아 있었다.

해방 이후에 잔뜩 취한 한 남자가 대낮에 일본도를 휘두르며(그는 학도병으로 일본군에 소집되었다가 막 돌아온 참이었다) 이 왜놈의 종자들! 하고 고함을 치면서 벚나무 가지를 자르고 줄기마저 베어 버리려는 것을 사람들이 달려들어 겨우 말린 적이 있었다. 일본도를 빼앗긴 청년은, 우리 조선인은 왜놈들에게 무수히 살해당했는데 나는 왜 이 일본도로 일본인 한두 놈도 벨 수가 없단 말인가, 아아— 한심하다!……면서 사람들에게 두 팔을 잡힌 채 벚나무 줄기를 발로 차고 통곡했다. 사람들은 큰 소리로 웃었지만, 웃고만 있을 일이 아니라는 사실을 이내 깨달았다. 이보게, 왜놈 군대에서 돌아온 청년, 자네 기분을 모르는 것도 아니야, 하지만 나쁜 건 왜놈들이지 벚나무에 무슨 죄가 있겠나. 서울 창경원의 벚나무는 유행가 가사에도 나오고, 그리고 잘 알겠지만, 한라산에는 옛부터 벚나무가 있었다네……. 이 나무들은 모두 한라산 벚나무의 친척들이 아닌가 싶네, 나쁜 건 왜놈들이지 벚나무가 아냐……. 청년을 아는 한 노인이 이런 말로 청년을 타일러 벚나무를 감쌌다고 한다. 실제로 한라산에는 오래전부터 왕벚나무가 자생하고 있었기 때문에 한라산은 왕벚나무의 고향이라고 일컬어지고 있었다. 제주어로는 이 나무를 '사오기'라고 부른다. 산간 부락에 사는 촌로들은 한라산의 '사오기'로 집을 짓고 가구를 만들기도 했다. 아무튼 5백 년 전 조선의 세종대왕 때 세워진 관덕정 초석 위의 다섯 기둥도 '사오기'가 목재로 사용되었다. 벚나무 가지를 잘라 만든 지팡이를 '사오기 몽둥이'라고 부르는데, 이방근의 집에도 두세 개가 굴러다니고 있었다.

당시는 아직 해방 직후라서 인민위원회가 건재했다. 인민위원회의 입김이 닿은 자를 경찰에도 임용할 수 있던 시절이라, 그 청년은 유치장에도 가지 않고 일이 마무리되었지만, 그의 이야기를 들은 이방근은 내심 그에게 공감을 느끼고 있었다. 이방근은 문득 활짝 핀 벚꽃을 생각하며 지금은 소식을 알 수 없는 그 청년을 머릿속에 떠올렸다.

"……그런데, 그들이 정말로 재판을 하려고 할까요?"

문밖까지 따라 나온 양준오가 말했다.

"경무계장이 그렇게 말했는데, 또 어쩌면 재판까지는 안 갈 것이라는 말도 하더군." 이방근은 등이 근질근질한 것이 이가 옮았을지도 모른다고 생각하면서 말했다. "그 말은 즉 뭔가 흥정이 있을 것 같다는 얘기지. 어쨌든 걱정할 필요는 없어."

"흥정이라니, 무슨 말입니까. ……돈이라도 뜯어내겠다는 겁니까?" 김동진이 흥미 있다는 듯이 물었다.

"자, 이야기는 이쯤 해 두지. 이런 이야기는 남들 입에 오르내리지 않는 편이 내게도 좋아." 이방근은 자기 일이면서도 전혀 관심이 없다는 어투로 말했다. "그런데, 양준오 동무……, 어젯밤의 일도 있었고 하니 시간이 나면 오늘 다시 한번 만나기로 할까. 오후든 밤이든 나는 괜찮네……."

"예, 좋습니다." 양준오가 문득 생각난 듯이 말했다. "……그러고 보니, 아침에 도청 현관에서 도지사를 만났어요. 이 형한테 무슨 얘기가 없었냐고 물어 오는 바람에 잠시 서서 얘기를 나눴는데요, 어깨를 두드리며 잘 부탁한다고 하더군요. ……이 형에게 말해 두었으니 얘길 잘 들어 보라는 겁니다."

"으음……." 이방근은 그저 고개만 끄덕일 뿐 아무런 대답도 하지 않았다. "그럼 나는 집에 가 있을 테니 연락 주게나."

양준오는 두 사람과 헤어져 도청 건물이 있는 구내로 돌아갔다.

두 사람은 관덕정 광장을 지나 C길 쪽으로 걸어갔다. 동문시장은 쉬는 날인지, 사람들이 서문시장 쪽을 향해 북적이며 이동하고 있었다.

"혼자 괜찮으시겠습니까?"

"……뭐가?"

"'서북' 패거리라도 만나면 어떡하시게요. 댁까지 함께 가드릴까요?"

"핫하, 핫하, 바보 같은 소리 말게, 난 어젯밤에 놈들 때문에 돼지우리에서 잤지 않은가, 인사를 하고 싶은 건 오히려 내 쪽이란 말일세, 안 그런가……. 그런데……"라고 말하며 이방근은 갑자기 화제를 바꿨는데, 상대가 의아해할 만큼 자신의 목소리가 낮은 것을 느꼈다. "김동진 동무……, 자네는 남승지 군과는 만나지 않나?"

"……" 김동진은 문득 멈춰 서며 이방근을 바라보았다. "남승지……? 아, 그 친구라면 작년에 만났습니다만……, 그 후론 못 만났습니다."

"으음, 그러고 보니 나도 마찬가지로군. 친구끼리 그렇게 자주 못 만나는 게 요즘 세상의 추세인 모양이야. 쓸쓸한 일이지. 자네도 서울에 있을 때부터 알고 지냈지만, 꽤 재미난 청년이야. 어떻게든 한번 만나고 싶은데 말이야."

"어떻게든 만나고 싶다는 것은, 무슨 특별한 볼일이라도……."

"특별한 볼일은 없지만, 그럼, 무슨 볼일이라도 있으면 만날 수 있는 방법이라도 있나? 핫, 핫하."

"아니, 그런 건 아닙니다."

"그 이야기는 됐네. 문득 그 친구 생각이 나서 화제로 삼은 것뿐이야. 그럼 여기서 헤어지기로 할까, 일부러 신경 써 줘서 고마웠네."

이방근은 C길에 있는 우체국 모퉁이에서 멈춰 섰다. 그리고 어젯밤 경찰서로 그가 찾아왔을 때 2, 3일 있으면 여동생이 온다는 말을 떠올리며, 아, 그랬었지…… 하고 다시 같은 말을 되풀이한 뒤, 여동생이 돌아오면 놀러 오라고 덧붙였다.

"예, 어젯밤 그런 말씀을 하셨지요, 잊지 않았습니다. 꼭 들르고말고요, 여러 가지로 서울 소식도 들을 수 있을 테니 기대됩니다. 그럼, 조심해서 가십시오."

김동진은 가볍게 머리를 숙여 인사를 한 뒤 칠성통의 신문사 쪽으로 향했고, 이방근은 손을 가볍게 흔들며 우체국 모퉁이를 왼쪽으로 돌아 북국민학교 쪽으로 향했다.

국민학교 정문이 보이는 길을 곧장 걸어가면서 이방근은 심호흡을 했다. 교정 구석에 있는 키 큰 포플러 나무 다섯 그루의 마른 가지가 바람에 가볍게 흔들리고 있었다. 여름에는 무성한 나뭇잎을 매달고 있는 포플러가 미풍에도 몸을 뒤틀며 속삭이듯 그 커다란 몸집을 흔들었지만, 아직은 차가운 표정으로 높은 곳에서 주위를 내려다보며 바람에 약간의 반응만 할 뿐이었다. 구름이 없었다. 하늘은 너무나 투명해서 거무스름하게 보일 만큼 새파랗게 빛나고 있었다. 마치 무한대의 검은 거울을 펼쳐 놓은 듯 바닥이 없었다. 햇살이 피부를 스치는 부드러운 바람에 빛나면서 읍내에 차분히 흘러넘치고 있었다. 봄이 바로 근처에까지 온 모양이었다. 며칠씩이나 계속되었던 혹독한 계절풍, 거칠기만 하던 검은 바다. 그리고 죽은 바람, 섬을 그 품 안에 푹 잠기게 만들었던 짙은 안개, 그것이 깨끗이 사라져 버렸다. 읍내를 왕래하는 사람들 표정에도 생기가 돌아온 듯했다. 바람이 볼을 스치며 되살아난 것만으로도, 이방근은 어제의 모든 움직임이 멈춰 버린 듯한 풍경 속에서 넘실거리는 바다를 보고 싶다 여겼던 기분이 치유되는 것 같았다. 국민학교 앞에서 오른쪽으로 돌아 낮은 돌담 너머로 인적 없는 텅 빈 운동장을 힐끗 한 번 쳐다보고는 곧장 걸어갔다. 음악 시간인지 목조 단층건물의 한 교실에서 아이들의 합창 소리와 오르간 소리가 운동장을 가로질러 들려왔다. ……이히잇, 이히잇……, 여자 같은 울음소리, 공허하고 어두운 눈, 보는 사람을 절망 속에 빠뜨릴 것 같은 생기 없는 눈, 울보 사내.

음……, 이방근은 오른손을 최대한 등으로 돌려 가려운 곳을 긁으면서, 조만간 유달현과도 다시 만나야겠다고 생각했다. 그 시기가 어제 그의 방문으로 바싹 다가온 듯한 기분이 들었다. 그 때문에라도 먼저 남승지를 만나지 않으면 안 된다. 남승지는 이제 유달현과 끊을 수 없는 관계임에 틀림없었다.

집에 도착한 이방근을 '어서 오세요' 하며 부엌이가 맞아들인 뒤 쪽문을 닫았다. 말끔히 빗어 넘겨 뒤로 묶은 그녀의 검은 머리가 이방근의 턱 아래에 있었다. 마치 무언가를 유혹하는 듯 정체를 알 수 없는 농후한, 거의 동물적이라 할 만한 냄새가 몸 전체에서 풍겼다. 싫다는 생각도 들었다. 그는 아무렇지도 않게, 아니, 예기치 않게 가벼운 충동이었을지도 모르지만, 부엌이의 듬직한 등에 손을 얹었다. 냄새를 만져 보기라도 하듯 손바닥을 펴고 대었을 뿐이다. 서방님……, 안 됩니다. 보세요, 저쪽에서 마님이……. 흠칫 놀라 돌아보니 아무도 없었다. 이럴 때, 이 우직해 보이는 시골 여자가 사람 피하는 법을 알고 있었다. 그녀는 표정도 바꾸지 않았다. 서방님……. 감정 없는 명령조의 말 한마디로, 그의 손은 부엌이의 등에서 미끄러져 떨어질 수밖에 없었다.

이방근은 말없이 손을 내리고 깊은 들숨으로 부엌이의 냄새를 맡은 뒤 걸음을 옮기려는 순간, 밖에서 누군가가 헐레벌떡 달려오는 발자국 소리가 불규칙하게 들렸다. 곧이어 서, 서방님 하고 부르면서 주먹으로 쪽문을 두드렸다.

"아이구, 또 영감쟁이가 온 모양이우다. 서방님……."

이방근과 함께 돌아서려던 부엌이가 그를 올려다보며 잠시 당황한 듯 그 자리에 멈춰 섰다.

"영감……?"

이방근이 쪽문을 돌아보았다. 영감, 부스럼영감인지도 몰랐다.

"예, 우리 집에 있던 영감 말이우다." 부엌이가 안채 쪽을 보면서 말했다. "어젯밤에도 찾아와서, ……마님이 꾸지람을 해서 내쫓았수다."

"음, 부스럼영감이라고."

"예, 부스럼영감 맞수다."

"들여보내요. ……어머니는 계신가?"

"안 돼마씸." 부엌이는 움직일 기색이 없었다. "마님은 계시우다. 안 계셔도 안 돼마씸. 마님이 허락하지 않으실 거우다."

서방님, 서방님……, 부스럼영감의 목소리가 들리고 다시 문을 두드리기 시작했다.

이방근이, 문을 열고 안으로 들여보내 주는 정도라면 대수롭지 않은 일이니 마님에게 혼날 것도 없다, 마님께는 내가 잘 말씀드리겠노라고 달래도 부엌이는 들으려 하지 않았다. 마님에게 들여보내지 말라는 분부를 받았다는 것이다.

그때 안채의, 이쪽에서 보면 왼편 남쪽 건물의 툇마루에서 인기척이 나더니 계모인 선옥이 모습을 나타냈다. 반짝하고 빛난 것은 그녀의 금반지였다. 때로는 비취반지를 끼기도 하고 때로는 다이아반지를 끼기도 했다. 그 외에도 반지 몇 개를 더 가지고 있는 모양이었지만 이방근은 관심이 없었다. 과연 여동생은 눈여겨보고 있었다. 그러나 적어도 돌아가신 어머니의 반지만은 그 안에 포함되지 않았다. 그것은 어머니가 돌아가시기 전에 여동생인 유원에게 물려준 것이라서 소중히 보관되고 있을 터였다.

"어머, 돌아왔네!" 툇마루에서 안뜰로 내려선 선옥이 갑자기 부드러운 표정을 지으며 말했다. "무슨 일로 이리 소란스러운가 했더니 방근이였네, 아아, 내가 뭔가 말을 잘못한 것 같은데……. 그렇다고 방근이가 시끄럽게 떠들었다는 말은 아냐. 말이라는 건 항상 침착하게 천천히 하지 않으면, 말한 본인의 의사와는 상관없이 어떻게 해석될지 알 수 없는 법이거든. 사실은 내가 방근이를 데리러 가려 했는데, 아버님이 글쎄, 말도 안 되는 소리 그만해, 남의 웃음거리가 되고 싶냐고 하시는 바람에. ……그래도 지금까지는 내가 계속 데리러 갔었는데 말이지……, 참, 어젯밤엔 양 군이 왔었어……. 자, 어서 들어와요. 목욕물도 데워 놓았어. 왜 또 두 사람 이런 곳에서 그렇게 서 있어……, 아, 밖에 누가 있냐? 부엌아."

선옥이 눈을 흘기듯 부엌이를 보았다. 밖에서는 아마도 선옥이 나온 것을 알아차린 듯, 문 두드리던 소리가 딱 멈추고 뭔가 이쪽 동태를 가만히 살피는 기색이었다.

"부스럼영감인가 봅니다."

이방근이 부엌이를 대신해서 말했다.

"부스럼영감……? 아아, 부스럼영감 말이지, 왜 또 찾아온 거야, 이 영감이 정말. 그러고 보니 어젯밤에도 찾아왔었는데, 서방님을 만나고 싶다길래, 오늘 밤에는 안 계시다며 돌려보냈는데……."

이방근은 부엌이를 통해서 들었기 때문에, 계모가 자기 앞에서 상당히 말조심하고 있다는 것을 알았다.

이방근은 쪽문을 열었다. 순간 문 옆에 동물처럼 숨어 있던 부스럼영감이 몸을 돌려 도망치기 시작했다. 이방근은 한 손에 기다란 장죽을 쥐고 또 한 손에는 무슨 보따리 같은 것을 들고 달아나는 노인의 두꺼운 등을 눈으로 좇으며, 부스럼영감! 하고 불러 세웠다. 어제 낮에 영화관 앞에서 만났을 때와 거의 비슷한 상황이었다. 부스럼영감은 몇 미터쯤 더 달려가다가 멈춰 서서(그 모습은 참으로 불필요한 거리를 달리고 있다는 것을 금방 알아차릴 수 있을 만큼 분위기가 달랐지만), 꼽추처럼 엉거주춤한 자세로 천천히 뒤를 돌아보더니, 추한 얼굴에 희색을 띠며 씨익 웃었다.

"안으로 들어와."

이방근이 손짓으로 부르며 말했다.

노인이 꾸뻑하고 절을 했다. 그리고는 천천히 몸을 펴고 다리를 절룩거리며, 이번에는 당연하다는 듯 두려워하는 기색도 보이지 않고 잔달음질로 왔다.

쪽문 옆에 있는 전에 노인이 기거했던 하인방 앞을 지나, 이방근은 북측 서재 앞 툇마루로 노인을 데려갔다. 노인은 선옥과 얼굴이 마주치자 그녀 앞에 납작 엎드리듯이 허리를 굽혔지만, 그 얼굴에는 비굴한 기색이 전혀 보이지 않았다. 이방근의 체면상 매정하게 굴 수 없었던 선옥은(개나 고양이조차도 주인이 보는 앞에서는 함부로 하지 못하는 것처럼) 노인을 무시하고 안채 쪽으로 가 버렸다.

두 사람은 툇마루에 앉았다. 노인은 어제 보았을 때와 마찬가지로 더러운 한복을 입고 고무신을 신고 있었다. 그런데 반백의 짧은 머리카락에 딱딱하게 들러붙어 있던 진흙이나 지푸라기가 없어져 상당히 깨끗해 보였다. 어젯밤에도 왔었다는 것으로 보아, 여기 올 심산으로 약간은 몸단장을 했는지도 모른다. 그러나 바로 눈앞에서 보면 하얗게 비듬이 덮여 있었고 악취도 풍겼다. 그리고 술 냄새가 났다.

"식사는 했나?"

"헤에, 했습니다요."

"어디서?"

"헤에, 떡을 먹었습죠." 노인은 눈을 슴벅거리면서 땅바닥에 내려놓은 보따리를 가리키며 말했다. "시루떡이 있습죠. 이 보따리 속에 아직 남아 있습니다요."

"음…… 그 짐은 뭔가? 어딜 가나?"

"헤헤에, 제 세간인데 말입죠……, 잠깐 여행 좀 가려구요, 서방님."

"흐흥, 여행을, ……어디로 가는데?"

"그냥 여행 가는 겁니다요. 헤헤에……"

부스럼영감은 아직도 튼튼한 누런 이빨을 드러내며 웃었다. 그리고는 허리에 찬 담배쌈지에서 찌그러진 성냥갑을 꺼내고 썬 담배를 집어 장죽의 담배통에 채웠다. 기다란 장죽을 입에 물고 불을 붙이려면 그야말로 팔을 한참 뻗어야 했는데, 그 한가로운 동작이 즐거움인 것처럼 보였다. 노인에게 장죽은 단순히 담배를 피우기 위한 도구만은 아니었다. 지팡이 대신 사용할 수 없었지만, 개구쟁이들을 쫓는 호신용도 되고 또 등이 가려울 때는 목덜미나 허리 밑으로 적당히 밀어 넣어 긁을 수도 있는, 말하자면 손을 길게 늘인 것과 같은 대용물이었다.

그때 맞은편 툇마루 쪽에서 거실 미닫이문이 열리는 소리가 나더니 선옥이 다시 모습을 나타냈다.

"아이고, 내가 그만 깜빡 잊고 있었네……."

선옥이 이방근에게 말을 걸면서 안뜰 맞은편으로부터 다가왔다.

옛 주인인 이방근 앞에서 장죽을 물고 있던 부스럼영감이 깜짝 놀란 듯 장죽 끝을 툇마루 모서리에 두드려 담뱃불을 떨어뜨리고는 신발로 밟아 껐다. 노인은 이방근에게 충실했지만, 눈에 띄게 굽실거린다든가 조심스러워하지는 않았다. 그러나 선옥 앞에서 담배를 피울 수는 없었다. 재빠르게 부스럼영감의 움직임을 눈치 챈 선옥이 빠른 걸음으로 다가와 노인을 나무랐다.

"아이고, 응, ……자네는 여기가 어딘 줄 알고 거기에다 그 커다란 담뱃대를 두드리나. 담뱃대 머리는 딱딱한 쇠붙이고 거기는 무른 나무일세, 여기는 자네 서방님 댁이란 말야, 아, 아, 거기를 재떨이 대신 쓰다니……."

노인은 등을 잔뜩 구부리고 뜰로 내려섰다. 그리고는 방금 담뱃대로 두들긴 곳을 그 울퉁불퉁한 손가락으로 몇 번이나 쓰다듬었다. 선옥은 노인을 밀어젖히더니 그 가늘고 흰 아직 젊디젊은 손가락으로 담뱃대가 닿은 부분을 쓰다듬어 보였다. 이럴 때 이방근은 문득 그녀가 기생 출신이라서 그렇다는 생각을 한다.

"방근이, 도대체 이 노인네는 무엇 때문에 온 거야, 집 안에 들여놓으면 벌써부터 이렇다니까……."

"……지금 어머니가 잊고 있었다고 하신 일은 뭡니까?"

이방근은 선옥의 말에는 대답하지 않고 물었다.

"그러니까, 방근이 마음이 너그러운 건 좋지만……, 확실히 해 둘 일은 분명하게 선을 그어야지, ……당연한 얘기잖아, 이 영감은 자기 뜻대로 할 수 있다고 생각한다고. 정말이지, 자네는 늙은 당나귀처럼 뻔뻔스러워……. 또 염치없이 돌아올 생각이라면 잘못 생각한 거야……. 아아, 그렇지, 내가 잊고 있었다고 한 건 그 병원 의사 선생 있잖아. 전화가 왔었어. 어젯밤하고 오늘 아침에. 두 번이나 왔는데, 전화 좀 달래……."

"병원 선생이라면."

"병원 선생이 누구냐면……, 이것 좀 봐, 내가 또 이러네. 미안해, 이름을 말하지 않았지, 어제 동생 결혼식을 치른 고 선생 말이야. 어젯밤 사건 때문에 그러는 것 같은데 지금이라도 전화를 해 보지 그래……."

"음……."

이방근은 일어나 안뜰을 가로질러 응접실로 갔다.

응접실에서 전화를 신청했다. 교환수를 대신해 간호사의 목소리가 전화기를 통해 들려왔다. 곧 고원식의 목소리로 바뀌었다.

그는 어제 결혼식에 와 줘서 고맙다고 인사한 다음, 어젯밤 유치장에서 묵은 모양인데 고생 많았다고 웃으면서 말했다. ……그런데 자네한테 한 가지 양해를 구하고 싶어서 말이야. 이미 들었을지도 모르겠지만, 어젯밤 전치 일주일의 진단서를 발급했다네. 마침 손님들하고 한잔하고 있는데, '서북' 둘이랑 '신세기' 종업원 하나가 와서는 큰소리를 지르며 진찰을 해 달라는 거야. 휴진이었고 게다가 진찰 시간도 아니었지만, 그건 그렇다 치자고. 의사가 급한 환자를 거절할 이유는 없으니까 당연한 것이었지만, 문제는 1개월짜리 진단서를 요구해 왔다는 것일세. 후후, 말도 안 나오더군……. 두 사람이 협박을 했지만, 나도 꽤 술이 취해 있어서 그 자리에서 호통을 쳐 주었다네. 정말로 추잡한 놈들이야……. 고원식은 내뱉듯이 말했다. 흐음, 그래서 난 의사는 나지 당신들이 아니다, 당신들은 환자다, 당신들을 진찰하고 진단서를 쓰는 건 나다, 내 진단으로는 일주일이니까 그 이상으로는 써 줄 수 없다, 마음에 들지 않는다면 진단서 발급은 없던 일로 합시다. 의사가 치료를 거부할 수는 없으니까 치료만 받고 돌아가라는 식으로 상황이 전개되다가 결국 일주일 진단서가 발급된 건데, 하하하아, 이런 사정이 있었다는 걸 말해 주고 싶어서 전화를 했었네……. 대충 그런 이야기였다. 그러더니 갑자기 화제를 바꾸어, 어제 결혼식 주례가 최 판사여서 조금 불만이 있었을 수도 있겠지만, 거기에는 그 나름의 사정이 있다……고 묻지도 않은, 그로서는 별 대수롭지도 않은 말을 했다. 이방근은 특별히 느낀 것도 없었는데, 지금 그의 말을 듣고서야 비로소 아아 그 시시한 작자가 주례였구나 하는 생각이 들었을 뿐이다.

이방근은 두세 마디 말을 더 나눈 뒤 고맙다는 인사를 했다. 통 모양

수화기에 울리는 고외과 의사의 허스키한 목소리와 그가 말한 내용은 마음을 상쾌하게 만들었다. 조금 전 경찰서의 경무계장실에서 보았던 한 장의 진단서에 그런 곡절이 담겨 있었던 것을 몰랐던 만큼 더욱 그러한 기분이 들었다. 고원식은 술을 매우 좋아해서 술이 없을 때는 지금도 약용 알코올을 조합하여 마실 정도였는데, 성내의 몇 안 되는 개업의 중에서도 좀 색다른 인물이었다.

이방근은 전화를 끊고 응접실에서 거실 옆 주방 쪽으로 들어가 아궁이에 불을 때고 있는 부엌이에게 노인을 불러 밥을 먹이라고 일렀다. 그리고 다시 응접실을 지나 세면실 옆 목욕간으로 들어갔다. 나중에 노인을 자기 방으로 불러 함께 식사를 할까 생각했지만 부엌이가 그걸 허락할 리가 없었다. 계모가 알면 또 잔소리 하나가 늘 것이다. 하인이 주인과 마주 앉아 식사를 한다는 것은 말도 안 되는 일이었다.

이방근은 잠시 후 목욕탕에서 나왔다. 몸에 데운 물을 끼얹었을 뿐이었고 씻을 생각은 없었다. 속옷을 갈아입고 어제 아침부터 여태 입고 있던 양복을 벗은 뒤 편한 한복으로 갈아입었다.

……그냥 여행을 떠나는 거우다. 어디로 가는 걸까, 노인에게 갈 곳이 있을 리 만무했다……. 이방근은 문득 부스럼영감을 처음 만났을 때의 일을 생각하면서 서재에 들어가 어제 그대로 커튼이 쳐져 있는 창문을 열었다. 뺨에 느껴지는 부드러운 바람이 방을 빠져나가 천천히 안뜰 쪽으로 불어 가는 듯했다. 뒤뜰의 단단한 꽃봉오리를 매단 동백나무 잎사귀가 햇빛에 반짝이고 있었다. 바람에 흔들릴 때마다 부드러운 햇살이 사방으로 튀었다. 지면에는 적갈색 낙엽이 여기저기 흩어져 있는 가운데, 토담 그늘의 금잔화가 유달리 붉고 아름다웠다.

부스럼영감……. 이방근은 소파에 앉아 담배를 한 대 피웠다. 그는 거의 언제나 소파 끝에 오른쪽 팔꿈치를 얹은 채 누구를 기다리듯 가만히 앉아 있는 버릇이 있었다. 창을 등진 그의 눈에는 툇마루 맞은편에 햇살에 밝게 빛나는 안뜰이 보였다. 어제는 커튼을 쳐서 빛을 가린 어두운 방이었지만, 지금은 밝은 빛이 앞뒤로 방을 가득 채우고 있었다.

이방근은 이처럼 자주 미닫이를 열고서 아무것도 없는 안뜰을 질리지도 않고 바라보았다. 날씨 좋은 날에는 짙은 그림자를 드리우며 구름이 지나갔다. 안뜰 맞은편 툇마루를 누군가가 걷기도 한다. 그것은 계모이거나 아버지이거나 부엌이었다. 때로는 여동생이 그곳을 걷기도 했다. 그들은 가끔 이쪽을 바라보기도 했다. 서로 모르는 사람처럼 아무 말도 하지 않는다. 가만히 앉아 있는 이방근의 눈에는 그들이 읍내 풍경의 일부처럼 비친다. 부엌이를 포함한 그들 가족의 걷는 모습이 아니라, 집을 구성하는 건물의 일부에 불과했다. 그의 서재 맞은편이 바로 아버지의 서재였고, 그 오른쪽이 온돌로 된 거실, 왼쪽 끝 방이 침실이었는데, 이쪽으로 보이는 침실문은 한 번도 열린 적이 없었다. 이방근은 맞은편 툇마루를 걷는 일도 거의 없었지만, 이따금 그 방 앞을 지날 때는 한약 냄새가 났다. 녹용이나 인삼 등이 부엌이 아닌, 거실이나 침실에서 계모의 손으로 달여졌다. 아버지는 우리 나이로 예순셋인가 넷이었다. 아니 어쩌면 예순다섯인지도 모른다. 침실 위치가 잘 보인다고 해서 내부까지 보이는 것은 아니었지만, 낮의 근엄한 아버지의 얼굴을 떠올리며 밤의 성행위를 상상하는 것은 별로 기분 좋은 일이 아니었다.

으흠, 부스럼영감이 여행을 떠난다는 말인데…… 부스럼영감……. 이방근이 부스럼영감을 처음 만난 것은 작년 이른 봄에 추위가 아직 가시지 않았을 무렵으로, 본토에서 여행을 하다가 알게 되어 데려왔던 것이다.

이방근은 여동생이 있는 서울에 한동안 머물렀다. 돌아오는 길에 어느 산간 시골 마을에서 며칠을 보냈다. 사적이나 명승지가 있다거나, 친구가 살고 있는 것은 아니었다. 문득 기차에서 본 설경에 이끌려 내렸을 뿐이었다. 눈을 덮어쓴 높지는 않지만 험준한 삼각형 모양의 산들이 몇 개나 겹쳐져 있었다. 바람이 세차고 어두운 하늘에서 싸락눈이 끊임없이 내리는 가운데, 눈 덮인 하얀 산맥 여기저기에 검게 마른 나무들이 우뚝 서 있는 기묘한 느낌에 이끌려 기차에서 내렸다. 기차에서 바라보니, 군데군데 검은 속살을 내보이며 하얗게 눈을 뒤집어쓴 고목들은 마치 경쾌한 춤을 추는 해골처럼 보였다. 그리고 하얀 의상을 두껍게 차려입은 모양의 상록수.

이방근은 작고 누추한 여인숙에서 좋지 않은 날씨가 계속되는 며칠 동안 술을 마시며 보냈다. 술만 마시다 보니 대퇴부 뒤쪽 깊은 곳에 생긴 작은 종기가 어느 틈에 크게 곪아 딱딱하게 부어올랐다. 병원도 없는 곳이라서 여인숙 여주인에게 약을 사다 달라고 부탁했다. 그런데 여주인은 약 대신 추한 얼굴을 한 노인을 데려왔다. 그리고는 그 노인이야말로 종기를 치료하는 최고의 의술을 갖고 있다고 말했다. 이방근은 호기심이 나서 노인의 치료를 받아보기로 했다. 바지를 벗고 엎드린 환자의 종기를 양손으로 쓰다듬으며 '진찰'을 마친 노인은, 걱정할 필요 없고 하루 더 지내는 것이 좋을 것이며 술은 마셔도 상관없다는 고마운 말을 하고는 진찰비 대신 소주 한 잔을 마시고 돌아갔다.

다음날 저녁에 다시 찾아온 노인은 우선 소주를 청하여 목을 축였다. 그리고는 탱탱하게 부어올라 보라색으로 변하기 시작한 환자의 종기에 입술과 이빨을 바싹 들이대고 혀끝으로 환부의 구멍을 연 다음, 서서히 노인의 입 전체의 탄력으로 강하게 짜는가 싶더니 단숨에 고름을 빨아냈다. 이방근은 순간 거의 비명에 가까운 소리를 질렀다. 박힌 칼날을 빼내는 듯한 격통과 함께 야릇한 쾌감이 통증의 밑바닥에서 짜릿하게 불타올랐다. 게다가 격통이 일어나기 직전까지는 일종의 간지러움에 가까운 미묘한 쾌감이 계속되었다. 입 안의 걸쭉한 고름을 밖으로 내뱉은 노인은 소주로 입을 헹궈 꿀꺽 삼키고 침으로 갠 담배 가루를 환부에 붙였다.

종기는 바로 나았다. 종기 치료만으로는 입에 풀칠하기도 어려웠던 노인은 소주 한 잔이나마 얻어 마실 요량으로 여기저기서 하인 노릇을 하는 모양이었다. 이 지방 사람도 아니라고 했다. 이방근은 노인이 예상하지 못한 '치료비'를 주고 술까지 대접했다. 노인은 술이 얼근해지자, 서방님, 제 춤을 한번 보시것습니까요, 하더니 혼자서 춤을 추기 시작했는데, 곱사춤이 제법이었다. 춤이 우스꽝스럽고 재미있었지만, 그 우스꽝스러움에 취해 열심히 추는 모습이 왠지 이방근을 슬프게 했다. 그러나 부스럼영감은 주체 못할 기쁨에 사로잡혀 있었다.

이방근이 노인을 데려왔을 당시에는 주변의 반응이 싸늘했다. 노인을 데려온 특별한 이유는 없었다. 설사 어떤 이유를 찾아낸다 하더라도, 주위에서는 젊은 여자를 데리고 왔을 때보다도 그 의미를 인정해 주지 않았을 것이다. 부잣집 건달 자식의 변덕이라거나 머리가 이상해졌다며 비웃음거리가 되어도 어쩔 수 없는 일이었다. 면전에 대고 말하는 사람은 없었지만, 개중에는 개처럼 목걸이라도 매서 데리고 다니라는 식의 험담을 하는 사람들도 있었다.

어쨌든 노인은 이씨 집안의 하인으로서, 또한 이방근의 충실한 하인으로서 열심히 일했다. 나이는 예순에 가까웠으나, 다리를 절면서도 몸이 튼튼하여 힘든 일을 모두 도맡아 하는 바람에 무엇보다 부엌이가 기뻐했다. 그런데 어느 날 뒤뜰의 목욕간 근처에서 장작을 패고 있던 노인은 잠시 일손을 멈추고 목욕간 옆 변소에서 나는 소리에 멍하니 귀를 기울였다. 이것은 이방근에게 직접 한 말이니까 사실일 것이다. 즉 담배를 한 대 피고 있을 때 변소에서 물보라라도 치는 듯한 소리가 났던 게 틀림없다. 그런데 선옥은 노인이 변소를 밑에서 엿보려 했다고 우겼다. 그녀가 일어섰을 때 변소 창으로 보인 노인의 태도가 조금 멍하고 이상했을지도 모른다는 것뿐이었는데도, 그녀는 눈을 치켜뜬 채 노인을 욕하며 용서하려 들지 않았다. 어쩌면 추한 노인을 쫓아내기 위한 구실이었는지도 몰랐다. 이방근으로서도 변소와 관련된 이야기가 되다 보니 더 이상 깊이 간섭할 입장도 못 되어 그녀의 요구를 받아들였다. 한 달 남짓 지난 때의 일이었다.

이방근은 집을 나간 노인에게 버스 차고의 잡역부나 장작 패기 등의 일거리를 주었지만, 최근에는 거기에도 별로 모습을 나타내지 않는 모양이었다. 그런데 어제와 오늘 이틀 연이어 부스럼영감을 만났던 것이다.

이방근은 식사를 끝내고 돌아온 노인을 서재로 불렀지만, 툇마루에 앉은 채 안으로는 들어오지 않았다. 이방근은 툇마루로 나와 노인 옆에 앉아서 언제 돌아올 작정이냐고 물어보았다. ……서방님, 지는 돌아올 곳이 없는 인간입죠……, 그러니 갈 곳밖에 없는 인간입니다요. 그래도…… 그러고 보면, 서방님 계신 곳이 제가 돌아올 곳인지도 모릅지요. 서방님, 지는 성내로 돌아올 생각은 없지만, 그 안에, 저ㅡ, 한 달만 지나믄 돌아오겠습니다요……. 헤헤에, 성내는 서방님 계신 곳이니께요……. 헤헤헤에……. 노인은 주방에서 소주를 한잔 마신 듯(부엌이에게 일러뒀었다) 눈이 정기를 띤 채 반짝이고 용암처럼 울퉁불퉁한 얼굴이 열기를 머금은 것처럼 상기되어 있었다. 이방근은 얼마간의 돈을 주었다. 어제와는 달리 노인이 거절하는 것을 억지로 쥐어 주었다. 노인이 어디로 갈 작정인지 알 수는 없었지만, 뒤돌아볼 일도 없이 갈 곳밖에 없는 인간에게는 어디로 가든 상관없는 일일 것이다. 이방근은 문득 노인의 얼굴을 손바닥으로 쓰다듬어 주고 싶은 충동을 느꼈다.

노인이 떠난 뒤 다시 소파에 앉은 이방근은 왠지 바람이 가슴을 헤치고 지나가는 기분을 느꼈다. 집에서는 쫓겨났지만 적어도 지금까지는 성내 어딘가에 있었던 노인이 이제는 성내에서도 떠나는 것이었다. 시계를 보니 정오가 가까웠다. 노인은 오늘이 며칠인지도 모를 게 분명했다.

부스럼영감의 용암처럼 추한 얼굴. 아니, 왜 그 얼굴을 추하다고 하는 것일까……. 이방근에게는 취해서 몇 번이나 쓰다듬어 준 적 있는 그 추한 얼굴과 부엌이의 냄새, 언제나 마르지 않는, 햇빛을 본 적 없는 듯한 냄새가 하나로 겹쳐졌다. 그리고 그 얼굴과 냄새는 그의 내면 깊숙한 곳에 닻을 내리기 시작함으로써, 이방근의 마음 한구석을 지탱해 주기까지 하고 있었다.

부엌이가 옆에 붙어 있는 온돌방으로 식사를 날라왔다. 이방근은 식후에 한잠 잘 생각으로 소주를 가져오라 해서 조금 마셨다. 술이 위장을 수축시키듯 젖어들더니 취기가 온몸에 퍼졌다. 마치 머릿속이 바람에 흔들리듯 움직이고, 안뜰에 내리쬐던 햇살이 갑자기 밝아졌다. 머지않아 취기가 사라지고 상쾌한 나른함이 몸을 감쌀 것이다.

식사를 끝낸 이방근이 소파에 돌아와 누웠을 때, 초인종이 울렸는지 부엌이가 안뜰을 지나 대문 쪽으로 성큼성큼 걸어가는 게 보였다.

아버지가 돌아오신 모양이었다. 시간은 열두 시 반, 이런 이른 시간에 돌아오시는 것은 보기 드문 일이다. 이방근은 몸을 일으켜 여느 때처럼 소파 구석에서 자리를 고쳐 앉았다.

5

옷매무새를 가다듬으며 안뜰에 내려선 계모가 허둥지둥 아버지를 맞으러 나갔다.

어험……, 하는 아버지의 헛기침 소리가 두 번 연달아 들리는 것으로 보아 대문 안으로 들어온 모양이었다.

귀가를 알리는 헛기침이었다. 예순을 넘긴 노인치고는 상당히 힘차고 건강한 소리였다.

이방근은 밝은 햇살 속에서 아지랑이가 피어오를 것 같은 안뜰을 가만히 바라보고 있었다. 가벼운 취기와 갑자기 몸을 일으킨 탓이겠지만, 관자놀이의 혈관이 꿈틀거렸다. 음, 방근이는 돌아왔나? ……. 네, 돌아오고말고요……. 제대로 목욕도 했어요……. 계모의 목소리는 이방근이 듣고 있다는 것을 의식하고 있는 듯 조금 들떠 있었다. 마치 이쪽을 돌아보는 듯한 기색이 느껴지는 목소리였다. 그녀의 목소리도 아버지의 목소리도 왠지 빈 동굴에서 울려오는 것 같은 느낌이 들었다. 낮술 탓인지도 몰랐다.

곧 아버지가 선옥과 함께 안뜰을 지나갔지만, 문이 열려 있는 이방근의 서재 쪽은 돌아다보지 않았다. 방근이는 돌아왔나……, 네, 돌아오고말고요……. 아들이 돌아와 있다는 것만 알면 된다는 것이나 다름없었다. 특별히 아버지와 시선이 마주치기를 기대했던 것은 아니었지만, 시선이 마주치면 일어나서 인사를 할 작정이었던 이방근은 왠지 허탕을 친 기분이 들었다. 부엌이가 문득 허리를 굽혀 땅바닥에 떨어진 휴지를 줍더니 그대로 지나쳤다.

이방근은 가족들의 모습이 안뜰에서 사라지자 다시 소파에 누웠다.

어젯밤의 술이 다시 취해 오는 듯 몸이 안쪽에서부터 점차 뜨거워지고 얼굴이 달아오른다. 눈꺼풀이 따끔거렸다. 한숨 자고 싶었다. 유치장에서 밤새 앉아 있었기 때문에 역시 피곤했다. 옆의 온돌방에서 담요를 가져다 덮고 싶었지만 그것마저 귀찮았다. 잠자는 동안 몸이 차가워지면 눈이 저절로 뜨일 것이다.

어쩌면 아버지가 부를지도 모른다. 그럴 바엔 내가 먼저 가는 편이 낫겠지만, 그것도 귀찮고 새삼스런 기분이 들었다. 그럴 필요가 없을 것 같은 생각이 든다. 도대체가 요 며칠은 전혀 얼굴을 보지도 못했다. 생각해 보면, 세찬 바람이 불어 문을 닫아걸기 시작한 무렵부터 얼굴을 보지 못했으니까, 벌써 일주일 이상이 지났다. 식사는 방에서 혼자 했고, 특별한 볼일도 없어서 아버지의 거실에도 응접실에도 가지 않았기 때문에, 그대로 내버려 두면 한 지붕 밑에 사는 아버지를 1년이 지나도 못 볼 수도 있었다.

이방근은 문득 아버지에게 인사를 드리러 가야겠다고 생각했다. 그러나 어젯밤의 일 따위는 새삼 문제 삼을 것도 없었지만, 다시 끄집어내기도 싫었다. 아버지는 이런 기회에 아들이 찾아와 주기를 은근히 기다리고 있을 것이다. 이방근은 그런 낌새를 알아차렸다. 데리러 가지 말라고, 남의 웃음거리가 되고 싶냐며 선옥을 제지한 것도 어디까지나 세상 체면 때문이었다. 속으로는 아버지, 걱정을 끼쳐 드려 죄송합니다, 하고 아들이 인사 한마디라도 해 주기를 바라고 있음에 틀림없었다. 그러나 아들이 그러지 않으리라는 걸 아버지는 알고 있었다. 또 이방근은 그런 아버지의 마음까지 읽고 있었던 것이다. 유교도덕의 까다로운 가족제도 안에서 이 집안의 부자 관계는 그렇게 형성되어 있었다. 따라서 아버지가 옆얼굴만 보이며 지나친 것은 혹시 나중에 천천히 다시 부를 작정으로 그랬을지도 모른다고 이방근은 생각했다.

　……하얀 하늘을 새빨간 피가 뚝뚝 떨어질 듯한 태양이 내달려 지나가고 어느덧 어두워졌다. 아니, 그 순간 우우우 하는 자신의 신음소리와 함께 눈부신 빛이 두 눈을 적셨다. 순식간에 눈앞을 지나쳐 사라져 버린 환각 같은 허망한 꿈이었다. 꿈을 꾸기 시작한 순간에 갑자기 잠을 깬 탓일 것이다. 대낮에 핏빛 태양을 본 것은 인상적이었지만 이상하게 생각되지는 않았다. 마치 국민학생의 크레용 그림처럼 붉은 태양이 날아가는 광경이었다.

　눈을 깜박이며 떠 보니 선옥이 소파 옆에 서 있었다. 이방근은 머리를 흔들며 소파에 일어나 앉았다.

　"……무슨 꿈이라도 꿨나 보네……? 가위에 눌리고 있는 것 같았어. 모처럼 쉬고 있는데 안됐지만, 깨우길 잘했는지도 몰라. ……그렇겠지, 방근이는 피곤할 거야." 외출복으로 갈아입은 계모가 분내 나는 하얀 얼굴에 미소를 띠며 말했다. "저기 말야, 방근이, 아버님이 오늘은 모처럼 일찍 오셨으니까, ……또 볼일이 있어서 나가실 모양이지만, 정말이지 아버님도 그 나이에 너무 바쁘셔서 말야, 더구나 오늘은 토요일인데 말이지……, 그래서 말인데, 지금 아버님을 뵈러 가는 게 어떨까 싶어서 왔어. ……모처럼 곤하게 자고 있는데 방헬해서 미안하지만……."

　"……아버지가 부르십니까?"

　아아, 드디어 올 것이 왔구나 하고 생각하면서 잠이 덜 깬 목소리로 이방근이 말했다.

　"아니, 부르시는 건 아니야. 하지만 어젯밤부터 방근이를 몹시 걱정하셨어, 좀 전에도 오시자마자 방근이 돌아왔느냐고 물으시고……, 그러니까 아버님이 부르시지 않더라도 방근이가 먼저 인사를 드리는 게 좋을 거 같아서……, 내가 그렇게 생각한 거야."

"알았습니다. 하지만 새삼스레 인사드릴 것까진 없겠죠. 가족이니 깐요. 부르신다면 가겠지만."

"어쩌면, ……정말로 부자 간에 꼭 남남처럼 지낼까. 가족이니까 이럴 때는 더욱 인사가 필요하지 않을까……. 정말이지 이럴 땐 내가 아주 곤란하다니까……." 계모는 이방근의 맞은편 소파 언저리에 살짝 걸터앉으면서 말했다. 역광을 받은 그녀의 상반신은 하얀 안뜰을 배경으로 젊어 보였다. "일부러 부르시진 않아도 맘속으로 기다리고 계시겠지……. 그게 바로 부자 관계라는 걸 테고. 난 그걸 아니까 일부러 여길 온 거야."

"……일부러요?"

"……아아, ……그 말이 맘에 들지 않았다면 미안해. ……일부러라고 말한 건 아버님이 부르시지 않아도 내가 방근이에게 부탁하러 왔다는 뜻이야. ……방근이의 그런 성격은 알고 있지만, 이럴 때 난 정말 곤란해……."

"저어, 어머니."

이방근은 테이블 위 상자에서 담배 한 개비를 꺼내 불을 붙이며 부드러운 어조로 말했다. 선옥은 그 어머니라는 말에 이끌리듯 고개를 끄덕이고는 약간 놀라는 표정으로 이방근을 바라보았다. 이방근은 술기운으로 촉촉해진, 그러나 아이처럼 맑은 눈으로 계모를 마주 보았다. 이 어머니라는 호칭은 이방근에게는 기계적인 것이었다. 그래도 선옥은 그 말을 통해서 한 집안의 주부라는 위치를 확인하고, 이를 발판으로 모자 관계의 정을 쌓아 가려고 노력하고 있는 게 사실이었다. 이방근은 계모가 어머니라는 호칭에 기뻐한다면 그것으로 좋다고 생각했다. 또한 아버지의 후처가 그 자식들의 어머니가 되는 것 역시 그 나름대로 좋은 일이 아닌가(여동생 유원은 일찍이 아주머니라고 부르며 저항했고, 오빠를 타협적이라고 비난했었다). 그런 만큼 어머니라는 한마디 에는 이따금 예상 밖의 감정이 섞여 나올 때가 있었다. 당연히 선옥도 이 점에 대해 민감하게 반응하는 것이 당연할 일이었다.

"어머니께 한 말씀 해 두고 싶습니다만, 아버지와 저 사이에는 그다 지 곤란하거나 특별한 일은 전혀 없습니다. 어머니가 그렇게 곤란하 다는 식으로 말씀하시면 그게 오히려 아버지와의 관계를 곤란하게 만 들기 쉽습니다. 그건 서로 바라지 않는 일이겠지요."

"아이고, 방근이, 무슨 말도 안 되는 소리를……." 계모는 손을 올려 놓은 무릎을 앞으로 당기다가 하마터면 소파에서 엉덩이가 떨어질 뻔 했다.

"그러니까……, 내가 곤란하다고 말한 건……, 좀 들어 봐, 내가 방 근이와 유원이의 엄마니까 하는 얘기야. 내가 엄마 입장에서 부탁하 고 있는 거라고. 모처럼의 기회니까 아버님께 인사를 올리라는 거야. 곤란하단 말을 그딴 식으로 받아들이면 난 정말 곤란해……."

"예, 알았습니다. 아버지를 찾아뵐게요……."

이방근은 더 이상 대화를 나눌 필요가 없다고 생각했다. 어려운 일 은 아니었다. 아버지께 인사드리고 돌아오면 그만이었다.

세수를 하고 나서 이방근은 아버지의 거실로 갔다. 그는 아버지를 피하고 있었던 것은 아니었다. 관심이 없었을 뿐이다. 툇마루를 지나 문이 열린 방으로 다가갔을 뿐인데도 한약 냄새가 풍겼다. 약을 달이 고 있지는 않았지만, 방에 냄새가 배어 있는 것 같았다.

주방 쪽 벽에 나란히 놓인 조선식 장롱과 서양식 장롱, 옻칠을 한 궤 등의 가구를 등지고 앉은 아버지가 양복을 입은 채 앉은뱅이책상 위에 신문을 펼쳐 놓고 읽고 있었다. 이방근은 자기 서재에 있는 자개

장롱과 같은 종류의 가구와 비슷한 백자 항아리가 있는 게 이상하게 느껴졌지만, 그것이 당연하지 않은가, 그걸 이상하다고 느끼는 게 오히려 잘못된 것이라고 고쳐 생각했다. 이전부터 그곳에 있던 물건이었다. 오랜만에 보는 '仁'(인)이라고 쓴 액자와 산수화 족자가 낯설었다. 이쪽을 보지는 않았지만, 자식의 시선을 의식하고 있음을 알 수 있는 아버지의 자세. 아버지 곁에 무릎을 세우고 앉아 있던 계모가, 여보, 방근이가 왔어요, 라고 말했다. 아버지 이태수는 거의 목을 움직이지 않고 코끝에 흘러내린 노안경 너머로 아들의 얼굴을 곁눈질하듯 힐끗 올려다보았다. 이방근은 아버지의 눈초리에 문득 유치장에서 만난 강몽구를 떠올리면서, 아버님, 어젯밤 일로 걱정을 끼쳐 드려 죄송합니다, 하고 공손히 인사를 했다.

"음……, 거기 좀 앉거라."

이방근은 아버지와 마주 앉았다. 아버지는 어젯밤의 일로 자식에 대해 보다 유리한 입장에 있다고 느낄지도 모른다. 아버지는 신문을 접어 장판 바닥에 내려놓더니 아들을 관찰하듯 쓰윽 훑어보고 나서, 방근아, 오랜만이구나, 하고 말했다.

"……아버님은 건강하신지요?"

이방근은 특별히 할 말이 없었다. 그렇다고 이 한마디만 하고 방을 나갈 수도 없었다.

"음, 아직은 건강하다."

아버지의 목소리는 그 무뚝뚝한 표정과는 달리 의외로 자상했다. 담배 한 대를 핀 계모가 나무로 된 담배 상자에 장죽을 두드려 재를 털고서 일어섰다. 그럼 저는 나가 볼게요. 오랜만이니까, 방근이도 천천히 아버님의 상대가 돼 드리고……. 불그스레한 얼굴에 몸집이 큰 아버지는 그 말대로 건강해 보였고 넓적한 이마에도 아직 윤기가 있었다. 짧은 머리카락은 반백으로 빛나고 있었지만, 아직 전혀 벗겨지지 않았다.

　아버지는 방을 나가는 계모의 뒷모습을 바라보며 책상 위의 담배 상자에서 담배 한 대를 집어 들었다.

　"방근이도 담배 피고 싶거든 피워라. 다만 남들 보는 앞에선 삼가야겠지만."

　아버지의 심기는 그다지 불편하지 않은 모양이었다. 자식의 실수에 대한 설교는 없을 것 같았다. 점차 바뀌어 가고는 있었지만, 이 나라에서는 연장자, 특히 부모 앞에서는 담배를 피우지 않았다. 옛날에는 안경을 끼는 것조차 삼갈 정도였다. 지금도 연장자나 제사상 앞에서는 안경을 벗는 사람이 많았다. 하물며 부모 앞에서 담배를 뻐끔뻐끔 피웠다가는 무뢰한, 세상에 몹쓸 놈 취급을 받았다. 이방근은 여태 아버지 면전에서 담배를 피운 적이 없었다. 술을 많이 마시고 방탕한 생활을 하면서도 그런 정도의 사리 분별력은 갖추고 있었다. 아버지가 내심 왠지 모르게 자신을 두려워한다는 것을 알고 있는 이방근은 아버지 앞에서 의식적으로 유순한 태도를 취하고 있다 해도 좋을 것이다. 유순하다기보다는 무관심의 표현에 지나지 않았겠지만……. 분명히 아버지는 결과를 예측하고 아들에게 담배를 권했다고 할 수 있지만, 거기에는 자신이 고루하지 않다는 의사표시 이상의 무언가가 있었다. 어엿한 어른으로서의 아들을 배려하겠다는 마음이 있었던 것도 사실일 것이다.

　"담배는 괜찮습니다만. 아버님은…… 오늘 일찍 들어오셨네요."

　"그게 어떻단 말이냐, 일찍 온 게 마음에 안 든다는 말이냐. 만약 그렇다면 이 애빈 섭섭하구나. 하하하아……, 다시 나가야 되지만, 시간에는 신경 쓸 필요 없다. 일찍 들어온 게 오랜만이긴 하지, 오늘

은 세 시 좀 지나 은행에서 융자상담만 있을 뿐이야. 그리고 최 판사
가 오기로 했다."

"최 판사요?"

"그래, 최상화 말이다."

"……"

이 노인은 아들이 시간에 신경을 쓰고 있다고 생각하는 걸까, 아니면
짐짓 시치미를 떼고 있는 것일까……. 이방근은 힐끗 아버지의 표정을
살폈다. 이때 부엌이가 차를 끓여왔다. 아버지의 시선이 부엌이의 얼
굴과 몸동작을 주시했다. 그리고는 옷 위로 몸의 곡선이라도 더듬듯
눈알을 움직였다. 이방근은 아버지의 눈빛을 보고 자신도 모르게 움찔
했다. 순간, 마치 냄새 나는 상자의 뚜껑이라도 열었을 때처럼 정체를
알 수 없는, 부엌이의 결코 향기롭다고 할 수 없는 냄새가 피어오르는
것을 느꼈다. 그는 거의 무의식적으로 코를 킁킁거렸다. 이 냄새가
현실로서 방 안을 채우고 아버지의 코에까지 닿고 있는지, 자신의 의식
속에서만 일어나고 있는지는 알 수 없었다. 어쨌든 눈에 보이지 않는
어떤 실체의 확산이 냄새처럼 물큰 다가온 것만은 사실이었다.

부엌이가 나갔다. 그동안 그녀는 마치 곰처럼 무표정한 얼굴로 한
마디도 하지 않았다. 이방근은 천천히 큰 한숨을 내쉬었다.

"그런데, 방근이는 신문을 읽어 봤니?"

아버지가 말했다.

"무슨 기사라도 나왔습니까?"

"무슨 기사라니, ……이걸 봐라."

이태수는 불쑥 옆에 있던 신문을 집어 들어 아들 앞에 놓인 책상
위에 올려놓았다. 어제 날짜의 중앙지로, 아마 오늘 아침 배편으로
도착했을 것이다. 1면 톱에는 '중앙정부 수립안 31대 2로 가결, 26일

소총회에서'라는 표제로, 국제연합 소총회가 조선의 '가능지역선거안'을 가결했다는 기사가 실려 있었다. 이에 반대한 소련과 기타 5개국은 소총회에 불참. 오스트레일리아와 캐나다가 반대표. '전국선거가 남부지역에만 국한되는 것은 국제연합 총회의 조선전국총선거 실시 결의에 위배된다'는 것이 그 이유였다. 톱기사 밑에는 이승만과 그 밖의 찬성 담화가 실려 있었고, 이승만과 함께 우익의 세 지도자로 불리는 전 중경(重慶)대한민국임시정부의 주석이었던 김구와 부주석이었던 김규식의 반대 담화가 나와 있었다. 이방근은 신문을 들고 읽었다.

……우리 전 국민이 주저함이 없이 일심협력, 모범적인 선거를 추진하여 국권을 확립하고, 앞으로도 통일방책이 모든 우방의 도움으로 조속히 해결되기를 바란다……. 뭐라는 거야……, 선거 후에 우방의 원조로 통일문제를 해결한다……. 변함없는 이승만의 궤변이었다. 이미 지난 2월 10일, '3천만 동포에 읍소(泣訴)한다'에서 피를 토하는 듯한 우국충정의 주장을 발표하고, 남한의 단독정부 수립에 반대 성명을 냈던 김구의 담화. ……국제연합의 결정에 위배되는 남한만의 단독선거를 실시하는 것은 민주주의의 파산을 세계에 선언하는 것이나 다름없다……. "나는 모든 정치 활동을 중지하고 은퇴한다……." 는 김규식의 담화. 당일인 2월 26일에는 미국 중앙군정청이 관장하는 정무회의가 "선거 가능지역만이라도 중앙정부 수립. ……이것이 남조선에 있어서 절대 과반수의 일반적인 공론이라는 점을 명기하기 바란다."는 메시지를 국제연합에 보내고, 모든 중앙지는 매일같이 '남쪽만의 총선거' 실시를 위한 광고지처럼 '총선거'를 선동하고 있었다.

"그랬군요……, 26일이니까 엊그제인데요, 라디오에서 들었습니다."

"음, 나도 라디오로 들었다……. 이제 어찌 되는 건지, 남한만의 총선거가 국제적으로 승인을 받은 것이냐? 김구 선생이나 김규식 박사가 이승만 박사에게 반대한다면 사태는 상당히 혼란스러워지지 않을까, ……너는 어떻게 생각하느냐?"

"……" 이방근은 신문을 뒤적여 보다가 흥미 없다는 듯이 책상 옆에 놓았다. "저는 그런 정치적인 일에는 그다지 관심이 없습니다만, 지금 아버지는 국제적으로 승인받았다고 하셨죠. 그러나 그 국제연합은 우리의 대표는커녕 남북 어느 쪽을 불문하고 참관인 자격으로도 참석시키지 않고 있습니다. 우리 문제가 우리의 대표도 없이 결정된다는 것이지요. 선거 가능지역이라고는 하지만, 남한만의 선거가 38선을 고착화시킬 것이라는 건 불 보듯 뻔한 일 아닙니까. 결국, 우리나라는 영원히 분열되고 말겠지요……."

"음, 과연 그럴 수도 있겠군……. 그것도 가능성 있는 얘기지. 김구 선생 같은 분들만이 아니라 좌익들도 그렇게 말하고 있더군. 그러나 우리나라가 미국과 소련, 그리고 중국이나 영국 같은 외국의 신탁통치를 받는 것보다는 남한만이라도 우리들의 정부를 만들어 독립하는 편이 좋다고 난 생각한다. 그런 점에서는 이승만 박사의 주장이 이치에 맞는다고 해야겠지. 그것이 또한 요즘 시대의 흐름이고. 게다가 분단이라고는 해도 국제연합 대표단이 북한에 들어가지 못한다면 어쩔 수 없잖아. 그러니 충분히 일리 있는 주장이라고 봐야지. 남쪽은 말이지……."

그때 응접실 쪽에서 전화벨이 울렸다. 양준오일지도 몰랐다. 이방근은 자리에서 일어나 방을 나왔다.

전화는 역시 양준오로부터 왔다. 오늘은 아무래도 시간을 낼 수 없을 것 같으니, 내일 만나고 싶다. 내일은 마침 일요일이니 성내에서 밖으로 나가 보자고 했다. 이방근은 그다지 나가고 싶은 생각은 없었지만, 달리 반대할 이유도 없어서 좋다고 말하고 전화를 끊었다.

어느새 뒤뜰에서 부엌이가 장작을 패는 모양이었다. 그녀의 헛기침 소리와 장작을 파고드는 큰 도끼 소리가 힘차게 울려왔다. 문득 아직도 탄력 있는 커다란 유방이 아래위로 흔들리는 광경을 상상했다. 젖꼭지가 속옷에 스쳐 꽤 단단해져 있겠지⋯⋯. 이방근은 전화를 끊고 나서, 그나저나 내일 일은 둘째 치고 지금부터 아버지와 어떤 대화를 나눠야 좋을지 생각해 보았다. 아버지와 토론을 해 봤자 소용없는 일이었다. 아버지의 말씀은 이승만의 주장을 따르고 있었지만, 그렇다고 이승만의 주장을 전적으로 지지하는 것도 아니었다. 큰 시대의 흐름에 역행해서는 안 된다는 것이 경제인인 아버지의 처세법이었고, 미국을 등에 업은 이승만의 주장은 결코 자신의 입장을 불리하게 만들지 않는다는 계산이 작용하고 있었던 것이다. 게다가 지금 공공연하게 단독선거를 반대한다는 것은 생명의 위험까지도 감수해야 한다는 것을 의미했다. 반대의 목소리는 지하수처럼 사람들의 침묵 속에 흐르고 있었고, 분출을 위해 합류를 계속하고 있었다.

이방근은 거실로 돌아오면서 아버지가 아무 말도 하지 않으면 더 이상 정치 이야기는 하지 말아야겠다고 마음먹었다. 번잡할 뿐만 아니라, 괜히 마음이 괴로워지기 때문이었다. 게다가 당돌하게 아버지와 정치토론을 한다는 것은 물에 물탄 듯 재미가 없었다. 이럴 때는 서로 모르는 타인처럼 인사 정도만 하고 끝내는 것이 바람직했다. 이방근은 전화를 구실로 훌쩍 밖으로 나가 버릴까도 생각했지만, 그것 역시 귀찮은 일이었다. 잠시만 더 견디다가 내 방으로 돌아가면 되는 일이었다.

"그런데 요즘은 뭘 하고 있느냐?"

아버지는 화제를 바꿨다.

"⋯⋯여전합니다."

"흐음, 여전하단…… 말이지. ……그래, 좋아, 지금은 그런 얘기를 하고 싶은 게 아니니까. 난 이래 봬도 널 믿고 있으니 말야. ……넌 좀 특별나긴 하지만, 머리가 좋은 청년이고. ……나는 네 사고방식이 잘못되었다고는 생각지 않아. 너는 매사를 올바로 보는 눈을 갖고 있다고 생각한다. 그러나 그 올바른 사고방식이 이 사회에서 반드시 통한다고는 할 수 없어. 그런 건 샌님들의 순진한 생각일 뿐이고, 넌 더 이상 샌님도 아니니 말이야……."

"아버님은 무슨 말씀을 하시고 싶은 겁니까. 잘못이 아니라느니, 사회에는 통하지 않는다느니……. 전 사회에서 일어나는 일에는 흥미가 없습니다."

"정치적인 일에도 말이냐?"

"그렇습니다, 아버님은 모르고 계셨단 말씀입니까?"

"아니, 알고 있어, 알고말고. 좀 전에도 정치에 별로 관심이 없다고 말했지. 그건 훌륭해. 자기 의견을 똑바로 지니고 있으면서도 요즘 같은 난세에 함부로 움직이지 않는 건 어른스러운 태도야. 그리고 애비에 대한 무엇보다 큰 효도이기도 하고. 나이 먹은 늙은이는 말이지……, 으음, 등에 업힌 아이에게도 길을 물어 가야 한다는 말이 있듯이, 같은 일을 몇 번이고 물어서 확인하지 않으면 불안해서 견딜 수 없는 법이란다." 아버지는 만족스럽다는 듯이 말을 이어 가더니 갑자기 턱을 당기며 눈치를 살피려는 듯 아들을 힐끗 쳐다보았다. "그런데, 너는 대체 어찌 하려고 그러느냐, ……상대가 상해죄로 고소를 한 모양인데, 재판을 받겠다는 말을 경찰서에서 했느냐?"

"흐흥, 벌써 그런 얘기까지 아버지 귀에 들어갔습니까? 예를 들어 그렇다는 말을 했을 뿐입니다. 아직 상대가 어떻게 나올지 알 수 없어서요. 경무계장한테 무슨 말이 있을 텐데요, 그때는 아버님께 상의드리겠습니다."

"그래 연락이 올 거야, 애비 입장을 생각해서라도 재판이니 소송이
니 하면서 주변을 시끄럽게 만들지 말거라. 너도 그만한 사리 분별은
할 줄 안다고 생각하지만, 재판은 허락할 수 없다. 그 대신 상의에는
응해 주마. 돈이 필요하겠지?"

"필요하게 되더라도 적은 금액이라면 제 스스로 마련하겠지만, 만
약 '서북' 놈들과 거래라도 하게 되면 아버님의 힘을 좀 빌려야……."

거래……, 얼마나 하찮고 구역질나는 말이며 행위인가. 이방근은
아버님께 의논드리고 싶다라든가 아버님의 힘을 빌리고 싶다는 자신
의 말이 아버지를 기쁘게 만들고 있다는 것을 분명히 의식하며 말했다.

"하하하아, 내 힘이라……, 네가 애비의 체면을 세워 준다니 기쁘다,
오랜만에 만난 보람이 있구나." 아버지는 소리 내어 웃었다. "돈은 네가
만들 수 있다고? …… 그렇지, 그러고 보니 너한테도 재산이 있구나.
너한테 그 재산이 오히려 문제야. 그것이 없었다면 이 늙은 애비 말을
좀 더 잘 들어줄 텐데, 하하하아……, 현금을 마련할 수 있겠느냐?"

이태수가 언급한 아들의 재산이란 생모에게서 물려받은 유산을 말
했다. 해방 전 일이지만, 선옥에 관한 문제로 아버지와의 사이에 다툼
이 끊이지 않았던 어머니는 자기 명의의 재산을 아들에게 물려주었던
것이다. 주로 땅이나 밭 따위의 부동산이었지만, 그래도 어느 정도의
현금을 움직일 만한 힘은 가지고 있었다. 이방근은 이 유산에서 나오
는 돈으로 서울의 좌익계 출판사인 등대사(燈臺社)에 몰래 자금을 댄
적이 있었다. 유달현이 아무래도 그 일을 눈치 채고서 자신을 공작
대상으로 삼으려 하고 있다는 것을 이방근은 느꼈다.

시계를 보니 두 시 15분이었다.

"약속이라도 있느냐?"

"아닙니다."

"나는 세 시까지 나가면 된다……. 음, 그렇지, 최 판사가 이번 선거에 입후보한다면서 나한테 협력을 부탁해 왔다. 그나저나 선거일은 5월 10일 전후가 될 것이라고 하더구나……."

"흐음……."

이방근은 관심 없다는 반응을 보였지만 협력이라는 말이 마음에 걸렸다. 그리고 갑자기 마음속에서 5월 10일, 5월 10일……. 5와 10이라는 숫자가 톱니바퀴처럼 삐걱거리며 돌기 시작했다. 그 톱니바퀴의 삐걱거리는 소리와 함께 유달현의 모습이 떠올랐다. 그는 무장봉기가 한두 달 내로 일어날 거라 말했었다. 5월 10일……. 앞으로 두 달 남짓밖에 남지 않았다. 무장봉기는 단독선거의 분쇄를 목적으로 한 것이다. 언제 일어날까……, 유달현이 말한 한두 달이라는 기한이 갑자기 생생한 현실감을 띠고 압박해 왔다. 그러고 보면, 이미 해안 곳곳에 있는 '오름'에서는 데모의 봉화가 오르고 있었는데, 이런 세력들이 하나로 뭉쳐가고 있는지도 모른다.

"협력이라 하시면? ……"

"추천인이 돼 달라는 거야. 이승만 박사의 국민회(國民會) 소속으로 출마할 것 같은데 말이지."

"음, 그렇습니까. 그분은 어제 결혼식에서 주례를 보고 있더군요. 연미복을 입고서……."

"하하, 그 사람 연미복에는 사연이 있어서 그래……."

"아버님……." 이방근은 자기도 모르게 진지한 목소리로 말했다. 순간 이방근은 자신의 목소리가 부끄러워져 가볍게 헛기침을 했다. "추천인 같은 건 않는 편이 좋겠습니다."

"뭐? 추천인이 되지 말라니, 무슨 말이냐?" 아버지는 조금 놀란 모양이었다. "……음, 네가 그런 말을 다 하다니 신기하구나."

"그냥 그런 문제는 좀 더 신중히 고려하시는 편이 좋다고 생각했을 뿐입니다." 이방근은 윗몸을 뒤로 젖히면서 냉정하게 말했다. "아직 선거실시 요강이 공식적으로 발표된 것도 아니잖습니까?"

"그 말은 맞아." 아버지는 정색을 하고는 담배 한 대를 입에 물고 무엇을 생각하는지 윗몸을 좌우로 흔들기 시작했다. "그래도 느닷없이 그런 말을 들으면 곤란하다. 무슨 일이냐……. 뭔가 개인적인 감정이라도 있는 거냐? 어쨌든 별일이 다 있구나. 네가 애비한테 그런 식으로 딱 잘라 말하다니, 도대체 어찌 된 일이냐, 응."

"개인적인 감정이 있는 게 아니라, 최 판사는 저와 아무런 관계도 없는 사람입니다. ……다만 서두를 필요는 없으니까 오늘은 결론을 삼가는 편이 좋을 거라고 말씀드린 것뿐입니다."

"왜 갑자기 그런 말을 하는지 그 이율 모르겠다. 흐음…… 그보다도, 그런 말을 들으니 네가 다시 태어난 사람처럼 느껴지는구나. 음, 집안일에도 그런 태도로 임해 준다면 애비로서도 더 이상 기쁜 일이 없겠다만……."

아버지는 자식에게 아부하는 듯한, 아니 교활함이 묻어나는 표정으로 말했다. 한 지붕 아래 살면서도 공기처럼 종잡을 수 없었던 아들이 아버지 일에 이처럼 확실하게 의사표시를 한 것은 드문 일이었다. 아버지의 얼굴에는 옅은 희색마저 감돌고 있었다.

"……"

그러나 이방근에게는 그러한 아버지가 몹시 속물적으로 보였다. 그것은 안쪽 침실에서 이루어지는 선옥과의 방사(房事)까지도 냉담하게 중첩시켜 볼 수 있는 타인으로서의 아버지였다. 친밀감까지 느끼게 하는 아버지였다. ……음, 방사라고 잘라 말한다면 아버지가 너무 가 없어진다. 아버지는 자식들에 대한 실망감 때문에 남몰래 새로운 생명을, 새로운 자신의 아들을 원하고 있는지도 몰랐다. 이방근은 예순 넘긴 것치고는 매우 건강한 아버지의 혈색 좋은 얼굴을 바라보면서 그런 생각을 했다. 실제로 시골에서는 마흔만 되어도 주먹으로 자신의 허리를 툭툭 치면서 노인티를 내고들 하지만, 아버지에게는 그런 면이 거의 없었다. 아니, 은퇴를 하고 싶어도 그럴 처지가 못 되는 탓도 있을 것이다. 사업에 관한 일, 자식들에 관한 것, 손자가 없는 쓸쓸함……. 이런 주변의 사정이 오히려 아버지에게 활기찬 생활을 강요한다고 할 수 있었다.

이방근이 일어섰다. 아버지가 아들을 올려다보며 아쉽다는 듯한 어투로 말했다.

"어디 나갈 거냐?"

"아니에요, 화장실에 가려구요. ……아버님도 나가시는 편이 좋지 않을까요?"

"음, 그러고 보니 슬슬 나가 볼 때가 됐구나."

이방근은 아직 햇살이 머물러 있는 밝은 안뜰을 힐끗 쳐다본 뒤 응접실 앞 툇마루를 걸어갔다. 도대체 아버지는 무슨 말을 하는 거야. 되레 공박을 하려 들다니……. 지금 난 당신을 위해서 말했을 뿐인데. 차라리 내버려 둬 버릴까……. 공산당 놈들이 무기를 들고 폭동을 일으키면 최 판사와 함께 살해될 텐데, 훌륭한 표적이니 말이야. 가족들도 어떻게 될지 몰라. 아버지가 죽고, 선옥이 죽고, 나는……, 부엌이, 여동생……, 핫, 하아, 내가 살해되어 죽을 수는 없지. 아버지는 어떤가, 그 노인네가 죽으면 어찌 되나……, 그래도 할 수 없겠지……. 큰 도끼를 내리치는 소리, 장작이 쪼개지는 소리, 부엌이가 아직도 장작을 패고 있었다. 풍만한 젖가슴이 흔들린다. 젖꼭지가, 큰 유방이 흔들린다.

　……이방근은 또한 아버지가 최 판사의 추천인이 되는 건 막아야겠다고 생각했다. 봉기를 일으키려는 자들의 표적으로 만들 수는 없다. 그런 사태가 예측되는 이상 자식으로서 당연히 막아야 되는 일이다. 변소에 들어가자, 장작 패는 소리가 바로 귓가에서 커다랗게 들려왔다. 땀방울을 뚝뚝 떨어뜨리고 있을 부엌이의 격한 숨소리까지 들려왔다. 그 입 냄새, 침에까지 냄새가 배어든 듯한 입 냄새, 견디기 어려운 냄새, 마치 정어리 자반의 부패한 밑바닥에서 풍겨 나는 듯한 가시 돋친 감미로움을 지닌 입 냄새. 흐─응, 흐─응, 부엌이가 헐떡이고 있었다. 이방근은 선 채로 잠시 눈을 감았다. 점차 힘을 주며 눈을 감았다. 검은 치마가 훌렁 그의 머리와 상반신을 감쌌다. 그는 그 속에 가라앉았다. ……아아, 이 여자는 마치 해녀처럼 몇 분 동안이나 숨을 꾹 참고서 수면 아래로 아래로 나를 끌고 잠수할 수가 있었다. 물고기가 먹이를 물고 깊은 곳으로 잠수해 들어가듯 나는 끌려 들어간다. 깊은 바다 같은 검은 치마 속에서 하얀 하늘을 핏빛의 태양이 날았다. 날카로운 도끼를 한 번 내리치면 사냥감이 두 조각으로 갈라진다. 후우, 후우, 후우, 들어 올린 도끼를 힘차게 내리치는 여자의 격렬한 숨소리였다.

6

　정오 조금 전 이방근이 막 아침식사를 마쳤을 무렵 양준오가 왔다. 대문 밖에서 자동차 엔진 소리가 들렸다. 지프를 빌려 왔다고 양준오가 말했다.

"지프로 어디까지 갈 작정인가?" 이방근이 서재 소파에 안뜰을 등지고 앉은 양준오에게 물었다.

"이 형은 또 무슨 일 있으세요? 어디 머나먼 낯선 곳이라도 끌려가는 듯한 표정을 하고 계시네요."

"그렇진 않은데…… 음, 표정으로 알 수 있겠나? 그나저나 지프라니 뜻밖이로군. 솔직히 말하면 성내에서 남쪽으로 내려가 삼성혈 근처라도 어슬렁거려 볼까 생각했었지. 그리고 양 동무 하숙집에서 한잔하면서 얘기나 나눌까 생각하던 참일세. 자네 하숙집에서는 바닷소리가 들리니 말야. 아주 크게 들리지 않는가."

"또 술이군요……"

"아니야, 요즘은 별로 안 마셔. 음, 오늘은 전처럼 탈선하지 않고 얘길 하겠네."

"그건 탈선이 아닙니다. 그런데 왜 삼성혈 같은 곳에? ……"

"진부하단 말인데, 어슬렁거리는 데 뭔 이유가 있겠나. 걸어서 성내를 나간다고 할 때 북으로 가면 바다에 닿고, 동서로 길게 뻗은 신작로는 걷기에 너무 멀어서 결국 산 쪽으로 갈 수밖에 없지 않나. 용담(龍潭)의 용두암(龍頭岩)이라도 보러 가든가 아니면 사라봉에라도 올라가든가. 아니, 그것도 힘들어. 핫, 하, 하."

"어쨌든 나가시죠. 그 동서로 뻗은 신작로로 나가요. 지프를 타고 왔으니까요." 양준오는 강요하는 듯한 말투로 말했다. "돌아와서 제 하숙집에 들르시죠. 한잔 마신다 해도 역시 저녁 무렵에 하시자구요."

"어디로 가나?"

"특별히 정한 곳은 없지만 차에 맡겨 두죠."

"자네가 아니라 차에 맡긴다는 말이지……. 그것도 재미있겠군."

이방근은 고개를 끄덕였다. 그러면서도 지프를 타고 나간다는 게 왠지 꺼림칙했다. 이방근은 양준오와 마찬가지로 점퍼를 걸치고 집을 나섰다.

　밖은 부드러운 바람이 불고 따뜻했다. 높은 하늘에 투명한 새털구름이 걸려 있었다. 구름 없는 맑은 하늘보다 오히려 온화한 날씨를 느끼게 만드는 구름이었다. 천천히 달리는 지프를 읍내 사람들이 힐끔힐끔 쳐다보았다. 아마 지프를 타고 있지 않으면 느낄 수 없을 것 같은 평소와는 조금 다른 차가운 눈초리였다. 이방근은 왼쪽 운전석에 있는 양준오와 나란히 앉아 사람들의 시선을 생각해 보았다. 경적 소리에 좌우로 흩어진 아이들이 지프에 탄 두 사람의 표정을 힐끔 살피고는 차 뒤를 따라오기도 했다.

　신작로로 나오자, 전방에 엽총을 멘 미군과 통역이 말을 타고 동문교 쪽으로 가고 있는 모습이 보였다. 말이라고는 해도 이 섬의 말은 몽골 말과 닮아서 키가 작았기 때문에, 등자에 걸치지 못한 미군의 긴 발이 땅바닥에 스칠 듯 길게 늘어진 채 흔들거리는 모습이 우스꽝스러웠다. 금속제 등자도 햇빛에 반짝이며 가죽 등받이에 닿을 때마다 흔들리고 있었다. 미군은 마치 어린애가 세발자전거 페달이라도 밟듯 다리를 잔뜩 구부려 등자를 디디려고 했지만, 금방 축 처져 버린다. 말이 그대로 돌진한다면, 돈키호테와 비슷한 꼴이 되고 말 것이다. 그러나 싱글거리면서 천천히 말을 몰고 있는 미군은 꽤 즐거운 모양이었다. 하기야 온순하고 얌전한 인상을 주는 조랑말에 커다란 몸집을 싣고 가는 게 색다른 재미가 있을 법도 했다.

　두 사람은, 아니 미군은 근처 사라봉에 꿩 사냥을 가는 게 분명했다. 산탄에 맞아 공중에서 낙하하는 꿩을 쫓아갈 사냥개가 없다는 것이 좀 허전하긴 했지만, 통역이 안내를 겸해서 그 역할까지 하게 될 것이었다. 그런 주제에 읍내에서는 자못 미군을 선도하기라도 하듯 가슴을 한껏 편 채 말을 몰고 있었다. 읍내 개구쟁이들은 말 두 필의 행진을 지켜보고는 있었지만, 보기에 우스꽝스러운 그 꼴을 재미있어 하거나 따라가지는 않았다. 애들은 애들 나름대로 잘 알고 있었다. 게다가 일반적으로 통역 자신이, 우쭐대는 탓도 있었지만, 사람들에게서 환영받지 못하는 존재였던 것이다.

양준오는 경적을 울리며 그들 옆을 지나치면서 한 손을 들었다. 지프는 동문교를 건너 동쪽으로 향했다. 곧이어 다다른 긴 언덕길을 지프는 으르렁거리는 소리를 내며 단숨에 올라갔다. 백미러에 미군과 통역이 마치 지프를 쫓아오는 것처럼 말을 달리는 모습이 보였다. 가엾게도 말은 숨을 헐떡이며 언덕길을 올라오고 있었다. 길가를 지나가는 사람들이 드문드문 보였다. 여자들은 머리에 하얀 수건을 쓰고 대바구니를 짊어진 채 걷고 있었다. 섬 여자들은 조금 먼 길을 떠나거나 시장에 갈 때는 장에서 산 물건이나 짐을 넣기 위해 대바구니를 옆구리에 끼거나 등에 짊어졌다. 여자들은 여간해서는 버스를 타지 않았다. 버스 요금을 절약하기 위해서만이 아니라, 걷는 데 익숙해져 있었고 또 인간은 예로부터 걷는 동물이라는 생각을 갖고 있는 탓이기도 했다. 그래서 10리가 됐든 20리가 됐든 때로는 하루 종일 걸리더라도 대부분 걸어서 볼일을 마쳤다. 젊은 여자들보다 오히려 노파들의 다리가 튼튼하여 예사로 걸어 다닌다고 할 수 있었다. 지프는 그렇게 걸어가는 사람들의 머리 위에다 마른 흙먼지를 덮어씌우며 달려갔다.

핏빛을 한 황토색 절개지(切開地)가 왼쪽으로 이어진 언덕을 끝까지 올라가자 시야가 단숨에 열리며 그 밑바닥을 알 수 없는 하늘이 한층 깊게 펼쳐져 있었다. 곧게 뻗은 하얀 길 저편으로 숲이 있었고 파란 보리밭이 있었다. 하늘 바로 왼쪽으로 자리한 사라봉 기슭에는 연둣

빛 잔디가 햇살에 빛나고 있었다. 오른쪽으로 아득히 먼 곳에 백설을 머리에 인 한라산이 한껏 뻗은 광대한 산록의 아름다운 자태를 오랜 만에 드러낸 채 유유히 솟아 있었다. 산록 아래로 펼쳐진 초원이 푸르렀다. 지프는 한숨을 돌리듯 서서히 내리막길을 향해 달렸다. 울퉁불퉁한 길에서 차체가 덜커덩 튀어 오르면 지독한 휘발유 냄새가 코를 찔렀다. 가만히 앞쪽을 바라보고 있자니, 길이 마치 차체 밑으로 빨려 들어 사라져 가는 것 같았다.

"양 동무는 어디서 운전을 배웠나, 통역이 되고 나서인가?"

끊임없이 밀려드는 길의 흐름을 바라보면서 이방근은 별 생각 없이 물었다. 차를 운전할 수 있다는 것도 하나의 기술이라는 생각이 들었다.

"……" 뭐야, 못 들었나, 하는 생각이 들 만큼 양준오의 대답은 늦었다. "예……, 중학교 때부터 배웠는데, 기억이 안 나시나 보네요……. 일제 때, 그 오사카의 유치장에서 있었던 일 말이에요……." 양준오는 오른쪽에 앉은 이방근을 힐끗 쳐다보고는 먼 곳을 향하여 중얼거리는 듯한 말투로 말했다. "그게 오사카부청(府廳) 지하실에 있는 유치장이었죠. 거기서 전 이 형을 처음 뵈었어요……."

"오오……." 이방근은 약간 당황한 듯 높은 소리를 내었다. "……물론 기억하고 있다네, 자네와 처음 만난 일은 물론 기억하고 있지. 우리가 해방 후에 만났을 때 그 사실을 이미 확인하지 않았나. ……음, 그러고 보니, 그때 자넨 트럭운전 조수를 하고 있던 고학생이었지……. 벌써 10년이 됐군, 내가 미결수로 서울형무소에 들어가기 전이었으니까……. 분명히 자네가 야간중학교 다니던 무렵의 일이었어. 음, 그랬군, 그때부터 이미 트럭을 운전할 줄 알았던 게야……."

그래, 음, 양준오는 나와는 달라……. 이방근은 양준오가 소년 시절부터 혼자 힘으로 살아왔다는 것을 생각해 냈다. 그는 아버지를 모르는 이른바 사생아라고 자신의 입으로 말했었다. 시골 국민학교를 나온 뒤 어머니와 함께 일본으로 건너왔다고 했다. 대학의 고등상학부도 신문 배달 따위를 하면서 다니다가, 징병을 피하기 위해 학도병 동원령이 실시되기 전에 3학년으로 중퇴해 버린 과거를 가진 남자였다.

"그때 전 일주일간 유치장에 처박혀 있었는데, 나중에 생각해 보니 이 형……, 거기서 이 형을 만난 게 제게 상당히 큰 영향을 주었어요……. 전 그때 열여덟 살로 아마 야간중학교 2학년이었을 겁니다. 1938년 가을이었죠. 일본이 중국과 전쟁을 시작한 다음 해였어요. 사실 그곳에서 같은 조선인, 그것도 고향 선배 격인 사람을 만났을 땐 얼마나 기뻤는지 모릅니다. 지옥에서 부처님을 만난 심정이었다고나 할까요. 어떤 커다란 가슴에 안긴 기분이었어요. 이 형은 영웅이었습니다. ……'노예 민족은 노예로 있는 한 인간이 아니다, 독립을 위해 투쟁하기 때문에 인간이며, 그것이 자유다'라는 말을 이 형은 남몰래, 그리고 열정을 담아 말해 준 걸 지금도 기억하고 있습니다. ……이 형은 기억나세요?"

"호오……, 대단한 경구(警句)야……. 남몰래, 게다가 열정을 담아서 말이지……. 전혀 기억도 안 나고, 그런 말은 비위가 상해서 싫어한다네. 이미 다 지난 일이야. 10년이면 강산도 변한다고 하질 않는가. 벌써 10년 전 일이야. 부탁이니 그런 말은 그만두게나."

"왜 그러십니까?"

양준오의 턱이 뾰족하고 갸름한 얼굴이 굳어지더니 정색을 하고 말했다.

"그만두었으면 좋겠다고 말했네. 지난 얘긴 그만두세."

당시 도쿄의 A대학 학생이었던 이방근은 민족주의 그룹의 일원으로 연락차 오사카에 갔다가 체포되어, 오사카부청의 지하 유치장에 갇혀 있었다. 마침 그곳에 조선인 중학생 독서회 회원의 한 사람이었던 양준오가 이방근이 있는 감방으로 들어왔던 것이다. 이방근은 그 후 여기저기 끌려다니며 취조를 받다가 결국 증거불충분으로 한 달 만에 풀려나왔다. 그러나 이듬해 봄 귀국하던 도중에 다시 조선인 유학생 좌익연구그룹 사건으로 부산에서 체포되어 서울의 종로경찰서에 유치되었다. 그곳에서 검찰에 의한 구류, 공소, 그리고 결국은 미결수로 서울 서대문형무소에 수감되었다. 양준오와 재회한 것은 해방 후였다. 귀향한 그가 연줄을 통해 이방근이 있는 곳에 찾아왔던 것이다.

"음, 그만두죠. 이 형은 잊었다 해도, 이 형이 한 말에 큰 영향을 받고 있는 사람이 있다는 거예요……. 바로 그런 점이 부잣집 도련님다운 면모라고 할 수 있죠."

"뭐라고?"

"이 형은 자신의 과거를 부정하면서 지나칠 만큼 자신을 책망하고 있다는 말입니다."

"어이, 이보게, 양 동무, 농담은 그만두게. 그리고 부잣집 도련님답다는 말은 거슬리는군."

"실제로 그런 면이 있지 않습니까……." 양준오는 갑자기 말투를 바꾸어 따지듯 말을 이었다. "그런데 이 형은 왜 그렇게 갑자기 남승지를 만나고 싶어 하시죠?"

"……" 이방근은 미처 생각지도 못한 질문에 바로 대답이 나오질 않았다. 남승지, 남승지라……. "그건 좀 설명하기가 어렵군. 이렇게 말하면 이해하기 힘들 수도 있겠지만, 음……, 충동일 뿐이야. 단순한 충동……. 만나고 싶다는 그저 대수롭지 않은 충동일 뿐이야……. 이유가 있다면 있고 없다면 없는 그런 거지."

"충동……, 충동치고는 제멋대로군요. 그 충동은 강한가요?"

"충동이라는 것이 원래 제멋대로이고 변덕스러운 법이지만, 그러고 보니 상당히 강하다는 생각도 드는군."

"알겠습니다. 그럼 가 보지요. ……좀 전에 S마을로 들어가는 길을 지나쳐 왔는데, 나중에 함께 들러 보기로 하죠. 아시겠지만 S마을에는 남승지의 고모가 살고 계십니다. ……그곳에 가면 그와의 연락이 가능합니다."

"S마을에 간다고?" 이방근은 이유도 없이 움찔하며 말했다. "도대체 뭘 어떻게 하겠다는 건가……. 그리고 나중에 들른다니……, 지금부터 또 어디 갈 곳이 있다는 말인가?"

뭘 어떻게 하겠다는 건가……가 아니었다. 그저께 밤에 남승지를 만나게 해 달라고 말한 건 자신이 아니었던가. 그렇다 하더라도 느닷없이 지프를 올라탄 것과 마찬가지로 일이 너무 빨리 진행된다는 기분이 들었다. 양준오는 미소까지 띠고 있는 것 같았다. 아무렇지 않게 들은 상대방의 말이었지만, 갑자기 무겁게 다가왔다. 이방근은 알 수 없는 초조함을 느꼈다.

"……특별히 갈 곳은 없지만, 차를 탄 김에 조금 달려 보려는 것뿐입니다."

지프는 벌써 사라봉 기슭을 지나서 제주읍을 벗어나 과거에 조직의 아지트가 있었다는 조천면 관할의 N리로 들어서고 있었다. 왼쪽으로 솟아 있는 소나무 숲과 노송이 울창한 원당봉(元堂峯) 오름의 기슭을 따라 지프는 달렸다.

그때 전방에 이상한 광경이 보였다. 이방근은 자신도 모르게 몸을 앞으로 내밀었다. 양준오도 오른손으로 앞 유리창을 닦으면서 전방을 주시했다. 잠시 후 그것은 신작로를 가득 메운 소와 말의 무리라는 것을 알았다. 2, 3백 미터 저편에 흙먼지가 뭉게뭉게 피어오르고 그 주변만 햇빛이 가려져서, 순간적으로 땅에서 짙은 구름이 솟아오른다는 착각에 빠졌던 것이다. 흙먼지 속에서 수많은, 그래 봤자 백 마리 미만의 소와 말이 나타났다.

이윽고 지프가 천천히 다가가자 소들이 음메에— 하고 울었다. 우마 무리는 마을로 통하는 길을 나와서 신작로를 가로질러 산 쪽으로 가려던 참이었다. 열두세 살쯤 돼 보이는 소년 둘이서 가느다란 대나무 회초리로 소의 엉덩이를 때리면서 이랴— 이랴—, 호— 호—⋯⋯ 하는 맑은 목소리로 우마들을 몰고 있었다. 우마 떼 맞은편에서 자동차 경적이 울렸다. 우마들이 종종걸음으로 신작로를 가로지른다. 마을의 우마들을 초원에 방목하러 가는 길인 모양이었다. 가축 떼의 발소리, 흙먼지 냄새. 그리고 마른 풀 냄새가 뒤섞인 듯한 똥 냄새. 소 엉덩이에는 꼬리털로 문지른 흔적인지 누렇게 말라붙은 똥 찌꺼기가 달라붙어 있었다.

지프는 멈춰 서서 우마 떼가 지나가기를 기다렸다.

"양 동무는 어릴 때 소나 말을 몰아본 적이 있겠지?" 소를 모는 소년들의 맑은 목소리를 들으며 이방근이 말했다. 호—, 호—, 호—⋯⋯는 말을 모는 소리였다. 눈앞에 나타난 예기치 않은 광경이 갑자기 불안해진 이방근의 기분을 진정시켜 준 모양이었다. "⋯⋯그건 멋진 경험일 거야. 이 섬에서 태어나 자라면서 그런 경험이 없는 게 유감이야."

"⋯⋯많이 했지요." 양준오가 시동을 걸어 둔 채 담배 한 대 피우면서 말했다. "지금 생각하면 그립기도 하지만, 그땐 거의 마지못해 했습니다. 시골 국민학교에 다니는 것도 어머니로서는 대학에 보내는 것 이상으로 힘들었으니까 어쩔 수 없었어요. 마을의 우마를 방목하거나 감시하는 일은 일정한 보수를 받을 수 있기 때문에 대부분 가난한 집 아이들이 맡아서 합니다. 하지만 겉보기처럼 목가적인 일은 아닙니다. 소 뒤를 쫓아다니다 보면 낡은 짚신이 닳아서 발바닥에 피가 나거나 가시가 박히기도 하고요. 소가 길을 잃으면 울면서 해 질 때까지 산과 골짜기를 헤매며 큰 소리로 부를 때도 있습니다……, 이게 멋진 일입니까?"

"음, 대단해……."

"대단할 게 뭐가 있습니까……, 그러니까 이 형은 부잣집 도련님이라는 겁니다. 가난의 서러움이나 고생을 몰라요."

"어폐가 있을지도 모르지만, 문제는 자네 마음속에 있는 기억이 결과적으로 어떻게 존재하느냐에 있겠지……. 가난이란 인간을 단련시켜 주기도 하고……."

"으-음, 그건 그렇습니다. 하지만 이 형은 너무 쉽게 말하는 것 같아요. 부자에게는 편리한 논리가 되겠죠. 가난하면 둔해지는 경우도 있습니다……. 그리고 독이 들어 있는 기억도 있구요. 자아, 길이 뚫렸군요. 다시 출발합니다."

양준오가 핸들을 쥐고 액셀을 밟았다. 지프가 달리기 시작했다. 우마의 무리는 오른쪽으로 펼쳐진 보리밭 돌담길 사이를 묵묵히 걸어갔다. 이랴-, 이랴-, 이랴-, 호-, 호-……, 우마 떼 사이로 낡은 학생복을 입은 소년들의 모습이 보일락 말락 했다.

맞은편에서 트럭이 달려와 스쳐 지나갔다. 좀 전에 경적을 울렸던 차일 것이다. 미처 몰랐지만 뒤쪽에서 달려오는 버스가 백미러에 커다랗게 비쳐 있었다. 양준오가 액셀을 계속 밟자 버스의 모습이 순식간에 작아지다가 이윽고 백미러에서 사라져 버리는 게 무척 재미있었다. 시계는 열두 시 35분을 가리키고 있었다. 꽤 시간이 지난 것 같았는데 성내를 벗어난 지 채 30분도 되지 않았다. 양준오는 침착하게 운전을 하고 있었지만, 트럭이 스쳐 지나갈 때에는 손이 하얗게 되도록 핸들을 꼭 잡는 것이 긴장하고 있음을 알 수 있었다. 튼튼한 타이어가 흙받이에 돌멩이를 튕기며 날카로운 소리를 냈다. 양준오는 묵묵히 핸들을 잡고 있었다. 지프가 흔들렸다. 이방근은 이제까지 줄곧 자신이 먼저 말을 걸고 있었다고 생각하면서도, 양 동무, 도청 과장님이 될 결심은 섰나, 하고 물었다.

"……지금 생각 중입니다만, 도지사는 이 형의 말씀을 높이 평가하고 있어서……, 이 형의 의견에 크게 좌우될 것 같은 기분이 듭니다."

"엉뚱한 소리는 그만두게. 난 도지사에게서 부탁을 받고 그 뜻을 자네한테 전한 것뿐일세. 강요할 생각은 없네. 다만 이번 기회에 슬슬 자리를 옮겨보는 게 어떨까 싶기도 하고. 전부터 그만두고 싶어 하지 않았는가……, 아니면, 그만두기 어려운 사정이라도 있나?"

"아니, 특별한 사정 같은 건 없고, 당장이라도 그만두고 싶어요." 양준오는 의외로 단호하게 말했다. "그만둘 바엔 역시 이번 기회에 그만두어야겠다고 저도 생각하고 있습니다. ……그런데 이 형은 일본에 가고 싶은 생각은 없습니까?"

"일본? ……." 생각지도 못한 말에 놀란 이방근은 큰 소리로 말했다. "일본에 간다, 일본……, 도대체 무슨 말인가? 난 아닐세, 난 현재에 만족하는 인간이야. 자네도 일본에 가고 싶나?"

"자네도 가고 싶으냐는 말씀은 너무 신랄하군요. 요즘 유행하는 병에 걸렸느냐는 뜻인가요? 이 형이 말한 그 현재 상태라는 게 심상치가 않아서, 물론 무슨 뜻인지는 알겠지만 전 다릅니다. 전 이 땅을 떠나고 싶어요. 전 이 땅에 친척도 하나 없는 인간이지만, 해방 덕분에 다른 사람들과 마찬가지로 조국이라는 곳으로 돌아왔습니다. 그런데 요즘 상황은 어떻습니까. '고향'이라는 이유로, 의리로……, 음, 말하자면 추상적으로 살고 있는 거나 마찬가집니다. 어차피 추상적인 것에 불과하다면……, 저는 고향에 의리도 없으니 여기 있는 것보다는 외국에서 사는 편이 나을 것 같습니다. 일본이 아닌 미국도 좋겠지만, 미국에는 쉽게 갈 수가 없습니다. 아니, 솔직히 말하면 미국에도 가고 싶지 않습니다. 해방 후 이 나라에서 미국이 한 짓을 보면서 정말로 싫어졌어요."

"난 이제 와서 어디로 가 보았자 별수 없을 거라는 생각이 든다네. 어디 가든 마찬가지야. 내 자유는 머릿속에만 있어."

"……그 점이 이 형의 위대함이죠."

"감옥에 갇힌 인간에게도 자유는 있질 않은가. 그와 마찬가지라고 한다면 건방진 말이 될까……. 죄수의 경우는 자기 머릿속 말고는 자유가 없으니까. 난 죄수는 아니지만, 이상하게도 이 섬에서 나갈 마음이 생기질 않아. 특별히 이런 외딴 섬에 매력을 느껴 집착하는 것도 아닌데 말이야. ……흐음, 그야 물론 내겐 자네한테 없는 가족이라는 존재가 있지. 가족은 가족이니까 사랑해야 할 대상이긴 하지만, 역시 내겐 가족도 추상적인 존재야……."

"아아, 이 형은 애국자예요."

양준오는 큰 소리로 말하며 핸들을 오른쪽으로 꺾었다. 길은 어느새 해안선을 따라 구불구불 이어져 있었고, 빛나는 바다에서 짙은 바다 냄새가 몸을 감싸며 물씬 풍겨 왔다.

"애국자? ……." 이방근은 차가운 미소를 띠우고 화난 듯이 말했다. "핫, 하, 하, 농담도 좀 적당히 하게나. 그렇지 않으면, 난 그런 말엔 몹시 성미가 급해져서 화를 내기 쉬우니 말일세."

"농담이 아닙니다. ……이 형은 관념적으로 자신을 그렇게 만들고 있지만, 이 형 같은 입장이 되어야만 그것도 가능한 겁니다. 그러나 전 다릅니다. 제겐 무엇보다 출생의 조건이라는 게 없습니다. 다른 사람의 경우와는 달리 애당초 계약에서 밀려나 있는 겁니다. 그런 만큼 전 자유로워요. 전 본질적으로 자유로울 수 있는 동기를 갖고 있습니다. 살인조차 가능한 동기를 가지고 있는지도 모릅니다. 제 말은 동물이 동물을 죽이는 것과 같은 그런 동기를 의미하는 것입니다만."

"그런 얘긴 그만두세……." 이방근은 불쾌하다는 듯이 말했다. "그건 그렇고, 선거가 5월 10일 전후에 있을 거라던데, 그 이야기는 들었나?"

"선거……?" 핸들을 쥔 양준오의 손에 힘이 들어간 것인지 손등이 하얘졌다. 그는 정면을 응시한 채 핸들을 어색하게 조작하면서 긴장된 목소리로 바뀐 화제에 응했다. "아무래도 그런 모양입니다. 어제 들었습니다만, 내일 총선거 실시에 대한 발표가 있을 거라더군요."

"나도 어제 아버지한테 들었는데……, 어떻게 될까, 선거가 실시되면 예삿일로 끝나지는 않을 거야. 단독선거 반대세력도 가만히 보고만 있지는 않겠고. 자넨 어떻게 생각하나?"

"……" 양준오는 잠깐 생각하는 듯했으나, 이방근의 질문에는 대답하지 않고 다른 말을 했다. "제가 군정청에 근무한 지 2년이 되는군요. 해방 이듬해에 현장통역을 반년쯤 하다가 재무국으로 옮겼습니다. 도청 직원들 급료를 계산하는 것도 진력이 났어요. 하지만 당시에는 저도 미국에 대해 환상을 품고 있었어요. 적어도 우리에게 독립을 안겨준 것은……, 으-음, 일본을 패망시킨 건 미국이 틀림없었으니까요. 그런데 말입니다. 일본 제국주의를 대신해서 그대로 눌러앉으려 하고 있단 말입니다. 겉으론 이승만을 내세우며 말이죠……, 감탄할 만할 일이지요. 그들은 우리 민족을 미개한 야만인으로 보고 있습니다. 민주주의의 '민' 자도 모르는 종족으로 말입니다. 그들에게 공산당은 '서북' 놈들을 거꾸로 뒤집어 놓은 자들에 불과합니다. 아니, 그보다 더 나쁘다고 할 수 있습니다. 통역을 하는 사람들은, 저도 그중 한 사람입니다만, '문명인'의 입장에서 '미개인'인 우리 민족을 바라보는 감각에 익숙해지기 쉽습니다. 같은 민족인 주제에 말입니다. 제주도 군정청에는 통역이 몇 명 있을 뿐이지만, 중앙군정청의 조선인 관리들은 모두 일제강점기에 조선총독부 관리를 했던 자들이니까요. 중앙군정청의 어떤 미군 장교가 자국의 신문기자에게 이런 말을 했습니다. 군정청에 고용되어 있는 조선인들은 참기 어려운 부정한 음모를 꾸미는 선수들이다. 우리가 조선을 통치하기 위해 부리고 있는 이 자들은 과거에는 기꺼이 일본과 손잡고 더러운 짓을 해 온 자들이다. 사실 현재의 경찰 가운데에는 민족주의자를 잔인하고 열성적으로 탄압한 공로를 인정받아 일본으로부터 훈장을 받은 자들도 있다……라고 말입니다. 정말이지 그 미군 장교의 말이 딱 맞습니다. 솔직히 말해서 저는 지금 당장이라도 그만두고 싶어요. 그리고 도청에 가기보다는 이 섬을, 아니 이 땅을 떠나고 싶어요. 여기선 할 일이 없어요……. 그런데 남승지를 떠올리게 돼요."

"……남승지, 왜 그리 남승지를 신경 쓰나?"

"아니, 특별히 신경 쓰이는 건 아닙니다만……. 그 친구는 나보다 나이는 어리지만 참 좋은 벗이에요, 이 형이 흥미를 가질 만한 청년이죠. 이 형은 어떻습니까, 만나고 싶으시죠?"

"음, 아직 젊긴 하지만 속물은 아니야."

지프는 계속 달려, 섬의 동쪽 끝에 있는 성산포 근처 소가 누워 있는 것처럼 보인다고 해서 우도라 이름 붙인 섬이 보이는 곳까지 갔다가 되돌아왔다. 성내에서 40킬로미터 남짓, 시계를 보니 한 시간 정도 지나 있었다.

길가에 늘어선 초가집 앞에 마을 사람들이 멈춰 서서 지프를 바라보고 있었는데, 그 눈초리가 마음속 깊숙한 곳에 닿을 만큼 섬뜩하고 차가웠다. 오싹하고 몸이 얼어붙을 것만 같았다. 그 이상 지프를 달릴 목적이나 필요도 없었지만(양준오는 진담처럼 섬을 한 바퀴 돌아보자고 말했다. 약 200킬로미터, 몇 시간 후면 다시 S마을에 도착할 거라고 했다), 그러나 사람들의 차가운 시선이 앞으로 줄곧 딱딱한 벽처럼 가로놓여 있을지도 모른다. 적어도 이방근은 그런 생각에 사로잡혔다. 조금 전에 성내에서 마주쳤던 사람들의 시선은 냉담했고 무관심에 가까운 것이었다. 그에 비하면 지나칠 만큼 노골적으로 적개심을 드러낸 차가운 눈초리였다. 도중의 여러 마을에서는 아이들까지 호기심을 죽인 채 하얀 송곳니를 드러내고 있었다. 그것은 분명 잠재적인 적개심의 표현이었다. 무장봉기라는 유달현의 말이 생생히 되살아나면서, 그 현실적인 증거를 피부로 느낀 듯한 기분이었다. 잠재적인 조직이 구성되어 있는지도 모르는 이들 민중이 무언가 무기를 손에 들고 이재수(李在守 : 1901년 제주민란의 지도자)의 난이나, 이 섬에서 끊임없이 발생했던 민란 때처럼 들고 일어난다. 밤이 되면 오름마다 올랐던 봉화가 곧이어 온 섬으로 퍼지고 군중이 함성을 지르며 봉기한다. 이방근은 시골 사람들의 눈과 손이 일제히 사나운 송곳니를 드러내고 금방이라도 소리를 지르며 덤벼들 것만 같은 공포에 자신도 모르게 몸을 떨었다. ……그리고 문득 마치 황홀한 꿈을 꾼 순간처럼, 봉기한 민중에 맞아 죽어……, 아니, 부엌이가 내리치는 큰 도끼에 정수리가 쪼개져 길가에 나뒹구는 참혹한 시체……, 자신과 아버지 등의 사체를 상상하고는 황홀하게 눈을 감기까지 한다……, 아아…… 아아.

도대체 무엇 때문에 차를 타고 달리는 것인가. 같은 길을 돌아가면서 이방근은 묘한 기분에 사로잡혔다. 차에 연금된 채……, 양준오에게 심신의 자유를 빼앗기고 그가 조종하는 대로 움직이고 있는 자신……. 게다가 이상한 것은 이러한 상황에 일종의 충족감을 느끼고 있다는 사실이었다. 그렇다 해도, 차를 타고 가면서 엔진의 소음과 냄새에 묻혀 이야기할 이유가 무엇이란 말인가. 그리고 일부러 나를 남승지의 고모가 사는 S마을에 데려가는 이유는……. 어제 전화에서는 아무 말도 하지 않았지만, 어쩌면 지프를 빌린 것도 미리 계획한 일인지 모른다고 이방근은 생각했다.

돌아오는 길에 두 사람은 S마을에 들렀다. 돌아오는 길이라고는 해도 S마을에 들르는 것이 당초의 목적이었다고 한다면, 상당히 먼 길을 돌아왔다고 할 수밖에 없었다. 일요일의 드라이브라고 하면 그뿐이지만, 양준오가 왜 이런 기묘한 드라이브를 하는지 이방근은 잘 알지 못했다. 그래서 왜 곧장 S마을로 가지 않았느냐고 물어보았다. ……글쎄요, 오랜만에 차를 타고 돌아다녀 봤을 뿐입니다. 대답은 간단했다. 음, 그리고 보면 그럴지도 모른다. ……이 형, 왜 그렇게 갑자기 남승지를 만나고 싶어 하십니까……. 충동이야, 그냥 충동일 뿐이야…….

S마을은 사라봉에서 동쪽으로 그리 멀지 않은 해안의 반농반어(半農半漁) 마을로, 신작로를 끼고 펼쳐진 부락과는 달리, 바다 쪽으로 상당히 먼 길을 돌아가지 않으면 안 되었다.

양준오는 부락 입구에서 가까운 고구마 밭 옆의 관목 그늘에 지프를 세우고 이방근과 함께 걸어서 마을로 들어갔다. 돌이 울퉁불퉁 튀어나온 좁은 마을 길을 요란하게 차체를 흔들며 들어가는 것도 귀찮았고, 게다가 금방 눈에 띄는 통역관이 관리티를 내고 다니는 것도 싫었던 모양이지만, 역시 지나치게 사람들을 자극할까 봐 신경이 쓰이는 모양이었다. 어쨌든 지금은 이방근이 나설 자리가 아니어서 얌전히 그의 뒤를 따라갈 수밖에 없었다. 지프에서 내린 양준오는 네모난 보자기를 꺼냈는데, 과일과 고기통조림을 선물로 샀다고 한다. 아마 처음부터 여기에 올 심산이었던 모양이다.

길에서 마주친 마을 사람들은 조금 수상쩍은 눈초리로 두 사람을 바라보았다. 그러나 특별히 관심을 두는 것 같지도 않았다. 개 한 마리가 두 사람 앞을 달려가면서 짖어 댔다.

용암이 튀어나온 해안으로 나왔다. 화산암 조각을 쌓아 올려 만든 방파제 안쪽의 수면은 섬세할 만큼 잔잔하여, 햇빛이 비쳐 든 물 밑의 바위나 흰 모래가 아름답게 들여다보였다. 물고기가 헤엄을 치고 있었다.

남승지의 고모 댁은 동서로 뻗은 마을의 서쪽 끝에 있었다. 나지막한 초가집들을 둘러싼 돌담 사이로 난 구불구불한 골목길을 지나 막다른 곳에 있는 그 집은 이 근처에서는 보기 드문 대문이 있었다. 좌우로 열린 대문에는 '입춘대길(立春大吉)'이라든가 '건양대경(建陽大慶)'이라고 큼직하게 쓴 입춘방이 아직도 그대로 붙어 있었다. 집 뒤쪽은 소나무가 드문드문 서 있는 나지막한 언덕이었다. 대문 입구에 선 양준오가 뜰 맞은편 안채를 향해 사람을 불렀다. 반복해 불렀지만 대답이 없었다. 돼지우리 쪽에서 돌담에 코를 비벼대고 있는 듯한 돼지들의 꿀꿀대는 소리가 들려올 뿐이었다. 조용했다.

두 사람은 대문의 문지방을 넘어 안으로 들어갔다. 갑자기 코 고는 소리가 들려오는 바람에 두 사람은 얼굴을 마주 보았다. 안채 왼쪽의 좁은 툇마루에서 콧수염을 기른 듬직한 남자가 벽에 기댄 채 따뜻한 햇볕을 받으며 낮잠을 자고 있었다. 문 밖에서는 그쪽이 보이지 않았던 것이다. 주위에 흩어져 있는 지푸라기에 거의 파묻히다시피 했는데, 짚신이라도 삼고 있었던 모양이다. 갈색의 커다란 닭 두 마리가 모이를 쪼아먹고 있었다. 두 사람은 모두 고개를 끄덕이며 웃었다. 그때 안채 오른쪽 부엌의 판자문이 삐걱거리며 초로의 안주인이 치마에 손을 훔치면서 나왔다. 남승지의 고모였다.

그녀는 누구시냐고 물으면서 두 사람에게 다가왔다. 그리고 양준오라는 것을 확인하고는 의아해하던 표정이 금세 밝아지며, 아이고, 준오 아니냐!⋯⋯며 큰소리로 활짝 웃으며 두 사람을 다정하게 맞아 들였다. 주인은 그제야 겨우 잠이 깬 모양이었다. 그녀는 크게 하품을 하는 남편을 향해 거의 욕지거리를 하듯이 말했다. "어이구, 태평세월이구먼. 낮잠도 좀 엔간히 자야지. 손님이 와도 모르고, 무슨 소 같다니까⋯⋯. 남정네로 태어나서 그나마 다행이야. 도대체가 여자로 태어났더라면 정신없이 낮잠 자다 몇 번 당했을지 모를 거라⋯⋯ 아이고, 손님, 귀한 손님을 남편이 낮잠 자면서 맞이하다니, 참말로⋯⋯."

"오오⋯⋯ 준오가 아니냐. 준오가 손님을 모시고 왔구만⋯⋯." 콧수염을 기른 주인이 아내의 험담에는 아랑곳 않고 잠이 덜 깬 목소리로 말했다. "으음⋯⋯, 오랜만이로구나, 잘 왔다⋯⋯, 어험⋯⋯."

"준오는 손님이 아니란 말이우?"

"아아, 두 사람 모두 우리의 귀한 손님이고말고⋯⋯." 주인은 늘어지게 기지개를 켜고는, 자아 어디 한번 일어나 해 볼까, 하고 혼잣말을 했다. 그리고는 툇마루 모서리에 장죽을 두들기더니 빈 담뱃대를 빨아 공기를 통하게 한 뒤 잘게 썬 담배를 채워 불을 붙였다. 기분이 좋은 듯 콧구멍으로 담배 연기를 내뿜으면서 "자아, 두 사람 모두 안으로 올라오시게."라고 이쪽은 쳐다보지도 않고 큰 소리로 말했다.

두 사람은 주인에게 인사를 한 후 안채 중앙 쪽의 대청으로 올라섰다. 구두를 벗고 툇마루에 올라서려 할 때 머리가 추녀에 부딪칠 만큼 나지막하고 누추한 초가집이었다. 처마에 매달아 놓은 마늘 다발이 부드러운 햇살을 받아 빛나고 있었다.

양준오는 이방근을 남승지의 고모에게 인사시켰지만, 성내에 사는 남승지의 선배 되는 사람이라는 정도로만 소개하였다. 그녀는 체구는 작았지만 여자치고는 모나고 고집 센 얼굴을 하고 있었다. 크고 아름답다기보다는 상대를 주눅 들게 만드는 날카로운 빛을 내뿜고 있는 눈이 인상적이었다. 이 섬의 여자들은 대개 남자 이상으로 억세고 강했지만, 조금 전 대화로도 짐작할 수 있듯이 그녀도 예외는 아닌 모양이었다. 얼굴은 남승지와 별로 닮지 않은 것 같았다.

양준오는 보자기를 풀어 통조림이 든 상자를 그녀에게 건넸다. 바빠서 곧 돌아가 봐야 하는데, 실은……. 무슨 소리야, 오랜만에 왔는데 바로 돌아간다니 말이 되나……. 실은 말이죠, 고모님, 잠깐만……. 양준오는 열려 있는 대문 쪽을 힐끗 쳐다보더니 밖에서는 보이지 않는 대청마루 구석으로 가 둘이서 무언가 이야기를 나누기 시작했다. 무엇보다도 우선 급한 볼일을 끝내야 한다는 것처럼 보였다. ……이 형 잠시만 기다리세요, 하고는 또 한동안 계속 이야기를 나눴다. 흙벽의 냄새가 났다. 대청 옆 곳간에서 나는 곡식 냄새, 바깥쪽에서 풍겨 오는 마른 지푸라기 냄새가 섞인 퇴비 냄새가 이방근의 코에는 신선하게 느껴졌다. 돼지들이 싸움을 하고 있는지 알 수 없는 비명을 지를 때마다, 변소를 겸한 돼지우리 쪽에서도 냄새가 풍겨 오는 듯했다.

시골 변소는 돼지우리를 겸하고 있어서(그래서 어느 집에나 돼지 두세 마리는 키우고 있었다) 푸른 하늘을 머리에 이고 볼일을 보고 있으면 돼지들이 몰려와서 먹어 치운다. 즉 인분이 돼지의 사료가 되고 또 그 돼지를 인간이 먹는 셈인데, 모습이 멧돼지와 비슷한 이 섬의 흑돼지는 고기가 쫀득쫀득하고 기름기가 적어서 그 맛이 일품이다. 아니,

지금 문득 이방근의 상상력을 자극한 것은 맛있는 돼지고기나 돼지가 있는 뒷간의 불결한 인상 따위가 아니었다. 그는 갑자기 자연석을 발판으로 다리를 벌리고 앉아 볼일을 보면서, 똥항아리가 아닌, 어떤 살아 있는 생명의 위장과 그대로 이어지고 싶은 욕구에 사로잡혔던 것이다. 이제까지 경험해 본 바로도, 마치 인간과 같은 눈초리로 가만히 위를 쳐다보며 똥이 떨어지기를 기다리고 있는 돼지의 호흡과 그것을 내려다보는 인간의 호흡이 묘하게 연결될 때가 분명히 있었고, 그것은 어떤 생명의 리듬을 느끼게 하는 순간이었다. 매일 부엌이가 걸레질을 하는 나무 발판에 걸터앉아 되풀이하는 배설작용…… 똥항아리……. 이방근은 돼지 울음소리와 냄새에 이끌리듯 일어섰다. 그 비명은 싸우는 소리가 아니었다. 인간을 부르고 있었다. 그는 무지근하게 마치 쾌감을 예고하듯 대변이 마려워지는 것을 느꼈다.

갑자기 이방근이 일어서자, 아이구 이런, 귀한 손님을 혼자 두다니……라고 남승지의 고모가 말했다. 어디 가느냐고 양준오가 물었다. 아무 데도 안 가, 계속 이야기 나누게나, 잠깐 뜰에 내려가 보려는 것뿐야……. 이방근은 뜰로 내려갔다. 눈앞까지 와 있던 닭들이 꼬리를 흔들며 도망친다. 그는 부엌 앞을 지나 돼지 울음소리가 나는 쪽으로, 돌담을 두른 뜰 한구석의 헛간 뒤에 있는 돼지우리로 갔다. 그리고 일단 세 마리의 돼지들을 바라본 후, 오랜만에 울퉁불퉁하고 넓적한 두 개의 화산암 발판 위에 올라가 볼일을 보려고 걸터앉았다. 커다란 감나무가 돼지우리 위에 가지를 뻗고 있었다. 잠시 사람의 동태를 살피고 있던 돼지들이(낯익은 집안사람이 아니었기 때문일 것이다) 이내 일제히 서로 머리를 비벼대며, 이방근이 앉아 있는 바로 아래 좁은 곳으로 몰려들었다. 그런데 돼지들이 먹이를 요구하며 아우성을 치는 탓에 대변이 나오지 않았다. 방금 전에 분명히 느꼈던 배설 욕구가 갑자기 사라진 것 같았다. 힘을 주어도 소용이 없었다. 밑에서는 돼지들이 기다란 코끝을 쳐들고 교묘하게 벌름거리며, 이봐, 당신, 어떻게 된 거야, 하고 아우성쳤다. 인간을 닮은 눈초리라기보다 오히려 개처럼 핏발이 서 있는 눈이었다.

돼지를 쫓기 위해 나뭇가지로 만든 굵은 몽둥이가 옆에 있는 돌담에 세워져 있었다. 돼지가 귀찮게 따라붙을 때는 이 몽둥이로 쿡쿡 찌르거나 때려서 쫓지만, 그럴 필요는 없었다. 맑은 날씨임에도 돼지우리에 깐 지푸라기는 돼지 분뇨가 배어 젖어 있었다. 체념한 듯한 돼지들이 그 위를 한 번씩 구르더니 배를 깔고 엎드린 자세로 이방근을 힐끗 쳐다보았다. 검은 몸뚱이와 머리에 말라붙은 똥찌꺼기……, 힐끗 쳐다보고 눈을 돌릴 때엔 묘한 표정이 담겨 있었다. 지금은 다만 압도적인 돼지우리의 냄새에 온몸을 드러내고 있는 느낌이었다. 냄새를 들이마시듯 심호흡을 해 보았다. 이방근은 결국 볼일을 보지 못하고 말았다. 이방근은 조금 무지근한 아랫배에 바지를 끌어올리며 일어섰다. 그리고 푸른 하늘에 엉덩이를 드러낸 자신의 모습을 상상하고는 혼자 웃었다. 왠지 미련이 남았다. ……저것이 어째서 더럽다는 것인가. ……너는 머리부터 온몸을 굴려 돼지들과 함께 똥투성이가 될 수 있는가. 그럴 필요가 있느냐 없느냐가 아니다……, 다만, 똥투성이가 될 수 있느냐 없느냐……, 이방근은 중얼거리며 발판에서 내려와 돼지우리를 떠났다. 돼지들이 다시 소리를 지르기 시작했다.

안채로 돌아오자 이야기는 끝난 모양이었다. 오랜만에 왔는데 방에도 들어가지 않고 돌아가는 법은 없다, 곧 따뜻한 밥을 지을 테니까 식사를 하고 가라며 남승지의 고모가 붙잡고, 양준오는 돌아가야 한다고 열심히 설득하고 있는 참이었다. 안주인 말대로 한다면 앞으로 두 시간은 족히 걸린다. 게다가 불쑥 찾아온 손님이었다. 시간은 세

시 5분 전이었다. 해가 저물면 콧수염을 기른 건장한 주인도 일을 마친다. 함께 식사를 하게 되면 쉽게는 돌아가지 못할 것이다.

이방근이 양준오 편에 서서 지금부터 성내로 들어가 해야 할 일이 남아 있다고 말했다. 그러자 그녀는 무언가를 짐작한 듯(아마 남승지에게 연락을 부탁한 일과 관련이 있다고 지레짐작한 모양이었다) 중요한 볼일이 있는 분들을 붙잡아 둘 수는 없다며 선선히 물러섰다. 그리고는 마침 찹쌀로 빚은 막걸리가 있는데 그거라도 한잔 들고 가라면서, 재빠른 동작으로 부엌과 나란히 붙은 온돌방에다 작은 상을 차렸다. 곧 두 개의 사발에 찰찰 넘치게 따른 술이 쟁반에 담겨 들어왔다. 연한 갈색의 걸쭉한 액체에서 새콤달콤한 향기가 피어오른다. 안주는 집에 있던 김치와 청새치 자반이었다.

두 사람은 술을 마시고 방을 나왔다. 남승지의 고모는 부엌에 있었다. 그녀는 낡은 신문지로 싼 무슨 꾸러미 같은 것을 들고 나와 두 사람에게 하나씩 건네주면서 말린 옥돔이라고 말했다. 그러고 보니 반쯤 마른 생선 냄새가 두꺼운 포장지에서 새어 나오고 있었다.

두 사람은 콧수염을 기른 주인에게도 인사를 하고 그 집을 떠났다. 집을 나올 때 대문 옆방에서 노인의 희미한 기침 소리가 들렸다. 아마 시아버지였을 것이다.

두 사람은 돌담 사이의 좁은 길을 말없이 걸었다. 특별히 할 이야기도 없었지만, 왠지 의식적인 침묵처럼 느껴졌다. 이방근이 뭔가 생각에 잠긴 듯 약간 얼굴을 찡그린 채 침묵을 지키고 있었기 때문인지도 몰랐다. 눈앞이 일순 하얗게 변하며 취기가 돌았다. 이방근은 눈을 깜박였다. 양준오의 숨결에서 달콤한 술 냄새가 물씬 풍겨 왔다.

……그나저나 남승지의 고모는 무장봉기를 알고 있는 것일까. 이방근은 전부터 그 생각을 하고 있었다. 그런 계획은 당연히 지도층만의

기밀인 줄 알면서도, 왠지 섬 사람들 모두가 알고 있는 듯한 착각에 빠졌다. 음…… 지프에서 보았던 사람들의 그 차가운 눈초리를 보라. 아니, 그 아주머니는 봉기 같은 것은 모를 것이다. 알 리가 없다. 그런 아주머니들까지 알고 있다면, 도대체 나라는 존재는 무엇인가……, 아니, 그는 움찔하여 곁에 앉은 양준오의 얼굴을 살피듯이 바라보았다.

"……" 물고 있던 담배를 입에서 떼면서 양준오가 이방근을 돌아보았다. "왜 그러십니까?"

"아니, 아무것도 아닐세……, 음, 담배나 한 대 피워 볼까."

이방근은 주머니에서 담배를 꺼냈다. 양준오가 라이터를 들이대며 불을 켰다. 잠시 코끝이 뜨거웠다. 순간적으로 현기증이 날 만큼 담배 연기를 깊이 들이마시며 방금 움찔했던 자신을 비웃었다. 양준오도 봉기를 알고 있다는 생각이 들었기 때문이다. ……모든 사람이 봉기를 알고 있다니, 말도 안 돼! 모두가 나를 적개심에 가득 찬 눈으로 보고 있었단 말인가, 이 녀석까지……, 있을 수 없는 일이었다. 그는 자신의 생각을 떨쳐 버렸다. 그러나 봉기가 일어난다면 남승지의 고모는 아마 이 마을의 여자들을 충분히 휘어잡아 봉기군에 가담시킬 수 있을 것이다. 그 눈과 귀—부처님처럼 크고 두툼한 귀를 보라, 그 아주머니는 남자로 태어났어야 할 운명이었는지도 모른다. 게다가 과묵하고 무뚝뚝한 그 남편은 또 어떤가. 농한기에는 묵묵히 짚신을 삼고 새끼를 꼬면서도, 따뜻한 햇볕 속에서 낮잠을 자는 농부, 아내의 욕지거리에도 마이동풍이다. 양준오의 말에 따르면 두 아들은 일본에 있고 외동딸은 이미 시집을 갔다고 하는데, 남승지가 하는 일에 대해서는 익히 알고 있을 것이고, 남몰래 지원하고 있을 것이다.

두 사람은 지프를 타고 신작로로 나왔다. 이방근은 그답지 않게 울적한 기분에 휩싸였다. 가벼운 취기가 오히려 그 기분을 자극하는 것 같았다. 돼지의 비명과 아우성이 들려온다……, 이봐, 당신, 어떻게 된 거야, 하면서 핏발 선 개의 눈을 하고 바로 밑에서 처다보고 있었다. 돼지우리의 분뇨 냄새, 돼지의 위장, 목구멍, 입, 휘발유 냄새……. 바로 앞에 사라봉이 보였다. 하늘 높은 곳에 매가 한 마리 유유히 선회하면서 비상을 계속하고 있었다. 하늘, 바다, 매와 돼지……. 꽤나 기울어진 태양이 서쪽으로 달리는 자동차의 앞 유리를 비추며 빛났다. 이방근은 두세 시간 지프에 탄 것만으로도 왠지 피곤함을 느꼈다. 아무래도 그것은 지프에 쏟아진 사람들의 시선 탓일지도 몰랐다. 지프에 타지 않았더라면 보지 못할 시선이었다.

　……음, 양준오가 나를 S마을에 데려가리라고는 생각도 못했군. 그것이 무슨 특별한 의미를 지닌 것은 아닐지도 모른다. 하지만 경우에 따라서는 남승지에 대해 책임을 져야 되는 것은 아닐까. 양준오와 남승지는 도대체 어떤 관계일까. 어떻든 양준오가 나를 S마을에 데려간 것만은 사실이야. 뱃속의 막걸리를 출렁출렁 흔들어 대는 차체의 요동에 몸을 맡기면서, 이방근은 자신을 비밀당원으로 포섭하려는 유달현의 공작을 털어놓고, 자넨 어떤가, 남승지와의 사이에 무언가 그런 일은 없었나? 하고 물으려다가 그만두었다. 지금 꼭 말해야 할 성질의 것도 아니고, 앞으로도 기회는 있을 것이다. 게다가 그 일이 무슨 대수란 말인가.

　"자네 하숙집에 가기로 한 일은 그만두세." 이방근이 말했다. "…… 우리 집에 들르지 않겠나?"

　"왜 또 그러십니까? 변덕이 심하시네요."

　"그런 게 아니네. 오늘은 오랜만에 멀리 나왔더니 몸이 피곤하구만. 우리 집에 가자구. 부엌이에게 안주라도 부탁을 해 보세."

　"말씀은 고맙지만 오늘은 이걸로 헤어지는 것이 좋겠습니다. 저도 내일은 일이 있고⋯⋯."

"그럼 그렇게 하자구. 음, 그⋯⋯, 도청 일 말인데, 나는 자네가 도
청으로 가는 편이 좋다고 생각하네. ⋯⋯도지사의 비서 역할을 맡을
수 있겠지."

이방근은 비서 역할이라는 말에 무언가 의미를 부여하는 듯한 말투
로 말했다.

"예⋯⋯."

양준오는 애매한 대답을 했다. 긴 콘크리트 다리를 타이어가 소리
를 내면서 건넜다. 냇물은 불어 있었다. 눈이 녹은 물일 것이다. 손이
끊어질 것처럼 차가운 물이다. 언덕에 이르러 액셀을 밟자, 지프는
으르렁거리며 사라봉 기슭의 언덕길을 단숨에 올라가기 시작했다.

"내일 중에는 남승지와 연락이 닿을 겁니다. 며칠 내로 성내에 올
것으로 생각합니다. 실은 저도 그 친구를 만날 일이 있습니다. ⋯⋯이
형 덕분에 빨리 만날 수 있을 것 같습니다."

"호오⋯⋯."

이방근은 입속으로 음, 그런가, 하고 중얼거렸다. 이 형 덕분에 빨
리 만날 수 있을 것 같다는 말은 사족이나 마찬가지다. 저도 그 친구
를 만나야 할 일이 있다는 말에 뭔가 사적인 일이 아닐 것이라 여기는
것은 지나친 억측일까.

"그런데 이런 말을 물어도 좋을지 모르겠지만, 연락은 그 고모가 하
시나?"

"마을에 젊은 연락책이 있겠지요. 하긴 필요한 경우에는 그 고모가
직접 할지도 모르고요."

"으음⋯⋯."

이방근은 고개를 끄덕였다. 더 이상 물어볼 필요는 없었다. ⋯⋯양

준오는 주변의 돌아가는 상황을 나보다는 많이 알고 있는 것 같았다.

차는 성내로 들어왔다. 내일은 3·1절로, 작년의 3·1절 데모에 대한 경찰의 무차별적인 발포로 소년들이 사살되는 바람에 제주도 전역에서 반미 투쟁이 일어난 지 1주년이 되는 날이다. 그렇다고 특별히 경계 태세를 취하고 있는 것 같지는 않았다. 관청의 공식적인 기념식 이외에는 3·1절을 기념하려는 움직임이 전혀 없었기 때문일 것이다. 당연한 일이라고 이방근은 생각했다. 무장봉기를 계획하고 있는 조직이 함부로 힘을 낭비할 리가 없다. 경찰에서는 그것을 대대적인 검거로 인한 조직의 타격과 석방을 통한 회유작전의 결과로 판단하고 있을 것이다. 무장봉기가 준비되고 있는 줄도 모르고 말이다, …… 그 눈, 사람들의 싸늘한 눈초리가 봉기를 지지하고 있다…….

양준오는 이방근을 집까지 태워다 주었다. 이방근은 남승지의 고모가 안겨 준 옥돔을 양준오에게 들려 보냈다.

여동생 유원에게서 전보가 와 있었다. 이방근은 서재 소파에 앉아 그것을 읽었다. 발신은 어제로, 3월 1일에 서울을 출발한다고 되어 있었다. 배편에 문제가 없다면 2일이나 3일에는 도착할 것이다.

7

……여기는 어디일까? 의식은 몽롱하게 깨어나고 있었지만 양 눈을 뜰 수가 없다. 마치 시멘트를 발라서 굳혀 버린 것 같다. 아니, 장님이나 마찬가지였다. 머릿속에서 댕댕 징 소리가 울리고, 주룩 주룩 내리는 세찬 빗소리가 서로 다투듯이 귓전에 밀려든다. 눈꺼풀을 내리누르

는 두꺼운 어둠을 밀어젖히며 상반신을 일으키려 했다. 움직일 수가 없다. 소리는 귓속에서, 아니 탈출구가 없는 머릿속에서 나고 있었고, 비가 오는 것은 아니었다. 취기가 고막을 울리고 있는 소리였다. 도대체 나는 어디서 자고 있는 것일까? ……설마 기생집은 아니겠지. 손을 뻗어 확인해 보았지만, 옆에는 아무도 없다. 어젯밤은 분명히 집에서 잠이 들었고, 요즘에는 여자 있는 곳에서 잔 적이 없었다.

겨우 눈꺼풀이 올라가고 상반신이 움직였다. 녹슨 기계가 삐걱거리며 움직이는 듯한 느낌이 들었다. 등이 이불 깊숙이 박힌 것처럼, 마치 온몸이 콜타르 같은 어둠에 묻힌 채 머리 부분만 간신히 삐져나와 있는 듯했다. 목의 갈증과 머리가 좌우로 쪼개질 듯한 두통이 잠을 깨웠다. 내쉬는 숨이 끈적끈적하고 지독한 냄새가 났다.

심한 숙취로, 술이 거의 깨지 않고 그대로 남아 있었다. 술 취한 눈이 온몸을 감싼 어둠에 익숙해지자, 주위는 젖빛 안개가 피어오르고 있는 것처럼 보였다. 그러나 그것은 안개가 아니었다. 베개 언저리의 어둠 속으로 스며들어 오는 달빛으로, 미닫이문이 달빛에 희뿌옇게 비치고 있었다. 좌우 벽을 따라 열리게 되어 있는 조금 큰 미닫이는 분명히 본 기억이 있었다. ……뭐야, 내 방에서 평소대로 자고 있었잖아. 어리석기는……, 들리지 않을 정도의 혼잣말과 함께 불안은 사라졌지만, 마치 알코올에 젖은 걸레 같은 감각이 혐오감을 불러일으켰다. 오랜만에 흠씬 취했던 것 같다……, 이방근은 상반신을 일으켜 흔들리는 배 같은 침상 위에 겨우 앉았다.

발치의 방구석에서 희미하게 빛나고 있는 것은 달빛을 반사하고 있는 경대임에 틀림없었다. 덮개가 벗겨져 있는 모양이었다. 이방근은 이불에서 기어 나와 미닫이와 나란히 놓인 벽 쪽의 앉은뱅이책상을 확인한 후 전기스탠드의 쇠사슬 스위치를 잡아당겼다. 전신을 감싸고 있던 어둠이 맥없이 사라진 대신, 붉은 금속성 빛이 눈을 찌르면서 무겁게 덮어 누른다. 머리맡의 둥근 쟁반에는 오지 주전자와 컵이 놓여 있었다. 부엌이가 갖다 놓았을 것임에 틀림없었다. 옻칠을 한 쟁반에 넘쳐흐른 물이 그대로 남아 기름처럼 빛나고 있었다. 네모난 통모양의 위스키 병이 댕그라니 놓여 있었지만, 쳐다볼 마음도 나지 않았다. 담배, 럭키 스트라이크의 붉은 태양이 그려진 찌그러진 담배갑. 재떨이는 더러웠다. 럭키 스트라이크……, 아아, 양준오였지…… 어제, 그 친구를 만났었지, 그 친구한테서 받은 거야……. S마을에 갔었고……, 기억의 단편이 되살아나 취한 듯 떠돈다. 이방근은 오지 주전자를 들어 올려 꼭지를 입에 대고 꿀꺽꿀꺽 소리를 내면서 한껏 벌린 목구멍으로 물을 흘려 넣었다. 차가운 물이 위장에 떨어져 위벽을 적시고, 순식간에 눈알 뒤쪽까지 상쾌하게 도달한 것 같았다. 여전히 취기는 피부와 손가락 끝까지 배어 있는 느낌이었다. 전신을 가득 채운 수억은 될 듯한 알코올을 머금은 미립자가 피부로 밀려 나오고 또 밀려 나와, 피부와 외계가 맞닿는 경계 지점에서 열을 내며 흘러넘치려 한다. 몸이 흐물흐물 분해될 것 같았지만, 목구멍을 태우듯 치밀어 올라오는 구역질이 나지 않는 것만도 다행이었다. 온몸을 옥죄어 발버둥 치게 만드는 염산 같은 위액이 목구멍을 뚫고 올라오지 않는 것만 해도 고마운 일이었다. 겨우 입안이 촉촉해지고 침이 돌았다. 초점을 잃은 눈으로 손목에 찬 시계를 한동안 바라보니 세 시…… 숙취치고는 일찍 깬 셈이었다. 목이 말라 잠을 깬 것이었다. 옷은 제대로 옷걸이에 걸려 있었다. 부엌이였을 것이다. 부엌이……, 이방근은 전등을 껐다. 취기가 아직 몸속에서 파도치며 졸음을 몰고 왔다. 조금 전에 들렸던 세찬 빗소리는 사라지고 조용한 파도 소리가 들려오는 것 같았다.

……돼지우리의 분뇨가 질퍽질퍽 배어 있는 지푸라기 속에 알몸으로 누워서……, 어이, 돼지들아, 나는 너희들의 형제란 말이야……. 붓처럼 뾰족한 털끝에 똥이 말라붙은 암돼지의 성기를 만지며 너는 멋있어……라고 외치자, 갑자기 돼지가 엉덩이를 이쪽으로 향한 채 뒷걸음질로 다가온다. 자세히 들여다보니 뭐야 이건……, 암돼지의 성기와 항문이 기묘한 형태로 하나가 되어 있었고, 아니, 그것이 갑자기 입처럼 움직이며 이봐요, 당신, 하고 웃는다. 이봐요, 당신, 나는 이제부터 똥을 싸서 인간의 위장에 넣어 줄 거야……라고 말하며 가까이 다가온다. 그 돼지의 엉덩이는 인간의 얼굴처럼 보이기도 했지만, 역시 돼지가 분명했다. 게다가 그 돼지우리는 전혀 똥냄새가 나지 않는 무기질의 세계 같았는데, 불쾌해져서 뒷걸음질을 쳐 보았지만 도망칠 수 없었다. 벽처럼 높은 돌담에 둘러싸인 돼지우리를 빙빙 돌 뿐, 하나가 된 성기와 항문을 벌린 돼지가 뒷걸음질로 쫓아오는 것이었다. 웃으면서 계속 쫓아온다. 똥을 먹으라고 쫓아온다. 이 돼지우리의 돼지는 이상하군, 그 S마을의 돼지와는 달라. 돼지우리도 이상한 것이, 돌담 틈새로 밖을 내다보니 주위에는 회색의 모래언덕이 펼쳐져 있을 뿐 아무것도 보이지 않았다. 아아, 이 돼지는 술에 취해 있어, 술 취한 암돼지야……. 뭔가 탄력 있는 커다란 나체 덩어리가 어둠을 타고 가슴 언저리로부터 이불 안으로 숨어들어 왔을 때도, 돼지의 둥근 엉덩이라도 껴안고 있는 듯한 기분이었다.

이방근은 한동안 잠을 잤는지, 좀 전에 잠이 깬 채로 취기의 허공에 몸을 맡기고 있었는지 알 수 없었다. 현실적으로 자신의 곁에 살덩어리가 있었고, 그것은 꿈이 아니었지만, 돼지는 역시 꿈속에서 본 것이 틀림없었다. 그렇다 하더라도 그 꿈은 방금 꾼 것일까, 아니면 잠에서 깨기 전에 꾼 것일까, 아니면 몽환의 상태에서 나타난 것인지도 몰랐다. ……어두운 이불 속의 숨결, 몸짓, 목소리……, 현실에서의 부엌이가 틀림없었다. 아아, 아아……, 부엌이가 몰래 숨어든 것을 알았을 때 이방근은 그녀가 하는 대로 몸을 맡겼다. 부엌이는 이방근의 전신을, 동물이 그러하듯 정성스럽게 핥는다. 동물이 새끼를 핥아 주듯, 침이 다 말라 버릴 정도로 핥는다. 그녀의 전신의 모공이 열리기 시작하자 그곳에서 한꺼번에 냄새가, 낮과는 다른 냄새가 풍겼다. ……부엌이, 왜 그래? 이 시간에……, 이방근의 취해서 꼬부라진 목소리가 물었다. 예-, 서방님……, 서방님이 오늘 밤 오라고 하셨수다……. 뭐? …… 자네더러 오라고 했다고, 내가? ……. 예-, 물론이우다…… 이렇게 부엌이의 손을 꽉 쥐어 주셨수다……, 그녀는 이방근의 손을 두 손으로 꽉 움켜쥐면서 어린애 같은 목소리로 말했다. 때로는 처녀처럼 젊고, 때로는 어머니처럼 엄한 목소리가 섞인 교성을 내지만, 지금은 어린애 목소리였다. 언제 그랬는데? ……. 저녁식사 때이우다……. 저녁식사 때? ……이방근은 막막히 펼쳐진 사막에서 기억을 되살리듯, 그 저녁식사 때로 돌아간다. 그녀의 손을 잡은 것은 생각나지 않았지만, 부엌이의 말이 틀림없을 거라고 생각했다.

손을 잡는 것은 두 사람의, 아니 이방근의 일방적인 신호였다. 방으로 저녁식사를 날라 오는 부엌이를 힐끗 쳐다본 뒤 이방근이 살짝 손을 잡는다. 그런 밤에는 이방근이 대문간의 그녀 방으로 숨어들어 가기도 하고, 부엌이 쪽에서 찾아오는 경우도 있었다. 아마 어젯밤에는 신호를 보내 놓고 술에 취해 잊어버린 것이 틀림없었다. 어젯밤은 양준오와 헤어진 뒤 집에서 술을 마시고 또 오랜만에 혼자 시내에 나가 마셨다. 여자 있는 선술집에서 오랜만에 여자 어깨를 안았던 기억도 난다. 돌아왔을 때는 상당히 취해 있었다. 거기다 또 위스키를 마셨던 것이다. ……기다리고 있었수다. 여태 자지 않았나? 예, 전기가 켜진 것도 알고 있었수다……. 바보 같은 여자, 부엌이는 기계나 노예처럼 온순해, 그래서 자신을 지배하는 것이라고 이방근은 생각했다. 요구하면 언제라도 응하고, 요구하지 않으면 언제까지라도 기다린다. 이방근과의 사이에 아무 일도 없었던 것처럼 말이다. 그녀 쪽에서 보내는 신호는 두 사람 사이에 성립되지 않았다. 그리고 그러한 부엌이가 일단 움직이면, 미묘하게 부드러워지면서 순식간에 기계도 노예도 아닌 존재로 변해 버린다. ……그래, 그랬었군……, 언제나 놀랄 만큼 부엌이의 하복부는 풍부한 털로 덮여 있었다. 그곳을 지나다 보면 반드시 길을 잃어버린다. 알몸을 햇볕에 계속 드러낸다 해도, 털이 무성한 그 속까지는 빛이 결코 닿지 못할 것이다. 긴 시간. 냄새가 발효하여 출렁이고, 취해서 커진 이방근의 콧구멍을 더욱 크게 벌려 놓는다. 여자의 숨결과 함께 청새치 자반의 썩은 냄새의 밑바닥에서 무언가 꽃가루를 갈아 으깬 듯한 냄새의 층이 열린 두꺼운 목구멍 안쪽으로부터 격렬한 기세로 솟구쳐 올라온다. 그것은 이방근의 입안에서 확실한 형태를 이루며 팽창한다. 그는 냄새의 심해 속으로 해초를 몸에 휘감으며 잠겨 들고 또 잠겨 든다. 화장품 냄새는 나지 않았다. 동백기름이나 이따금 바르는 싸구려 크림 냄새가 오히려 그녀 특유의 냄새를 부각시켰다. ……부엌이는 많은 인간 가운데 하나의 여체에 불과했다. 몸집이 큰 편이기는 하지만, 기껏해야 2평방미터 남짓한 피부에 둘러싸인 60킬로 정도의 여체에 지나지 않았다. 그러나 그 몸은 추상적인 냄새에 의해 확대되고, 하나의 여체를 넘어 자연의 공간 속으로 펼쳐져 간다. 그리고 하나의 존재로서 냄새를 풍기기 시작한다.

이방근은 어두운 온돌방에서 땀이 밴 몸을 맞비비며, 야광충으로 빛나는 숙취의 바다 속으로 계속 잠겨 들어갔다. 부엌이, 자네한테서 냄새가 나……, 자네 입에서 풍기는 냄새는 자네의 혼이야……. 어둠 속에서 그녀의 눈이 빛나고, 입가에 희미한 미소가 떠오른 듯하지만, 입에서 나오는 것은 냄새이지 말이 아니다. 돼지가 똥을 위장 속에 밀어 넣는 생명의 리듬……. 갑자기 파도 사이를 공중제비하면서 두 개의 알몸이 바다에 잠기고, 그중 하나에서 여동생의 그림자를 보았다고 이방근은 생각했다. 그것은 엉덩이가 귀여웠던 초등학생 시절의 알몸이었던가. 아니, 어쩌면 집에 아무도 없던 어느 날, 여동생의 목소리에 목욕간 문 앞까지 다가갔다가, 오빠, 갈아입을 옷을 안 가져왔어, 장롱 몇 번짼가의 서랍에 들어 있는 내복 좀 가져다줘, 부탁해…… 하고 언제나 하던 말을 또 들었을 때, 여동생의 내복을 찾으면서 상상했던 알몸이었는지도 모르지만, 그런데 또 하나의 그림자, 남승지와 함께 얽혀 파도 사이를 공중제비하고 있었던 것이다. 이방근은 놀라 취기 속의 환영을 떨쳐 버렸다. ……하아, 하아, 하아, 지금 어둠 속을 떠돌며 숨을 헐떡이고 있는 것은 부엌이와 나인가, 여동생인 유원이와 남승지인가, 알몸의 윤곽이 허물어지는 바람에 분간할 수가 없다. ……서방님……, 부엌이의 목소리. ……서방님……, 부엌이가 틀림없었다. 서방님이 아니야, 방근이라고 불러 봐, 방근이. ……서방님, 서방님…….

길고 긴 헐떡임 속에 마침내 도착한 시간……. 다시 잠에 곯아떨어진 이방근은 정오를 지나서야 겨우 눈을 떴다. 취기는 아직도 완전히 가시지 않았다. 이부자리에서 상반신을 일으켜 앉자, 빛을 반사한 거울이 눈에 들어왔다. 조금 비틀거리며 일어나 자신의 모습이 점차 커다랗게 비쳐지는 거울로 다가갔다. 안색이 속까지 들여다보일 만큼 새하얗고, 입술이 피를 머금은 듯 붉었다. 그 색감이 싫었다. 자신의 표정에 어젯밤의 흔적이 남아 있지 않은지 거울 속의 얼굴을 살펴보았다. 방금 일어난 탓으로 눈두덩이 조금 부어 있었지만, 특이하게도 얼굴 전체는 부어 있지 않았다. 충혈되어 있었지만 눈초리도 별로 다를 것이 없었다. 무엇을 생각하고 있는지 알 수 없는 유아적인 멍한 눈……이라고 생각하면서 거울 덮개를 내렸다.

　이방근은 이불 속으로 다시 들어갔다. 엎드려 피우는 담배 연기가 파랗게 퍼지는 것을 손으로 쫓는다. 침에 녹은 연기 맛이 맵싸하여 목구멍을 조이는 구역질이 올라왔다. 몸에 남아 있는 약간의 저린 증상이 어젯밤의 일을 상기시켜 주었지만, 그것은 몽환 속의 일처럼 현실감이 없었다. 지금은 오히려 남승지와 여동생을 닮은 두 개의 잔영이 눈에 선명히 남아 있는 듯했다. 왜 그 두 사람의 잔영이 한데 얽혀 나타난 것일까……. 게다가 그것이 특별한 혐오감을 불러일으키지 않는 까닭은 무엇일까. 실제로 여동생에 관한 한 이방근은 상당히 세속적인 인식에 지배되고 있어서 처녀라는 말의 어리석음을 비웃는 주제에 여동생의 처녀성만은 존중해 주고 싶어 했다(처녀인지 어떤지는 알 수 없는 일이지만, 그는 그렇게 확신하고 있었다). 그것은 못돼먹은 놈의 손가락 하나, 아니 먼지 하나라도 닿아서는 안 된다는 식의 기묘한 소유의식과 관련된 것으로, 여동생을 능욕한 자를 발견하는 즉시 상대를 때려죽이고도 남을 남자가 바로 그였다. 가족의 존재를 추상적인 뭔가 표백된 것으로 느끼면서도, 육체의 밑바닥에서 피로 연결된 정을 끊지 못하고 있다고 할 수 있을 것이다. 그러면서도 남승지와 여동생의 잔영이 얽혀 있던 모습에는 그다지 저항감을 느끼지 않는 까닭은 무엇일까……. 왜 그런지 생각해 보았다. ……남승지와의 관계라면 허락할 수 있다는 것인가. 그럴지도 모른다. 아니, 아니다, 아니야, 허락한다든가 하는 차원의 문제가 아니다…….

　밖에서 인기척이 나더니, 서방님 하고 부엌이가 불렀다. 조금 걱정스러운 듯이 경찰에서 전화가 왔다고 전한다.

"음……, 경찰?"

이방근은 파자마 차림으로 이부자리에서 나왔다. 부엌이는 어젯밤 아무 일도 없었던 것처럼 무표정하게 용건만 말했다. 기분 탓인지, 눈가에 옅은 기미가 낀 것처럼 보였다. 어머니는 계시는지 묻자, 나가셨다고 한다. 계모가 있든 없든 이 여자의 태도와 표정에는 변화가 없었다.

"어머니는 아무 말도 없었나?"

툇마루로 나온 이방근이 말했다.

"무슨 말 말이우꽈?"

"……음, 자네 얼굴, 부엌이의 얼굴에 대해서 말이야."

"얼굴…… 얼굴……."

그녀는 그제서야 의미 없는 웃음을 떠올렸다. 그리고는 이방근의 말을 이해하지 못한 듯, 그런 말씀은 없었다고 대답했다. 그러나 그 대답과 의미 없는 웃음은 그 나름의 완전한 반응이라 할 수 있었다. 이방근은 지금까지 몇 번인가 그녀와 함께 밤을 보냈지만, 얼굴을 확실히 본 적이 없었다. 언젠가 단단하게 부푼 커다란 젖꼭지가 시커멓게 보일 만큼 밝은 달빛이 비치고 있을 때, 부엌이의 얼굴이 무녀 같다고 생각한 적이 있었다. 그러나 어젯밤의 미덥지 못한 달빛과 몸이 공중에 뜬 것처럼 취한 상태에서는 아무것도 볼 수가 없었다.

이방근은 검은 무명치마를 두른 부엌이의 튼튼한 허리통을 바라보았다. 치마를 입으면 잘 안보였지만, 잘록하면서도 팽팽한 허리였다. 여자의 몸은 요소요소에, 그리고 생각지도 않은 곳이 잘록하게 들어가 있어야 좋은 것으로…… 아니, 지금 그것을 보자는 것은 아니다, 부엌이는 이미 마흔을 넘긴 여자다……. 어제 지프에서 본 적개심에 가득 찬 그 눈이 보였다. 거기에 부엌이가 겹쳐졌다. 튼튼한 허리 아래로 뻗은 두 다리를 힘차게 밟고 서서 한껏 도끼를 치켜든 그녀의 주위는 피바다였다. 봉기한 민중에 맞아 죽어 길바닥에 나뒹구는 나와 아버지의 참혹한 시체……, 뒤에서 툇마루를 걸어오는 부엌이, 핫, 하, 하, 그녀의 손에 도끼는 들려 있지 않은가. 사람을 아득한 황홀감에 빠뜨리는 커다란 도끼가. 정수리를 장작 패듯 두 조각으로 쪼개 버릴 도끼는 없는가. ……부엌이가 툇마루를 걸어온다, 핫, 하, 하, ……서방님……서방님, 방근이라고 불러…….

응접실에 있는 수화기를 들자, 경무계장 정세용이 기다리고 있었다. 아아, '서북'의 재판 건이구나 하고 생각했지만, 상대방은 오래 기다렸다는 듯이 여러 번 헛기침을 하더니 뜻밖의 말을 꺼냈다.

"오늘은 3·1절이기도 해서 공산주의자들을 대량으로 석방했는데, 자넨 강몽구라는 남자를 알고 있겠지."

"강몽구……? 아아, 예…….'"

"자네와 같은 6호 감방에 있던 남자 말인데……. 그 남자가 자네 이름을 기억해 내고는 성내 사람인 모양인데 어디 사는 누구냐고 묻더군. 꽤 유식하고 훌륭한 청년이더라고 하던데, ……취한 김에 무슨 말이라도 했나?"

"전혀요, ……이름을 묻기에 대답했을 뿐입니다. 또 뭔가를 캐묻고 싶으신 건가요?"

"왜 그러나, 자네는 나와 얘기할 때 언성을 높이는 버릇이 있어. ……어쨌든 강몽구는 인물이야. 고문할 때는 예의를 차릴 필요가 없지만, 지금은 달라. 예의를 갖추고 대할 수 있을 때는 그렇게 하는 것이 내 신조야. 특별히 자네에 대해 숨길 필요도 없어서, 이러이러한 사람이라고 말해 주었더니 좀 놀란 모양이더군. 음, 그리고 또 무슨 말을 했는가 하면, 자네한테 꼭 인사하러 가고 싶다는 거야. 으음, 빈 말을 하는 남자가 아니니까 틀림없이 자네를 찾아갈 거야……."

정세용은 여전히 침착한 태도로, 그리고 할 일이 없어서 따분한 것인지 물고 늘어지는 듯한 어투로 말을 계속하였다. 옆에 마시던 커피 잔이 놓여 있는지도 모른다.

"으―응, 그렇군요, 날 찾아오는 목적이 뭐랍니까?"

"목적……? 방금 말했듯이 인사하러."

"인사?"

"그렇다니까. 뻔뻔스런 남자라서 인사라고 해 놓고 무슨 말을 꺼낼지 모르지만 말이야. 그들의 석방은 말이지, ……음, 작년의 폭동이 꿈같이 느껴질 정도로 오늘의 읍내는 평온하더군……, 평화가 좋다는 것을 절실히 느꼈어. 데모금지령은 완전히 지켜지고 있어, 우리 경찰의 승리야……. 그들의 석방은 3·1절을 기해서 하지 중장이 남조선 총선거 날짜를 5월 9일로 발표했듯이, 선거를 앞두고 온정을 베푸는 특별 사면의 성격을 띤 거야. 공산주의자들이 이런 뜻을 안다면, 조금은 얌전해지고 말이나 행동도 달라지겠지. 그렇지 않다면 우리가 기껏 체포한 자들을 뻔히 알면서 놔주는 그런 바보 같은 짓은 하지 않겠지. 그놈들이 너무 분수를 모르고 날뛰면 다시 체포할 수도 있어. 하지만 더 이상의 대규모적인 집단행동은 어려울 거야. ……강몽구에게 앞으로 선거에 협력할 마음이 있냐고 물었더니, 껄껄 웃으면서 돌아가서 천천히 생각해 보겠다……고 하더군, 방심할 수 없는 자야. 그래도 자네는 그 작자와 너무 의기투합하지 않는 게 좋아……, 아차, 내가 또 자네 기분 상할 말을 해 버린 것 같군. 다른 뜻은 없네, 갑자기 찾아간다고 하는 바람에 내 쪽이 오히려 당황하고 있다네……."

상대방은 말을 끊고 잠시 뜸을 들였는데, 어쩌면 커피 잔을 들어 올렸는지도 모른다. 웃음기 없는 그 눈빛처럼 조용하고 차가운 목소리였다.

"그건 그렇고……, 경무계장님." 상대방의 말만 듣고 있던 이방근이 말했다. 형님이라 부르지 않고 경무계장이라는 객관적인 호칭을 쓴 탓인지, 약간 불만스러워하는 듯한 기색이 수화기를 통해 전해졌다. "'서북' 쪽에서는 그 후 아무 소식도 없습니까?"

"……'서북' 일은 말이지, 그 서류는 아직 내 손에 있어. 그저께는 토요일이고 해서 말이지. 어쨌든, 오늘 음, 아니면 내일까지는 일단 서류를 검찰로 보내야겠지만, 아마 기소는 어려울 거야. 상대가 자네여서는 억지를 부릴 수도 없을 거야……. 그러나 '서북'이 물러선다 해도, 그들이 체면을 세울 수 있는 길을 만들어 주지 않으면 안 된다는 점을 생각해야 돼."

"그럴 수도 있겠지요, 알겠습니다."

"감기라도 걸렸나?"

"……" 목소리다. 내 목소리가 이상한 거야. 이방근은 아니에요, 술을 좀 많이 마셔서요……라고 말하려다 그만두었다. 귀찮은 일이었다. 그래서 "예, 좀……." 하고 대답했다.

"조심해야지……."

체면을 세워 준다……, 결국 돈거래였다. 그러나 정세용의 말투로는 그리 대단한 일도 아닌 듯했다. 중재 역할을 맡게 되면 잘 부탁한다는 말로 전화를 끊었다. 그 한마디가 상대방을 상당히 만족시켰을 것이라고 이방근은 생각했다.

강몽구가 찾아온다고? 인사, 흐음, 인사라……. 도대체 어떤 인사를 한단 말인가. 이방근은 엿가락처럼 늘어진 몸이 나른하여 좀 귀찮단 생각도 들었지만, 방문자에 대한 혐오감은 없었다. 색다른 손님에 대한 관심이 새로운 감정으로 솟아올랐다.

전화가 온 지 한 시간쯤 지나자 정세용의 말대로 강몽구가 나타났다. 점퍼 차림으로 서재에 있던 이방근은 부엌이의 전갈을 받고 문까지 맞으러 나갔다. 강몽구는 키가 작았지만 어깨가 떡 벌어진 몸을 좌우로 흔들듯이 쪽문을 들어섰다. 그리고는 다짜고짜 악수를 청하며, 이 동무, 안녕하십니까……라고 했다. 두꺼운 손이었다. 며칠 전에도 유달현이 굳은 악수를 하고 돌아갔는데, 이 사람들은 왜 이렇게 악수를 좋아하는 것일까. 그러나 강몽구의 악수는 산뜻하여, 억지로 강요하는 듯한 느낌은 없었다. 자연스럽게 연결되는 합의에 의한 악수로 착각할 만한 매력을 지니고 있었다.

"들어오세요, 고생 많으셨습니다. ……지금 함께 온 사람은 일행 아닙니까?"

"아니, 괜찮아. 길 안내를 맡아 준 아는 사람이야. 역시 나와 보니 바깥세상이 좋긴 좋구만, 웃후후, 공기가 맛있어, 유치장은 그 변기통 냄새가 지독해서 말이지, 웃후훗."

노타이 와이셔츠 위에 수수한 갈색 양복을 걸친 강몽구는 보따리를 하나 들고 있었다. 말끔히 면도를 해서인지 딴 사람 같았다.

"마중 나온 사람은 아무도 없습니까?" 이방근이 사무용 가방만 한 크기의 보따리를 보면서 말했다.

"마중……?" 커다란 눈망울을 굴리며 강몽구가 말했다. 그리고는 곧 핫핫하아 하고 너털웃음을 터뜨렸다. "병이 든 것도 아니요, 어린애도 아닌데, 마중은 무슨 마중. 하기야 그런 사람도 있긴 하지. 석방 소식을 미리 듣고 가족들이 데리러 오는 경우도 있지만, 무엇보다 몇월 며칠에 나온다고 확실히 결정된 게 아니었으니 말이야. 나도 성내에 친척이 있어서 폐 끼친 일로 잠깐 얼굴을 내밀고 왔지만, 지금은 좀 바빠서 꾸물대고 있을 여유가 없다네. ……음, 빨리 돌아가서 가족들을 기쁘게 해 주어야 하고, 유치장과 달리 사바세계는 바쁘군. 가만히 앉아 있을 틈이 없으니. ……아니, 이거 실례가 많네. 이 동무, 갑자기 찾아와서 폐가 된 것은 아닌가? 금방 돌아가겠지만 말이야."

"신경 쓰지 마십시오. 모처럼 오셨는데."

유치장에서는 몰랐지만 강몽구는 꽤 심한 안짱다리여서 마치 앞에 있는 무언가를 밀어내듯 안뜰을 걸어갔다. 두 사람은 서재로 올라갔다.

이방근은 창 쪽 소파로 강몽구를 안내했다. 안색은 거무스름한 것이 좋아 보이지 않았지만, 건강한 것 같았다. 강몽구는 유치장에 있던 때와 마찬가지로 스스럼없는 태도로 대했다.

"……훌륭한 집이야. 경찰에서 들었지만, 이 동무는 부잣집 아들이었군. 유치장에서 태평스러운 말을 했던 이유를 알 것 같네, 핫하하."

이런 말은 이방근의 신경에 거슬렸다. 대답할 여지가 없었다. 아무런 예고도 없이(경찰에서 일부러 알려 주긴 했지만) 찾아온 유치장에서 갓 나온 남자. 경무계장이 말한 인물. 이방근이 '부자'라는 것을 알고 무슨 돈이라도 마련할 심산으로 온 것일까……. 사람을 당장이라도 절망의 구렁텅이로 몰아넣을 듯한 어둡고 공허한 눈빛의 울보사내. 밤의 유치장의 여자 같은 울음소리, 갑자기 울려 퍼지는 따귀 때리는 소리, 이제 됐으니까, 앉아. 한순간 되살아난 그때의 강몽구의 모습이 이방근의 마음을 진정시켰다.

"고생 많으셨죠."

이방근은 좀 전에 했던 말을 되풀이했다.

"그렇지도 않다네." 강몽구가 웃었다. "나는 어지간한 일에는 익숙해져 있으니까. 사람에 따라서는 견디기 힘든 경우도 있겠지만, 동료가 있으면 금방 익숙해지는 법이지. 개중에는 별별 사람도 다 있지만, 점점 익숙해지고 강해진다네. 형무소 독방과는 달라서……. 음, 그래도 고문은 너무 심해. 터무니없는 고문을 하더군. 핫하하. 고문 경험담이라도 늘어놓고 싶지만, 지금은 그럴 여유가 없어서 말이야."

"저는 상관없으니 천천히 계시다 가시지요."

"오늘 처음 찾아왔는데 그렇게 말해 주니 고맙군."

"누구나 서로 알게 될 때는 처음 만나거나 찾아올 수밖에요, 처음부터 두 번째일 수는 없지 않습니까. 인간만이 아니라, 모든 일이 다 그렇지만……."

"……" 강몽구는 유치장에서 버릇이 되어 버렸는지, 시종 자세를 똑바로 한 채 이방근을 힐끔 쳐다보았다. 조금 독특한 곁눈질로, 상대방의 속셈을 살피고 있다는 인상을 강하게 풍겼다. 이방근은 얼핏 아버지 이태수의 눈초리를 연상했다. "호오, 이 동무는 이치에 맞는 소리를 하는 사람이로군. 물론 내가 빈정거리는 말을 하려는 건 아니고……. 그리고 보면 세상 참 좁아, 이방근 동무와 유치장에서 만난 것도 무슨 인연이라고 생각하는데, 음……, 이 동무는 혹시 남승지라고 알고 있나, ……남승지 말일세."

"남승지?"

남승지, 이건 또 어찌 된 일인가. 남승지라고……. 숙취가 완전히 가시지 않은 그의 머리에 찡하는 날카로운 파열음이 들렸다.

"모르는 사람입니까?"

불안한 듯 경어로 물었다.

"아니오. 남승지라면 알고 있습니다."

이방근은 분명하게 말했다.

"음, 남승지는 내 친척으로, 일본 오사카에 그의 어머니가 계시고…… 나는 남승지의 어머니 쪽으로 육촌 형이 되는 사람인데, 승지로부터 이 동무의 이름을 들어 놓고도 그만 깜박 잊고 있었구만." 강몽구가 꽤나 유감스럽다는 듯 혀를 끌끌 차는 모습이 재미있었다. "유치장에서 동무 이름을 들었을 때, 에ー, 어디선가 들은 이름이다 싶었지만, 설마 승지가 말한 이방근 동무라고는 생각도 못했어. 아침에 경무계장한테 물어봤더니 남해자동차란 이름이 나와서, 으음, 그제야 생각이 났다네, 야ー 이거 지난번에는 실례 많았네."

"아니, 제가 놀랐습니다. 강 선생님이 남승지 군의 친척 형님이라니……."

이방근의 표정이 움직였다. 그것은 그가 말한 놀라움만을 의미하는 것은 아니었다. 이 남자로부터 무언가를, 무장봉기와 관련된 무언가의 감촉을 얻고자 하는 욕망의 움직임이었다. 순간 어린애처럼 무표정하던 이방근의 눈이 독을 뿜으며 빛났다. 강몽구의 눈이 힐끗 움직여 그 변화한 눈빛을 포착했지만, 대수롭지 않게 받아넘겼다. 이방근은 유치장에서 자신의 이름을 밝혔을 때, 강몽구가 머리를 갸우뚱하며 이방근……, 어디선가 들어 본 듯한 이름인데, 라고 말했던 것을 다시 한 번 또렷이 떠올렸다. 강몽구의 말을 빌리자면, 이것도 뭔가의 인연이라는 것이겠지…….

부엌이가 차를 끓여 왔다. 허리를 깊숙이 굽히고 방에 들어왔지만, 아무 말도 하지 않았다.

부엌이가 주인에게 다른 용건을 묻는다. 이방근이 식사는 어떻게 하셨느냐고 묻자, 강몽구는 먹고 왔으니까 염려 말라면서, 풍미 있는 귤 차가 최고의 대접이라고 말했다. 가볍게 술이라도……. 아니, 괜찮아……, 상반신을 똑바로 세운 채 손을 저어 사양한다. 나는 벌써 배를 채우고 왔다네(유치장에서 방금 나온 것이 아니라, 지금부터 연행되어 가든가, 아니면 어디로 볼일이라도 보러 나가는 사람 같은 말투다). 유치장에서 오랜만에 사바세계로 나온 사람은 갑자기 너무 많이 먹지 않는 게 좋다……고 말한다. 게다가 오늘은 하룻밤 함께 지낸 동료가 승지 친구라는 것을 알고 인사차 들렀을 뿐이니까……. 시간은 두 시 전이었다. 먼저 성내의 친척 집에 들렀다면 강몽구의 말대로 당연히 식사를 끝냈을 시간이었다. 귤 차가 들어 있는 오지 주전자를 통째로 가져오라는 말을 들은 부엌이가 방을 나갔다. ……어제 이 무렵에는 지프를 타고 있었다. 경무계장이 뻔뻔스런 남자라고 한 이 강몽구도 이제 곧 지프가 지나갔던 어떤 마을로 모습을 감출 것이다. 그리고 그 적개심에 가득 찬 눈초리의 무리 속으로 들어갈 것이다…….

"저런 사람은 참 좋군, 무뚝뚝한 것이."

강몽구는 방을 나간 부엌이를 화제 삼아 웃으며 말했다. 그러고 보니 강몽구 자신도 무뚝뚝한 남자였다. 농민적이라고나 할까, 양복을 입었지만 흙냄새가 풍기고 있었다.

"……그래요. 남에게 신경 쓰지 않게 하는 게 장점입니다."

존재 그 자체라는 말을 하고 싶었을 것이다. 강몽구의 말을 어떻게 받아들여야 좋을지 몰랐지만, 이방근은 적당히 대답했다. 묘한 기분이 들었다. 어젯밤에 관계 맺은 여자를 자신의 눈앞에서 품평하는 것은, 적어도 유쾌하지는 않다는 느낌……, 뭐가 '그래요……'란 말인가. 그러나 이런 종류의 대화는 우연히 의도하지 않게도 나온 것임에 불과했다. 이럴 때도 있는 법이다. 이방근은 상대방에게 담배를 피우지 않겠냐고 물어본 뒤, 한 가치를 물고 불을 붙였다.

"담배나 같이 피워 볼까." 강몽구는 생각난 듯 상의 호주머니에서 새 담뱃갑을 꺼냈다. 이방근이 다시 한 번 성냥을 켰다. "경무계장실에서 한 대, 그리고 친척 집에서 한 대, ……이것으로 세 대째가 되는 셈인데, 너무 많이 피우면 맛이 떨어진다네. 모처럼 피우는 담배 맛이 말이지. 어차피 오늘 밤이나 내일부터는 또 뻑뻑 피워 대겠지만……, 지금은 천천히 맛을 보며 피워야지. 핫핫핫."

강몽구는 웃음으로 연기를 날리면서 맛있게 담배를 피웠다. 담배를 쥔 짧은 손가락 전체가 노동의 과거를 연상시켰다. 늘 반짝이는 그 커다란 눈은 빈틈이 없지만, 복장도 그렇고, 솔직하게 이야기하는 말투에서도 소박한 인품이 엿보였다. 이방근은 언뜻 어제 낮잠을 자고 있던 S마을의 농부를 떠올렸을 정도였다.

　……역시 고문은 힘들더군. 말도 안 되는 고문을 당했어. ……고문이라, 인간을 죄수로서 감옥에 집어넣거나 풀어 줄 수 있는 쪽과 그걸 당하는 인간. 감옥이나 수용소를 마음대로 움직일 수 있는 권력이 강몽구와 같은 인간을 길들이기 위해서는 어떤 절차를 밟는 것일까……. 저쪽에 평범하게 앉아 있을 뿐인, 혹독한 고문을 견뎌 냈을 강몽구의 튼튼한 몸이 이런 생각을 촉발시켰다. 그리고 머릿속에 유달현이 나타나 강몽구의 모습과 겹쳐지면서 하나의 윤곽을 이루는 듯하더니, 겹쳐지지 못하고 미끄러져 내렸다.

　"그러고 보니, 남승지 군 고모 되시는 분이 S부락에 사시더군요."

　이방근은 상대를 바로 쳐다보면서 말했다.

　"S부락……, 아아, 돌아가신 승지 아버지의 여동생……, 나한테는 사돈이 되는데, 그분이 S부락에 살고 있지. 이 동무도 알고 있나?"

　"아니, ……만난 적은 한 번밖에 없습니다만." 이방근은 상대로부터 시선을 피하려다 그대로 마주 보며 말했다.

　"남승지 군이 그 고모 댁에 기숙하면서 N부락의 중학교 선생을 하고 있을 때부터 알게 된 사이입니다. 저보다 나이가 훨씬 아래지만, 꽤……, 저는 좋은 친구로 생각하고 있습니다. 그런데 요즘은 통 만날 수가 없어서요. 그도 비합법적인 활동을 하고 있을 테니 우리와는 만날 수 없겠지요. 꼭 한번 만나고 싶습니다만……, 음, 요즘은 어떻게 지내고 있을까요."

"잘 모르겠네, 나는 방금 유치장에서 나왔지 않는가."

"아, 물론 그렇겠지요, 실례했습니다. 그저 화제에 올랐기 때문에 승지 군 소식도 알고 싶고, 꼭 만나고 싶다는 생각이 들어서요, …… 강 선생님이 알고 계실 거라는 뜻으로 말한 건 아닙니다."

"……승지를 만나고 싶다고?"

"오랫동안 만나지 못해서요……, 한번 만나 보고 싶다고 생각하고 있습니다." 이건 거짓말은 아니었다. 거짓말은 아니었지만 이상했다. 이미 남승지에게 연락할 길을 만들어 놓은 지금, 왜 이런 말을 하는 것일까, 하고 스스로도 의아해하며 말했다. "그처럼 지하에서 일하는 사람과도 만날 수 있을까요?"

"……필요에 따라서는 만날 수도 있지. 지하라고는 해도, 실제로 땅속에 굴을 파고 곰처럼 자고 있는 것은 아니니까, 다만 무엇 때문에 만나느냐가 문제인데……, 무슨 볼일이라도 있나? 전할 말이라도……."

"아니, 달리 용건이 있는 것은 아니지만, 그저 친구로서 오랜만에 만나고 싶다고 생각하고 있을 뿐이고……."

이야기가 묘하게 확대되어 가는 듯한 불안을 느끼면서 이방근이 말했다.

"으흠……." 강몽구는 생각에 잠긴 듯 소파에 등을 기댄 채 팔짱을 꼈다. 그리고는 한동안 눈을 감고, 친구로서, ……친구로서…… 하고 중얼거린다. 강몽구는 팔짱을 낀 채 상대방을 바라보며 말을 이었다. "승지도 이 동무를 꽤 괜찮은 사람이라고 말하더군. 물론 유치장에서 이 동무를 처음 봤을 때, 이 남자는 보통사람이 아니라고 나도 생각했지. 음, 이 동무는 '서북'에게 한 방 먹였다면서. 좀 전에 친척 집에서 남해자동차 사장의 아들과 유치장에서 함께 있었다고 했더니, 부잣집의 건달 같은 아들이 '서북'을 내던지는 바람에 체포되어 갔었다고 하더군. 읍내에서는 평판이 자자한 모양이야. 아침에 경무계장에게도, 이방근이 누구랑 싸워서 유치장에 들어왔느냐고 물어봤지만, 그 뱀처럼 차가운 미남자는 아무 말도 하지 않더군. 그저 술 마시고 폭력을 휘둘렀다는 말만 하더군. 상대가 없는 폭력 행위가 어디 있단 말인가, 핫핫핫, 폭력 행위라니 유쾌하군, 더구나 부잣집 도련님이 말일세. '서북'을 때려눕히고도 하룻밤 만에 나올 수 있었던 까닭도 알게 된 셈인데, 유치장에서 나오자마자 재미난 얘기를 듣게 해 준 이 동무를 고맙게 생각하네."

"……"

이방근은 쓴웃음으로 받아넘겼다. 부엌이가 오지 주전자를 가져와 탁자 위에 놓고 갔다.

"다시 한 번 묻겠네만, 동무는 남승지와 만나고 싶다는 말이지."

이방근은 고개를 끄덕였다. 자신이 방금 깔아 놓은 레일에서 벗어날 수 없다는 듯한 거의 기계적인 반응이었다.

"……좋아. 내가 책임지고 만나게 해 주지. 나는 지금 막 경찰에서 나왔으니, 일단 집에 돌아가야 사정을 알 수 있겠지만, ……음, 결정된 이상은 지정된 장소에 시간을 지켜 혼자 나와 주게. 전화로 연락을 취하든가, 아니면 사람이 직접 이리로 올지도 모르네. 내 가명은 고일대(高日大), 날일 자, 큰대 자니까, 만일을 위해서 기억해 두기 바라네."

"……으음." 이방근은 자기도 모르게 신음소리를 냈다. 금방 말이 나오질 않았다. 어이가 없기도 하고, 난처하게 됐다는 생각이 뒷머리를 뻐근하게 눌렀다. "이거 정말 너무 갑작스러운 일이라, 뭐가 뭔지 통 모르겠군요……."

"나는 동무를 믿고 있네."

……도대체 무슨 바람이 불었단 말인가. 이방근은 뜻밖에 벌어진 일에 낭패감마저 느꼈다. 설마가 사람 잡는다더니, 설마 일이 이렇게 간단히 진척될 줄이야 생각지도 못했던 것이다. 거의 일시적 기분에서 나온 말이었지만, 이미 돌이킬 수도 없었다.

강몽구의 선과 S부락의 선이 마주친다면, 두 다리를 걸쳤다기보다 강몽구에게 거짓말을 한 셈이 된다. 거짓말로 끝날 일도 아니었다. 만일 이 일로 그들에게 어떤 혼란이라도 일어나게 된다면 그야말로 이방근은 난처한 입장에 빠지게 될 것이다. 일부러 나를 S부락에 데려간 양준오는 어떻게 생각할까. 이리되면 막간의 희극이나 다를 바 없었다. 그러나……, 찻잔을 들고 차의 표면에 비친 그림자를 함께 마시면서, 그러나…… 하고 생각했다. 하지만, 이거 재미있겠는걸. 강몽구의 선으로 남승지와 만난다는 것은, 그들의 아지트, 어딘지 모르는 새로운 근거지로 들어간다는 것을 의미하는 것이 아닌가……. 강몽구의 대담성은 그렇다손 치더라도, ……난 동무를 믿고 있네, 어딘지 모르게 사람을 압도하는 말이었다. 무장봉기로 치닫고 있는 무언가 구체적인 움직임을 이 눈으로 직접 볼 수 있을지도 모른다. 자신의 발치에서 기분 나쁘게 꿈틀대기 시작한 무언가의 내부로 들어갈 수 있다……. 이방근은 최근 2, 3일, 갑자기 형체를 부풀리며 압박해 온 정체모를 구름의 저편으로 빠져나갈 수 있을 것 같은 흥분에 눈을 반짝이고 있었다.

어떻게 할까……. 상대는 이제 곧 자리를 뜰 것이다. 강몽구는 찻잔을 천천히 들어 차를 마셨다. 찻잔을 놓으면 당장 일어설 것 같은 묘한 예감에 사로잡혔다. 이제 와서, 잠깐만 기다려 달라, 이러이러한 사정이 있다며 취소할 수도 없는 노릇이었다. 그것은 어린애 장난이나 마찬가지였다. 아니, 상대방을 우롱하는 짓이었다. 탁자 위에 찻잔을 내려놓는, 이방근의 결단을 재촉하는 소리가 들렸다.

"호의에 감사드립니다." 이방근은 타다 남은 담배를 재떨이에 눌러 끄면서 말했다. "그런데 날짜는 언제쯤이 될까요?"

"음, 글쎄……." 강몽구는 생각하듯 고개를 갸웃하며 천장을 흘깃 바라보고는 말을 이었다. "확실히는 말할 수 없지만, 이것은 오래 끌 성질의 일이 아니니까 빠른 편이 좋겠지. 가능하면 며칠 내로 하세."

"며칠 내로……."

이방근이 마치 튜브에서 밀려 나오는 공기 소리 같은 조금 당돌한 목소리로 말했다. 며칠 내로 남승지가 성내로 들어온다……. 그에게는 많은 일이 맡겨질 것이다. 날이 갈수록 할 일이 많아질 것이 틀림없다. 그것을 짐작하고 하는 말일 것이다.

"그런데 동무 쪽 형편은 어떤가?"

강몽구는 오지 주전자의 귤 차를 자기 찻잔에 따르며 말했다. 당장 자리를 뜰 걱정은 사라졌다.

"……." 이방근은 망설였다. 변명할 수 있는 마지막 기회였다. …… 실은 여동생이 서울에서 돌아오고, 어머니 제사(며칠 내로 다가왔다는 것 말고는 아직 확실한 날짜도 모르고 있었지만)가 있고 해서……, 바보같이! 자신에 대한 참을 수 없는 모욕이었다. 물론 이것은 그에게 이유가 될 수 있는 일이 아니었다. 그것을 구실로 핑계를 댄다는 것은 자신을 멸시하고 자기혐오감을 한층 부채질하는 일이었다. 곤란한데……, 어제 S부락에 갔다 온 일을 말해야 되나, 아아, 내가 제정신이 아니야! 그는 위장을 밀어 올리듯 나오는 말에 그대로 따랐다.

"아니, 좋습니다. 제 쪽에서 먼저 부탁한 일이니, 당연히 제가 시간을 맞추도록 하겠습니다."

강몽구는 차를 마시며 고개를 끄덕였다. 더 이상 말이 없었다. 약속의 실현을 보증하는 듯한 그 태도가 오히려 이방근의 마음을 흔들었다. 뒷일은 자신이 책임질 수밖에 없었다. 그러나 어떻게 책임을 진단 말인가…….

강몽구는 곧 돌아갔다.

이방근은 강몽구를 전송하고 나서 한동안 소파에 멍하니 앉아 있었다. 갈증을 느끼고 오지 주전자의 미지근해진 차를 따라 마셨다. 정말 일이 묘하게 돼 버렸다……, 그는 입가에 엷은 미소를 띠고 코를 킁킁거렸다. 눈앞에서 강몽구의 모습이 사라지고 돌아간 것이 확실해지자, 일의 기묘함이 더욱 크게 느껴졌다.

우연히 일어난 일이라고 해야 하나. 어떻게 강몽구가 이 집까지 오는 일이 벌어졌을까. 생각할 수도 없는 일이었다. 더구나 남승지와 그들의 근거지에서(이방근은 막연히 그렇게 생각했다) 만나게 되다니, 이야기의 앞뒤가 너무나 잘 맞아 떨어져서 ……, 아니, 너무 잘 맞아 떨어져서, 길이 너무 활짝 열려 있어서, 오히려 실타래처럼 뒤얽힌 느낌이 들었다.

이방근은 부엌이가 탁자 위를 정리하자 손님이 앉아 있던 쪽으로 자리를 바꿨다. 그리고는 여느 때처럼 소파 끝에 오른쪽 팔꿈치를 괴고 안뜰을 바라보며 가만히 앉아 있자, 비로소 마음이 진정되고 침착해지는 것을 느낀다.

밝은 안뜰을 지나는 부드러운 바람이 천천히 파도를 그리는 것처럼 느껴졌다. 그리고 그 순간, 바람의 그림자까지 본 듯한 기분이 들었다. 조용했다. 어젯밤의 일은 먼 바다의, 햇살이 닿지 않는 심해 속으로 가라앉아 있었다. 머리 구석의 잡동사니가 가득 들어차 있는 듯한 헛간 2층. 지금 틈새로 숨어들어 오는 부드러운 바람에 헛간 천장에서 늘어진 거미줄이 흔들리는 듯하다.

　형체를 낮추며 태양 밑을 지나가는 바람 저편에 보이는 것―수만 군중의 행진, 만세와 구호를 외치는 소리. 3·1독립운동 28주년 기념 인민대회를 저지하려는 경찰. 기관총을 든 기동대와 기마대의 호령. 총성, 비명, 분노의 외침, 학생들의 투석, 군중의 격렬한 흐름에 땅이 기울어질 듯 성내가 흔들리고 또 흔들리고…… 아버지가 그 건물 2층에서 보고 있었을 식산은행 앞에서 한 소년이 사살당했다. 아니, 그 소년 하나로 끝나지 않았다. 경찰의 발포로 여섯 명이 죽고 십여 명이 중상, 시체를 메고 총구 앞으로 나아가는 성난 파도와도 같은 항의데모……, 사상자들이 흘린 피를 비추는 3월의 하얀 태양. 작년의 3·1절 집회 저지를 지휘한 사람은 군정청의 미군 장교였다. 이방근은 당시 본토를 여행 중이었지만, 이 사건을 계기로 제주도 정세가 갑자기 악화된 것을 집으로 돌아온 뒤 확실히 알 수가 있었다. 1946년 12월에 서울에서 결성된 '서북청년회'의 횡포가 심해졌다. 반공 투쟁의 선봉, 반공투사, 멸공부대를 자처하고 행하는 그들의 테러와 폭력 행위가 경찰력을 업신여기며 무법화되는 것을 이방근은 지켜보았다. 생각해 보면, 요전의 '신세기'에서의 사건도 평소 같았으면 벌써 무슨 보복이 있어도 크게 있었어야 할 사안이었던 것이다.

　조용했다. 안뜰 맞은편에 아버지의 침실과 서재가 보였지만, 지금 이 집에는 인기척이 전혀 느껴지지 않았다. 부엌이의 장작 패는 소리도 들리지 않았다. 1년 전의 성내를, 이 집 앞 골목길을 가득 메웠던 군중들의 함성도 들리지 않았다. 지금 사람들의 목소리는 그들이 품고 있는 의지와 함께 지하수처럼 바닥으로 스며들어 하나의 커다란 흐름으로 계속해서 합류하고 있을 것이다. 지금 읍내에 있는 것은 경찰들뿐이다……. 인정하고 싶지는 않았지만, 최근 2, 3일 동안에 겨우 그 커다란 흐름을 느낀 듯한 기분이 들었다. 그 흐름에 가담해야 할 강몽구도 이제야 막 돌아갔을 뿐이다. 안짱다리로 색 바랜 보따리를 들고……. 그는 왜 그렇게 선뜻 남승지를 만나게 해 준다고 말했을까, 이방근은 조금 마음에 걸렸다.

그렇다 하더라도, 사흘 전의 유달현의 출현은 이방근에게 적지 않은 충격을 준 것이 사실이었다. 그리고 어제 지프를 타고 멀리 나갔던 일……. 강몽구의 방문. 의식적으로 속세를 등지고 있던 그로서는 최근 2, 3일간 근래에 보기 드문 자극적인 시간의 연속이었다. 그는 아무렇지도 않은 듯 가장하거나, 때로는 술을 마시면서도(아니, 어젯밤 오랜만에 만취한 것은 최근에 일어난 일련의 일들 때문일 것이다) 줄곧 그것을 의식하고 있었다. ……핫, 하, 하, 유달현이란 놈이 나한테 무장봉기를 알려 준 탓이란 말인가. 내가 입 가벼운 그놈한테 휘둘리고 있다고? 그 경박한 놈이 나를 공작하여 지배한다고? 제기랄!

전부터 참새 지저귀는 소리가 들리고 있었는데, 까마귀 울음소리가 다가오더니 지붕 위에서 멎었다. 날개를 쉬고 있는지도 모른다. 이 섬에 아주 많은 새였다. 그 탁한 울음소리를 색으로 표현하자면 역시 검은색이 될 것 같았다. 까마귀는 맑은 날 지붕 위에 있기보다는 흐린 겨울 하늘을 배경으로 시꺼먼 화산암으로 만들어진 해안의 방파제 주변에 앉아 있는 것이 더 어울릴 것이다. 이윽고 퍼덕거리는 날개 소리가 나더니 까마귀가 저쪽을 향해 안뜰 위를 날아갔다.

무언가를 기다리는 것처럼 가만히 앉아 있던 이방근은 문득 아버지가 마음에 걸렸다. 최 판사, 아니 판사는 이제 그만두었으니 국민회 소속의 최상화다. 아버지가 그의 추천인이 된다는 말을 들은 것은 그저께였다. 아버지는 끝까지 추천인을 포기하지 않을지 어떨지, 이방근은 문이 닫힌 아버지의 방을 바라보며 생각했다.

❙ 지은이

김석범(金石範)

　1925년 일본 오사카에서 태어났고, 교토대학을 졸업했다. 〈제주4・3〉을 테마로 한 대하소설『화산도』를 집필하고, 일본에서 4・3진상규명과 평화인권운동에 젊음을 바쳤다. 1957년『까마귀의 죽음』을 발표하여 최초로 국제사회에 제주4・3의 진상을 알렸다.

　대하소설『화산도』로 일본 아사히(朝日)신문의 〈오사라기지로(大佛次郎)상〉(1984), 〈마이니치(毎日)예술상〉(1998), 제1회 〈제주4・3평화상〉(2015)을 수상했다. 1987년 〈제주4・3을 생각하는 모임 도쿄/오사카〉를 결성하여 4・3진상규명운동을 펼쳤다. 재일동포지문날인 철폐운동과 일본 과거사청산운동 등을 벌려 일본사회의 평화, 인권, 생명운동의 상징적인 인물로 추앙받고 있다. 주요 소설로서는『까마귀의 죽음』,『화산도』,『만월』,『말의 주박』,『죽은 자는 지상으로』,『과거로부터의 행진 상・하』 등이 있다.

❙ 옮긴이

김환기
동국대학교 일어일문학과 졸업
(현) 동국대학교 교수/동국대일본학연구소 소장
『시가 나오야』,『재일 디아스포라 문학』,『브라질(Brazil) 코리안 문학 선집』,
「코리안 디아스포라 문학의 '혼종성'과 초국가주의」 외 다수.

김학동
일본 호세이(法政)대학 일본문학과 졸업
(현) 동국대학교 일본학연구소 연구원/공주대학교 출강
『재일조선인문학과 민족』,『장혁주의 일본어작품과 민족』,
『한일 내셔널리즘의 해체』(역서), 「김석범의 한글『화산도』론」 외 다수.

火山島 ①

2015년 10월 16일 초판 1쇄
2016년 3월 10일 초판 2쇄
2018년 4월 3일 초판 3쇄

지은이 김석범
옮긴이 김환기·김학동
펴낸이 김흥국
펴낸곳 보고사

책임교열 유임하(문학평론가/한국체대 교수)
책임편집 이유나
편집 황효은·이경민·이순민·김하놀
표지디자인 정보환
제작관리 조진수 **마케팅** 김도연·이성은
인쇄제본 영신사 **종이** 한서지업사 **코팅** IZI&B

등록 1990년 12월 13일 제6-0429호
주소 경기도 파주시 회동길 337-15 보고사 2층
전화 031-955-9797(대표)
     02-922-5120~1(편집), 02-922-2246(영업)
팩스 02-922-6990
메일 kanapub3@naver.com / bogosabooks@naver.com
http://www.bogosabooks.co.kr

ISBN 979-11-5516-461-7 04810
     979-11-5516-460-0 04810(세트)

정가 12,000원

이 도서의 국립중앙도서관 출판예정도서목록(CIP)은 서지정보유통지원시스템 홈페이
지(http://seoji.nl.go.kr)와 국가자료공동목록시스템(http://www.nl.go.kr/kolisnet)
에서 이용하실 수 있습니다.(CIP제어번호 : CIP2015026800)